Robert A Heinlein

콜럼버스는 머저리

Columbus Was a Dope

콜럼버스는 머저리

배지훈 조호근 옮김

로버트 A. 하인라인 중단편 전집 8

ROBERT A. HEINLEIN

아작

차례

제리는 사람이었다

Jerry Was A Man

배지훈 옮김

✦ =1947년 10월 〈스릴링 원더 스토리즈(Thrilling Wonder Stories)〉에 발표

화성인을 탓해서는 안 된다. 인류도 결국 가소 생물학을 개발했을 테니까.

애견협회에 등록된 오래된 종들을 보라. 세인트버나드나 그레이트데인 같은 타고난 거인 종이나 치와와나 페키니즈 같은 작고 바보 같은 학대 행위의 결과들을. 예쁜 금붕어를 생각해보라.

이 피해는 모건 박사가 초파리 염색체에 엑스선을 쏴서 새로운 종을 만들어냈을 때 이미 일어난 것이었다. 그 이후로는 히로시마 생존자로부터 3세대가 지났어도 새로운 것을 전혀 알아내지 못했다. 그 운 없는 기형아들은 그저 표준적인 유전학 지식을 대중에게 알리는 데에만 도움이 되었다.

반 보겔 부부가 피닉스 번식 목장을 찾았을 때, 그들은 사회 개혁을 염두에 두고 있지는 않았다. 남편 브론슨 반 보겔은 그저 페가수스를 사고 싶었을 뿐이었다. 아침 식사를 하며 브론슨이 말했다. “오늘 아침에 바빠, 여보?”

“별로. 왜?”

"애리조나에 가서 새로 설계된 페가수스를 주문하고 싶어."

"페가수스? 하늘을 나는 말 말이야? 그걸 왜 갖고 싶어, 자기?"

브론슨이 씩 웃었다. "재밌으니까. 어제 퍼지 도지가 다리가 여섯 개 달린 닥스훈트를 클럽에 데려왔지 뭐야. 아마 몸길이가 1미터는 됐을걸. 흥미로운 일이었지만 잘난 척을 너무 해서 납작코를 만들어주고 싶더라고. 상상해봐, 마사. 내가 헬리콥터 착륙장에 날개 달린 말을 타고 내리는 모습을. 아마 다들 눈이 돌아갈거야!"

마사는 저지의 해변을 바라보다가 그거 재밌겠다는 표정으로 남편을 바라보았다. 그녀는 바보가 아니었다. 돈이 많이 들 일이었다. 하지만 브론슨은 너무나 사랑스러운 남자였다! "언제 갈까?"

두 사람은 서둘러 출발했고, 예정보다 2시간 빨리 도착했다. 15미터 상공에 떠 있는 공중 간판에는 이렇게 적혀 있었다.

피닉스 번식 목장

조절 유전학, 인가된 노동자 계약회사

"노동자 계약회사?" 마사가 읽으며 말했다. "난 여기가 새로운 동물을 만들어주는 곳인줄 알았는데?"

"설계도 하고 생산도 해." 브론슨이 중요하다는 듯이 설명했다. "모회사인 '워커스'를 통해서 배급하는 거지. 당신도 알아둬야 해. 우린 워커스의 주식을 상당 부분 소유하고 있잖아."

"내가 유인원 떼를 소유하고 있다고? 정말?"

"아마 내가 말하지 않았나 봐. 해스켈과 내가…." 브론슨은 몸을 앞으로 기울여서 착륙장에 수동으로 착륙하겠다고 통보했다. 그는 자신의 조종 실력에 작은 자부심을 품고 있었다.

브론슨은 로봇을 끄고 비행기가 내릴 자리로 잠시 주의를 돌렸다. "해스켈과 내가 제너럴 아토믹스에서 받은 배당금을 다시 워커스 사에 재투자했어. 좋은 분산투자였지. 유인원들이 할 지저분한 일은 얼마든지 있으니까." 단추를 누르자 앞쪽 제트엔진의 비명 때문에 대화가 중단되었다.

브론슨은 비행 중에 소장에게 미리 연락을 해뒀다. 하지만 붉은 양탄자도, 차양막이나 제복 차림의 하인도 없었다. 그저 환대하는 소장 혼자뿐이었다. "브론슨 반 보겔 씨? 그리고 반 보겔 부인! 모시게 되어 영광입니다!" 소장은 두 사람을 작지만 고급스러운 유니카로 안내했고, 차는 들판을 지나 경사로를 오르더니 행정 건물의 로비로 들어섰다. 소장인 블레이크슬리는 자신의 분수 달린 사무실 라운지에 두 사람을 안내한 후 담배에 불을 붙여 주고 시원한 음료수를 큰 잔으로 대접하는 동안 긴장을 풀지 않았다.

브론슨은 접대가 지루하게 느껴졌다. 이건 모두 아내의 던앤브래드스트리트 신용등급(별 10개, 햇살 그리고 천국 같은 음악)으로 인한 게 분명했기 때문이었다. 그는 자기가 결혼을 통해 재벌이 된 것이 아니라 브리그스 가의 재산을 늘렸다고 말해주는 사람을 좋아했다.

"일 문제로 왔습니다, 블레이크슬리. 주문할 게 있습니다."

"그러셨군요? 무엇이든 분부만 하시면 저희 시설이 돕겠습니다. 어떤 걸 원하시는지요?"

"페가수스를 만들어줬으면 좋겠습니다."

"페가수스요? 하늘을 나는 말요?"

"바로 그거요."

블레이크슬리가 입을 굳게 다물었다. "진심으로 하늘을 날 수 있는 말을 원하시는 건가요? 신화 속의 동물 페가수스 같은 걸요?"

"네, 맞아요. 방금 내가 그렇게 말했잖습니까."

"이거 창피하네요, 브론슨 씨. 저는 그저 부인을 위해 독특한 선물을 원하신다고 생각했죠. 꼬마 코끼리는 어떨까요. 키가 50센티미터에 집 안에서만 기를 수 있고요. 읽고 쓰기도 가능한데요? 코로 철필을 쥘 수도 있답니다. 아주 똑똑하죠."

"말도 하나요?" 마사가 물었다.

"글쎄요, 부인. 아시겠지만 현재는 후두와 혀가 말을 할 수 있도록 설계되어 있지는 않아서 말이죠. 꼭 그걸 원하신다면, 가소 유전 기술자에게 할 수 있는지 알아보겠습니다."

"그보다는 마사…."

"브론슨, 당신은 페가수스를 가져. 나는 이 장난감만 한 코끼리도 가지고 싶을 것 같거든. 한번 봐도 되나요?"

"물론이지요. 하트스톤!"

블레이크슬리에게 대답하는 소리가 들려왔다. "네, 소장님."

"나폴레옹을 라운지로 데려오게."

"즉시 가겠습니다."

"이제 페가수스에 관해서 얘기를 해봐야겠네요, 브론슨 씨. 어려움이 있을 것 같아서 전문가의 조언이 필요하겠습니다. 이 기관의 진정한 핵심 인물은 카그루 박사죠. 가장 저명한 생물설계자고요. 물론 지구 생물 얘기지만요." 그는 목소리를 높여서 중계기를 작동시켰다. "카그루 박사!"

"무슨 일입니까, 블레이크슬리 소장님?"

"박사, 부탁인데 내 방으로 와주시겠소?"

"바쁩니다. 나중에 가죠."

블레이크슬리는 실례한다면서 사무실의 안쪽으로 가더니, 잠시 후 돌아와 카그루 박사가 금방 올 것이라고 말했다. 그동안 나폴레옹이 모습을 나타냈다. 이 작은 코끼리는 고귀한 조상의 신체비율을 그대로 유지하고 있었다. 마치 코끼리의 동상이 기적적으로 생명을 얻은 것처럼 보였다.

코끼리는 라운지로 정확히 세 발자국을 걸어 들어오더니 그곳에 있는 사람들에게 각각 코로 경례를 붙였다. 마사에게 경례할 때는 무릎을 꿇기까지 했다.

"아, 너무 귀여워요!" 마사가 숨넘어가는 소리를 냈다. "이리 오렴, 나폴레옹."

코끼리가 블레이크슬리를 바라보자 그는 고개를 끄덕였다. 나폴레옹은 천천히 걸어가서는 마사의 무릎에 코를 얹었다. 그녀가 귀를 긁어주자 만족스러운 듯이 신음 소리를 냈다.

"부인에게 글씨 쓰는 모습을 보여주렴." 블레이크슬리가 명령을 내렸다. "내 방으로 가서 네 물건을 가져와."

나폴레옹은 특히나 만족스러웠던 손길이 끝나기를 기다렸다가 어디론가 사라지더니 잠시 후 두꺼운 종이 몇 장과 커다란 연필을 가져왔다. 나폴레옹은 마사 앞에 종이를 펼치고는 앞발로 종이를 눌러놓고 코를 손가락처럼 사용해서 연필을 집더니 크고 떨리는 글씨를 적었다. '난 당신을 좋아해요.'

"오, 귀여운 것!" 마사는 무릎을 꿇고는 코끼리 목을 감싸 안았다. "얘는 꼭 데려가야겠어요. 얼마죠?"

"나폴레옹은 한정판 여섯 마리 중 하나입니다." 블레이크슬리가 조심스럽게 말했다. "독점 모델을 원하시나요? 아니면 팔고 있는 다른 것이라도?"

"아, 상관없어요. 난 그냥 우리 나폴레옹을 원해요. 얘가 노트에 적어서 보여주면 이해하나요?"

"물론이죠, 반 보겔 부인. 큰 글씨로 간단한 영어를 쓰시면 됩니다. 나폴레옹은 대부분 알아들을 겁니다. 이 아이 가격 말인데요. 비독점은 35만 달러입니다. 가격에는 5년간 담당할 수의사의 봉급도 포함되어 있습니다."

"브론슨, 저분에게 수표를 줘." 그녀가 어깨너머로 말했다.

"하지만, 마사…."

"성가시게 하지 말고, 브론슨." 마사는 자신의 애완동물에게로 돌아가 글씨를 쓰기 시작했다. 그녀는 카그루 박사가 들어왔을 때도 거의 고개를 들지도 않았다.

카그루 박사는 흰색 작업복에 테두리 없는 모자를 쓴 쌀쌀맞은 사람이었다. 무뚝뚝하게 악수를 하더니 담배에 불을 붙이고 자리에 앉았다. 블레이크슬리가 상황을 설명했다.

카그루 박사는 고개를 저었다. "물리적으로 불가능합니다."

브론슨이 일어났다. "알겠습니다." 그는 냉담하게 말했다. "뉴라이프 연구소로 단골을 옮겨야겠군요. 여기에 온 이유는 이 회사에 투자했기 때문이고, 또 순진하게도 당신네 광고를 그대로 믿었기 때문이니까."

"앉아요, 젊은이!" 카그루 박사가 명령하듯 말했다. "원한다면 그 곰발 같은 재주를 가진 바보들과 거래를 해봐요. 하지만 내 경고하는데 그 녀석들은 메뚜기에게도 날개를 달지 못할 자들이오. 먼저 내 말을 잘 들어요.

우리는 살아 있는 건 무엇이든 만들어낼 수 있습니다. 살아 있는 생명체를 만들어줄 수 있어요. 꼭 동물만도 아니죠. 저기 있는 테이블과 똑같은 크기와 형태의 생명체도 만들 수 있죠. 아무 쓸모도 없겠지만 살아 있기는 할 겁니다. 음식을 섭취하고 화학에너지를 사용하며 배설을 하고 짜증을 부릴 수도 있을 겁니다. 하지만 바보 같은 조작이 되겠죠. 기계적으로 테이블과 동물은 서로 완전히 다른 것이니까요. 기능이 다르고 따라서 모양도 다르죠. 날개 달린 말을 만들 수는 있겠지만…."

"방금 만들 수 없다면서요."

"내 말 끊지 마세요. 동화 속 삽화처럼 생긴, 날개 달린 말을 만들 수는 있습니다. 돈만 내신다면 만들 겁니다. 우리도 사업을 하는 거니까요. 하지만 날지는 못할 겁니다."

"왜 안 되죠?"

"왜냐하면, 날기 위해 만들어지지 않았기 때문이죠. 그 신화를 생각해냈던 고대인들은 항공역학에 대해서도 몰랐고, 생물학에 대해서는 더욱 몰랐어요. 그냥 말에다가 풀과 압정으로 날개를 붙여놓은 거나 다름없단 겁니다. 하지만 그런다고 비행 기계가 되진 않죠. 기억해요, 젊은이. 동물은 기계예요. 조종 시스템이 달린 열기관에 그걸 움직이기 위한 지레와 수력 장치가 달려 있으니 공학의 법칙에 의하면 기계라는 거죠. 항공역학은 좀 아십니까?"

"글쎄요, 조종사입니다만."

"흠! 글쎄, 이렇게 이해해봅시다. 말은 비행을 위한 열기관을 가지고 있질 않아요. 짚을 먹는 동물인데 효율적이지 않죠. 말의 내장을 조작해서 설탕만 먹고도 살 수 있게 한다면 아주 짧은 거리를 날 수 있는 에너지 정도는 만들어낼 수 있을 겁니다. 하지만 그래도 신화 속의 페가수스와는 아주 다르게 생긴 모습일 테지요. 비행 근육을 지지하기 위해서 3미터 길이의 가슴뼈가 필요할 겁니다. 날개 또한 펼치면 24미터는 되어야 할 겁니다. 접으면 날개 때문에 마치 텐트처럼 보이겠죠. 제곱-세제곱법칙과 싸울 수는 없단 얘깁니다."

"네?"

카그루 박사는 참을 수 없다는 듯한 몸짓을 했다. "같은 모양을 그대로 크게 늘리면 표면적은 제곱이 되지만 정하중은 세제곱이 된다는 뜻입니다. 비율을 너무 일그러뜨리지 않는다면 고양이 크기의 페가수스 정도는 만들어드릴 수 있을 겁니다."

"아니, 난 탈 수 있는 걸 원한단 말입니다. 날개 길이가 아무리 길어도 상관없고 가슴뼈가 큰 건 내가 알아서 하죠. 그래서 언제까지 만들 수 있죠?"

카그루 박사는 역겨운듯한 표정을 지으면서도 어깨를 으쓱하더니 대답했다. "브나 크리스와 의견을 나눠봐야 할 것 같군요." 박사가 휘파람을 불자 벽 일부분이 녹아내렸고 곧 연구실이 들여다보였다. 실제 크기의 화성인이 입체영상의 앞부분에 나타났다.

이 생명체가 새 지저귀는 소리로 카그루 박사에게 말을 하자, 마사가 올려보다가 즉시 고개를 돌려버렸다. 바보 같은 짓이라는 것을 알고 있었지만 화성인의 모습을 견딜 수가 없었다. 특히 마사는 인간처럼 몸을 개조한 화성인이 가장 역겨웠다.

몇 분 동안 지저귀며 손짓을 나누고는, 카그루 박사가 브론슨을 돌아봤다. "브나 말이 그냥 잊어버리라고 하는군요. 너무 오래 걸린다고요. 생식도 가능한 예쁜 유니콘 한 마리나 한 쌍은 어떠냐고 묻는군요."

"유니콘은 유행이 지나갔잖아요. 페가수스 만드는 데 얼마나 걸리죠?"

문이 삐걱거리는 소리 같은 대화가 다시 이어진 다음 카그루 박사가 대답했다. "아마 10년은 걸린다고 합니다. 16년 안에는 확실하게 만들 수 있고요."

"10년이라고요? 말도 안 돼!"

카그루 박사는 기분이 언짢은 표정이었다. "저는 50년이 걸릴 거라고 생각했는데, 브나는 3세대에서 5세대면 해낼 수 있다고 하더군요. 브나는 두 행성을 통틀어서 최고의 미세 생물학자입니다. 그의 염색체 수술은 따라갈 자가 없죠. 어쨌든 젊은 양반, 자연스러운 과정으로 같은 결과를 얻으려면 백만 년은 걸릴 거요. 정말로 그런 결과가 나올 수 있다면 얘기지만. 기적이라도 살 수 있을 줄 알았습니까?"

브론슨의 표정이 얌전해졌다. "죄송합니다, 박사님. 잊어버리기로 하죠. 10년은 너무 길군요. 다른 가능성은 없을까요? 그림책에 나오는 페가수스를 만들 수 있다고 했죠. 날지만 않는다면요. 그건 타고 다닐 수 있을까요? 땅에서?"

"오, 물론이죠. 폴로 경기를 하기는 어렵겠지만 탈 수 있을 겁니다."

"그걸로 합시다. 크리스인지 뭔지 하는 저자에게 얼마나 걸리는지 물어봐줘요."

화성인은 이미 화면에서 사라진 뒤였다. "그건 물어볼 필요도 없습니다." 카그루 박사가 확신했다. "순수한 조작은 제 전공이니까요. 유전자를 재배열하거나 이식 같은 진정한 유전자 조작이 필요할 때만 브나와 같이 일합니다. 18개월 후에 동물을 보내드리도록 하죠."

"그보다 빨리는 안 되나요?"

"뭘 기대하는 겁니까? 새로 태어난 망아지가 다 자라는 데만 11개월이 걸려요. 설계하고 계획하는 데 한 달은 걸리죠. 배아를 추출해서 '네 번째 날'에 있는 자궁 외 캡슐에서 성장시키게 됩니다. 임신 중에 열에서 열두 번 정도 수술을 해야겠죠. 조직을 이식하고 발아시키고 당신은 들어보지도 못했을 수술을 해야 합니다. 1년 후면 날개를 가진 새끼 망아지가 태어날 겁니다. 그로부터 6개월 후에 페가수스를 배달해드리겠습니다."

"그렇게 합시다."

카그루 박사는 몇 가지를 적은 후 읽었다. "날개가 있는 말 한 마리, 날지는 못하고 생식도 불가능. 기반 마종을 선택하시죠. 팔로미노 아니면 아라비안 종을 추천해드립니다. 날개 설계는 콘도르를 따르되 백색으로 하겠습니다. 모조 솜털 깃털에 큰 깃털 가장자리를 이식하는 거죠. 적당한 모사품이 될 겁니다." 그는 종이를 건넸다. "기본요금은 그렇고, 정식 계약 선금을 받으면 작업을 시작하겠습니다."

"좋습니다." 브론슨도 동의했다. "요금은 얼마죠?" 그는 카그루 박사의 이름 아래 자기 이름의 첫머리 글자에 서명했다.

카그루 박사는 노트에 추가 내용을 적고 블레이크슬리에게 건넸다. 전문가 인건비, 기술자 인건비, 구매비용 그리고 경상비용의 예상치였다. 블레이크슬리는 거기에 부수 연구비용 수치를 더했고, 결과로 나온 비용에는 카그루 박사조차 눈썹을 치켜세울 수밖에 없었다. "다해서 2백만 달러 되겠습니다."

브론슨은 주저했다. 그의 아내는 액수를 듣고 고개를 들었지만, 다시 학자처럼 똑똑한 코끼리에 관심을 돌렸다.

블레이크슬리는 다급하게 말했다. "물론 독점 창조물이 될 것입니다."

"당연하죠." 브론슨은 기분 좋게 동의하고는 비용을 메모에 더했다.

브론슨이 돌아가려고 하는데 마사는 계속 유인원 노동자들을 '원숭이'라 부르며 꼭 봐야겠다고 고집을 피웠다. 자신이 아인간(亞人間) 생명체 주식의 상당 부분을 소유하고 있다는 사실을 알게 되니 흥미가 당긴 것이었다. 블레이크슬리는 진짜 원숭이로부터 노동자를 생산하고 있는 실험실 관람을 적극적으로 권했다.

시설은 7일의 창조일에서 유래한 일곱 개의 건물로 되어 있었다. '첫 번째 날'은 카그루 박사와 부하 직원이 차지하고 있는 커다란 건물로 수술실과 배양기, 실험실로 되어 있었다. 마사는 소름이 끼쳤지만 매혹당한 눈으로 살아 있는 장기와 완성된 배아, 인공 생명이 지능 유리 너머에서 금속 순환기 장치와 특이한 자동 기계에 의해 유지되고 있는 모습을 바라보았다.

마사는 이 기술을 그다지 좋아하지 않았다. 너무나 우울해 보였다. 그녀가 가소 생물학에 대해서 반대하려고 결심하려던 순간, 나폴레옹이 치마를 당기며 이런 공포스러운 물건들이라도 좋은 것을 만들어낼 수 있다는 것을 일깨워주었다.

'두 번째 날' 건물에는 브나 크리스와 그 종족 동료가 있었기 때문에 들어가지 않았다. "아시겠지만 저 안에서는 살아서 숨 쉴 수도 없습니다." 블레이크슬리가 설명했다. 브론슨은 고개를 끄덕였고 마사는 서둘러 떠나려 했다. 그녀는 화성인이라면 플라스틱 유리 너머로도 만나고 싶지 않았다.

다음부터는 상업용 노동자 개발과 생산을 담당하는 건물들이었다. '세 번째 날'은 계속 변화하는 노동 요구조건에 맞춰서 유인원을 개발하는 곳이었다. '네 번째 날'은 상업형 유인원을 생산하는 공장형 배양기 설비로만 가득 차 있는 거대한 건물이었다. 블레이크슬리는 정상분만 과정을 없앴다고 설명했다. "이 정책으로 크기와 같은 요소를 정확하게 조절할 수 있게 되었고, 암컷 유인원이 소모했을 수천 시간의 노동시간을 절약할 수 있게 되었습니다."

마사는 '다섯 번째 날'을 보고 기뻐했다. 유인원의 유치원 같은 곳으로, 작은 아이들이 말을 배우고 살면서 직장에서 배워야 할 사회 규범을 교육받는 곳이었다. 그들은 단추를 배열하고 모래에 구멍을 내면 사탕을 받았으며 더 빠르고 정확한 작업을 하도록 격려받았다.

'여섯 번째 날'은 유인원의 교육이 완성되는 곳이었다. 각자 특정 부직업을 연습했다. 청소, 땅 파기와 잡초 뽑기, 가지치기, 열매 따기 같은 농업 기술을 배웠다. "세 마리의 네오침팬지면 구식 농업에서 열두 명이 일하던 만큼 채소를 재배할 수 있죠." 블레이크슬리가 단언했다. "저들은 일하기를 좋아하게 됩니다. 여기를 거치게 되면 말이죠."

그들은 개조된 고릴라가 엄청난 무게의 물건을 옮기는 것을 보고 감탄을 했고 조그만 네오카푸친 원숭이가 가짜 나무에 달린 열매를 따는 모습을 멈춰서 지켜본 뒤 '일곱 번째 날'로 움직이기 시작했다.

이 건물은 방사능 유전자 돌연변이를 사용하므로 다른 건물과는 거리가 떨어져 있었다. 자동보도가 수리 중이어서 그들은 도보로 이동했고 우회하는 길에 노동자 숙소를 지나가게 되었다. 몇몇 유인원들이 철책으로 몰려와서 외치기 시작했다. "당배! 당배! 제바리요, 마님! 제바리요, 사장님! 당배!"

"뭐라고 하는 거죠?" 마사가 물었다.

"담배를 달라고 하는 겁니다." 블레이크슬리가 짜증 난다는 말투로 말했다. "저러면 안 된다는 걸 아는데도 아이들 같아서요. 여기 계시죠. 멈추게 하겠습니다." 그는 철책에 다가가서 나이 든 수컷에게 소리쳤다. "야! 감독!"

이름이 불린 노동자는 다들 입고 있는 짧은 캔버스천 킬트에 더해 팔에 더러운 완장을 차고 있었다. 유인원은 돌아보더니 철책으로 다가왔다. "감독." 블레이크슬리가 명령했다. "이 녀석들을 데리고 가."

"네, 사장님." 늙은 녀석이 알았다고 하더니 근처에 있는 녀석들을 손바닥으로 때렸다. "물러나! 물러나라니까!"

"하지만 담배는 있는걸요." 마사가 항의하듯 말했다. "그리고 조금은 줘도 괜찮고요."

"응석을 받아주면 안 됩니다." 소장이 그녀에게 말했다. "사치품은 일을 하고 난 다음에야 받을 수 있다는 걸 저들도 배웠어요. 불쌍한 아이들을 대신해서 제가 사과드리죠. 이 우리에는 나이를 먹고 예절을 잊은 녀석들이 살고 있습니다."

그녀는 대답 없이 철책을 따라갔고 부드럽지만 비극적인 눈을 한 늙은 네오침팬지가 마치 빵집 유리창에 얼굴을 대고 있는 아이처럼 철책에 얼굴을 기대고 있는 데까지 걸어갔다. 그 유인원은 담배를 달라고 조르지도 않았고 감독도 그를 내버려두고 있었다. "담배 하나 줄까?" 그녀가 물었다.

"제바리요, 마님."

마사는 담배에 불을 붙여 주었고, 유인원은 어설프지만 우아하게 그걸 받아서 폐에 담배 연기가 가득 차도록 길게 빨아들인 다음 코로 연기를 뿜더니 쑥스러워하며 말했다. "감사합미다, 마님. 나 제리."

"안녕, 제리?"

"안녕하세요, 마님." 그는 무릎을 꿇고 머리를 숙이며 한 손으로 가슴을 가리는 인사를 한번에 해 보였다.

"이리 와, 마사." 브론슨과 블레이크슬리가 뒤쪽에서 다가왔다.

"잠시만." 그녀가 대답했다. "브론슨, 여기 내 친구 제리를 만나볼래? 앨버트 삼촌이랑 닮지 않았어? 삼촌처럼 슬퍼 보이는 것까지 똑 닮았다고. 뭐가 그리 슬프니, 제리?"

"저들은 추상적인 의미를 이해하지 못합니다." 블레이크슬리가 끼어들었다.

하지만 제리가 그를 놀라게 했다. "제리 슬퍼요." 너무나 슬픈 말투라 마사는 웃어야 할지 울어야 할지 알 수가 없었다.

"왜, 제리?" 그녀가 조용히 물었다. "왜 슬프니?"

"일 없어요." 제리가 말했다. "담배 없어요. 사탕 없어요. 일 없어요."

"여기 있는 노동자는 늙어서 쓸모가 없어졌습니다." 블레이크슬리가 반복했다. "무료함 때문에 기분이 안 좋아지는 거죠. 하지만 시킬 일이 없습니다."

"그래도요!" 그녀가 말했다. "그러면 단추 배열처럼 아기들이 하는 일이라도 시키지 그래요?"

"그것마저도 제대로 할 수가 없습니다." 블레이크슬리가 대답했다. "이 노동자들은 노쇠했어요."

"제리는 노쇠하지 않았잖아요! 방금 말하는 거 들었죠."

"글쎄요, 아닐 수도 있겠군요. 잠시만 기다려주세요." 그는 쪼그려서 철책 너머로 나폴레옹의 머리를 기다란 검지로 쓰다듬으려고 하는 유인원 인간을 돌아봤다. "너, 이리 와."

블레이크슬리는 노동자의 털북숭이 목에 있는 얇은 강철 사슬을 더듬더니 거기 달린 작은 금속 꼬리표를 찾아냈다. 그러고는 그걸 자세히 살폈다. "부인 말이 맞습니다." 그도 인정했다. "나이가 많이 든 게 아니라 눈이 나쁜 거군요. 이 제조군은 불행히도 연쇄 돌연변이 결과로 백내장에 잘 걸렸죠." 그는 어깨를 으쓱했다.

"그렇다고 무료함 때문에 가슴이 찢어지도록 슬프게 살게 내버려둘 수는 없잖아요."

"맞습니다, 부인. 하지만 너무 언짢아하지 않으셔도 됩니다. 이 우리에서 오래 머무르지는 않을 테니까요. 잘해 봐야 며칠일 겁니다."

"오." 그녀는 조금 누그러진 듯 대답했다. "그러면 은퇴한 뒤에 갈 곳이 있다는 거군요. 거기서는 할 일을 주나요? 그래야만 할 거예요. 제리는 일하고 싶어 하니까요. 안 그러니, 제리?"

네오침팬지는 대화를 따라가는 데 어려움을 겪고 있었다. 그는 마지막 말만 알아듣고 씩 웃었다. "제리 일한다! 일 잘한다! 좋은 노동자다." 그는 손가락을 구부리더니 주먹을 만들고는 완전히 맞댄 엄지손가락을 보였다.

블레이크슬리는 어쩐지 어찌할 바를 모르는 듯했다. "반 보겔 부인, 정말로 이러실 이유가 없습니다. 아시겠지만…." 그는 말을 멈췄다.

브론슨이 짜증 난다는 듯이 듣고 있었다. 자신의 관심사가 아닌 탓에 아내의 열의가 짜증 났다. 더 나아가 자기 자신의 무절제의 책임을 블레이크슬리 탓으로 돌리기 시작했고, 자신의 응석의 대가를 스스로 갚을 아주 달콤할 방법을 아내가 결국 찾아낼 것이라는 예감이 들었다.

두 사람 모두에게 짜증이 난 그는 절대 해서는 안 되는 말을 내뱉고 말았다. "바보 같은 소리 말아요, 마사. 은퇴가 아니라 액화시키는 거니까."

이 생각을 받아들이는 데 조금 시간이 걸렸지만 무슨 뜻인지 깨닫고 나자 마사는 분노했다. "왜… 왜? 난 이런 일은 들어본 적도 없어! 부끄러운 줄 알아. 당신… 당신은 자기 할머니도 총으로 쏠 사람이야."

"여보, 제발!"

"여보라고 부르지도 마! 이런 일은 멈춰야 해, 내 말 알아듣겠어?" 그녀는 죽음의 우리를 둘러보며 그 안에 있는 수백 명의 늙은 노동자를 보았다. "너무 끔찍해. 일할 수 없을 때까지 부려 먹다가 자그마한 편안함도 앗아 가고는 그다음에 버려버리다니. 먹어치우지나 않는지 궁금하네!"

"먹어." 남편이 잔혹하게 말했다. "개밥으로."

"뭐라고! 그러면 그런 일은 멈추고 말겠어."

"반 보겔 부인…." 블레이크슬리가 애원했다. "설명하겠습니다."

"흠! 해봐요. 좋은 변명이어야 할 거예요."

"사실은 이런 겁니다." 블레이크슬리는 철책 옆에서 걱정스러운 표정으로 서 있는 제리를 발견했다. "꺼져!" 제리가 서둘러 물러났다.

"기다려, 제리!" 마사가 불렀다. 제리는 어찌할 줄을 몰라 하며 멈췄다. "돌아오라고 하세요." 그녀가 블레이크슬리에게 명령했다.

소장은 입술을 깨물더니 불러냈다. "돌아와."

블레이크슬리는 마사를 확실하게 싫어하기 시작했다. 높은 신용 등급을 가진 사람만 보이면 자동으로 부복하는 것이 그의 성향이었는데도 말이다. 다른 사람이 경영 수단에 간섭하다니 말도 안 되는 일이었다! "반 보겔 부인, 부인의 인도주의 정신은 존경합니다만, 상황을 이해하지 못하고 계시는군요. 우리는 우리 노동자를 잘 이해하고 있으며 무엇이 최선인지 잘 알고 있습니다. 그들은 장애 때문에 괴롭게 되기 전에 고통 없이 죽습니다. 부인이나 저보다도 더 행복한 삶을 살다가요. 그들 인생에서 나쁜 부분을 다듬어 깎아내는 것일 뿐, 그 이상의 일은 아닙니다. 그리고 잊지 말아주세요. 이 불쌍한 짐승들은 우리가 만들지 않았더라면 태어나지도 않았을 거라는 걸요."

마사는 고개를 저었다. "터무니없는 소리! 이젠 성경 구절을 읊으려고 하시겠군요. 이런 일은 더는 계속되어서는 안 됩니다, 블레이크슬리 씨. 당신 개인에게 책임을 묻겠어요."

블레이크슬리는 냉정한 표정이 되었다. "저는 이사회에 책임을 질 뿐입니다."

"그렇게 생각하세요?" 마사는 지갑을 열어서 전화를 꺼냈다. 그녀는 분노를 참을 수가 없어서 직접 전화를 하지 못했고 지역 교환원에 연락했다. "피닉스? 그레이트 뉴욕 머레이힐 9Q-4004, 해스켈 씨를 연결해줘요. 최우선으로요. 스타 가입자 번호 777번. 빨리 연결해요." 그녀는 전문 경영자가 응답할 때까지 발을 구르면서 블레이크슬리를 노려보며 서 있었다. "해스켈? 마사예요. 내가 워커스 사의 주식을 얼마나 보유하고 있죠? 아니, 아니, 그건 됐어요. 몇 퍼센트죠? …그래서요? 글쎄, 그걸로는 모자라겠군요. 내일 아침까지 51퍼센트를 확보하세요. 좋아요. 나머지는 대리인을 통하도록 한다고요, 하지만 알았어요…. 얼마나 들지 안 물었어요. 그냥 사들여요. 가서 일봐요." 그녀는 갑자기 전화를 끊고는 남편 쪽으로 고개를 돌렸다. "브론슨, 가자. 그리고 제리도 데려가겠어. 블레이크슬리 씨, 제리를 우리에서 꺼내주시겠어요? 브론슨, 수표를 써드려."

"아니, 마사…."

"결정 내렸어, 브론슨."

블레이크슬리가 헛기침을 했다. 이 여자의 계획을 좌절시키는 것은 즐거운 일이 될 것 같았다. "노동자는 판매하지 않습니다. 죄송합니다. 회사 정책이라서요."

"좋아요. 그러면 영구 임대하기로 하죠."

"이 노동자는 노동 시장에서 제외되었습니다. 임대 대상이 아닙니다."

"이렇게 계속 저를 방해하겠다는 건가요?"

"부탁드립니다, 부인! 이 노동자는 어떤 경우에도 제공해드릴 수가 없습니다. 하지만 저희의 호의로 부인께 계약서를 인도하도록 하겠습니다. 무료로 말이죠. 이 회사의 정책은 우리 소유물의 복지에 대한 매우 실질적인 우려 때문에 만들어진 것이기도 하지만, 경영의 관점에서 만들어지기도 했다는 점을 부인께서 알아주셨으면 좋겠습니다. 그런고로 우리는 이 노동자를 적절하게 돌보고 계시는지 불시에 점검할 권리를 유지할 것입니다." 그리고 그는 속으로 잔인하게 말했다. '이러면 진정하겠지!'

"물론이죠. 감사합니다, 블레이크슬리 씨. 너무나 자상하신 분이시군요."

그레이트뉴욕으로 돌아가는 길은 그다지 즐겁지 않았다. 나폴레옹은 비행을 싫어했고 짜증을 부렸다. 제리는 참을성이 있었지만 멀미를 했다. 그들이 착륙할 즈음 반 보겔 부부는 서로 말을 나눌 분위기가 아니었다.

*

"죄송합니다, 반 보겔 부인. 매물로 나온 주식이 없었습니다. 대리인을 통해 오툴이 가진 주식을 매입하려고 했지만, 그러기 1시간 전에 누가 연락해서 묶어 놓아버렸더군요."

"블레이크슬리군요."

"분명히 그렇겠죠. 미리 알려주면 안 되는 거였습니다, 상사에게 경고할 시간을 준 거니까요."

"어제 내가 무슨 실수를 저질렀는지 말하느라 시간 낭비하지는 맙시다. 그래서 오늘 어떻게 할 거죠?"

"친애하는 반 보겔 부인, 제가 무슨 일을 해야 할까요? 무슨 지시건 내려만 주신다면 그대로 시행하겠습니다."

"말도 안 되는 소리 하지 말아요. 당신은 나보다 똑똑하잖아요. 나 대신 생각을 하라고 봉급을 받고 있고요."

해스켈은 난감한 표정이었다.

마사는 담뱃불을 붙이다가 너무 힘을 줘서 부러뜨려버렸다. "와인버그는 왜 안 왔죠?"

"반 보겔 부인, 이 일에는 딱히 법률적 요소가 없습니다. 주식을 원하셨는데 사지도 못했고 묶어둘 수도 없었죠. 그러므로…."

"와인버그에게 법률 쪽 관점을 알아보라고 고용하고 있잖아요. 데려와요."

와인버그는 사무실을 나가려던 참이었다. 해스켈이 추적 회로를 사용해 그를 불러세웠다. "와인버그…." 해스켈이 말했다. "내 사무실로 오겠나? 오스카 해스켈이네."

"죄송합니다. 4시에 어떨까요?"

"와인버그, 지금 당장 와요!" 의뢰인의 목소리가 끼어들었다. "마사예요."

이 키 작은 남자는 어쩔 수 없다는 듯 어깨를 으쓱했다. "바로 가죠." 그도 동의했다. '저 여자는 또 왜…. 왜 125살 생일날 아내가 은퇴하라고 보챘을 때 아내 말대로 그만두지 않았을까?'

10분 후 와인버그는 해스켈의 설명과, 그 설명을 가로막는 의뢰인의 말을 듣고 있었다. 설명이 끝나자 그는 손바닥을 펴 보였다. "무엇을 기대하고 계시는지요, 반 보겔 부인? 이 노동자들은 동산(動産)입니다. 이에 관련된 재산권을 사들일 수 없으셨다면, 거기서 멈추는 겁니다. 더 뭘 어쩌시겠다는 것인지 잘 모르겠군요. 원하시는 노동자를 그쪽에서 준 데다가 목숨을 보전하게 되었잖습니까."

마사는 억지로 속삭이는 목소리로 대답했다. "그게 중요한 게 아니에요. 백만 명이나 되는데 한 명이 뭐가 중요하겠어요? 이 살해 행위를 중지시키고 싶어요. 전부요."

와인버그가 고개를 저었다. “이 동물들을 처리하는 방식이 비인도적이라든가, 아니면 파괴하기 전에 신체적 복지에 태만했다든가, 아니면 파괴 행위 자체가 터무니없는 일이….”

“터무니없는 일이냐고요? 당연하죠!”

“법적으로 보면 아마 아닐 겁니다, 부인. 1972년이었죠, 줄리어스 하트만 대 하트만 신탁 사례가 있습니다. 매우 귀중한 페르시아고양이 컬렉션을 파괴하라는 유언에 반대해서 영구적인 법정명령이 내려졌죠. 하지만 그 판례를 적용하려면 이 동물들이 노쇠했음에도 죽어 있을 때보다 살아 있을 때 더 가치가 있음을 입증해야 합니다. 다른 사람에게 손해 보면서까지 동산을 유지하라고 강제할 수는 없는 거죠.”

“이것 봐요, 와인버그. 이 일이 왜 안 되는지 말해달라고 부른 게 아니에요. 내가 원하는 것이 합법적이지 않다면 새로운 법을 하나 통과시키면 될 일 아닌가요.”

와인버그는 부끄러워하는 표정의 해스켈을 바라보더니 대답했다. “글쎄요, 사실을 말하자면, 반 보겔 부인, 현 정권 임기 중에는 연방협회의 다른 의원들과 새로운 법안에 보조금 지원을 하지 않기로 동의한 바 있습니다.”

“말도 안 돼! 왜죠?”

“입법 조합이 우리는 꽤 불공정하다고 생각하는 새로운 공정 거래 법률을 냈습니다. 부유한 사람을 처벌하는 조항인데 참전용사 지원법에 명목상의 자금을 지원하는 특별 규정이 포함되어 있어서 듣기에는 좋을지는 몰라도 사실은 억압적인 법률이죠. 부인의 브리그스 재단조차도 소위 법률 아래에서는 공공사업에서 적절한 이익을 낼 수가 없을 지경이 되니까요.”

“흠! 입법자들이 연합하다니, 대단한 날이네요. 참으로 프로정신이 투철한 사람들이에요. 뇌물도 경쟁시장이어야죠. 법원 명령을 얻어내도록 해보세요.”

"반 보겔 부인." 와인버그가 반대했다. "어떻게 법적으로 존재가 없는 기관에 대해서 법원 명령을 얻어낼 수 있겠습니까? 법적으로 보면 입법 조합이라는 것도 존재하지 않습니다. 입법활동에 보조금을 주는 것도 법적으로 존재하지 않는 것과 마찬가지죠."

"그러면 아기도 황새가 물어다주는 거겠네요. 시간 끌지 마세요, 여러분. 그래서 어떻게 할 거죠?"

와인버그는 해스켈이 의도치 않은 내용의 발언을 했다. "반 보겔 부인, 특별한 악덕 변호사를 구하시는 게 낫다고 생각합니다."

"난 악덕 변호사는 고용하지 않아요, 절대로요! 난 그 작자들이 무슨 생각을 하는지 이해를 못 하겠어요. 난 단순한 가정주부예요, 와인버그."

와인버그는 마사가 자신을 단순한 가정주부라고 칭하는 부분에서 움찔했고, 부하 악덕 변호사의 봉급도 그녀가 내고 있다는 사실은 절대 들키지 말아야겠다고 생각했다. 관례에 따라서 그는 겉으로는 평범하고 정직한 법률가인 척했지만, 마사의 문제를 해결하는 데는 이따금 조금 독특한 법률전문가가 필요하다는 것을 오래전에 알게 되었다. "제가 염두에 두고 있는 사람은 창조적인 예술가입니다." 그는 주장했다. "교향곡을 좋아한다고 작곡가를 이해할 필요는 없듯이 그를 이해할 필요는 전혀 없습니다. 적어도 그 사람과 대화를 나눠보기를 강력히 추천해드립니다."

"아, 좋아요! 여기로 불러요."

"여기로요? 안 될 일이죠!" 해스켈은 그 제안에 충격을 받은 듯 보였다. 와인버그는 어리둥절한 표정이었다. "이 남자와 상담했다는 사실이 알려지게 되었다가는 법정에서 무슨 행동을 취해도 각하당할 것입니다. 그리고 브리그스 엔터프라이즈사는 수년 동안 명성에 먹칠하게 되겠죠."

마사는 어깨를 으쓱했다. "남자들이란 아무튼. 당신네가 어떤 방식으로 사고하는지 절대 이해 못 하겠네요. 왜 점성술사의 조언을 받는 건 공개해도 되는데 악덕 변호사의 조언을 받는 건 안 되는 걸까요?"

*

제임스 로데릭 매코이는 덩치가 큰 사람은 아니었지만, 어쩐지 커 보이는 사람이었다. 그는 마사의 살롱에 있는 커다란 방마저도 압도하고 있었다. 그의 명함에는 이렇게 적혀 있었다.

J. R. 매코이

"진짜 매코이"

면허 있는 악덕 변호사 — 해결사, 특별 접촉, 새로운 법적 방향.

모든 일을 합니다.

전화번호 스카이라인 9-8M4544

맥을 찾으세요.

쓰여 있는 전화번호는 악명높은 '3행성 클럽'의 당구장이었다. 매코이는 사무실에서 시간을 보내는 일이 없었고 모든 서류는 세상에서 유일하게 안전한 곳인 머릿속에 담아두고 있었다.

마사가 자신의 문제를 설명하는 동안, 매코이는 바닥에 앉아 제리에게 주사위 게임을 어떻게 하는지 가르쳐주었다. "어떻게 생각하시나요, 매코이 씨? 동물학대방지협회를 통해서 접근할 수 있을까요? 내 홍보 담당자가 선전을 내보낼 수 있을 텐데요."

매코이가 일어났다. "제리의 눈은 별로 나쁘지도 않네요. 제가 손으로 주사위를 감추려고 했더니 아주 자연스럽게 잡아내더군요. 그리고 그건 안 됩니다." 그는 말을 계속했다. "동물학대방지협회로 접근하는 것은 소용없을 겁니다. 워커스사도 그리 예상하겠죠. 저들은 유인원들이 사실은 죽여주는 것을 즐긴다고 증명할 준비조차 되어 있을 테니까요."

제리는 신중하게 주사위를 흔들고 있었다. "다 됐어, 제리. 가 봐." 마사가 말했다.

"네, 사장님." 유인원 인간은 두 다리로 일어나서 방구석을 차지하고 있는 거대한 스테레오 장치로 갔다. 나폴레옹이 그 뒤를 따라가더니 스위치를 켰다. 제리가 선택 단추를 누르자 블루스 가수의 목소리가 흘러나왔다. 나폴레옹은 즉시 다른 단추를 눌렀고, 계속 다른 단추를 눌러대다가 유명 밴드의 시끄러운 음악이 나오자 멈췄다. 코끼리는 선 채로 코로 리듬을 맞췄다.

제리는 고통스러운 표정을 짓더니 다시 자기가 고른 블루스 가수로 돌려놨다. 나폴레옹은 고집스럽게 손 같은 코를 뻗어서 스위치를 끄려고 했다.

제리가 욕을 했다.

"얘들아!" 마사가 야단쳤다. "다투지 마. 제리, 나폴레옹이 놀도록 내버려둬. 나폴레옹이 낮잠 잘 때 스테레오를 가지고 놀면 되잖아."

"네, 사장 마님."

매코이가 흥미를 보였다. "제리가 음악을 좋아하나요?"

"좋아하냐고요? 아주 사랑한답니다. 노래도 배우고 있어요."

"응? 그건 들어봐야겠군요."

"물론이죠. 나폴레옹, 스테레오를 꺼." 코끼리가 불쌍한 표정을 지으면서도 명령에 복종했다. "이제 제리, 〈징글 벨〉 불러봐." 그녀가 먼저 시작했다.

"종소리 울려라, 종소리 울려…."

그러자 제리가 따라 했다. "종소니 우려라, 종소니 우려…. 우리 써매 빨리 다려 종소니 우려."

거의 음정이 없었고 끔찍한 노래 실력이었다. 평발 한쪽을 구르면서 부르는 모습이 우스꽝스러워 보이기도 했다. 하지만 노래는 노래였다.

"참 잘하는군요!" 매코이가 평했다. "나폴레옹이 말을 못 한다니 안됐군요. 이중창을 할 수도 있었을 텐데."

제리는 어리둥절한 표정이었다. "나폴레옹은 말 잘해요." 제리가 말했다. 그는 코끼리에게 고개를 숙이더니 말을 했다. 나폴레옹은 끙끙거리더니 제리에게 신음 소리를 냈다. "봤어요, 사장님?" 제리가 자랑스레 말했다.

"뭐라고 하니?"

"얘가 '나폴레옹은 이제 스테레오 가지고 노라도 되죠?'라고 했어요."

"잘했다, 제리." 마사가 중재했다. 유인원 인간은 코끼리 친구에게 무언가 속삭였다. 나폴레옹은 끽끽 소리를 냈지만 스테레오를 다시 켜진 않았다.

"제리!" 그의 여주인이 말했다. "나는 그런 말 안 했잖니. 블루스 노래를 틀라고 한 적 없잖아. 이리 와, 제리. 나폴레옹, 너는 좋아하는 거 틀고 놀아."

"지금 제리가 속임수를 쓰려고 한 건가요?" 매코이가 흥미롭다는 듯 물었다.

"그런 것 같네요."

"흠, 제리는 진짜 시민처럼 보일 수도 있겠어요. 수염 좀 깎고 신발만 신기면 내가 자란 지역에선 사람으로 통할 겁니다." 매코이는 유인원을 노려보았다. 제리도 어리둥절한 표정으로 참을성 있게 마주 보았다. 마사는 봉사와 예절의 용인을 상징하는 더러운 캔버스천 킬트를 버려버리고, 밝은색의 스코틀랜드 캐머런족 전시용 킬트에 주머니와 모자까지 챙겨서 씌웠다.

"제리가 백파이프 연주를 배울 수 있을까요?" 매코이가 물었다. "지금 새로운 접근법을 생각하고 있습니다."

"잘 모르겠네요. 무슨 생각이시죠?"

매코이는 바닥에 책상다리를 하고 앉아 주사위를 굴리기 시작했다. "신경 쓰지 마시죠…." 그는 내킬 때가 되어서야 대답했다. "그 접근법은 안 좋군요. 하지만 해낼 겁니다." 그는 연속으로 네 번이나 최고 점수를 만들었다. "제리가 여전히 회사 소유라고 하셨죠?"

"명목상으로는 그래요. 저들이 회수하려고 시도하지는 않을 것 같지만요."

"차라리 시도했으면 좋겠군요." 그는 주사위를 줍더니 일어났다. "이긴 거나 다름없습니다, 부인. 잊고 계세요. 홍보 담당자랑 얘기를 할 테니 걱정하지 말고 계십시오."

*

물론 마사는 남편 방에 들어가기 전에 노크를 해야 했다. 그러나 노크를 했다면 남편이 무슨 말을 누구에게 하는지 엿듣지 못했을 것이다.

"맞습니다." 그녀는 남편이 하는 말을 들었다. "그 녀석은 더는 필요없죠. 데려가버려요. 빨리 데려갈수록 좋습니다. 사람을 보낼 때 녀석을 넘겨야 한다는 법정명령서를 꼭 가지고 오도록 하세요."

마샤는 대화를 이해하지 못했으므로 걱정을 하지는 않았고 그저 궁금할 뿐이었다. 남편 어깨너머로 비디오 화면을 보았다.

화면에는 블레이크슬리의 얼굴이 있었다. 그가 말했다. "좋습니다, 브론슨 씨, 내일 유인원을 데리러 가겠습니다."

그녀는 성큼성큼 화면으로 다가갔다. "잠시만요, 블레이크슬리 씨…."

그리고 남편에게도 말했다. "브론슨, 대체 무슨 짓을 하는 거야?"

브론슨의 얼굴에서 떠오른 놀란 표정은 그동안 절대 보여준 적이 없는 표정이었다. "왜 노크도 안 해?"

"안 하길 잘했지. 브론슨, 방금 내가 맞게 들은 거야? 지금 블레이크슬리 씨에게 제리를 데리고 가라고 말했어?" 마사는 화면을 보며 말했다. "맞나요, 블레이크슬리 씨?"

"맞습니다, 반 보겔 부인. 그리고 혼란스러우시다는 것은 잘 알겠습니다만…."

"닥쳐요." 그녀는 고개를 돌렸다. "브론슨, 지금 하고 싶은 말 있어?"

"마사, 지금 당신이 터무니없는 짓을 하고 있잖아. 저 코끼리에 유인원까지, 집이 지금 동물원이 됐어. 오늘 제리가 내가 특별히 구해놓은 귀중한 시가를 피우는 것까지 봤다고. 두 놈 다 종일 스테레오를 틀어대니 잠시도 평화를 찾을 수가 없고. 내 소유의 집에서 이런 일을 견디고 살 수는 없어."

"누구 집이라고, 브론슨?"

"그게 중요한 게 아니잖아. 나는 더 참을 수가…."

"됐어." 그녀는 화면을 보고 말했다. "내 남편이 독특한 동물에 대한 흥미를 잃어버렸나 봐요, 블레이크슬리 씨. 페가수스 주문은 취소해주세요."

"마사!"

"피장파장이야, 브론슨. 당신 변덕에는 돈을 내겠는데 칭얼거리는 것까지 돈을 댈 순 없어. 계약은 취소예요, 블레이크슬리 씨. 해스켈 씨가 세부사항을 조정할 거예요."

블레이크슬리가 어깨를 으쓱했다. "물론 그런 변덕스러운 행동에는 대가가 따르게 됩니다. 위약금은…."

"자세한 건 해스켈 씨랑 조정하라고 방금 말한 거 못 들었나요? 하나만 더요, 블레이크슬리 소장님, 제가 말했던 일은 그대로 했나요?"

"무슨 말씀이시죠?"

"무슨 말인지 잘 알잖아요, 그 불쌍한 생명체들은 아직 잘 살아 있나요?"

"그건 부인과 상관없는 문제입니다." 사실 도축은 보류해놓고 있었다. 이사회는 브리그스 신탁이 어떻게 나올지 지켜보며, 꼬투리를 잡힐 일을 하지 않으려고 했다. 하지만 블레이크슬리는 그런 정보를 알려서 그녀가 만족감을 느끼게 해주기는 싫었다.

마사는 마치 그가 못 받은 배당금이라도 되는 듯한 표정으로 브레이크슬리를 노려보았다. "상관없는 일이라고? 글쎄, 명심해둬. 이 조그만 머저리 냉혈한. 당신 개인에게 책임을 묻겠어. 만약 단 한 녀석이라도 무슨 이유에서건 죽었다가는 당신 껍질을 벗겨서 깔개로 쓸 거야." 그녀는 연결을 확 끊어버린 후 남편을 돌아봤다. "브론슨…."

"이제 무슨 말을 해도 소용없어." 그는 보통 때라면 그녀를 무릎 꿇렸을 냉혹한 말투로 말을 끊었다. "난 클럽에 가 있을게. 안녕!"

"바로 그걸 제안하려고 했어."

"뭐?"

"옷은 보내줄게. 이 집에 필요한 것 있어?"

그가 아내를 노려보았다. "바보 같은 소리 하지 마, 마사."

"바보 같은 소리가 아니야." 마사는 남편을 아래위로 훑어보았다. "잘생긴 우리 브론슨. 수표책으로 늠름한 남자를 살 수 있을 거라고 생각했다니, 내가 바보였나 봐. 여자는 잘생긴 남자를 공짜로 얻거나 아예 가질 수 없는 법인가 보네. 교훈을 줘서 고마워." 그녀는 몸을 돌려 문을 쾅 닫고 방을 나가서 자기 침실로 향했다.

5분 후, 그녀는 화장을 고치고 플라이라이트를 피워서 마음을 안정시킨 다음 3행성 클럽의 당구장으로 전화를 걸었다. 매코이가 당구봉을 들고 화면에 나타났다. "아, 당신이었군요, 부인. 용건은 빨리 말씀하세요. 지금 이 게임에 25센트짜리를 네 개나 걸었으니까."

"일 얘기예요."

"알았어요, 알았어…. 불어봐요."

그녀가 요점을 얘기했다. "날아다니는 말 계약을 취소해서 죄송한데요, 매코이 씨. 이것 때문에 당신 일이 더 힘들게 되지는 않았으면 좋겠네요. 아무래도 제가 욱했나 봐요."

"좋네. 더 욱하세요."

"네?"

"구멍을 확 넓혀야죠. 블레이크슬리에게 또 전화해요. 고함을 쳐대요. 집행관은 꺼져버리라고, 아니면 죽여서 모자걸이로 쓰겠다고 해요. 제리를 데려가려고 하면 가만두지 않겠다고 말입니다."

"저는 이해가 안 되는데요."

"이해할 필요는 없습니다, 부인. 소가 화가 나지 않으면 투우가 성립이 안 되죠. 와인버그를 시켜서 워커스사에 임시 중지명령을 내려 제리를 못 데려가도록 해요. 당신 홍보 담당자한테 나보고 연락하라고 하고. 그리고 당신이 기자에게 연락해서 블레이크슬리에 대해 어떻게 생각하는지 말하는 겁니다. 지저분하게 말해요. 대량 살상을 멈추려고 하고 있으며, 수단 방법을 가리지 않겠다고요."

"글쎄요… 알았어요. 기자와 얘기하기 전에 오셔서 얘기할 수 있을까요?"

"아뇨, 난 가서 당구를 쳐야 합니다. 아마 내일쯤 뵙죠. 바보 같은 날개 달린 말 계약을 취소했다고 너무 신경 쓰지 말고요. 난 항상 당신 남편이 약해빠졌다고 생각했는데 당신에게는 좋은 변화를 선사해준 셈이군요. 내가 청구서를 보내면 그런 강함이 필요할 겁니다. 이런, 이만 끊어야겠군요! 안녕히."

*

타임스 빌딩 옆에 밝은 글자로 된 기사 제목이 흘러갔다. "세계에서 가장 부유한 여성이 유인원 인간을 위해 싸우다." 그 위의 거대한 비디오 화면에 제리가 우스꽝스러운 스코틀랜드 전통옷을 입은 모습이 나오고 있었다. 경찰들이 브리그스 저택을 둘러싸고 있었고, 그동안 마사는 기자를 포함한 청중들에게 자신이 직접 제리를 죽을 때까지 보호할 것이라고 말했다.

워커스사의 공보실은 제리를 회수하려는 의도가 전혀 없다고 밝혔지만 아무도 믿지 않았다.

그동안 기술자들이 가장 큰 법정에 음성과 화면 시설을 설치했다. 미국의 합법적인 영주권자라고 묘사된 제리(성 없음)는 법인인 워커스사와 임원, 직원, 상속자나 수탁자가 그에게 어떤 육체적 위해를 끼치지 못하게 하며 특히 죽이지 못하도록 하는 영구적 중지명령을 신청했다.

존경받고 유명하며 인망이 두터운 어거스터스 폼프리라는 변호사를 통해서 제리가 자신의 이름으로 신청을 한 것이었다.

*

마사는 방청석에 방청객 자격으로 앉아 있었다. 하지만 혼자는 아니었고 비서, 경호원, 하녀, 홍보 담당자 그리고 아첨꾼까지 함께였으며 오로지 그녀만을 찍기 위한 텔레비전 카메라가 있었다. 그녀는 불안했다. 매코이는 와인버그를 통해 폼프리에게 상황을 설명하도록 했다. 폼프리가 악덕 변호사의 도움을 받고 있는 사실을 모르게 하기 위함이었다. 그녀 자신도 폼프리에게 할 말이 있었다.

매코이는 제리가 아름다운 새 킬트 대신에 해어진 작업복 바지와 웃옷을 입도록 했다. 그녀는 보기에 안 좋다고 생각했다.

제리도 걱정되었다. 제리는 빛과 소음과 군중에 혼란스러워 했고 금방이라도 박살 날 것 같았다.

매코이는 함께 재판에 가는 것도 거절했다. 그건 불가능한 일이며 자신이 존재한다는 것만으로도 법정이 색안경을 끼고 볼 것이라고 말했다. 와인버그도 동의했다. 남자들이란! 남자들 머릿속은 너무나 삐뚤어져 있었다. 이렇게 뒤틀린 방식으로 일하는 걸 좋아하는 것처럼 보일 정도였다. 이번 일로 남자에게 투표권을 주면 안 된다는 마사의 지론이 더욱 굳어졌다.

하지만 편안한 자신감으로 무장한 매코이가 바로 옆에 없으니 불안한 느낌이었다. 떨어져 있으니 왜 하필 매코이 같은 무책임하고 괴팍한 데다가 새대가리를 가진 광대에게 이런 중요한 일을 믿고 맡겼나 싶었다. 그녀는 손톱을 물어뜯으며 이 자리에 그가 있었으면 하고 바랐다.

워커스사 소속 변호사들이 나타나서 제일 먼저 한 일은 재판을 시작하기도 전에 기각해달라고 신청하는 일이었다. 제리는 회사의 동산이며 매우 중요한 일부분이기 때문에 마치 엄지가 뇌를 고소할 수 없는 것처럼 회사를 고소할 수 없다는 주장이었다.

어거스터스 폼프리 변호사는 딱 정치인처럼 법정과 상대편에게 고개를 숙여 인사했다. "이건 정말 이상한 일이군요." 그는 말을 시작했다. "법적으로 허구에 지나지 않는, 영혼도 없는 상상 속의 존재인 '법인'이 여기 육신을 가진 생명체, 희망과 욕망과 열정을 가진 생명체가 법적 존재가 아니라고 주장하다니 말이죠. 저는 지금 제 불쌍한 사촌 제리와 함께 있습니다." 그는 제리의 어깨를 두드렸고 안정이 필요했던 유인원 인간은 변호사의 손을 같이 잡았다. 시작이 좋았다.

"이 추상적인 환상 속의 '워커스'라는 분을 보고 싶습니다만, 어디에서 찾아야 합니까? 존재하지도 않습니다. A4 용지 위에 쓰여 있는 글자들과 사인밖에 없지요."

"법정이 허락해주신다면 질문이 하나 있습니다." 반대 측 변호인단 단장이 말했다. "아실 만한 변호사가 지금 유한 책임회사가 물건을 소유할 수 없다고 주장하는 것입니까?"

"변호사는 대답하시겠습니까?" 판사가 질문을 돌렸다.

"감사합니다. 존경하는 제 동업자께서 새로운 허수아비 공격을 하시는군요. 제 주장은 제리가 워커스사의 동산인지 아닌지는 중요하지 않으며, 비본질적이고 상관이 없는 문제라고 말하고 싶은 겁니다. 저는 기업도시인 그레이트뉴욕의 시민입니다. 그렇다고 육신을 가진 사람으로서의 인권을 부정할 수 있나요? 사실 기업 소속이라 하여 회사가 나에게 잘못을 했다고 생각했을 때 소송을 걸 권리를 빼앗기지는 않습니다. 우리는 지금 법의 차갑고 비좁은 한계에 평등의 부드러운 빛이 비치는 모습을 마주하고 있는 것입니다. 우리는 지금 서류와 법적 허구의 비존재가 우리 불쌍한 사촌의 존재를 거부할 수 있는 기묘하고 불합리한 세상을 살고 있음을 말하는 것입니다. 저는 법을 배운 회사 측 변호사들은 제리가 실제로 존재한다는 것을 인정하고 소송이 진행될 수 있게 하기를 바랍니다."

변호사들은 이구동성으로 대답했다. "안 됩니다!"

"좋습니다. 제 의뢰인은 법정이 자신의 상태와 본질을 검사해주기를 부탁드리고 있습니다."

"이의 있습니다! 유인원은 검사받을 수 없습니다. 그는 그저 피고의 동산이자 부속일뿐이기 때문입니다."

"바로 그것을 판단하자는 것입니다." 판사가 건조하게 대답했다. "이의는 기각합니다."

"의자에 가서 앉아, 제리."

"이의 있습니다! 이 동물은 선서할 수 없습니다. 자신의 능력을 벗어나는 일입니다."

"무슨 말을 하는 거죠, 변호사?"

"법정이 허락해주신다면." 폼프리가 대답했다. "그를 의자에 앉혀서 그것이 사실인지 알아내는 것이 가장 단순한 방법일 겁니다."

"증언대에 서게 하세요. 서기는 선서를 받도록." 마사는 의자의 팔걸이를 꽉 움켜쥐었다. 매코이가 제리에게 일주일 내내 이걸 훈련시켰다. 저 불쌍한 것이 매코이의 지도가 없다고 실패한다면 어쩌지?

서기는 기계적으로 선서를 진행했다. 제리는 당황스러운 표정이었지만 잘 참았다.

"판사님." 폼프리가 말했다. "어린아이가 증언할 때 발언하는 단어에 약간의 융통성을 허락하는 것이 관례입니다. 정신 연령에 맞춰서 말이죠. 여기서도 허락될 수 있을까요?" 그가 제리에게 걸어갔다.

"제리, 착하지, 넌 좋은 노동자니?"

"물론이에요! 제리 좋은 노동자다!"

"나쁜 노동자일지도 모르잖니? 게으르고. 감독 눈을 피해서 말이야."

"아니, 아니, 아니야! 제리 좋은 노동자. 땅 판다. 풀 뽑는다. 채소는 안 뽑아. 잡초만 뽑는다. 열심히 일한다."

"보시다시피." 폼프리가 법정을 향해 말했다. "제 의뢰인은 무엇이 참이고 무엇이 거짓인지에 대해 매우 정확하게 알고 있습니다. 이제 그가 진실을 말하는 데 필요한 윤리적 가치관이 있는지에 대해서 알아보겠습니다. 제리?”

“네, 사장님.”

폼프리가 유인원 얼굴 앞에서 손을 활짝 폈다. “손가락이 몇 개지?”

제리는 손을 뻗어서 하나씩 셌다. “하나, 둘, 셋, 넷, 어…, 다섯.”

“여섯 손가락이야, 제리.”

“다섯 개다, 사장님.”

“여섯 손가락이야, 제리. 담배를 줄게. 여섯 개야.”

“다섯 개다, 사장님. 제리는 안 속인다.”

폼프리는 두 손을 모두 펼쳤다. “법정은 이 증인을 인정하겠습니까?”

법정은 받아들였다. 마사는 한숨을 쉬었다. 제리가 수를 잘못 세고 자기 대사를 까먹은 채 뇌물을 받을까 걱정했었다. 사실 제리가 손가락이 다섯이라는 주장을 고집하는 걸 기억한다면 원하는 만큼의 담배와 초콜릿을 주겠다고 약속했었다.

“제 생각에는.” 폼프리가 말을 이었다. “이 문제는 정립된 것 같군요. 제리는 법적 존재입니다. 증인으로 받아들여질 수 있다면 소송의 당사자도 될 수 있을 것입니다. 개 한 마리도 소송 당사자가 될 수 있죠. 존경하는 제 동업자 여러분은 반박하실 것이라도 있으신지?”

워커스사의 변호사 군단은 판사가 분노를 일으키기 직전에 인정했다. 판사는 방금 한 작은 공연에 크게 감명을 받은 것 같았다.

분위기는 그의 편이었다. 폼프리는 그걸 한껏 이용했다. “법정이 허락하고 또 피고 측 변호인들이 허락해주신다면 이 절차를 더 짧게 줄일 수 있다고 생각합니다. 제가 어떤 구제책을 추구하는지에 대한 이론을 말할 것입니다. 질문을 몇 개 하고 나면 어느 쪽이건 합의에 이를 수 있겠죠. 저는 워커스사가 직원을 통해서 제 의뢰인의 생명을 앗아 가려고 하는 의도가 있다고 명기하겠는지, 묻겠습니다.”

명기는 거절되었다.

“그렇군요? 그렇다면 저는 법정에 더 이상 이익을 낼 수 없는 유인원 노동자가 파괴된다고 하는 잘 알려진 사실을 법적으로 고지하는 바입니다. 이것은 호레이스 블레이크슬리 증인을 비롯한 자들이 잠정적으로 제리에게 사형 선고를 내렸다는 뜻입니다."

또 다른 웅성거림의 결과, 실제로 제리의 안락사 계획이 잡혀 있었다는 점이 밝혀졌다.

"그렇다면." 폼프리가 말했다. "제 이론을 말하겠습니다. 제리는 동물이 아닙니다. 사람이죠. 그를 죽이는 것은 불법입니다. 살인이죠."

*

잠시 침묵이 이어지다 군중이 탄식 소리를 냈다. 사람들은 동물이 말하고 일하는 데 익숙해졌지만 마치 로마 시대 시민이 야만인 노예에게 인간적인 감정이 있다는 것을 인정할 준비가 되어 있지 않았듯이, 그들을 사람 혹은 인간, 그리고 인격체로 생각할 준비가 되어 있지 않았다.

폼프리는 상대편이 비틀거리도록 잠시 내버려두었다. "사람이란 무엇일까요? 살아 있는 세포와 조직의 집합체? 법적 허구, 법'인'이 제리의 생명을 앗아 가야 할까요? 아닙니다, 사람은 그런 것이 아닙니다. 사람은 희망과 공포와 인간적 욕망의 집합체입니다. 창조주께서 우리를 진흙으로 만들어 세우셨으나 그 진흙보다 더 위대한 존재가 되었듯 그 자신보다 더 거대한 염원인 것입니다. 제리는 정글에 살던 불쌍한 동물 조상 이상의 무언가가 되었습니다. 바로 여러분과 저처럼 말이죠. 우리는 이 법정에 그의 인간성을 인정해주시길 부탁드립니다."

상대편 변호사들도 법정 분위기가 기우는 것을 보고 있었다. 그들은 행동을 빨리 취했다. 그들은 유인원이 인간의 형상과 인간의 지능을 가지고 있지 않으므로 인간이 아니라고 주장했다. 폼프리는 먼저 첫 증인을 불렀다. 마스터 브나 크리스였다.

화성인은 원래도 성질이 안 좋았는데 지구인의 유치한 장난에 말려드느라 연구를 방해당하는 치욕을 당한 데다가 여행용 탱크 안에 갇혀서 사흘간이나 대기해야 했기 때문에 더욱 안 좋은 상황이었다.

폼프리가 워커스사의 변호사들에게 브나 크리스를 전문가 증인으로 받아들이게 하느라 또 지연이 있었기 때문에 화성인은 더욱 짜증이 났다. 브나 크리스는 증언을 거절하고 싶었지만, 연구감독이었으므로 거절할 수도 없었다. 또한 이건 언급은 되지 않았지만, 마사는 브나 크리스 소유의 모든 워커스사 주식의 투표권을 행사할 수 있었기에 거절이라는 결정에 방해가 되었다.

자기중심적인 화성인들이 다들 그렇듯이 영어 배우기에 신경도 쓰지 않았던 브나 크리스를 위해 통역을 준비하느라 또 지연되었다.

진실만을 말하겠느냐는 물음에 브나 크리스가 지저귀고 짹짹거리는 소리로 대답하자 통역사가 고통스러운 표정을 지었다. "증인은 선서를 못하겠다고 합니다." 통역사가 판사에게 말했다.

폼프리는 정확한 번역을 요구했다.

통역사는 불안한 눈빛으로 판사를 쳐다보았다. "그가 말하길 너희 바보들에게, 그냥 바보들이 아니라 화성어로는 머리가 없는 벌레 같은 걸 의미합니다만, 진실만을 말해도 너희는 이해를 하지 못할 거라고 했습니다."

법정은 잠시 화성인의 발언이 법정 모독죄인지 아닌지를 고려했다. 화성인은 법정 모독죄가 인정되면 여행용 탱크에 30일간 갇혀 지낼 수도 있다는 사실을 이해하게 되자 오만한 자세를 꺾고 최대한 적절하게 사실만을 말하기로 동의했고, 증인으로 채택되었다.

"당신은 사람입니까?" 폼프리가 물었다.

"당신들의 법률과 기준으로 나는 사람이다."

"무슨 이론에 근거했죠? 당신의 몸은 우리와 다릅니다. 우리 공기에서는 살 수도 없죠. 우리 언어도 못 하고요. 당신네 사고방식도 우리에게는 생소합니다. 당신이 어떻게 사람일 수 있죠?"

화성인은 주의 깊게 대답했다. "당신들도 최고법률로서 받아들이고 있는 지구-화성 조약에서 인용하겠다. '위대한 종족의 일원은 제3행성에

체재하고 있는 동안 제3행성 토착 지배 종족의 모든 권리와 특권을 갖는다.' 어찌 되었든 간에 이 조항은 양 행성 법정에서 위대한 종족의 일원이 사람으로 정의한다고 해석된다."

"왜 스스로 위대한 종족이라고 부르죠?"

"우리가 더 우수한 지능을 가지고 있기 때문이다."

"사람보다 우수하다는 건가요?"

"우리는 사람이다."

"지구 사람보다 지능에서 우수하다는 건가요?"

"그건 자명하다."

"이 불쌍한 제리라는 생명체보다 인간이 더 우수한 지능을 가지고 있는 것처럼 말인가요?"

"그것은 자명하지 않다."

"심문을 마칩니다." 폼프리가 선언했다. 상대편 변호사들은, 그대로 내버려두는 게 차라리 나았을 텐데, 그러는 대신 브나 크리스에게 인간과 노동자 유인원 사이의 지능의 차이를 정의해달라고 했다. 브나 크리스는 문화적 차이점이 근본적인 차이를 가리고 있으며 두 종족 모두 지능의 잠재력을 너무나 적게 사용하고 있으므로 유인원과 인간 중 어느 종족이 제3행성의 지배 종족으로 결정될지는 아직 알 수 없다고 대답했다.

브나 크리스는 유인원과 인간이 가진 최고의 장점만을 모아 조합한 뒤 진정한 지배 종족을 만들 수 있다고 말하려고 했으나, 워커스사의 변호사들이 서둘러 발언을 끝마치게 했다.

"법정이 허락해주시길." 폼프리가 말했다 "우리는 이 이론을 파고들지 못했습니다. 피고의 변호인들은 그저 특정 모양과 특정 지능의 정도가 인간성을 가지는 데 필요하다고 임의적으로 주장하고 있을 뿐입니다. 이제 저는 청원자를 다시 법정에 세워 그가 실제로 인간인지에 대해 결정해주기를 부탁드립니다."

"법정에 부탁드리건대 부디…." 브나 크리스의 탱크가 방을 나가고 나서, 변호사 군단이 계속 웅성거렸다. 대표 변호사가 이제 말을 했다. "청원의 목적은 이 동산의 생명을 구하려는 것으로 보입니다. 이 절차를 더는 진행할 이유가 없습니다. 저희 피고는 이 동산이 현재 보관자 손에서 자연사하는 것을 허락할 것이며 소송을 기각해주기를 청원합니다."

"어떻게 하시겠습니까?" 판사가 폼프리에게 물었다.

폼프리는 눈에 띄게 법복을 추슬렀다. "저희는 기업의 냉혹한 자선이 아니라 법정의 정의를 원합니다. 제리의 인간성이 법률적으로 인정되기를 원합니다. 그가 투표할 권리를 얻기 위해서도 아니며, 사유재산을 소유할 수 있기 위해서도 아니며 특별히 경찰 규제를 받지 않는 집단을 허락해달라고 하기 위해서도 아닙니다. 저희는 방금 법정에서 나간 물탱크에 든 괴물 정도의 인간적 권리를 인정해주는 판결을 원하는 것입니다!"

판사가 제리를 보며 말했다. "그걸 원합니까, 제리?"

제리는 불편한 듯 폼프리를 바라보고는 말했다. "네, 사장님."

"증인석으로 돌아오십시오."

"잠시만 기다려주십시오." 반대 측 변호인단 단장이 다급한 것 같았다. "저는 이 법정에 이 문제에 대한 판결이 경영에 필요한 경제 생태계에 앞으로 지대한 여파를 끼칠 것을 고려해주십사…."

"이의 있습니다!" 폼프리가 화를 내며 일어나 말했다. "지금까지 이렇게 판결에 편견을 주려는 시도는 들어본 적도 없습니다. 존경하는 동료분들은 살인 재판에 정치적 고려를 부탁할 사람들이군요. 저는 반대…."

"괜찮습니다." 판사가 말했습니다. "피고 측의 제안은 기각합니다. 증인은 계속하세요."

폼프리가 절을 했다. "우리는 '인간성'이라고 불리는 이상한 것의 의미를 탐구하고 있습니다. 우리는 이것이 형태나 인종이나 태어난 행성의 문제도 아니고 정신이 얼마나 똑똑하느냐의 문제도 아님을 지켜봤습니다. 진정으로, 정의하는 것이 불가능할지도 모릅니다. 하지만 경험할 수는 있습니다. 가슴에서 가슴으로 뻗어 가는 거죠. 영혼에서 영혼으로요."

그는 제리를 보며 말했다. "제리, 새로 배운 노래를 판사님에게 불러줄래?"

"물론이죠." 제리는 웅웅대는 카메라 사이에서 불안하다는 듯이 자리에서 일어나 마이크에 대고 목을 풀었다.

"머나먼 저곳 스와니 강물 그리어라, 날 사랑하는 부모 형제 이모를 기다려…."

박수가 터져 나오자 그 소리에 제리가 놀랐다. 정숙을 위해 망치 소리가 울리자 그 소리에도 또 놀랐다. 하지만 상관없었다. 이제 더 이상 이 일에 의혹은 없었다. 제리는 사람이었다.

콜럼버스는 머저리

Columbus Was a Dope

배지훈 옮김

✦ 1947년 5월 〈스탈링 스토리즈(Startling Stories)〉에 발표

"거래도 성사됐으니 내가 한 잔씩 돌리죠." 뚱뚱하고 늙은 남자가 에어컨의 한숨 소리 너머로 행복한 목소리를 높이며 말했다. "잔 비워요, 교수님. 내가 두 잔이나 더 마셨잖습니까."

그는 테이블 건너편에 보이는 엘리베이터가 열리는 것을 바라보았다. 젊은 남자 하나가 시원하고 어두운 바에 들어서서 마치 조금 전까지 사막의 뙤약볕에서 있었던 것처럼 눈을 깜박거렸다.

"어이, 프레드! 프레드 놀런." 뚱뚱한 남자가 젊은 남자를 불렀다. "여기야!" 그러고는 같이 있던 자기 손님에게 고개를 돌렸다. "뉴욕에 잠시 들렀을 때 만난 사람이에요. 앉게, 프레드. 여기 애플비 교수님과 악수도 하고. 우주선 페가수스호의 주임 기술자시지. 다 완성되면 얘기지만 말이야. 방금 교수님에게 상자용 철강을 주문받았어. 자네도 한잔하게."

"그거 좋죠, 반스 씨." 프레드도 동의했다. "애플비 박사님은 만난 적 있습니다. 일 때문에요. 클라이맥스 기구 회사 일로."

"응?"

"클라이맥스는 정밀 기계를 공급해주는 곳입니다." 애플비가 설명했다.

반스는 잠시 놀랐다가 웃는 표정으로 바뀌었다. "그건 내 덕분이군. 내가 프레드를 정부 인사인지, 교수님네 과학쟁이인지에게 소개해줬으니까요. 뭘 하겠나, 프레드? 올드패션드? 같은 칵테일로 할까요, 교수님?"

"좋습니다. 하지만 절 교수님이라고 부르진 마세요. 교수도 아닌데다 나이 든 느낌이 드니까요. 전 아직 젊다고요."

"그렇다면 박사님으로 부르면 되겠군요. 피트! 여기 올드패션드 두 잔에 맨해튼 더블을 한 잔 더 주게! 난 만화책에나 나올 법한 과학자를 예상했죠. 길고 흰 수염 같은 거 말입니다. 그런데 이렇게 직접 만나 뵀으니, 내가 이해가 안 되는 게 하나 있어서 말입니다."

"뭐가 이해가 안 간다는 거죠?"

"글쎄요, 지금 그 나이에 이 신조차 버린 땅에 묻혀 계시니…."

"페가수스호를 롱아일랜드에서 건조할 수는 없으니까요." 애플비가 지적했다. "이곳이라면 이륙하기 이상적인 장소죠."

"맞아요, 그렇겠죠. 하지만 그 이야기가 아니라요. 글쎄요, 아시다시피 나는 철강을 팝니다. 박사님은 우주선에 쓸 특수합금을 원했고 나는 팔았죠. 이제 거래가 끝났으니 말인데, 왜 그런 일을 하는 겁니까? 왜 프록시마 센타우리나 다른 별로 가려고 하는 거죠?"

애플비는 놀랍다는 표정이었다. "설명하기 어렵겠네요. 왜 사람은 에베레스트 산에 올라가려고 할까요? 왜 로버트 피어리는 북극에 갔을까요? 왜 콜럼버스는 여왕이 보석을 저당잡히게 했을까요?* 프록시마 센타우리에 가본 사람은 아무도 없죠. 그래서 가는 겁니다."

반스는 프레드를 보며 말했다. "자넨 이해가 가나, 프레드?"

프레드는 으쓱했다. "저는 정밀 기계를 팔아요. 어떤 사람은 국화를 키우고 어떤 사람은 우주선을 만드는 거죠. 저는 기계를 팔고요."

반스의 친근한 표정이 어리둥절해졌다. "그렇다면…." 바텐더가 술잔을

* 스페인의 이사벨라 여왕이 보석을 저당잡혀서 콜럼버스 탐험비용을 댔다는 이야기는 유명하지만 근거는 없다.

내려놨다. "피트, 자네도 말해보게. 자네라면 페가수스 탐험에 나서겠나?"

"아뇨."

"왜?"

"저는 여기가 좋습니다."

애플비가 고개를 끄덕였다. "여기 답이 나왔군요, 반스 씨. 정반대지만. 어떤 사람은 콜럼버스 정신을 가진 거고 어떤 사람에겐 없는 거죠."

"콜럼버스에 관해서 얘기하는 것은 좋은데 말이죠." 반스는 굴하지 않았다. "하지만 그 사람은 돌아올 걸 예상했잖습니까. 당신네는 그렇지 않고요. 60년! 거기 가는 데만 60년이 걸린다고 했죠. 그러니까 왜 가느냐는 거죠. 살아서 도착하지도 못할 텐데."

"못하죠. 하지만 우리 아이들이 도착할 겁니다. 그리고 손자들이 돌아올 것이고."

"하지만… 말해봐요. 결혼했어요?"

"결혼했습니다. 가정이 있는 남자만 탐험에 참가할 수 있어요. 두세 세대가 걸릴 일이니까요. 알고 있잖아요." 애플비가 지갑을 꺼냈다. "아내와 딸 다이앤입니다. 다이앤은 세 살 반이에요."

"아이가 귀엽네요." 반스가 술기운 없는 말투로 말하더니 프레드에게 사진을 넘겼다. 프레드는 보면서 웃음을 짓고는 다시 애플비에게 돌려줬다. 반스는 말을 이었다. "그 아이가 무슨 일을 겪게 될까요?"

"당연히 우리와 함께 갑니다. 설마 보육원에 맡기라는 얘기는 아니겠죠?"

"아뇨, 하지만…." 반스는 남은 술을 털어 마셨다. "이해가 안 돼요." 그는 인정했다. "더 마시고 싶은 사람?"

"저는 됐습니다. 고마워요." 애플비는 거절했고, 남은 술을 반스보다는 천천히 마시고는 자리에서 일어났다. "집에 갈 시간이군요. 가정이 있는 남자니까요." 그는 웃었다.

반스는 막으려 하지 않았다. 좋은 밤이 되라고 인사를 건넸고 애플비가 나가는 모습을 지켜봤다.

"제가 한잔 사죠." 프레드가 말했다. "같은 거로 드시겠어요?"

"응? 아, 그래." 반스가 일어섰다. "바에 앉아서 마시지, 프레드. 저기라면 제대로 마실 수 있을 거야. 한 여섯 잔은 더 마셔야겠어."

"좋아요." 프레드도 동의하고 같이 일어섰다. "무슨 문제라도 있어요?"

"문제? 방금 그 사진 못 봤나?"

"그게 뭐요?"

"글쎄, 자네는 그걸 보고 뭘 느꼈나? 나도 세일즈맨이야, 프레드. 철강을 팔지. 고객이 그걸 어디에 쓰는지는 알 바가 아니야. 그냥 팔 뿐이지. 줄을 판다면 그걸로 자기 목을 매단다 해도 그저 팔 뿐이야. 하지만 난 아이들도 사랑한다고. 저렇게 귀여운 아이가 그런 곳에 끌려간다는 것을 참을 수가 없어. 그 미친 탐험대에 말이야!"

"안 될 건 뭐 있어요? 그 아이도 부모와 함께 있는 게 낫지 않겠어요. 저 아이도 요즘 아이들이 보도블록에 익숙해진 것처럼 강철 갑판에 익숙해지겠죠."

"하지만 프레드, 자네도 정말 저들이 해내리라고 생각하는 건 아니겠지?"

"성공할 수도 있죠."

"글쎄, 실패할 거야. 가능성 없어. 난 안다고. 사무실을 나오기 전에 기술진하고 얘기를 해봤어. 이륙하다 타버릴 확률이 9할이나 된다고 하더군. 그게 최선이라는 거야. 희박한 확률이지만 태양계를 떠난다고 해도, 그래도 여전히 실패하겠지. 저들은 절대 다른 별에 못 가."

피트가 반스 앞에 술잔을 내려놓았다. 반스는 단숨에 마셔버리고는 말했다. "한 잔 더 주게, 피트. 그들은 성공 못 해. 이론적으로 불가능하다니까. 얼어 죽거나 타죽거나 굶어 죽겠지. 어찌 되었든 절대 도착 못 한다고."

"그럴지도 모르죠."

"그럴지도가 아니라니까. 저 사람들은 미쳤어. 술 어서 가져오게, 피트. 자네도 한잔하고."

"여기 갑니다. 저도 한잔하고 좋죠, 감사합니다." 피트가 칵테일을 섞은 다음 맥주를 들고 두 사람과 합류했다.

"여기 피트는 현명한 사람이야." 반스가 마치 비밀이라는 듯이 말했다. "이 사람이라면 다른 별로 가는 여행 따위를 하는 바보짓을 하진 않을 거란 말이야. 콜럼버스라니… 흥! 콜럼버스는 머저리였어. 그냥 침대에나 처박혀 있었어야지."

바텐더는 고개를 저었다. "오해하셨네요, 반스 씨. 콜럼버스 같은 사람이 아니었다면 우리는 여기에 있지도 못했을 겁니다, 안 그래요? 제가 그저 탐험가 유형이 아닐 뿐이죠. 하지만 저는 믿는 사람입니다. 페가수스 탐험에 전혀 반대 안 해요."

"아이들을 데리고 가는 것까지 찬성하는 건 아니겠지, 안 그래?"

"글쎄요…. 메이플라워호에도 아이들은 있었다고 들었어요."

"그건 똑같지 않아." 반스는 프레드를 바라보더니 다시 바텐더를 바라보았다. "만약 주님이 우리보고 별로 떠나도록 하셨다면 우리에게 제트 추진 능력을 주셨을 거야. 한 잔 더 주게, 피트."

"너무 많이 드신 것 같은데요, 반스 씨."

반스는 곤혹스러운 표정을 지으며 항의를 하려다 말았다.

"스카이룸에 올라가서 나랑 춤이나 같이 춰줄 사람을 찾아야겠네." 그는 선언하듯 말했다. "좋은 밤들 보내라고." 그는 조용히 엘리베이터로 향했다.

프레드는 반스가 나가는 모습을 지켜봤다. "불쌍한 반스 영감." 그는 어깨를 으쓱했다. "당신이나 나나 고집이 센 것 같군요, 피트."

"아뇨, 저는 진보를 믿습니다. 그것뿐이죠. 예전에 아버지가 하늘을 나는 기계에 관한 법을 통과시키려고 했던 기억이 납니다. 바보들이 날다가 목이 부러지지 않도록 말이죠. 비행은 불가능하다고 주장하셨죠. 정부가 금지해야 한다고요. 아버지가 틀렸던 겁니다. 제가 모험심 있는 사람이 아니지만, 그 무엇이든 해보려고 하는 사람들을 많이 만나봤습니다. 바로 그렇게 진보가 이뤄진 겁니다."

"당신은 사람이 못 날던 시절을 기억할 만큼 나이가 들어 보이진 않는데요?"

"저도 나이를 꽤 많이 먹었답니다. 이곳에서만 10년을 있었죠."

"10년? 그럼 신선한 공기를 마실 수 있는 직업을 가지고 싶진 않았나요?"

"전혀요. 42번가에서 술을 나를 때도 신선한 공기를 마시지 못했고, 지금도 그때가 그립진 않아요. 저는 여기가 좋습니다. 여기선 항상 새로운 일이 일어나죠. 최초의 원자 연구소와 거대한 천문대. 이제는 우주선까지요. 하지만 그게 진짜 이유는 아니에요. 저는 여기가 좋아요. 이곳이 저의 집이고요. 이걸 보세요."

피트는 연약한 크리스털 공 모양으로 생긴 브랜디 흡입기를 집어 들어 돌리더니 천장을 향해 똑바로 위로 던져 올렸다. 흡입기는 아주 천천히 우아하게 올라간 후 정점에서 어쩔 수 없다는 듯이 길게 머물더니 천천히, 아주 천천히 슬로모션 장면의 수중잠수부처럼 내려왔다. 피트는 흡입기가 자기 얼굴 가까이에 내려오는 것을 보고 엄지와 검지로 병목을 손쉽게 낚아채듯 잡아서 선반에 돌려놓았다.

"보셨죠." 그가 말했다. "6분의 1 중력. 지구의 바에서 일하던 시절에는 발가락 건막류 때문에 온종일 쑤셨죠. 여기서는 제가 겨우 15킬로그램밖에 나가지 않아요. 저는 이곳 달이 마음에 듭니다."

자유인

Free Men

배지훈 옮김

✦ 1947년에서 1950년 사이에 집필된 것으로 추정,
1966년 단편집 《하인라인의 세계(The Worlds of Robert A. Heinlein)》에 수록

"지금까지 세 번째 임시 대통령이군요." 지도자가 말했다. "몇 명이 더 나오게 될까요?" 얇은 종이를 전령에게 다시 돌려주자, 전령은 입 안에 넣고 껌처럼 씹더니 그대로 삼켰다.

세 번째 남자가 어깨를 으쓱했다. "그러게 말이야. 내가 걱정하는 건…." '흉내지빠귀' 소리가 남자의 말을 방해했다. "뒥, 뒥, 뒥…." 남자도 노랫소리를 냈다. "떠르루, 떠르루, 떠르루, 쁘릭 - 쁘릭쁘릭 - 쁘릭."

공터는 갑자기 텅 비게 되었다.

"내가 말하려고 했던 것은…." 지도자의 귀에 세 번째 남자가 속삭였다. "몇 명이 더 나와도 그건 걱정이 안 되는데 드골하고 라발 같은 놈을 우리가 어떻게 구별해 내느냐는 거야. 뭐 보여?"*

"무장호송단입니다. 우리 아래 멈췄어요." 지도자가 풀숲 속에서 절벽 옆쪽을 바라보았다. 지금 있는 곳은 강 쪽으로 튀어나온 고지로, 강 사이

* 샤를 드골은 제2차 세계대전 당시 프랑스 군인이자 대통령으로 전후 나치 부역자를 대대적으로 숙청했다. 피에르 라발은 나치 점령하 프랑스 총리로 나치에 협력했고 종전 직후 반역죄로 처형되었다.

의 강변도로를 마치 쥐어짜는 듯한 형세였다. 길은 왼쪽으로 뻗어서 농지를 넘어 16킬로미터 밖에 있는 바클레이의 변두리로 이어졌다.

무장호송단은 그들 바로 밑에 있었다. 여덟 대의 트럭이 선행하고 무장호송 반궤도차량들이 그 뒤를 따랐다. 반궤도차량들은 보텍스총의 안전장치를 풀어놓고 언제라도 문제에 대비할 준비를 하고 있었다. 지휘관은 혹시 있을지도 모를 함정에 대비하고 싶은 모양이었다.

헬멧을 쓴 자들이 모여서 두 번째 트럭 뒷부분을 리프트잭으로 들어올리고 있었다. 지도자는 그들이 바퀴 하나를 빼내는 모습을 보았다.

"무슨 문제가 생긴 걸까?"

"아뇨, 그냥 고장이에요. 금방 갈 겁니다." 트럭에 무엇이 있을지 궁금했다. 아마도 음식이겠지. 입에 침이 고였다. 몇 주 전까지만 하더라도 이런 기회가 생겼다면 모든 사람에게 돌아갈 정도로 충분한 음식을 얻을 수 있었겠지만 정복자들은 더 똑똑해지고 있었다.

지도자는 쓸데없는 생각을 저리 치워버렸다. "그게 걱정되는 건 아니에요, 카터." 그는 다시 주제로 돌아가 말을 보탰다. "매국노와 애국자는 결국 구별할 수 있게 될 겁니다. 하지만 어른과 아이를 어떻게 구별하겠어요?"

"조 벤츠 얘기야?"

"아마도요. 벤츠를 어디까지 믿을 수 있는지 알아야겠어요. 하지만 어린 모리였다면 이런 생각을 안해도 되었겠죠."

"그 아이는 믿을 만해."

"물론이죠. 열세 살이니 술도 안 마시고 아마 발이 타들어 가도록 고문해도 굴하지 않을 겁니다. 캐슬린도 마찬가지고요. 나이나 성별이 문제가 아니에요. 하지만 어떻게 미리 알 수 있겠어요? 그런데도 알아내야만 한단 말이죠."

아래쪽에서는 소동이 일어나고 있었다. 무장호송단이 멈췄을 때 트럭에서 내린 경비병들은 이런 비상사태가 발생했을 때를 대비해 내려둔 지침에 따라 질서 정연하게 길옆으로 물러나 있었다. 경비병 두 명이 무장호송단에 있는 군복을 입지 않은 사람에게 급히 달려갔다.

'흉내지빠귀'가 발광하듯이 지저귀기 시작했다.

"전령이에요." 지도자가 말했다. "바보 같은 녀석! 그냥 좀 조용히 있으면 안 되나? 테드에게 우리도 봤다고 전해요."

카터가 입을 다물고 휘파람 소리를 냈다. "뀌아, 뀌아, 뀌아, 떠르루."

다른 '흉내지빠귀'가 "떠르루."라고 대답하고 입을 닫았다.

"이제 새로운 '우체국'이 필요하겠어요." 지도자가 말했다. "처리해줘요, 카터."

"알았어."

"이런 문제에는 정답이라는 게 없어요." 지도자가 말했다. "부대의 크기를 제한해서 한 명이 잡혀도 모든 것을 불 수 없도록 할 수 있겠죠. 하지만 우리 같은 대형집단은 그러기도 힘들어요. 일을 하려면 열두 명은 넘어야 하죠. 그 말은 서로 믿을 수 있어야 한다는 뜻입니다. 안 그러면 모두 같이 망할 테니까. 마치 모두 장전된 총을 들고 서로의 머리를 겨누고 있는 거나 마찬가지죠."

카터가 힘없이 웃었다. "폭발 이전의 UN 같네, 모건. 힘내, 미리 걱정부터 하지는 말라고."

"안 해요. 무장호송단이 출발할 모양입니다."

무장호송단이 저 멀리 사라지자, 지도자인 에드 모건과 부관 대드 카터가 일어나 기지개를 켰다. '흉내지빠귀'는 크고 즐거운 소리로 안전하다고 지저귀었다. "테드에게 캠프로 돌아가는 동안 망보라고 전해줘요." 모건이 명령했다.

카터는 휘파람 소리와 짹짹 소리를 냈고 알았다는 대답이 돌아왔다. 두 사람은 언덕으로 돌아가기 시작했다. 이 경로는 에둘러 가는 길로 확인 지점을 거치게 되어 있어서 혹시 있을지 모를 추격자를 관찰할 수 있었다. 추격자가 붙은 경우 테드가 보고하게 되어 있었다. 모건은 테드가 미행당하는 것은 걱정하지 않았다. 테드라면 주머니쥐의 주머니 속에서 새끼 쥐라도 훔쳐 올 수 있을 정도였으니까. 하지만 무장호송단의 차량 고장은 함정일 수 있었다. 병사들이 모두 트럭에 다시 탔는지 알아낼 방법이 없었다. 전령도 미행당했을지 몰랐다. 요즘 너무 쉽게 함정에 빠지곤 했으니까.

모건은 전령이 잡히면 얼마나 불게 될지 생각했다. 그가 알고 있는 것은 '우체국'에서의 접촉수단밖에 없으므로, 모건 휘하의 사람에 관한 한 별로 발설할 게 없을 것이다.

✳

미국이라고 불렸던 지역에 머무는 다른 캠프의 반군 게릴라 수천 명과 비교해서 모건의 집단이 기반이 더 낫거나 더 나쁘다고 말하기는 어려웠다. '20분 전쟁'이 일어났을 때 아무도 놀라지 않았다. 워싱턴, 디트로이트 그리고 한두 군데 정도 더 버섯구름이 피어올랐을 때는 충격적이긴 했지만 예상했던 일이었다. 몇몇 사람들에게는 그랬다.

모건은 거창한 준비를 해두지는 않았다. 그저 어디에나 자유롭게 돌아다닐 수 있는 좋은 시절이라고만 인식했고 폭격이 예상되는 곳에는 가까이 가려 하지 않았다. 버려진 광산을 먼저 선점한 뒤 도구, 음식 등 여러 가지 유용한 물품들을 비축해두었다. 그는 생존하겠다는 아주 단순한 의도를 가지고 있었다. '마지막 일요일' 이후 몇 주가 지난 뒤 선견지명을 가진 자가 지도자가 되는 걸 피할 길이 없다는 걸 알게 되었다.

모건과 카터는 지도에는 없는 새로운 갱도와 터널을 통해 광산에 들어갔다. 그곳은 간출암 경로로 일부러 헷갈리도록 만들어져 있었기 때문에 사냥개라도 길을 잃을 곳이었다. 두 사람은 터널로 기어들어 갔고 무기고에 다다라서야 머리를 들 수 있었다. 그러고는 세로 3미터 가로 9미터에, 천장 높이도 그 정도 되는 가장 큰 방인 공용실로 나왔다.

그들이 갑자기 나타났어도 아무도 놀라지 않았다. 아마 놀라게 했다면 살아서 들어갈 수는 없었을 것이다. 터널에는 마이크가 숨겨져 있어서 오기 전에 아군인지 미리 알려왔다. 방에서는 젊은 여자가 아주 작고 덮개가 달린 불 위에 무언가를 올려놓고 휘젓고 있었고, 여자아이 하나가 무전기 앞에 달린 타자기 탁자에 앉아 있었다. 두 사람이 들어오자 아이는 꽂고 있었던 이어폰을 뽑고 그쪽을 바라보았다.

"오셨어요, 대장!"

"안녕, 마지. 좋은 소식 있니?" 그리고 모건은 젊은 여성에게 말했다. "오늘 점심은 뭐죠?"

"나무껍질 수프와 당신 벨트 눈금요."

"캐슬린, 참 우울하네요."

"글쎄요… 토끼 지방에 볶은 버섯이에요. 하지만 양이 너무 적어요."

"그래도 나아졌군요."

"부하들에게 사냥감 고를 때 조심 좀 하라고 전해두세요. 야토병* 걸린 토끼가 한 번만 더 들어왔다간 다 죽을 테니까요."

"피하기가 힘들어요, 캐슬린. 박사님이 가르쳐준 대로 손질하면 될 거예요." 그는 소녀에게 말했다. "제리는 상층 터널에 있니?"

"네."

"불러와주겠니?"

"네, 대장." 아이는 타자기에서 종이 한 장을 뽑아서 다른 종이와 함께 건네준 후 방을 나갔다.

모건은 뉴스를 훑어보았다. 적들이 주간 드라마와 노래가 나오는 광고를 철폐했다. 하지만 그런다 해서 라디오 방송이 더 나아질 것 같지는 않았다. 방송에서 흘러나오는 선전 방송은 항상 똑같이 단조로웠다. 그는 검열되지 않은 옛날 방식의 뉴스 방송을 다시 듣게 됐으면 좋겠다고 생각하며 종이를 확인했다.

* 인수공통 전염병

"여기 중요한 기사가 있군요!" 모건이 갑자기 말했다. "이거 봐요, 카터…."

"읽어주게, 모건." '마지막 일요일'에 카터의 안경이 부서졌다. 그는 9백 미터 밖에서도 사슴이든 사람이든 쏴서 맞힐 수 있었지만 이제는 다시 글을 못 읽게 될 수도 있었다.

"뉴센터, 4월 28일. 세계통일 대륙조정국의 북미 지부에서 미주리주 세인트조세프가 위생 절차에 들어갔다는 불행한 소식을 알려드립니다. 방사능 수치가 허용치가 되는 대로 세인트조세프가 있었던 곳에는 상황을 설명하는 추모 현판이 세워지도록 명령이 내려졌습니다. 반복된 경고에도 불구하고, 이 비탄에 빠진 도시의 이전 거주자들은 자신들의 공동체 주변부를 어슬렁거리고 있는 일단의 무법자들을 북돋워주거나 구제했습니다. 세인트조세프의 슬픈 운명을 교훈 삼아 모든 북미 공동체의 토착 정부는 우리 대륙 사회에 얼마 남지 않은 탈법분자들과 반역적인 관계를 맺는 것을 억제하는 데 필요한 모든 조치를 취하길 바랍니다."

카터는 모건을 보고 눈썹을 치켜세웠다. "놈들이 점령하고 나서 이런 일이 얼마나 있었지?"

"어디 보자, 살리나스… 콜로라도스프링스… 어, 세인트조세프까지 6개 도시군요."

"'마지막 일요일' 때 살아남은 미국인이 6천만 명도 안 될 거야. 저들이 이렇게 계속하면 몇 년 안에 얼마 남지도 않게 되겠어."

"나도 알아요." 모건이 근심 어린 표정을 지었다. "도시에 주목이 쏠리지 않도록 작전을 벌이는 방법을 알아내야 합니다. 인질이 너무 많잖아요."

마지를 따라서 더러운 작업복을 입은 작은 흑인이 옆 터널을 통해 들어왔다. "부르셨어요, 대장?"

"맞아, 제리. 매크라켄 박사더러 회합에 참석하라고 전해줘. 2시간 후야. 그때까지 올 수 있다면 말이야."

"대장, 무선을 너무 많이 사용하는 것 같은데요. 이러다 그쪽과 우리까지 총살당할 거라고요."

"절벽 면으로 전파를 튕겨내는 방식을 쓰면 걸리지 않는다고 생각했는데?"

"글쎄요, 제가 피하는 방법을 만들어냈으니 다른 누군가도 알아낼 수 있지 않을까요. 어쨌든 무전기 밑판을 들여왔어요. 그 작업을 하던 중입니다."

"개조하는 데 얼마나 걸리지?"

"아, 30분 정도…, 아니, 20분요."

"그 작업을 해. 이번이 우리가 무선을 마지막으로 쓰는 게 될 거야. 마지막 수단이 될 때를 제외하곤 말이야."

"알겠습니다, 대장."

✳

회합은 공용실에서 열렸다. 모건은 출석을 부르고 개회를 선언했다. 매크라켄 박사는 그가 없이 진행한다고 결정하자마자 도착했다. 박사는 시골 지역에 살고 수의사인 데다 바클레이 지하 조직의 대리인 역할을 하고 있어서 대원 자격을 가지고 있었다.

"미합중국의 임시 단체인 바클레이 자유 민병대의 의회 개회를 선언합니다." 모건이 격식을 갖춰 선언했다. "민병대에 제출할 안건을 가지고 있는 회원 있습니까?"

주위를 둘러보았지만 아무 대답도 없었다. "자네는 어떤가?" 모건은 조 벤츠에게 따지듯 물었다. "듣기로는 민병대 전체가 들어야 하는 안건이 있다고 하던데."

벤츠는 고개를 저었다. "저는 기다리겠습니다."

"너무 기다리지는 말고." 모건이 가볍게 말했다. "좋습니다. 지금 두 가지에 대해서 논해야 합니다."

"세 가지입니다." 매크라켄 박사가 말을 보탰다. "절 불러줘서 고맙군요." 그는 자리에서 일어나 모건에 다가가서 여러 번 접힌 커다란 종이를 건넸다. 모건은 읽고는 다시 접어서 주머니에 집어넣었다.

"이것도 안건이군요." 모건이 매크라켄 박사에게 말했다. "마을에 있는 사람들은 뭐라던가요?"

"당신 말을 기다리고 있습니다. 지지도 해줄 겁니다. 적어도 지금까지는요."

"좋습니다." 모건은 사람들 쪽으로 몸을 돌렸다. "먼저 첫 번째 안건입니다. 오늘 직접 전달된 소식을 받았습니다. 3주 전 소식인데 또 다른 임시 정부가 설립된다고 합니다. 전령은 바로 우리 코앞에서 잡혔습니다. 아마 전령이 멍청이였겠죠. 부주의했거나요. 상관없습니다. 소식은 앨버트 M. 브록먼 장관이 자신을 미국의 임시 대통령으로 선포했고, 그에 따른 권한으로 듀이 펜턴 준장을 비정규군 민병대를 포함한(바로 우리 얘기죠) 전체 군병력의 사령관으로 임명했으며 모든 시민이 단합하여 침략자들을 몰아내라고 촉구했습니다. 모두 공식적이고 적합했습니다. 이제 이 일을 어떻게 해야 할까요?"

"그런데 대체 앨버트 M. 브록먼이라는 자가 누구죠?" 누군가가 뒤쪽에서 물었다.

"나도 기억해보려고 노력했습니다. 소식에는 맡았던 정부 직책 목록이 있더군요, 무슨 차관보 직책도 있었고. 거기서 '그에 따른 권한'이 나오나 봅니다. 하지만 기억이 안 나더군요."

"난 기억합니다." 매크라켄 박사가 갑자기 말했다. "제가 연방축산국에 있었을 때 만난 적 있습니다. 직업 공무원이었는데… 무능한 자였죠."

우울한 침묵이 찾아왔다. 테드가 입을 열었다. "그러면 우리가 왜 그런 자에게 신경 써야 하죠?"

지도자가 고개를 저었다. "그게 그렇게 간단한 문제가 아닙니다, 테드. 우리는 그가 무능하다고 단정을 지을 수가 없어요. 나폴레옹도 다른 상황이었다면 별거 아닌 사무직원이었을지도 모르죠. 그리고 브록먼 장관이 사실은 혁명의 천재였는데 관료로 행세했을 수도 있습니다. 하지만 그것도 중요한 점이 아닙니다. 지금 그 무엇보다 필요한 것은 전국적인 단결입니다. 지금 당장 형식상 지도자가 누군지는 중요하지 않아요. 근거가 조금 약하긴 해도 '그에 따른 권한' 때문에 모든 사람이 단 한 명의 지도자 아래 뭉칠 수 있게 될지도 모릅니다. 우리 같은 작은 무리로는 절대 나라를 되찾지 못해요. 우리는 단합해야 합니다. 그리고 바로 그 이유로 브록먼 장관을 무시하지 못한다는 겁니다."

"참 짜증 나는군요." 매크라켄 박사가 사정없이 말했다. "이런 일은 일어날 필요도 없었잖습니까! 모두 사전에 방비할 수 있었는데."

"후회해봐야 이제는 소용없어요." 모건이 말했다. "지금에 와서야 정부의 실수를 발견하기 쉽죠. 하지만 전쟁을 막기 위해 마지막까지 진심으로 노력한 사람들이 있었을 겁니다. 평화를 지키기 위해서는 모든 나라가 필요하지만, 전쟁이 시작되려면 나라 하나만 있으면 되니까요."

"아니, 아니, 아니…. 내 말은 그게 아니에요, 대장." 매크라켄 박사가 대답했다. "내 말은 전쟁을 막을 수 있었을 거라는 뜻이 아닙니다. 한 번쯤은 일어날 수도 있겠죠. 하지만 모든 사람이 또 다른 전쟁이 일어날 거라고 생각했잖습니까. 그리고 모든 사람이, 내 말은 정말로 모든 사람이 전쟁이 일어날 걸 알고 있었다 치면, 그 전쟁은 미국 도시들을 폭파하며 시작될 거라는 것도 알고 있었을 거란 말이죠. 하원과 상원의 모든 의원들은 전쟁이 일어나면 워싱턴이 파괴될 것이며, 이 나라가 정부를 잃고 마치 목 잘린 닭처럼 되리라는 것도 알고 있었단 말입니다. 그자들은 알고 있었어요. 그런데 왜 아무것도 하지 않았냐는 말입니다!"

"뭘 할 수 있었겠어요? 워싱턴도 보호받지 못했는데."

"그럴까요? 자신들이 죽었을 때의 계획이라도 만들어뒀어야죠! 대체 대통령과 대체 하원의원을 만들도록 하는 헌법 수정조항을 통과시켜서, 그 대체 요원들이 위험 지역에 못 가도록 해야 했어요. 아니면 재난이 일어났을 때 권력이 승계되도록 하는 장치를 만들어놓든가요. 비밀리에 정부 핵심을 보호하는 대피소를 만들어둘 수도 있었단 말입니다. 아이들을 위해 생명보험에 들어두는 아버지처럼 계획을 짤 수도 있었죠. 그 대신 그 작자들은 노닥거리면서 살이나 찌우고, 멍청하고 행복하게 살다가 스스로를 죽게 내버려 둬 놓고는 자기들이 죽고 나서 그들의 임무를 계속 이어나갈 아무 대비책도 만들어 놓지 않았단 말입니다. '그에 따른 권한'이라니, 맙소사! 이건 그냥 재난적인 게 아니라, 웃기기까지 해요! 예전에 이 나라는 세계 최고의 국가였는데, 이제 우리 꼴 좀 보란 말입니다!"

"진정하세요, 박사님." 모건이 말했다. "뒤돌아보는 것은 앞을 내다보는 것보다 쉬운 법이죠."

"흠! 나는 이렇게 될 줄 알고 있었어요. 일이 일어나기 5년 전에 이미 워싱턴 일을 그만두고 시골로 와서 수의사 생활을 시작했으니까요. 하원의원 중에 나 정도의 머리도 가진 사람이 없었단 걸까요?"

"흠, 글쎄요, 박사님 말이 맞을 겁니다. 드레드 스콧 판결*까지 올라가서 걱정할 수도 있겠죠. 지금은 당면한 문제부터 봅시다. 브록먼 장관은 어떤가요? 의견 있는 사람?"

"뭘 제안하려는 거예요, 대장?"

"사람들의 생각부터 들어보고 싶군요."

"아, 뜸 들이지 말고 말해요, 대장…." 테드가 재촉했다. "우리를 지도하라고 지도자로 뽑았잖아요."

"알겠습니다. 난 소식을 가져온 경로를 거꾸로 따라 올라가 브록먼 장관을 찾아내기를 제안합니다. 냄새도 맡아보고 어떤 사람인지 알아냅시다. 그 지역 집단들과 최대한 상의를 해보고 통일된 행동을 보여주자는 거죠. 카터와 모리를 보내면 어떨까 하고 생각 중입니다."

캐슬린이 고개를 저었다. "위조 등록증과 여행 허가증이 있더라도 두

* 드레드 스콧은 흑인 노예로 자신의 자유를 찾기 위한 소송을 걸었으나 미연방대법원은 흑인은 미국 시민이 될 수 없다며 7대 2로 이 소송을 각하하는 판결을 내렸다. 결국, 남부와 북부의 갈등이 격화되는 계기가 되었고 이는 남북전쟁으로 이어지게 되었다.

사람은 잡혀서 부흥 부대에 끌려갈 거예요. 제가 가죠."

"그럴 리는 없겠지만." 모건이 대답했다. "당신이 잡힌다면 험한 꼴을 당할지도 몰라요. 남자를 보내야 합니다."

"그렇지만 캐슬린 말이 맞을 것 같군요." 매크라켄 박사가 끼어들었다. "그자들은 열두 살짜리 남자애와 제대로 걷지도 못하는 노인까지도 디트로이트 단지에 보냈어요. 방사능에 얼마나 버티는지 신경도 안 써요. 우리를 말려서 죽일 셈인거죠."

"도시 상황이 그렇게 안 좋습니까?"

"듣기로는, 네, 안 좋아요. 디트로이트는 아직 방사능이 강하다지요. 제일 처음에 당했는데도요."

"내가 가겠어요." 목소리는 높고 가늘어서 잘 들리지도 않았다.

"이제 당신까지…." 카터가 말했다.

"그 일은 꺼내지 마, 여보. 남자들이나 젊은 여자라면 잡힐 거야. 하지만 나라면 신경 쓰지도 않을걸. 손자와 만나도록 허가해주는 서류 같은 것만 있으면 돼." 카터 부인이 말했다.

매크라켄 박사가 고개를 끄덕였다. "그건 제가 제공하죠."

모건이 조용히 있다가 갑자기 말했다. "그러면 카터 부인이 브록먼 장관과 접촉합니다. 그렇게 정리하도록 합니다. 다음 안건입니다." 그는 기운차게 말을 이었다. "세인트조세프에 대한 소식은 들으셨을 겁니다, 지난밤 바클레이에 놈들이 이걸 내걸었더군요." 그는 매크라켄 박사가 아까 건넨 종이를 꺼내서 폈다. 인쇄된 통지서로 '바클레이 시를 보호 관찰하에 놓을 것이며, 지역 당국의 능력이 닿는 데까지 방랑하는 범죄자 집단들을 제압하겠다.'라고 적혀 있었다.

웅성거림이 일었지만, 말은 없었다. 여기 모인 사람들 대부분은 바클레이에 살았었고, 지인들 역시 아직 거기 있었다.

"제가 말할 차례군요." 매크라켄 박사가 말을 시작했다. "포스터가 붙자마자 회의를 열었습니다. 모두 참가하진 못했죠. 아주 작은 모임을 여는데도 위장하기가 어려워지고 있으니까요. 하지만 모두 동의했습니다. 우리는 당신들을 지지하지만 조금만 약하게 해줬으면 좋겠습니다. 바클레이 인근 30킬로미터 정도 내에서는 습격을 멈추고, 체포를 피하기 위해 절대적으로 필요한 경우가 아니라면 살인도 그만둬줬으면 합니다. 세인트조세프에서는 지역 국장 살해가 발단이었더군요."

벤츠가 콧방귀를 뀌었다. "그래서 아무 일도 하지 말라는 건가요. 그냥 항복하고 언덕에 살다가 굶어 죽으라고요."

"말을 끝까지 듣게, 벤츠. 놈들을 두려워하며 영원히 노예로 살라는 얘기가 아닙니다. 하지만 무계획적인 습격은 해만 끼칠 뿐이라는 거죠. 대부분 지하 조직을 위해서 음식을 마련하기 위해서거나 사소한 보복을 위한 것 아니던가요. 우리는 힘을 비축하고 강화하고 조직화해야 합니다. 강력한 한 방으로 영구적인 손상이 가도록 하려면 말이죠. 우리는 여러분이 굶주리도록 하지는 않을 겁니다. 제가 농부들을 조직해서 등록 안 된 가축을 더 많이 숨겨 나오도록 할 수 있습니다. 고기를 공급할 수 있어요. 조금이겠지만요. 그리고 배급 식량을 여러분과 함께 나눌 겁니다. 지금 하루 1천8백 칼로리를 제공하고 있는데 나눌 수 있을 겁니다. 암시장을 이용해도 되겠죠. 방법은 있어요."

벤츠가 모욕적인 소리를 냈다. 모건이 쳐다봤다.

"말로 해, 벤츠. 무슨 생각이라도 있나?"

"그럼 말하죠. 이건 계획이 아니에요. 무질서한 퇴각이지. 1년 후면 우리는 두 배는 굶주리게 될 거고, 그때는 아무것도 할 수 없을 것입니다. 그러는 동안 놈들은 자리를 잡고 더 강해지겠죠. 그러면 우리는 어떻게 되겠어요?"

모건이 고개를 저었다. "자네가 틀렸어. 놈들이 우리를 탄압하지 않았더라도 결국 이 단계에 이르렀을 거야. 자유 민병대는 놈들의 주목에서 벗어나야만 해. 음식 문제가 해결되면 힘과 무기를 비축할 수 있을 거야. 조직과 무기가 필요하지. 전국적인 조직과 총과 칼과 수류탄 말이야. 이

광산을 공장으로 만들어야 해. 바클레이에 사는 사람 중에 여기서 만든 것을 쓸 수 있는 사람도 생기겠지. 하지만 그동안에 바클레이가 폭격을 받을 위험을 무릅쓸 수는 없어. 그러기가 쉽지만 말이야."

"에드 모건, 자기 자신을 속이고 계시네요. 당신도 그걸 알고 있고요."

"어떻게?"

"어떻게라뇨? 이봐요, 지금 피신해서 어딘가에 가입하라고 설득할 생각이시라면…."

"자네는 자원했잖나."

"맞아요, 저는 자원했죠. 그건 당신이 적들을 바다까지 밀어내 처넣을 열정을 가지고 있었기 때문이었어요. 프랑스나 폴란드를 들먹이면서 필리핀인들이 점령당한 뒤에도 어떻게 계속 싸웠는지에 대해 얘기했잖습니까. 공수표나 남발하고 말이죠. 하지만 나에게 말하지 않은 게 있었죠."

"계속 말해봐."

"자신의 나라를 해방한 지하 조직 따윈 존재한 적도 없어요. 모두 외부 침공으로 호응해주는 세력이 있었기에 성공했던 거죠. 하지만 지금 아무도 우리를 호응해주지 않는다고요."

이 말 이후 잠시 침묵이 뒤따랐다. 벤츠의 발언에는 너무나 많은 진실이 담겨 있었고, 민병대의 일원이라면 이에 대해 생각해볼 여유가 없었던 것이 사실이었다. 어린 모리가 침묵을 깼다. "대장?"

"말해봐, 모리." 나이는 어리지만, 전사로서 모리는 시민이자 투표권자였다.

"벤츠는 어떻게 자기가 한 말에 대해서 저렇게 확신하는 걸까요? 역사는 반복되지 않아요. 어쨌든 외부 도움을 얻게 될 수도 있죠. 아마도 영국이나 아니면 러시아라도요."

벤츠가 코웃음을 쳤다. "저 멍청이 하는 소리 좀 들어봐요! 이봐, 꼬마야, 영국도 우리처럼 맹공을 당했어. 더 심하게 당했지. 러시아도 마찬가지야. 철 좀 들어. 몽상이나 하지 말고."

소년이 그를 매섭게 바라봤다. "당신도 모르잖아요. 우리는 저들이 말하겠다고 고른 것만 알고요. 그리고 저들은 전 세계 모든 곳에서 모든 사람을 제압할 정도로 수가 많지도 않다고요. 야키족*이나 모로족**도 전멸하지는 않았어요. 그리고 놈들도 우리가 항복하지 않는 한 전멸시키지 못할 거예요. 저도 역사는 좀 읽었어요."

벤츠가 어깨를 으쓱했다. "그래, 맞다. 맞아. 이제 우리 모두 〈내 조국은 그대들〉***을 부르고 스카우트의 맹세나 하면 되겠네. 그러면 모리가 좋아하려나…."

"그만해, 벤츠!"

"표현의 자유는 있었던 거 아니었어요? 내가 알고 싶은 것은 이거예요. 이 생활을 얼마나 계속해야 하나요? 산토끼를 놓고 코요테랑 경쟁하는 것도 지긋지긋하단 말입니다. 나도 최정예 적들과 싸웠다는 걸 알잖아요. 습격에도 참여했고요. 안 그래요? 안 그러냔 말입니까? 나를 겁쟁이라 부르면 안 되죠."

"습격에 몇 번 참가한 적 있긴 하지." 모건도 인정했다.

"좋습니다. 말이 되는 계획을 보여준다면 언제까지고 따라가겠습니다. 그래서 내가 언제까지 이래야 하느냐고 묻고 있는 겁니다. 우리는 언제 행동하죠? 다음 봄? 내년?"

모건은 참을 수 없다는 몸짓을 했다. "그걸 내가 어찌 알아. 다음 봄일 수도 있고 10년 후일 수도 있지. 폴란드인은 3백 년을 기다렸어."

"그게 문제라는 겁니다." 벤츠가 천천히 말했다. "저는 당신이 합리적인 계획을 제시해주길 바랐어요. 기다리며 무장하자, 참 아름다운 구상이죠! 원자 폭탄에 대항해 수제 수류탄이라니! 그냥 거짓말은 그만두는 게 어때요? 우린 망했다고요!" 그는 벨트를 잡아 끌어 올렸다. "나머지

* 아즈텍 지역의 원주민

** 필리핀의 토착민

*** My Country' Tis of Thee. 1931년 미국에서 현재 국가를 채택하기 전 사용되었던 국가 중 하나

사람들은 마음대로 하세요. 난 그만두렵니다."

모건이 어깨를 으쓱했다. "싸우지 않는 사람을 싸우게 만들 수는 없지. 자네는 비전투 임무에 배정될거야. 총은 반납하도록. 캐슬린에게 보고해."

"이해를 못 하시네요, 모건. 그만둔다니까요."

"이해를 못 하는 건 너야, 벤츠. 지하 조직에서는 아무도 그만둘 수 없어."

"위험은 없을 거예요. 조용히 떠날게요. 그리고 부랑자로 등록할 거예요. 당신들에게 무슨 해가 있진 않을 거예요. 두말할 필요도 없이 입은 꾹 닫을 테니까요."

모건은 한숨을 쉰 다음 대답했다. "벤츠, 살면서 난 '자연스럽게', '물론', '두말할 필요도 없이'라는 말은 절대 믿으면 안 된다는 아픈 교훈을 배웠어."

"아, 나를 못 믿으시겠다?"

"나는 민병대의 대장으로서, 자네를 믿을 여유가 없어. 나를 투표로 민병대에서 축출하지 않는다면 내 결정은 지속될 거야. 널 체포한다. 총을 넘겨."

벤츠는 멍한 표정으로 주변을 보더니 적의에 찬 표정을 지었다. 그가 허리에 손을 가져갔다.

"왼손으로 꺼내, 벤츠!"

벤츠는 불복하고 갑자기 총을 뽑은 뒤 물러나며 말했다. "모두 비켜!" 그는 날카롭게 외쳤다. "아무도 다치게 하고 싶지 않아. 모두 비키라고!"

모건은 비무장이었다. 회의 참석자 중에서 칼을 가진 사람이 한두 명 정도 있었을지 모르겠지만, 대부분은 저녁 식사를 하다가 참가한 사람들이었다. 광산 내부에서 무장하고 다니는 것은 관습이 아니었다.

망보기 임무를 맡고 있던 어린 모리는 라이플로 무장하고 있었다. 라이플을 쓰기에는 공간이 충분하지 않았지만 모건이 보건대 그래도 시도

하려는 것 같았다. 벤츠도 마찬가지였다.

"그만둬, 모리!" 모건이 명령 복종을 기대하며 다른 사람들에게도 말했다. "보내줘요. 아무도 움직이지 말고. 가게, 벤츠."

"잘 생각했어." 벤츠가 물러나서 잡초와 표류물로 거의 막혀 있는 주 출입구로 향했다. 위장을 위해 사용하지 않은 상태를 유지했지만, 통과하기에는 충분했다.

벤츠는 여전히 짙게 드리워진 어둠 속으로 물러났다. 잠시 후 굽은 터널 너머로 그의 모습이 사라졌다.

카터는 벤츠가 보이지 않게 되자마자 다른 방향으로 바삐 움직였다. 그러고는 즉시 다시 나타났는데 무언가를 들고 있었다. "엎드려!" 그가 외쳤고 그들 사이를 지나가더니 벤츠 뒤를 쫓았다.

"카터!" 모건이 외쳤다. 하지만 카터는 이미 사라지고 없었다.

몇 초 후 귀와 코를 찢을 듯한 폭발이 일어났다.

모건은 일어나면서 먼지를 털고 짜증 난다는 말투로 말했다. "좁은 공간에서 폭탄 터뜨리는 건 좋아해본 적이 없어. 클리브, 아트. 확인해보도록. 빨리!"

"알겠습니다, 대장!" 두 사람이 사라졌다.

"나머지는 퇴각 계획 실행을 준비하도록, 음식과 물자를 포함하는 전면 후퇴다. 제리, 내가 연락할 때까지 수신기나 가시선을 철수하지는 마. 마지가 도와줄 거야. 캐슬린, 가지고 가지 못할 음식은 전부 내오도록 해요. 오늘 저녁은 포식하겠군요. 사형수의 만찬쯤 되려나."

"잠시 얘기 좀 하죠, 대장." 매크라켄 박사가 소매를 건드렸다. "나는 바클레이에 소식을 전하는 게 낫겠어요."

"부하들의 보고가 들어오면요. 도시로 돌아가시는 게 좋겠어요."

"과연 그럴까요. 벤츠가 내 얼굴을 아는데. 여기에 머무는 게 좋을 것 같은데요."

"흠, 글쎄요, 그러면 알아서 하십시오. 가족들은요?"

매크라켄 박사가 어깨를 으쓱했다. “내가 잡힌다면 더욱 큰 일이 벌어지겠죠. 가족에게 경고를 전해주고 가능하다면 합류할 방법을 찾아야겠어요.”

“그러죠. 새 접선자를 알려주셔야겠어요.”

“계획이 있어요. 이 소식이 전해진다면 부관이 내 자리를 채울 거예요. 호바트라는 사람인데 펠햄가에서 식료품점을 경영하고 있죠.”

모건이 고개를 끄덕였다. “역시 이미 손을 써놓으셨군요. 이제 우리가 모르는 것은….” 클리브가 보고하러 와서 말을 멈췄다.

“도망쳤습니다, 대장.”

“왜 뒤를 안 쫓았지?”

“카터가 수류탄을 던졌을 때 지붕이 반 정도 무너져 내렸습니다. 터널이 바위로 막혀버렸어요. 건너편이 보이는 구멍은 있지만 통과할 정도는 안 됐습니다. 놈은 터널을 빠져나갔어요.”

“카터는 어떤가?”

“괜찮습니다. 머리에 판자를 맞아 다쳤지만, 중상은 아닙니다.”

모건은 후퇴 준비를 하러 서둘러 지나가는 여자 두 명을 멈춰 세웠다. “이리 와요, 진, 그리고 보웬 부인. 카터를 치료해주고 아트에게 여기로 최대한 빨리 돌아오라고 전해줘요. 빨리!”

아트의 보고를 들은 모건이 말했다. “자네와 클리브는 나가서 벤츠를 찾아. 바클레이로 향하고 있다고 가정하고. 놈을 멈춘 후 할 수 있다면 살려서 데려와. 안 되면 죽여도 좋아. 아트가 지휘한다. 가봐.” 그는 매크라켄 박사를 돌아봤다. “이제 바클레이 소식 말인데요.” 그는 주머니 속에서 매크라켄 박사로부터 받은 공지 포스터를 찾아 꺼내 찢어서는 그 위에 무언가 쓰기 시작했다. 그러고는 매크라켄 박사에게 보이며 물었다. “어때요?”

호바트에게 벤츠에 대해 경고하고, 할 수 있다면 그를 제거하라는 내용이었다. 여기에는 바클레이 자유 민병대가 떠난다는 얘기는 없었지만,

다음에 접촉할 '우체국'을 버스 정거장의 남자 화장실로 지정해놓고 있었다.

"우체국 얘기는 안 쓰는 게 좋겠군요." 매크라켄 박사가 조언했다. "호바트도 알고 있고 접촉할 방법은 대여섯 가지 더 있으니까요. 하지만 내 가족부터 대피시켜달라고 부탁하고 싶군요. 그냥 디나 숙모가 죽어서 안됐다고 말하면 됩니다."

"그거면 충분한가요?"

"네."

"알겠습니다." 모건은 메모를 수정하고 사람을 불렀다. "마지! 이걸 암호화한 후에 제리에게 최대한 빨리 전달하도록 해. 속보라고 전하고. 보내고 난 다음에 무선기 설비를 분해하라고 해줘."

"알겠습니다, 대장." 마지는 암호학에 아무런 지식도 없었다. 대신 십대들이 사용하는 은어와 속어를 자유자재로 구사했다. 사춘기 소녀가 아니라면 이 소녀가 쓰는 암호 같은 말은 아무런 의미도 없었다. 반대편에 있는 또 다른 15살 난 소녀가 양부모의 눈으로는 거의 텔레파시처럼 보일 만한 방법으로 메시지를 해독할 수 있을 것이었다. 이 방법은 잘 먹혔다.

바클레이에 사는 열다섯 살 소녀는 믿을 수 있었다. '마지막 일요일' 당시 그녀를 제외한 전 가족이 로스앤젤레스에 있었다.

아트와 클리브는 별 어려움 없이 벤츠의 흔적을 찾아냈다. 놈의 발자국은 주 출입구에서 광산까지 이어져 있었다. 흙과 돌에는 지난번 큰비가 온 이후 아무도 밟은 흔적이 없었고 벤츠가 도망치면서 남긴 발자국만 뚜렷하게 보였다.

하지만 흔적을 남기고 이미 20분이 지났다. 두 사람은 벤츠가 나간 출입구에서 4백 미터 떨어진 비밀 출입구를 통해 광산을 나갔다.

아트는 벤츠가 남긴 흔적을 다시 찾았고, 왕년에 보이스카우트에서 배운 삼림 생존술을 이용해 추적했다. 벤츠가 부주의하게 남긴 흔적을 보니 서둘러서 직선 경로를 통해 고속도로로 향하고 있는 게 분명했다. 두 사람은 최대한 넓게 수색을 하면서 신중함을 버리고 가능한 한 빠른 속도로 추적했다.

두 사람은 고속도로로 들어가기 직전 확인을 했다. "뭔가 보여?" 클리브가 물었다.

"아니."

"놈이 어디로 갔을까?"

"대장 말로는 바클레이 쪽으로 갔을 거라 했어."

"맞아, 하지만 대신 남쪽으로 갔다면? 그놈은 위컴턴에서 일한 적 있어. 그쪽으로 갔을지도 몰라."

"대장이 바클레이를 수색하라고 했잖아. 가자."

두 사람은 총을 숨겨야 했다. 고속도로에서 무장하고 있으면 가든 파티에서 벌거벗은 사람만큼이나 튀어 보일 테니까. 이제부터는 재치와 칼에 의지할 수밖에 없었다.

그들의 목표는 이제 속도였다. 반드시 따라잡거나 앞질러 간 다음 매복공격을 가해야 했다.

15킬로미터를 2시간 반, 즉 150분 만에 종종걸음으로 주파했다. 무장호송단이 지나갈 때면 도로변에 있는 풀숲에 몸을 숨겨야 했기 때문에 시간이 낭비되었다. 두 사람은 이제 바클레이의 외곽에 다다랐다. 가려서 보이지 않았지만 도로가 꺾이는 곳 너머에는 침략자들이 막은 도로와 검문소가 있었다. 그 지점은 병목 형태였다. 벤츠가 바클레이로 향했다면 이곳을 거쳐야만 했다.

"놈이 앞에 있을까, 아니면 뒤에 있을까?" 클리브가 풀숲 밖을 살피면서 물었다.

"뒤에. 무장호송단에 끼거나 날개라도 돋지 않았다면 말이야. 1시간 정도 기다려보자."

말이 끄는 짐수레 마차가 길에 나타났다. 클리브는 자세히 살폈다. 누구도 감독 없이 동력차를 탈 수 없었다. 그러나 이 농부는 짐을 싣고 도시로 가는 동안 도로 봉쇄선에서 일상적인 검문만을 받았다. "저기 숨어

타서 도시 안을 찾아보는 건 어떨까."

"갈비뼈 사이에 칼날 박히고 싶어? 바보 같은 소리 하지 마."

"알았어. 화내지는 말라고." 클리브는 계속 마차를 감시했다. "이봐." 그가 다급하게 말했다. "저것 좀 봐!"

짐마차의 후미에서 그림자가 하나 떨어져나왔다. 그림자는 모퉁이를 돌아가더니 맞은편의 도랑으로 미끄러지듯 굴러 들어가 시야에서 사라졌다.

"벤츠야!"

"확실해?"

"맞다니까! 우리도 가자."

"어떻게?" 아트가 반대 의견을 냈다. "걱정 마. 날 따라와." 두 사람은 2백 미터 정도 뒤로 물러나 도로 아래에 난 배수 파이프를 기어서 통과했다. 그러고는 벤츠가 풀숲 속으로 사라진 건너편으로 향했다.

두 사람은 그가 있었던 곳을 발견할 수 있었다. 지나간 자리의 잔디와 잡초가 여전히 밟혀 있었다. 놈이 고를 수밖에 없었던 경로는 명백했다. 강변으로 내려가서 도시 쪽으로 거슬러 올라가는 경로였다. 피도 한두 방울 떨어져 있었다. "카터가 던진 수류탄이 아슬아슬하게 스쳤나 봐." 클리브가 그걸 보고 말했다.

"그대로 해치웠어야 했는데."

"또 다른 문제가 있어. 놈은 자수하겠다고 말했잖아. 내 생각에 놈이 정말로 자수할 생각이었다면 검문소에서 짐마차에 숨어 들어오진 않았을 것 같아. 어딘가 은신처로 향하고 있을 거야. 바클레이에 놈이 아는 사람이 있을까?"

"몰라. 우리도 가봐야겠어."

"잠시 기다려봐. 만약 놈 때문에 경계경보라도 발령되면 적들이 우리 대신 쏴 죽여줄 거야. 만약 놈이 '눈'에 걸린다면, 우린 놈을 결국 놓치게 될 거고 안에서 잡아와야겠지. 어느 쪽이건 막무가내로 덤벼서는 우리가 얻을 게 없어. 비탈길을 따라가야 할 것 같아."

침략자가 병합한 다른 모든 도시와 마찬가지로 바클레이는 전자눈 회로로 둘러싸여 있었다. 적들은 막힘없는 자동 감시 체계를 만들기 위해 도시 여기저기를 다이너마이트로 폭파하고 불태워버렸다. 하지만 '비탈길'(버려지고 잊힌 수도관을 그렇게 불렀다)은 감시 장치의 아래를 지나고 있었다. 아트는 '마지막 일요일' 이후 두 번 도시에 온 적 있어서 이를 어떻게 이용하는지 알고 있었다.

두 사람은 다시 고속도로로 나와 길을 건넌 뒤 언덕으로 올라갔다. 30분 후 두 사람은 바클레이의 길거리에 서 있었다. 보도에 가끔 보이는 침략자를 보고 재빨리 길을 터주기만 한다면 꽤 안전할 것이었다.

첫 번째 '우체국'인 출구 근처의 빨랫줄은 텅 비어 있었고 아무 소식도 없었다. 두 사람은 버스 정거장으로 향했다. 클리브가 주민들이 사용하는 게시판을 살펴보는 동안 아트는 남자 화장실에 들어갔다. 벽에는 모든 종류의 낙서가 그려져 있었고 대부분은 욕이었지만 그가 찾던 말을 발견했다. '킬로이(Killoy) 다녀감.'* 킬로이(Kilroy)와 철자가 다른 것이 단서였다. 그로부터 정확히 45센티미터 아래, 15센티미터 오른쪽에 주소가 있었다. '스프루스가 1745번지, 마벨을 찾을 것.'

아트는 이 메세지를 스프루스에서 한 블록 떨어진 파인가 2856번지로 읽었다. 아트는 클리브에게 주소를 전달했다. 둘 중 적어도 한 명은 들키지 않고 통과해내야 했기에 두 사람은 따로따로 헤어진 후 통행금지가 떨어지기 전에 빠르게, 하지만 조심스럽게 목적지로 향했다. 그들은 해석된 주소의 뒷마당에서 다시 만났다. 아트가 부엌문을 두드렸다. 문이 조금만 열리고 그들을 별로 반가워하지 않는 중년 남자가 보였다. "뭐야?"

"마벨을 찾아왔습니다."

"여기 그런 사람 없어."

* 제2차 세계대전 당시 유행한 미국의 대중문화로서, 참전 미군들의 낙서가 기원이라고 전해진다.

"죄송합니다." 아트가 말했다. "저희가 실수를 한 것 같네요." 그가 몸을 떨었다. "추워서요. 밤도 길어지고 있고요." 그가 말했다.

"매일 밤이 짧아지고는 있지." 남자가 대답했다.

"어째서인지 우리도 그렇게 생각합니다." 아트가 맞받았다.

"들어와." 남자가 말했다. "순찰대가 볼지도 모르니까." 그는 문을 열고 비켜섰다. "내 이름은 호바트야. 여기는 왜 왔지?"

"우리는 벤츠라는 자를 찾고 있습니다. 오늘 오후 도시에 몰래 기어들어 왔을 겁니다. 아마 숨을 곳을…."

"알았어, 알았어." 호바트가 참을 수 없다는 듯이 말했다. "1시간 전에 왔어. 모일랜드라는 자와 만나더군." 그는 말을 하면서 찬장에서 반 덩어리의 빵을 꺼내서는 네 조각으로 자른 후 차가운 소시지를 끼워서 샌드위치 두 개를 만들었다. 그러고는 배고프냐고 묻지도 않고 아트와 클리브에게 조용히 건넸다.

"고맙습니다. 그러니까 놈은 숨어 있는 거군요. 무슨 대책은 안 세우셨어요? 지금 당장 입을 막지 않으면 결국 모든 걸 다 불어버릴 거라고요."

"전화선을 도청하고 있어. 어두워질 때까지 기다려야 했지. 설마 그놈 하나 입을 막으려고 내 부하를 희생시키길 바라는 건 아니겠지."

"이제 어두워졌으니까 우리가 그 부하가 되어드릴게요. 아저씨 부하는 불러들이도록 하세요."

"알았어." 호바트가 신발을 신었다.

"괜히 끼어드실 필요는 없어요." 아트가 말했다. "그냥 모일랜드가 어디 사는지만 말씀해주세요."

"그러다가 목에 칼 맞지. 내가 데려다줄게."

"모일랜드라는 자는 어떤 사람이죠? 안전한가요?"

"그걸 내가 증명해줄 수는 없어. 암시장 중개인이야. 하지만 그게 무슨 의미가 있는 건 아니지. 조직의 일원은 아니지만, 딱히 적이라는 증거도 없어."

호바트는 두 사람을 뒷마당 울타리로 데려가서 어두운 곁길을 건넌 뒤 두 사람이 걸린 줄 알고 엎드려서 몇 분 동안 숨었던 풀숲이 있던 놀이터를 지났다. 그리고 다시 또 여러 뒷마당과 뒷골목과 샛길을 지났다. 이 사람은 적을 찾아내는 예민한 감각을 가진 것 같았다. 아무에게도 걸리지 않았으니까. 결국 어느 가정집의 지하실 출입구를 통해 들어가서는 아이를 돌보고 있는 여자가 있는 위층의 방을 지났다. 여자는 고개를 들었지만 일행을 무시했다. 그리고 마침내 그들은 어두운 다락방에 도착했다. "안녕, 짐." 호바트가 조용히 인사했다. "새로운 일 있어?"

인사를 받은 남자는 팔꿈치를 괸 채로 엎드려서 환기창에 난 틈 너머의 밤 풍경을 쌍안경으로 감시하고 있었다. 그는 쌍안경을 내리면서 구르고는 귀에 꽂혀 있던 이어폰의 한쪽을 뽑았다. "안녕하세요, 대장. 별일 없어요. 벤츠는 취한 것 같아요."

"모일랜드가 어디까지 알아냈는지 봐야겠어." 호바트가 말했다. "전화는 썼나?"

"놈이 전화했는데 제가 아무 일도 안 했을까 봐요? 전화가 두 통 오긴 했어요. 하지만 별 내용은 없었고 말하도록 내버려뒀습니다."

"어떻게 별 내용이 없었다는 걸 알지?"

짐이 어깨를 으쓱하며 환기창을 향했다. "모일랜드가 방금 차양을 내렸군요." 그가 말했다.

아트는 호바트를 보며 말했다. "더 이상 못 기다립니다. 들어가겠어요."

✳

벤츠가 모일랜드의 집에 도착했을 때는 상태가 그다지 좋지 않았다. 카터의 수류탄 때문에 난 어깨 상처에서 출혈이 계속되고 있었다. 손수건으로 압박을 가했지만 오히려 출혈이 더 심해졌다. 그는 숨어들기 전에 자신의 부상 때문에 시선을 끌지나 않을까 걱정이 되어서 몸이 떨렸다.

모일랜드가 문에서 난 소리에 대답했다. "모일랜드예요?" 벤츠가 물으면서 뒤로 움츠러들었다.

"맞아. 그런데 누구지?"

"저예요, 조 벤츠. 들여보내주세요, 모일랜드. 빨리요!"

모일랜드가 문을 닫으려다 갑자기 열었다. "들어와." 문이 잠기고 나자 물었다. "어디 보자…, 무슨 문제라도 있어? 왜 나한테 왔지?"

"어디론가 가야 해요, 모일랜드. 거리에서 사라져야 한다고요. 놈들이 나만 괴롭혀요."

모일랜드가 벤츠를 자세히 살폈다. "자네는 등록을 안 했군. 왜 안 했지?"

벤츠는 대답하지 않았다. 모일랜드는 기다렸다가 말을 이었다. "도망자를 숨겨주다가 내가 어떤 꼴을 당할지 알지 않아? 자네 지하 조직 사람이지?"

"아, 아니에요, 모일랜드! 제가 그런 짓을 할 리가 없잖아요. 저는 그냥… 그냥 부랑자예요. 저도 등록해야 해요, 모일랜드."

"코트에 피가 묻어 있군. 어쩌다 묻었지?"

"어…, 그냥 사고였어요. 깨끗한 붕대와 아이오딘 좀 주실 수 있을까요."

모일랜드는 완전히 무표정한 얼굴로 노려보더니 웃었다. "우리가 해결 못 할 문제란 없지. 앉아." 그는 벽장에 들어가서는 버번 한 병을 꺼내서 물컵에 세 손가락만큼 따라 벤츠에게 건넸다. "치료하는 동안 마시고 있어."

그는 찢어놓은 수건과 병을 들고 돌아왔다. "창문에 등을 돌리고 가만히 앉아 있어. 셔츠를 벌려봐. 한 모금 더 마시고. 치료를 끝내려면 그거라도 마셔둬야 할 거야."

벤츠는 창문 쪽을 걱정스레 바라보았다. "차양을 내리는 게 어때요?"

"그랬다가는 시선을 끌어. 요즘 정직한 사람들은 차양을 안 내리고 사니까. 가만히 있어. 아플 거야."

술을 석 잔 마시고 나서야 벤츠는 기분이 나아졌다. 모일랜드는 같이 앉아서 술을 마시며 벤츠의 날카로워진 신경을 달래줬다. "나에게 온 건 잘한 일이야." 모일랜드가 말했다. "겁먹은 토끼처럼 숨어서는 될 일도 안 되지. 그냥 석벽에 머리를 박는 꼴이야. 바보 같은 짓이지."

벤츠가 고개를 끄덕였다. "저도 그들에게 그렇게 말했다니까요."

"누구에게 말했다는 건가?"

"응? 아, 아니에요. 그냥 나랑 아는 사람들이에요. 부랑자들이죠."

모일랜드는 술을 다시 한 잔 따랐다. "사실 자네는 지하 조직에 있었군."

"저요? 바보 같은 소리 마세요, 모일랜드."

"이봐 벤츠, 나까지 속일 필요는 없어. 자네 친구 아닌가. 나에게 말한다 해도 아무 상관 없어. 아무 증거도 없잖아. 그리고 난 지하 조직에 동정적이야. 미국인이라면 다들 그렇겠지만 말이야. 난 그저 그들이 잘못된 생각을 하는 바보라고 생각할 뿐이야. 아니었다면 나도 가담했겠지."

"그자들은 정말 멍청하다니까요! 그 말은 아무리 해도 괜찮을 정도예요."

"그러니까 자네도 거기 있었다는 얘기군?"

"네? 지금 절 함정에 빠뜨리려고 하시네요. 하지만 맹세코 말하는데 저는 절대…."

"아, 긴장 풀어!" 모일랜드가 다급하게 말했다. "잊어버려. 난 아무 얘기도 못 들었어. 그러니 아무 얘기도 못 할 거야. 듣지도 않고 보지도 않고, 바로 그게 나라는 사람이지." 그는 주제를 바꿨다.

병이 비어가는 동안 모일랜드는 현재 일어나고 있는 사건들을 본 대로 말해주었다. "이렇게 참패를 당하고 나서야 교훈을 배웠다는 점은 참 애석할 따름이지. 하지만 사실 우리는 진보의 순리를 따라가고 있는 거야. 45년도쯤에는 우리도 같은 수법을 써먹을 수 있었던 시절도 있었어. 다만 실제로 할 수 있을 정도의 머리가 없었던 거지. 세계 기구, 세계 정부 같은 것들 말이야. 우리는 그 길을 방해했고 결국 망한 거야. 이렇게 될 수밖에 없었던 거지. 똑똑한 사람이라면 알 수 있었던 것을."

벤츠는 술에 취해 흐리멍덩해졌지만 방금 발언을 그대로 받아들이기는 힘들었다. "그럼 모일랜드, 설마 우리에게 일어난 일이 잘된 일이라고 생각하는 건 아니죠?"

"잘된 일이냐고? 물론 아니지. 하지만 필요한 일이었어. 이 뽑는 걸 좋아할 필요는 없지. 그냥 해야만 하는 일일 뿐이야. 어쨌든…." 그는 말을 계속했다 "전부 다 나쁜 건 아니라고. 대도시는 경제적으로 불합리했으니까. 그런 건 우리 스스로 폭파해버렸어야 했어. 빈민가 철거라고 불러도 되겠지."

벤츠는 빈 잔을 세게 내려놨다. "그 말이 맞다 치더라도요, 놈들은 우리를 노예로 만들었잖아요!"

"진정해, 벤츠." 모일랜드는 잔을 채우며 말했다. "자네는 지금 추상적인 걸 말하고 있잖아. 여느 경찰이라면 자네를 원하는 대로 붙잡을 수 있었어. 그게 자유인가? 경찰이 아일랜드 억양 말고 다른 억양을 쓰는 건 문제가 없나? 아니, 친구. 자유에 대해 말할 때 다들 허황된 얘기를 많이 하지. 누구도 자유로운 사람은 없어. 자유라는 것도 존재하지 않고. 그저 여러 가지 특권만이 있을 뿐이야. 표현의 자유라고? 우리는 지금 자유롭게 말하고 있지, 안 그래? 하지만 어쨌든 연단에 올라가서 얼굴을 팔려고 하는 것도 아니잖아. 자유 언론? 자네가 언제 신문사를 소유한 적이 있나? 바보 같은 소리 마. 이제 정신을 차리고 들어왔으니 일 돌아가는 게 여기도 그다지 다르지 않다는 걸 알게 될거야. 조금 더 질서가 있고 전쟁의 공포가 없고, 그게 전부지. 여자들은 예전처럼 사랑을 나누고 똑똑한 남자들은 그에 따라갈 것이고 호구들은 여전히 거래에서 손해를 볼 뿐이란 얘기야."

벤츠가 고개를 끄덕였다. "모일랜드, 당신 말이 맞아요. 제가 바보였어요."

"알게 되었다니 기쁘군. 이제 자네와 같이 있었다는 그 야인들 말인데. 그자들에게 도대체 무슨 자유가 있어? 굶주릴 자유, 찬 바닥에서 잘 자유, 사냥당할 자유겠지."

"바로 그거예요." 벤츠도 동의했다. "광산에서 자본 적 있어요, 모일랜드? 추워요. 그게 전부도 아니죠. 축축하기까지 하다고요."

"상상이 가는군." 모일랜드도 동의했다. "케이프하트 광산은 언제나 축축했지."

"케이프하트가 아니었어요. 거긴 하크니…." 그는 어리둥절한 표정으로 말을 멈췄다.

"하크니스라고? 그곳이 사령부야?"

"그런 말 안 했어요! 당신 때문에 제가 지금 이런 말을 하게 됐잖아요! 당신이…."

"진정해 벤츠. 잊어버려." 모일랜드는 일어나더니 차양을 내렸다. "자네는 아무 말도 안 했어."

"당연히 아무 말도 안 했죠." 벤츠는 유리잔을 노려보았다. "모일랜드, 어디 잘 데 있을까요? 기분이 안 좋아요."

"이제 금방 자기 좋은 곳에 가게 될 거야."

"네? 보여줘요. 쓰러져 자야겠어요."

"금방이야. 먼저 절차부터 밟아야지."

"네? 오, 오늘 밤은 못해요, 모일랜드. 꼴이 엉망이라고요."

"아무래도 절차부터 해결해야 할 것 같아. 방금 내가 차양을 내렸지? 이제 그들이 금방 들이닥칠 거야."

벤츠는 일어났지만 비틀거렸다. "나를 모함했겠다!" 그는 소리를 지르며 집주인에게 달려들었다.

모일랜드는 가볍게 피하더니 한 손으로 어깨를 눌러 자리에 다시 앉혔다. "앉아라, 호구야." 그는 즐겁다는 듯이 말했다. "설마 너랑 네 친구에게 원자 폭탄을 쓰길 바라는 건 아니겠지?" 벤츠는 고개를 저었고 곧 울기 시작했다.

*

호바트가 두 사람을 집 밖으로 안내했고, 아트에게 말했다. "만약 돌아가게 된다면 매크라켄 박사에게 디나 숙모는 평화롭게 잠드셨다고 전해."

"알았어요."

"2분만 기다려. 그리고 들어가. 행운을 빈다."

클리브가 바깥을 맡았고 아트는 안으로 들어갔다. 뒷문은 잠겨 있었지만 뒤쪽 판자가 유리였다. 아트는 나이프 손잡이로 유리를 깨고 손을 뻗어 잠긴 문을 열었다. 들어간 그는 소음을 살피러 온 모일랜드와 맞닥뜨렸다.

아트는 모일랜드의 배를 걷어찬 뒤 쓰러지는 그의 목을 졸랐다. 아트는 모일랜드를 확실히 죽인 후에 벤츠가 있었던, 차양이 내려진 방에 들어갔다.

그리고 벤츠를 발견했다. 벤츠는 눈을 끔뻑거리면서 지금 보고 있는 것을 못 믿겠다는 듯이 눈을 끔뻑거렸다. "아트!" 그가 결국 입을 열었다. "맙소사, 야! 정말 반갑다! 이제 빠져나가자. 여기는 '뜨거운' 곳이야."

아트는 다가가며 칼을 꺼냈다.

벤츠는 놀란 표정이었다. "이봐 아트! 아트! 실수하는 거야. 아트. 네가 나한테 이럴 수는…." 아트는 벤츠의 가슴뼈 아래 연조직을 먼저 찌른 후 목을 그어서 확실하게 처치했다. 금방 숨이 끊어졌다.

35분 후 아트는 비탈길의 시외 쪽으로 나왔다. 힘겨워서 목이 타들어 가는 느낌이었고, 왼손은 쓸모가 없는 상태였다. 단순한 부상인지 부러진 것인지도 알 수가 없었다.

아트의 후미를 지키던 클리브는 모일랜드의 집 골목에 죽어 있었다.

*

아트는 하룻밤을 꼬박 새우고도 아침이 지나서야 광산 근처에 도달할 수 있었다. 그는 언덕을 전부 통과해야 했다. 고속도로는 감시가 심할 것으로 판단했기 때문이었다.

그는 민병대가 아직도 그곳에 있을 거라 기대하지 않았다. 벤츠의 입이 확실하게 닫혔다는 증거가 없으니, 모건이 대피계획을 실행했을 거라고 이성적으로 확신하고 있었다. 그는 서둘렀다.

하지만 예상치 못한 광경을 보게 되었다. 헬리콥터가 광산 주변 위를 날아다니고 있었다.

그는 멈춰서 상황을 판단했다. 만약 모건이 사람들을 안전하게 대피시켰다면 어디서 합류해야 하는지 이미 알고 있었다. 혹시 사람들이 아직 안에 있다면 도울 방법을 모색해야 했다. 지금 자신의 위치가 얼마나 하찮은지 깨닫고 우울해졌다. 칼 한 자루와 부상당한 팔로 헬리콥터를 상대해야 했다.

어딘가에서 '파랑어치'가 소리를 지르더니 욕하는 소리가 났다. 별로 희망은 남지 않았지만, 그는 자신의 신원을 지저귀며 응답했다. '파랑어치'가 소리를 멈추자, '흉내지빠귀'가 대답했다. 테드였다.

아트는 지금 위치에서 기다리겠다고 신호를 보냈다. 그는 자신이 지금 잘 숨어 있다고 여겼기에 테드가 가까이 오게 되면 다시 신호를 보내야겠다고 생각했지만 테드의 능력을 너무 얕잡아 보고 있었다. 그의 어깨에 누군가가 손을 댔다.

그는 어깨가 아팠지만 즉시 구르면서 칼을 뽑았다. "테드! 야, 끝내주는데!"

"마찬가지야. 해치웠어?"

"벤츠? 응, 하지만 너무 늦었나 봐. 우리 사람들은 어딨어?"

"4백 미터 북쪽에 있는 뒷문. 지금 꼼짝도 못 하는 상태야. 클리브는 어딨어?"

"클리브는 못 돌아와. 꼼짝도 못 하다니, 그게 무슨 말이야?"

"저 망할 헬리콥터가 우리가 있는 마른 골짜기를 내려다보고 있어. 카터가 돌출부 아래로 피신시켜서 지금은 안전하지만 움직일 수도 없어."

"카터가 피신을 시켰다니, 그게 무슨 말이야?" 아트가 따지듯 물었다. "대장은 어딨는데?"

"대장은 지금 상태가 별로 안 좋아, 아트. 갈비뼈에 기관총탄을 맞았어. 전투가 있었거든. 캐슬린은 죽었어."

"맙소사!"

"그러게 말이야. 마지와 카터 부인이 아기를 데려갔어. 하지만 그게 바로 우리가 꼼짝도 못 하는 이유야. 대장과 아기 때문에."

'흉내지빠귀' 소리가 멀리서 들렸다. "저건 카터군." 테드가 말했다. "돌아가야 해."

"돌아갈 수나 있어?"

"물론이지. 내 뒤를 잘 따라와. 너무 앞서나가지 않도록 조심할게."

아트는 테드를 따르며 때로는 에둘러서, 때로는 거의 수평으로 절벽을 지나가야 했다. 지금은 말라버린 개울의 아랫부분이 깎여나가서 선반 모양이 된 바위 밑에서 민병대를 찾을 수 있었다. 벽에는 모건이 누워 있었고 카터와 매크라켄 박사가 옆에 쭈그려 앉아 있었다. 아트는 모건에게 가서 보고했다.

모건이 고통으로 회색이 된 얼굴로 고개를 끄덕였다. 셔츠는 잘려 있었고 갈비뼈의 두꺼운 지혈대 위로 붕대가 감겨 있었다. "잘했다, 아트. 클리브는 안됐군. 테드, 여기서 빠져나갈 텐데 네가 선두에 서야겠다. 네가 아이를 데려가야 할 테니까."

"아기요? 제가 어떻게…."

"박사님이 약을 먹여서 울지 않게 할 거야. 그리고 북미 원주민식으로 등에 업고 줄로 묶는 거지."

테드는 생각을 해봤다. "아니, 앞으로 안는 게 좋겠어요. 무릎을 꿇거나 하면서 나가야 하는 곳이 있거든요."

"알았어. 네가 알아서 해라."

"대장은 어떻게 나갈 거죠?"

"바보 같은 소리 하지 마."

"보세요, 대장. 만약 대장만을 버려두고 우리만 도망갈 거라고 생각한다면 생각을 바꾸시는 게…."

"닥치고 도망이나 가!" 부하들의 노력이 모건의 마음을 아프게 했다. 그는 기침을 하고 입을 닦았다.

"알겠습니다." 테드와 아트가 물러갔다.

"이제, 모건…." 카터가 말했다.

"당신도 그만하세요. 아직도 대장이 되고 싶지 않은 겁니까?"

"자네도 잘 알잖나, 모건. 사람들은 내가 자네 부관이니까 명령을 들은 것뿐이야. 나를 대장으로 받아들여줄 리가 없다고."

"그럼 박사님 차례군요."

매크라켄 박사는 곤란한 표정이 되었다. "이 사람들은 나를 잘 모르잖습니까, 대장."

"받아들여줄 겁니다. 사람들은 그런 데 본능적인 감각이 있어요."

"어쨌든, 내가 대장이 된다면 당신을 여기 내버려둔다는 계획에 동의 못 할 겁니다. 여기서 어두워지길 기다렸다가 당신을 데리고 나갈 거요."

"그리고 적외선 감지기에 걸려서 포위당하려고요? 그것도 해가 질 때까지 이 상태를 유지할 때나 얘기죠. 곧 다른 헬리콥터가 더 많은 병력과 함께 올 겁니다."

"아무래도 사람들이 대장을 버리도록 내버려두진 않을 것 같은데요."

"그렇게 설득해야 하는 것도 당신 일입니다. 오, 친절하신 마음가짐은 참 고맙지만요, 박사님. 대장이 되자마자 사고방식이 바뀌게 될 겁니다. 손해를 최소화해야 할 때가 있다는 걸 알게 될 거예요."

매크라켄 박사는 대답하지 않았다. 모건은 카터를 보고 말했다. "다들 모이라고 해줘요, 카터."

사람들이 어깨를 나란히 하고 모여들었다. 모건은 곤궁에 빠진 사람들의 얼굴을 하나하나 살펴보고 웃었다. "미합중국 바클레이 자유 민병대의 임시 의회를 개회하겠습니다." 그는 갑자기 단호한 목소리를 내어 선언했다. "저는 건강상의 이유로 대장직에서 사임하겠습니다. 출마할 사람 없나요?"

침묵이 찾아왔고 새소리와 벌레 소리만 들렸다.

모건이 카터를 슬쩍 보았다. 카터가 목청을 가다듬었다. "저는 매크라켄 박사를 추천합니다."

"또 다른 출마자 있나요?" 모건은 기다린 다음 계속 이어나갔다. "좋습니다, 박사님을 지지할 분은 손을 들어주세요. 좋습니다. 반대할 사람은요. 매크라켄 박사가 만장일치로 선출되었습니다. 대장님, 이제 당신이 맡아주세요. 행운이 있길."

매크라켄 박사가 머리 위의 바위를 피하며 일어났다. "지금 즉시 대피합니다. 카터 부인, 아기에게 시럽을 한 숟가락 더 먹여두세요. 그러면 테드에게 도움이 될 겁니다. 테드도 자기 할 일을 알고 있어요. 여러분은 테드를 따릅니다. 그다음에는 제리. 마지가 그다음. 다른 사람들은 곧 배정하겠습니다. 협곡을 벗어나면 흩어져서 혼자 가세요. 모건 대장의 후퇴 계획에 따라서 해 질 녘에 합류합니다." 그는 잠시 말을 멈췄다. 모건이 눈짓하더니 손짓을 보냈다. "테드와 아기가 떠날 준비를 마칠 때까지 이상입니다. 이제 모건 대장이 숨 좀 쉬게 물러가주세요."

사람들이 물러나자 매크라켄 박사가 가느다랗게 된 모건의 목소리를 들으려고 몸을 숙였다. "나를 마지막으로 보는 거라고 그렇게 단정 짓진 마세요, 박사님. 며칠 후에 쫓아갈 테니."

"그래요, 당신이 해낼지도 모르죠. 따뜻해지도록 침구와 충분한 물을 손닿는 곳에 두겠습니다. 약도 좀 남겨놓죠. 그러면 조금 편해질 겁니다.

반 알씩만 먹어요. 소가 먹는 약이니까." 매크라켄 박사는 환자에게 웃음을 보였다.

"반 알씩요…. 카터더러 대피를 지휘시키면 어때요? 좋은 부관이 될 겁니다. 그리고 떠나실 때까지 얘기도 하고 싶네요."

"좋습니다." 매크라켄 박사는 카터를 불러서 지시를 내린 후 모건에게 돌아왔다.

"파웰의 옷가게에서 합류한 이후에…." 모건이 속삭였다. "가장 먼저 해야 할 일은 브록먼 장관과 접촉하는 일입니다. 파웰과 그에 대해 말하고 난 다음에 즉시 카터 부인을 보내세요."

"그러죠."

"그게 지금 우리가 걱정해야 할 가장 중요한 문제예요, 박사님. 우리는 단결해야 합니다. 서쪽에서 동쪽까지 일치된 계획을 세워야 해요. 언젠가 놈들 목마다 미국인이 한 명씩 배정이 될 날을 기대합니다. 그리고 정해진 시간이 되었을 때, 쓱!" 그는 엄지로 목을 긋는 시늉을 했다.

매크라켄 박사가 고개를 끄덕였다. "할 수 있을 거요. 해낼 겁니다. 해내는 데 얼마나 걸릴 거라고 생각해요?"

"몰라요. 얼마나 오래 걸릴지는 몰라요. 2년, 5년, 10년… 백 년이 걸릴지도 모르죠. 그게 중요한 게 아니에요. 중요한 문제는 미국에 배짱이 있는 사람이 남아 있느냐는 겁니다." 모건은 다섯 번째로 나갈 사람이 카터로부터 신호를 기다리는 걸 보았다. 카터는 숨어서 헬리콥터를 감시하고 있는 아트의 신호를 기다리고 있었다. "이 사람들은 해낼 겁니다."

"나도 그리 확신합니다."

모건은 말을 보탰다. "당신한테 배운 게 하나 있어요. 자유인은 노예화할 수 없다는 거요. 노예화할 수 있는 사람은 그 자신뿐입니다. 그럼요, 자유인은 노예화할 수 없죠. 잘해봤자 죽이는 것밖에 못 합니다."

"그게 사실입니다, 모건."

"그렇죠. 담배 있으세요, 박사님?"

"별로 도움은 안 될 텐데, 모건."

"그렇다고 인제 와서 해가 될 것도 없겠죠, 안 그래요?"

"글쎄, 별로 해될 것도 없겠죠." 매크라켄 박사는 주저 없이 자신의 마지막 남은 담배를 건넸고 피우는 모습을 지켜보았다.

잠시 후 모건이 말했다. "카터가 기다리는군요, 대장님. 잘 가시길."

"잘 있어요. 잊지 말아요. 한 번에 반 알씩. 물은 많이 마시고 아무리 더워도 담요는 치우지 말아요."

"반 알씩요. 행운이 있기를."

"내일 테드더러 당신이 무사한지 확인시킬 겁니다."

모건이 고개를 저었다. "그건 너무 일러요. 적어도 이틀은 있어야죠."

매크라켄 박사가 웃었다. "그건 내가 정할 거요, 모건. 그저 담요나 잘 덮고 있어요. 행운이 있기를."

그는 카터가 기다리고 있는 곳으로 갔다. "먼저 가세요, 카터. 내가 후미를 맡죠. 아트에게 출발하라고 신호를 보내주세요."

카터가 주저했다. "진실을 말해주게, 박사. 그 사람 상태가 지금 어떤가?"

매크라켄 박사가 카터의 얼굴을 살피더니 낮은 목소리로 말했다. "2시간 정도 버틸 수 있을 것 같습니다."

"난 뒤에 남겠네."

"안 됩니다, 카터. 명령을 수행하십시오." 노인의 눈에서 고통을 본 그는 말을 보탰다. "모건은 걱정하지 마십시오. 자유인은 자신을 돌볼 수 있으니까요. 이제 움직입시다."

"그러지, 대장."

왈도

Waldo

조호근 옮김

✦ 1942년 8월 〈어스타운딩 매거진(Astounding Magazine)〉에 앤슨 맥도날드라는 필명으로 발표

전단에는 발레 탭댄스라고 적혀 있었다. 하지만 그런 표현만으로는 전부 설명할 수 없는 공연이었다.

남자의 발이 섬세하게 움직이며 무대를 두드려 힘차고 명쾌한 소리를 울렸다. 공중으로 뛰어오를 때마다 숨이 멎을 듯한 정적이 이어졌다. 그는 인간으로서 가능한 것보다 훨씬 더 높이 날아올라, 허공에 뜬 채로 믿을 수 없을 정도로 환상적인 '앙트르샤 두즈'*를 해내 보였다.

남자는 땅에 사뿐히 내려앉는 것처럼 보였지만, 그와 동시에 우레처럼 포르티시모의 발소리가 울려 퍼졌다.

스포트라이트가 꺼지고, 무대의 조명이 켜졌다. 관중들은 한동안 말을 잊고 있다가 문득 박수를 칠 때가 되었다는 사실을 깨닫고 손을 움직이기 시작했다.

그는 객석을 마주하고 서서 자신을 휩쓸고 지나가는 관객들의 감정의 물결을 흠뻑 받아들였다. 그 물결에 몸을 맡길 수도 있을 것 같았다. 뼛

* 공중에서 발을 열두 번 교차해서 부딪히는 동작

속까지 온기가 스며들어왔다.

춤은 고양감을 불러왔다. 갈채는 영광으로 느껴졌다. 사랑과 갈망이 희열이 되어 그의 몸에 쏟아졌다.

마지막 커튼콜이 끝나자, 그는 의상 담당자와 함께 무대를 떠났다. 공연이 끝날 때면 항상 조금 취한 상태였다. 리허설 때도 춤을 추면 즐거운 중독성을 느낄 수 있었지만, 실제로 관객들이 그를 고양시키고, 감동시키고, 갈채를 보낼 때는 완전히 달랐다…. 결코 질리지 않는 경험이었다. 언제나 새롭고 심장이 터질 정도로 놀라웠다.

"이쪽입니다, 대장. 조금 웃어봐요." 플래시 전구가 번쩍였다. "고맙습니다."

"고맙네. 한잔하지." 그는 자기 분장실 한쪽을 향해 손짓했다. 모두 좋은 친구들이었다. 훌륭한 사람들이었다. 기자, 사진사, 그들 모두가.

"전신사진 한 장 어떻습니까?" 남자는 요구에 따라 자세를 잡기 시작했지만, 한쪽 발레화를 벗기려 씨름하던 의상 담당이 끼어들어 경고했다.

"30분 후에 수술이 있어요."

"수술이요?" 신문사 사진기자가 물었다 "이번에는 무슨 수술입니까?"

"좌뇌 절제 수술입니다." 남자가 대답했다.

"그래요? 가서 취재해 기사로 실어도 될까요?"

"물론 오셔도 됩니다. 병원 쪽에서 신경 쓰지 않는다면요."

"그건 우리가 알아서 하죠."

정말 훌륭한 친구들이었다.

"특집 기사에서 조금 다른 관점으로 선생님을 다뤄볼까 합니다만." 귓가에서 여성의 목소리가 들렸다. 그는 살짝 정신이 분산된 상태로 서둘러 고개를 돌렸다. "예를 들자면, 선생님께서 전문 무용수가 되기로 마음먹게 된 계기가 있으십니까?"

그는 사과했다. "죄송합니다. 잘 안 들렸어요. 이 안쪽은 꽤 떠들썩해서 말입니다."

"선생님은 왜 춤을 선택하셨는지 물었습니다."

"글쎄요, 그게. 어떻게 대답해야 할지를 모르겠군요. 꽤 한참 전까지 거슬러 올라가는 이야기라서 말입니다…."

*

제임스 스티븐스는 조수 기술직원을 보고 얼굴을 찌푸렸다. "왜 그렇게 기쁜 얼굴을 하고 있는 거야?" 그가 물었다.

"그냥 제 얼굴이 그렇게 생긴 겁니다만." 조수가 사과했다. "어디 이 소식에도 한번 웃어보시죠. 사고가 또 났나 본데요."

"아, 대단하군! 잠깐 말하지 말고 기다려봐. 내가 맞혀보지. 승용이거나 화물이겠지?"

"노스플랫 바로 서쪽에서 초거대 쌍발 비행 화물차가 시카고-솔트레이크 정기 여객편과 충돌했어요. 그리고 대장…."

"또 왜?"

"거물 어르신이 대장을 보고 싶어 하던데요."

"그거 재미있군. 아주, 아주 재밌어. 그건 그렇고 맥러드…."

"네, 대장."

"북미동력항공의 교통부 기술주임 자리를 어떻게 생각하나? 곧 공석이 될 거라는 소문을 들은 것 같은데."

맥러드는 콧잔등을 긁었다. "그런 말씀을 하시다니 묘한 일이로군요, 대장. 제가 토목과로 돌아갈 때를 대비해 추천장을 써달라고 부탁할 생각이었거든요. 저를 제거하려면 대장도 나름 대가를 치러야 할 테니까요."

"지금 당장 자네를 제거해주지. 네브래스카로 당장 튀어가서 기념품 사냥꾼들이 조각조각 분해해버리기 전에 사고 잔해를 찾아내고, 디캘브와 계기판을 회수해서 돌아와."

"아마 경찰과 충돌이 생기겠죠?"

"자네가 알아서 해. 확실히 돌아오기만 하면 돼."

스티븐스의 집무실은 지역 발전소 바로 옆에 붙어 있었다. 북미동력항공(NAPA, North American Power-Air) 건물은 언덕 위에 서 있어서, 상승 구간만도 1킬로미터가 넘었다. 어디나 그렇듯 복잡하게 얽힌 터널이 이어졌다. 스티븐스는 안으로 들어가서 상사를 만나기 전에 생각할 시간을 벌려고 일부러 저속 발판 위에 올랐다.

도착할 때쯤에는 마음을 정한 상태였지만, 그다지 마음에 드는 답변은 아니었다.

거물 어르신, 즉 회사의 사장인 스탠리 F. 글리슨이 조용히 그를 맞이했다. "들어오게, 스티븐스. 자리에 앉지. 시가도 한 대 하고."

스티븐스는 자리에 앉아 시가를 거절한 다음, 궐련을 꺼내 물고 불을 붙이며 주변을 둘러보았다. 사장 외에도 법률 고문인 하크니스, 연구 분야에서 스티븐스와 동급의 직위에 있는 램보 박사, 그리고 도시 동력부 기술주임인 스트리벨이 있었다. '우리 다섯 명뿐이군. 헤비급만 있고 미들급은 없어. 사방에서 목이 잘려나가겠지! 시작은 내 모가지일 테고.' 스티븐스는 생각했다.

그는 호전적이라고 할 만한 투로 말문을 열었다. "자, 이제 모두 모였군요. 누구 할 말 있습니까? 결정은 다 끝난 겁니까?"

하크니스는 스티븐스의 이런 격의 없는 태도가 살짝 거북한 모양이었다. 램보는 개인적인 우울한 문제에 깊이 빠져 있어서 씁쓸하게 비꼬는 말에는 신경도 쓰지 못하는 듯했다. 글리슨 사장은 그의 말을 무시했다. "지금 문제를 해결할 방법을 찾으려고 모인 거야, 스티븐스. 자네가 아직 휴가를 떠나지 않았을 때를 대비해 언질을 남긴 것뿐이고."

"저는 그저 개인 우편이 온 것이 없는지 확인하러 들렀을 뿐입니다." 스티븐스는 씁쓸하게 대꾸했다. "그러지 않았다면 지금쯤 마이애미 해변으로 가서 햇볕을 비타민 D로 바꾸는 작업이나 수행하고 있었겠죠."

"나도 알아." 글리슨 사장이 말했다. "유감이야. 자네는 휴가를 즐길 자격이 있지, 스티븐스. 하지만 사태는 호전되는 게 아니라 오히려 더 악화되고 있어. 좋은 의견 없나?"

"램보 박사는 뭐라고 합니까?"

램보가 잠깐 고개를 들어 보였다. "디캘브 수신기가 고장 날 리는 없어!" 그가 단언했다.

"하지만 고장이 나지 않았습니까."

"말도 안 되는 소리. 당신들이 그 물건을 잘못 사용한 거야." 램보는 다시 자신의 고뇌 속으로 빠져들어 갔다.

스티븐스는 글리슨 사장을 돌아보며 손을 펴들어 보였다. "제가 아는 한, 램보 박사의 말이 옳습니다. 하지만 기술부 쪽의 문제라고 해도 저로서는 문제점을 찾아낼 수가 없었습니다. 제 사표나 받으시지요."

"자네가 물러나기를 원하는 것이 아니야." 사장이 부드럽게 말했다. "내가 원하는 것은 성과지. 우리는 대중 앞에서 책임을 져야 해."

"주주들에게도요." 하크니스가 끼어들었다.

"그쪽이야 문제 하나를 해결하면 자동으로 처리되는 것 아닌가." 글리슨 사장이 말했다. "어때, 스티븐스? 제안하고 싶은 내용 없나?"

스티븐스는 입술을 깨물었다. "딱 하나 있습니다. 저로서는 차마 하고 싶지 않은 제안입니다만. 하지만 이런 제안이라도 하지 않으면 구인 잡지 정기구독이나 신청하러 가야 할 테니까요."

"그런가? 그래, 그 제안이 뭐지?"

"왈도에게 상담해야 합니다."

갑자기 램보가 무심한 상태에서 벗어났다. "뭐라고! 그 돌팔이한테? 이건 과학으로 해결해야 하는 문제야."

하크니스가 말했다. "자, 진정하시고, 스티븐스 박사…."

글리슨 사장이 손을 들어 보였다. "스티븐스 박사의 제안은 지극히 논리적이지. 하지만 애석하게도 조금 늦은 것 같아, 스티븐스. 바로 지난주에 그 친구와 대화를 나누었거든."

하크니스는 깜짝 놀란 얼굴이었다. 스티븐스도 별로 기분 좋은 표정이 아니었다. "저한테는 알리지도 않고 말입니까?"

"미안하네, 스티븐스. 그저 한번 떠보았을 뿐이야. 하지만 소용없더군. 우리 회사의 전 자산을 몰수하는 것이나 다름없는 요구를 해왔어."

"아직도 해서웨이 특허권 때문에 기분이 나쁘다던가요?"

"여전히 앙심을 품고 있지."

"저한테 이 문제를 맡겨주셨어야 했습니다." 하크니스가 끼어들었다. "그 사람이 우리한테 이렇게 굴 수는 없어요. 공공의 이익이 걸린 문제 아닙니까. 필요하다면 그를 구속한 다음 비용을 분할 부담하도록 판결을 받아낼 수도 있을 겁니다. 세세한 내용은 제가 알아서 하지요."

"그렇게는 안 될 것 같군." 글리슨 사장이 건조하게 대꾸했다. "법정 명령으로 암탉이 알을 낳게 할 수 있겠나?"

하크니스는 분노한 표정으로 입을 다물었다

스티븐스는 말을 이었다. "그에게 접근할 방법이 없었다면 찾아가보자고 말을 꺼내지도 않았을 겁니다. 제가 그의 친구를 한 명 아는데…."

"왈도의 친구? 그 작자에게 친구가 있는 줄을 몰랐는데."

"말하자면 왈도에겐 삼촌 같은 사람입니다. 처음 그를 돌봤던 의사 선생이지요. 그 사람의 도움만 있으면 왈도의 호의를 얻어낼 수 있을지도 모릅니다."

램보 박사가 자리에서 일어났다. "도저히 못 참겠군. 미안하지만 실례하겠습니다." 그는 말하더니 대답을 기다리지 않고 문이 열리자마자 그대로 방에서 나가버렸다.

글리슨 사장은 걱정스러운 눈으로 그가 떠나는 모습을 쫓았다. "저 친구는 왜 저렇게 강경하게 나오는 거지, 스티븐스? 왈도를 사적으로 미워하는 것처럼 보이잖아."

"아마 실제로 그럴 겁니다. 하지만 그것만은 아닙니다. 램보의 우주 전체가 흔들리는 중이거든요. 프라이어가 일반장이론을 재정립해서 하이젠베르크의 불확정성 원리를 폐기한 이래로, 지난 20년 동안 물리학은 정량적인 과학으로 간주되어 왔습니다. 우리가 지금 겪고 있는 동력이나 수신기 문제는 사장님이나 저한테는 그저 끔찍한 골칫거리일 뿐이지만, 램보 박사에게는 신앙에 대한 공격이나 다름없는 겁니다. 저 친구에게서 눈을 떼지 않는 편이 좋을 겁니다."

"그건 또 왜지?"

"완전히 정신을 놓을지도 모르니까요. 숭배의 대상이 사라지면 꽤 충격을 받지 않겠습니까."

"흠…. 자네는 어떤가? 자네에게도 꽤 충격이지 않아?"

"딱히 그렇지는 않습니다. 저는 공학자니까요. 램보의 눈에는 고액 연봉으로 고용된 땜장이나 다름없지요. 사고방식 자체가 다릅니다. 제가 성질을 부리는 건 그 때문이 아닙니다."

글리슨 사장의 책상 위에 놓인 통신기 회로 장치에서 소리가 나기 시작했다. "스티븐스 기술주임 호출입니다. 스티븐스 기술주임 호출입니다." 사장이 스위치를 눌렀다.

"여기 있어. 말해봐."

"사원용 암호, 번역 완료했습니다. 내용은 다음과 같습니다. '신시내티에서 북쪽으로 6킬로미터 위치에서 차가 멈춰버렸는데요. 네브래스카로 계속 이동할까요, 아니면 그냥 제 차의 그 부속이나 가지고 돌아갈까요?' 전송 내용 종료. 서명은 '맥러드'입니다."

"걸어서 돌아오라고 전해!" 스티븐스가 버럭 소리를 질렀다.

"잘 알겠습니다, 주임님." 통신이 끊겼다.

"자네 조수인가?" 글리슨 사장이 물었다.

"네, 이제 제 인내심도 한계인 모양입니다. 여기서 기다리면서 이번 문제를 분석할까요, 아니면 왈도를 보러 갈까요?"

"왈도를 보러 가게."

"알겠습니다. 만약 저한테서 소식이 없으면 그냥 퇴직금을 마이애미 팜데일 여관으로 보내주십시오. 오른쪽에서 네 번째에 있는 백사장 쓰레기 수집가가 저일 겁니다."

글리슨 사장은 별로 기쁘지 않은 웃음을 지어 보였다. "자네가 성과를 내지 못하면 내가 다섯 번째가 될 거야. 행운을 빌지."

"그럼 이만."

스티븐스가 떠나자, 도시의 고정 동력 설비 기술주임인 스트리벨이 처음으로 입을 열었다. "도시의 동력이 망가지면 제가 어디 있을지는 알고 계시겠죠?" 그가 나지막이 말했다.

"어디로 가려고? 여섯 번째 쓰레기 수집가가 되나?"

"그럴 리가요. 제 분야에서는 첫 번째가 될 겁니다. 첫 번째로 린치당하는 사람이요."

"하지만 도시의 동력에 문제가 생길 리는 없어. 교차 연결과 안전장치가 그렇게 많은데."

"이론적으로는 디캘브도 망가질 리도 없죠. 조명이 사라지면 피츠버그의 지하 7층이 어떤 꼴이 될지 생각해보세요. 아니, 생각도 하지 마세요!"

*

그라임스 박사는 집으로 내려가는 지상 진입로로 들어오다 방문 기록을 살폈다. 주택 설비 공유 권리를 가진 가까운 사람이 집 안에 들어와 있었고, 살짝 호기심과 기대가 일었다. 그는 궁금증을 안고 다리를 절뚝이며 아래층으로 내려가 응접실로 들어섰다.

"안녕하세요, 박사님!" 문이 열리자, 스티븐스가 자리에서 일어나 그를 맞이하러 나왔다.

"안녕, 스티븐스. 한잔 들지 그러나. 벌써 했나 보군. 나도 한잔 따라 주게."

"알겠습니다."

그사이 그라임스는 시대착오적이라 할 만한 거대한 대형 코트를 벗어 붙박이 옷장 쪽으로 대충 집어 던졌다. 코트는 육중한 굉음을 내며 바닥을 때렸다. 옷의 부피가 상당하기는 했지만, 그 점을 고려하더라도 겉보기로는 도저히 상상할 수 없는 묵직한 금속 부딪치는 소리가 났다.

그는 몸을 숙이고 코트만큼이나 두꺼운 겉바지를 벗었다. 안에는 평범한 푸른색과 검은색의 타이츠를 입고 있었다. 별로 어울리는 복장은 아니었다. 문명의 복식에 익숙하지 않은 사람의 눈에는(예를 들어 신화 속에나 등장하는 안타레스에서 온 사람이라든가) 기묘한 모습, 심지어는 꼴사나운 모습으로 보였을지도 모른다. 늙고 뚱뚱한 딱정벌레와 꽤 흡사한 몰골이었다.

스티븐스는 타이츠에 대해서는 별다른 말을 하지 않았지만, 그라임스가 방금 벗어 던진 옷들 쪽으로는 마음에 들지 않는다는 눈빛을 보냈다.

"아직도 저 한심한 갑옷을 입으시는군요."

"당연하지."

"젠장, 박사님. 저런 쓰레기를 두르고 다니면 몸이 안 좋아질 겁니다. 건강에 해로워요."

"위험에 대한 안전장치야."

"나 참! 실험실 밖에서는 방호복을 입지 않는 저도 병에 걸리지 않았단 말입니다."

"입는 게 좋을 거야." 그라임스는 스티븐스가 다시 자리에 앉은 쪽으로 다가갔다. "다리를 꼬아봐." 스티븐스는 명령에 따랐다. 그라임스는 손바닥 옆면으로 무릎 바로 아래를 정확하게 때렸다. 반사 반응은 거의 눈에 보이지도 않을 정도로 희미했다. "안 좋군." 그는 말하고는 스티븐스의 오른쪽 눈꺼풀을 뒤집어 보았다.

"자네 상태가 안 좋아." 잠시 후 그라임스는 이렇게 평했다.

스티븐스는 참을성 없이 몸을 뒤로 뺐다. "저는 괜찮습니다. 지금은 박사님 문제에 관해 얘기하고 있는 겁니다."

"나는 왜?"

"그거야… 젠장, 박사님. 이건 박사님의 명성에 흠이 되는 행동입니다. 사람들이 박사님에 대해 수군거리고 있어요."

그라임스는 고개를 끄덕였다. "나도 알아. '거스 그라임스 저 불쌍한 친구. 흰개미가 뇌를 파먹고 들어간 모양이야.' 하고 떠들고들 있겠지. 하지만 내 명성 걱정은 관두게. 항상 그런 쪽과는 한 발짝 떨어져 살아왔잖나. 자네 피로 지수는 어떻게 나오지?"

"모르겠는데요. 저는 괜찮습니다."

"그렇단 말이지? 레슬링을 해도 내가 세 판에 두 판은 이길 것 같은데."

스티븐스는 눈을 문질렀다. "절 너무 괴롭히지 마세요, 박사님. 지금 상태가 좋지 않은 것은 사실입니다. 저도 알고 있지만, 이건 그저 과로 때문이에요."

"흠! 스티븐스, 자네는 그럭저럭 괜찮은 방사선 물리학자지만…."

"공학자인데요."

"공학자라고 치고. 하지만 의학자는 아니야. 수년에 걸쳐 온갖 종류의 복사 에너지를 몸 안에 들이붓고 대가를 치르지 않을 수 있는 사람은 없어. 인간의 몸은 그런 일을 버티도록 설계되어 있지 않아."

"하지만 실험실에서는 방호복을 입습니다. 박사님도 아시잖아요."

"물론이지. 하지만 실험실 밖에서는 어떤가?"

"하지만… 이봐요, 박사님. 이런 말을 하고 싶지는 않지만, 박사님의 그 이론은 전부 말도 안 되는 겁니다. 물론 요즘에는 대기 중에 복사 에너지가 있기는 하지만, 해로운 것은 전혀 없어요. 콜로이드 화학자들은 모두 동의하는 바인데…."

"콜로이드라고, 웃기는 소리!"

"하지만 생물 조직체가 콜로이드 화학에서 다뤄야 하는 문제라는 점은 인정하셔야죠."

"나는 아무것도 인정하지 않을 거야. 콜로이드가 생물 조직체의 기본 단위라는 주장에 반대하는 것이 아니야. 그건 사실이니까. 하지만 40년 동안 내 입장은 변하지 않았어. 효과를 확신할 수 없는 다양한 복사 에너지에 생체 조직을 노출하면 위험하단 말이야. 진화적 관점에서 보면, 인간이라는 동물은 태양에서 오는 단 하나의 복사 에너지에만 노출된 환경에서 생존하고 적응해왔지. 그리고 두꺼운 이온층 아래 살고 있으면서도 그조차 제대로 견뎌내지 못해. 이온층이 없다면… 자네 솔라-X형 암을 본 적이 있나?"

"당연히 없죠."

"자네는 너무 젊어. 내가 인턴이었을 때 환자의 부검을 거들었던 적이 있어. 2차 금성 탐사대원이었는데, 종양 조직을 438개 찾아낸 다음에는 세는 것을 그만두었지."

"솔라-X형은 옛이야기예요."

"물론 그렇지. 하지만 이걸 경고로 여겨야 해. 자네처럼 머리 좋고 잘난 젊은이들은 실험실에서 계속 뭔가를 만들어내지. 우리 의사들은 그걸 따라갈 수가 없어. 뒤처질 수밖에 없고. 당연한 일이야. 우리는 실제로 피해가 발생하기 전까지는 기술 분야에서 무슨 일이 벌어졌는지 아예 모르고 있으니까. 이번에는 자네들이 너무 지나친 거야." 그라임스는 털썩 주저앉았고, 순식간에 젊은 친구만큼이나 지치고 기진맥진한 모습이 되었다.

스티븐스는 정말로 사랑하는 친구가 어떻게 보아도 쓸모없는 인간과 사랑에 빠졌을 때 느끼는 종류의, 말을 꺼내지도 못할 당황스러운 감정에 사로잡혔다. 그는 어떤 식으로 말해야 무례하게 보이지 않을지를 고민했다.

그는 주제를 바꾸었다. "박사님, 사실 이렇게 방문한 이유는 한두 가지 고민이 있어서인데요…."

"이를테면?"

"글쎄요. 일단 휴가입니다. 저도 탈진 상태라는 것은 알고 있어요. 과로했으니 아무래도 휴가를 가져야겠죠. 다른 하나는 박사님 친구 왈도 문제입니다."

"응?"

"네, 왈도 파딩웨이트존스 말입니다. 그의 뻣뻣한 자존심과 고약한 심성에 축복이 있기를."

"왈도는 또 왜? 혹시 갑자기 중증 근무력증에 관심이 생긴 것은 아니겠지?"

"뭐, 그건 아닙니다. 그 친구가 육체적으로 무슨 문제가 있든 관심 없습니다. 두드러기가 있든, 비듬이 있든, 심장에 불치병이 생겼든, 아무 신경 안 씁니다. 사실 좀 생겼으면 좋겠군요. 저는 그저 그 친구의 두뇌를 좀 빌리고 싶을 뿐입니다."

"그래서?"

"혼자서는 할 수가 없어요. 왈도는 사람들을 돕는 쪽이 아니라 이용하는 쪽이잖아요. 박사님이 그 친구와 평범하게 교류하는 유일한 인간 아닙니까."

"그건 사실이 아닌데…."

"또 누가 있는데요?"

"내 말을 오해했군. 그 아이와 평범하게 교류하는 사람은 존재하지 않아. 나는 그저 그 아이를 무례하게 대할 수 있는 유일한 사람일 뿐이지."

"하지만 제 생각에는… 관두죠. 저희 회사가 별로 좋지 못한 상황이라는 점은 알고 계시겠죠? 저희에게는 왈도가 필요합니다. 그 정도 되는 천재가 그렇게 접근하기 힘들고, 일반적인 교류가 필요하지 않은 삶을 살아간다니 이해가 되질 않는군요. 아, 물론 그 친구의 병이 상당히 큰 원인이겠지만, 왜 하필이면 그 사람에게 그런 병이 있는 겁니까? 믿을 수 없을 정도의 확률 아닌가요."

"병이 문제가 아니야." 그라임스가 말했다. "적어도 자네가 생각하는 그런 식으로는 아니지. 어떻게 보자면, 그 질병이야말로 바로 그 아이의 선천적인 재능이거든…."

"네?"

"글쎄…." 그라임스는 자신의 기억을 되짚으며, 마음속에서 그 특별한 환자와의 오랜 인연을 되짚어보았다. 왈도 입장에서는 전 생애를 이어져 온 인연이었다. 아이를 처음 받았을 때 무의식 속에서 두려움을 느꼈던 것이 떠올랐다. 갓난아기는 겉으로 보기에는 조금 파랗게 질려 있는 외에는 아무 문제도 없었다. 어차피 분만실의 아이들 중 많은 수가 약간의 청색증 증상을 보이기 마련이었다. 그렇지만 그 아이의 엉덩이를 두드려서 처음으로 허파에 공기가 들어가도록 충격을 주기 전에, 그는 약간 망설였다.

그러나 그는 자신의 감정을 가라앉히고, 그 상황에서 필요한 '치유의 손길'을 가져다 댔다. 그리고 갓 태어난 아이는 만족스럽게 울부짖으며 자신이 독립된 개체임을 선언했다. 다른 행동을 할 여지는 없었다. 당시 그는 히포크라테스 선서를 진지하게 받아들이는 젊은 일반의였으니까. 물론 지금도 선서의 내용을 진지하게 받아들이기는 하지만, 가끔가다 '위선자의 선서'라고 부르기도 한다는 점이 달랐다. 어쨌든 그의 감정은 정당한 것이었다. 그 아이에게는 뭔가 좋지 못한 점이 있었다. 중증 근무력증만으로는 설명할 수 없는 다른 무엇이.

처음에는 그 아이를 불쌍하게 여겼으며, 그 아이의 질병이 자신 때문인 듯한 비논리적인 책임감을 느꼈다. 병리학적 요인으로 인한 근무력증은 가망이 없는 장애로 분류되는 것이 일반적인데, 처음부터 모든 팔다리가 무력증을 보이는 이상 재훈련으로 기능을 되찾을 수 없기 때문이다. 모든 장기와 사지와 기능이 존재는 하되 극도로 연약하기 때문에, 어느 한 부분도 정상적으로 작동하지 못하는 상태다. 크로스컨트리 결승점을 지난 다음 땅바닥에 누워 숨을 몰아쉬며 헐떡이는 일반인을 떠올려보라. 그런 무력한 탈진 상태로 평생을 보내야 하는 것이다. 그 어떤 도움도, 안식도 구할 수 없는 채로.

왈도가 어린 시절을 보내는 동안, 그라임스는 왈도가 목숨을 잃을지도 모른다는 점에 내심 희망을 품기도 했다. 몸을 가누지 못하는 비극적인 상태가 계속될 것이 명백했기 때문이었다. 그러나 그와 동시에, 그라임스는 다른 여러 전문의의 조언을 받고 의사로서의 기술을 최대한 발휘해 아이를 살리고 병을 치료하려 애썼다.

당연한 일이지만 왈도는 학교에 갈 수 없었다. 그라임스는 아이에게 도움이 될 가정교사를 수소문해주었다. 왈도는 평범한 놀이에도 참여할 수 없었다. 그라임스는 침대에 누운 채로 할 수 있는 놀이를 만들어주었다. 아이의 상상력을 최대한 자극할 뿐만 아니라, 흐늘거리는 연약한 근육을 한도까지 사용할 수 있게 해주는 놀이들이었다.

그라임스는 왈도가 장애 때문에 일반적인 성장에 따르는 자극을 받지 못하여 유아의 정신상태에 머무르지는 않을까 걱정했었다. 그러나 지금은 걱정할 필요가 없었다는 점을 알고 있다. 아니, 한참 전에 알게 되었다. 어린 왈도는 삶이 그에게 제공해주는 얼마 되지 않는 양식을 받아들이고, 목마른 듯 지식을 흡수하며, 놀라운 끈기와 의지력으로 자신의 명령에 따르지 않는 근육을 지배했기 때문이었다.

왈도는 영리해서, 근육의 무력함을 대체할 방법을 간단하게 생각해냈다. 일곱 살 때 양손으로 숟가락을 사용하는 방법을 고안해냈고, 힘겹기는 하지만 스스로 음식을 먹을 수 있게 되었다.

그가 처음으로 기계를 발명한 것은 열 살 때의 일이었다. 어떤 자세에서든 그를 위해 책을 들어주고, 독서를 위한 조명을 조절하며, 책장을 넘겨주는 기계였다. 간단한 계기판에 손가락을 대는 것만으로 기계를 조종할 수 있었다. 당연히 왈도 본인이 제작할 수는 없었지만, 기계를 구상한 다음 설명할 수는 있었다. 파딩웨이트존스 부부에게는 아이의 구상을 실현할 기술자를 얼마든지 고용할 정도의 재력이 있었다.

그라임스는 어린 왈도가 혈연관계도 없고 하인도 아닌 숙련된 성인을 자신의 지성에 따라 움직였던 이때의 경험이야말로, 훗날 왈도가 모든 인류를 자신의 실질적 또는 잠재적인 하인이자 '손'에 지나지 않는 존재로 여기게 된 중요한 계기라고 여겼다.

*

"무슨 생각을 그렇게 골똘히 하십니까, 박사님?"

"어? 미안. 딴생각을 하고 있었어. 이걸 기억해두게. 왈도한테 너무 가혹하게 굴면 안 돼. 나도 그 아이를 별로 좋아하지는 않아. 그래도 그 아이의 모든 면을 온전하게 받아들여 줘야지."

"박사님이나 그러시죠."

"그만하게. 그 아이의 천재성이 필요하다고 한 사람은 자네야. 그런 장애를 가지지 않았더라면 천재가 되지도 못했을 거야. 자네는 그 아이 부모를 모르지. 좋은 혈통이긴 했어. 세련되고 지적인 사람들이었지. 하지만 비범한 점은 없었어. 왈도 또한 그들과 크게 다르지 않은 가능성을 가지고 시작했지만, 무언가를 이루기 위해서는 더 큰 노력을 해야 했다네. 모든 일을 어려운 방식으로 해야 했지. 영리해질 수밖에 없었던 거야."

"물론입니다, 물론 그렇겠죠. 하지만 그렇게 까다롭게 구는 이유는 뭡니까? 대부분의 성인은 그렇지 않아요."

"머리를 써보게. 그런 상황에서 뭔가를 이루기 위해서는 엄청난 의지력, 다른 요인은 전혀 돌아보지 않고 한 가지에만 매진하는 추진력을 길러야 해. 끔찍하게 이기적인 사람이 될 수밖에 없다고 생각하지 않나?"

"저라면…. 아니, 관두죠. 중요한 건 우리가 그의 도움이 필요하다는 겁니다."

"왈도가 왜 필요한 건가?"

스티븐스는 설명하기 시작했다.

문명의 겉모습을 이루는 윤리, 가치, 가족 형태, 식사 습관, 삶의 방식, 교수법, 교육 기관, 정부 형태 등의 모든 구성 요소는, 사실 그 문명의 기술 수준에 따른 경제적 필요성이 결정한다고 해도 과언이 아닐 것이다. 너무 폭이 넓고 과도하게 단순화된 명제이기는 하지만, 열강이

1940년대의 전쟁을 수행하려고 발전시킨 기술력이 UN의 창설 이후 오랫동안 이어진 평화의 바탕이 되었다는 주장은 사실이라고 할 수 있을 것이다. 그때까지 전자파와 광학 송수신 기술은 아주 드문 예외를 제외하면 오로지 상업적 방송에만 사용되었다. 심지어는 전화 기술도 하나의 기계와 다른 기계 사이의 물리적 연결에 의존하고 있었다. 만약 몬테레이에 사는 사람이 보스턴에 있는 아내나 동업자와 대화를 하고 싶다면, 구리로 만든 물리적인 신경 세포가 대륙을 가로질러 서로를 연결해주어야만 했다.

당시의 복사 동력은 신문의 일요일 증간호나 만화책 속에서만 찾아볼 수 있는 꿈속 이야기에 지나지 않았다.

대륙을 거미줄처럼 뒤덮은 구리선이 철거되기까지는 연속적인, 아니 그물망과 같이 서로 연결된 일련의 발전이 필요했다. 전자파를 통해 동력을 전송하는 방식은 비경제적이었다. 결국 동축 전파의 발명을 기다릴 수밖에 없었는데, 이는 세계대전 시기의 군용 물자 부족 사태가 불러온 직접적인 결과물이었다. 전파 전화기술이 전선 전화기술을 대체하는 일은 극초단파 기술이 소위 말하는 '에테르' 안에서 통신량을 감당할 수 있는 공간을 확보한 후에야 가능했다. 그런 후에도 기술자가 아닌 사람들과(예를 들어 열 살 먹은 꼬마라도) 사용할 수 있는 통신 동조 장치를 개발해야 했다. 이제 황혼기를 맞이한 상용 전선 전화기의 특징이었던 다이얼 조작만큼 쉽게 사용할 수 있는 것으로 말이다.

벨 연구소에서 그 문제를 해결했다. 그리고 그 해법은 즉각 복사 동력 수신기의 발명으로 이어졌다. 가정용으로, 맞춤 수신이 가능하며, 함부로 뜯어볼 수 없고, 계량 가능한 수신기. 이를 통해 상용 전자기파 동력 전송이 가능해졌다. 단 하나, 효율성의 문제만이 남았다. 비행 기술이 항공 산업으로 이어지려면 오토 사이클 엔진의 발명을 기다려야 했다. 산업혁명은 증기기관이 등장하고 나서야 발생할 수 있었다. 복사 동력을 실용화하려면 값싸고 풍부한 동력원이 필요했다. 동력의 방사라는 개념 자체가 기본적으로 에너지의 낭비를 전제로 하는 것이기 때문에, 값싸고 풍부하여 마음껏 소모할 수 있는 동력의 존재가 필수적이었던 것이다.

같은 해 원자력이 등장했다. 미군에서 일하는 물리학자들이(당시에는 북미합중국이 자신만의 군대를 가지고 있었다) 초거대 폭탄을 개발해냈다. 당시의 실험을 기록한 공책에는, 적절하게 사용하면 거의 모든 종류의 핵반응을 일으킬 방법이 기록되어 있었다. 심지어는 소위 말하는 '솔라 피닉스', 즉 태양력의 근원인 수소-헬륨 반응 과정조차 말이다.

복사 동력은 경제적으로 실현 가능해졌고, 이내 모든 산업의 필수 요소가 되었다.

구리 또한 무한하고 공짜나 다름없는 동력을 생산하는 자원이 되었다. 구리를 인과 규소-29와 헬륨-3으로 분해하고, 그에 따르는 일련의 연쇄 작용을 통해 값싸고 간편하게 동력을 생산할 수 있었던 것이다.

물론 스티븐스는 그라임스에게 이런 내용까지 설명해주지는 않았다. 그라임스는 무의식적으로 이런 모든 역동적인 과정을 인지하고 있었다. 그라임스는 그의 조부가 항공 산업의 발전을 지켜보았던 것과 마찬가지로 복사 동력 산업이 성장하는 것을 지켜보았다. 장대한 통신선이 하늘에서 철거되는 것을, 구리 자원의 회수를 위해 '채굴'되는 모습을 보았다. 맨해튼의 길거리를 파헤쳐 육중한 동축 케이블을 뜯어내는 모습도 보았다. 심지어는 복잡한 이중 다이얼이 달린 독립형 전파 수신 전화를 처음 보았을 때도 기억이 났다. 이웃 정육점에 전화를 걸려다가 부에노스아이레스의 변호사와 연결이 됐던 것이다. 어느 다이얼을 먼저 사용하느냐에 따라 결과가 달라진다는 사실을 깨닫기 전까지, 2주 동안 그가 시도한 모든 지역 통화는 남미를 거쳐 송신되었다.

당시 그라임스는 지금 집착 중인 새로운 건축 양식에 완전히 빠져들지 않은 상태였다. 런던처럼 지하로 파고들어가는 방식은 그에게 매력적으로 보이지 않았다. 자신의 집은 눈으로 볼 수 있는 지상에 있는 쪽을 선호했기 때문이다. 그러나 사무실의 공간을 확장할 필요가 생기자

그도 마침내 굴복하고 지하로 들어갔다. 그쪽이 싸거나 편리하거나 온도, 습도, 조명이 자동 조절되는 토굴 속에서 사는 쪽이 더 실용적이어서가 아니라, 쏟아지는 복사 에너지가 인간의 몸에 끼치는 영향에 대해 이미 그때부터 조금 걱정하고 있었기 때문이었다. 토양 속에 박혀 있는 새집의 벽에는 납이 두텁게 깔려 있었다. 토굴의 지붕은 기존 두께의 두 배였다. 그의 땅속 은신처에는 가능한 최대의 방사능 방호 설비가 갖추어져 있었다.

"그러니까 요점을 말하자면…." 스티븐스는 계속 말하고 있었다. "동력을 교통수단으로 전송하는 과정이 악마처럼 변덕스러운 양상을 보이고 있다는 겁니다. 교통을 전면 중지시킬 정도는 아니지만, 상당히 우려될 정도로는 말이죠. 끔찍한 사고가 여러 건 일어났습니다. 계속 쉬쉬하고 있을 수는 없어요. 어떻게든 대책을 세워야 합니다."

"그건 왜인가?"

"왜냐고요? 농담하지 마세요. 우선 NAPA의 교통부 기술주임으로서 제 일자리가 이 일에 달려 있습니다. 두 번째로, 이 문제 자체만으로도 상당히 심각합니다. 제대로 설계한 기계는 제대로 작동해야 합니다. 작동시킬 때마다, 작동시키는 동안은 언제나 말이죠. 근데 이놈들은 제대로 움직이지 않고, 우리는 그 이유를 알 수가 없습니다. 우리 쪽의 수리물리학자들은 이미 횡설수설하는 단계에 접어들었어요."

그라임스는 어깨를 으쓱해 보였다. 스티븐스는 그 몸짓에 짜증이 났다. "이 문제의 중요성을 제대로 인식하지 못하시는 것 같은데요, 박사님. 교통수단에 몇 마력의 동력이 필요한지 알고나 계십니까? 개인용 교통수단과 대중교통과 수송기를 포함해서, NAPA에서는 이 대륙에서 사용하는 에너지의 절반 이상을 공급하고 있습니다. 똑바로 일하지 않을 수가 없어요. 여기에 우리의 도시 동력 시스템에 가입한 도시들까지 고려해보세요. 그쪽에서는 문제가 없긴 하죠, 아직까지는. 하지만 도시의 동력 시스템이 문제를 일으킨다면 어떤 일이 벌어질지 상상조차 할 수가 없습니다."

"내가 해법을 하나 제안해보겠네."

"네? 그래요, 해보시죠."

"전부 포기하게. 석유와 증기로 움직이는 교통수단으로 돌아가는 걸세. 복사 에너지라는 죽음의 덫에서 벗어나는 거야."

"절대로 불가능한 소립니다. 지금 무슨 말씀을 하시는 건지나 아십니까. 지금 이 단계에 이르기까지 15년에 걸친 변화가 필요했습니다. 이제는 모든 설비가 완성되어 있어요. 그라임스 박사님, 만약 NAPA가 문을 닫으면 북서부 연안 인구의 절반이 굶주리게 될 겁니다. 5대호 지역과 필라델피아–보스턴 경제구역은 말할 것도 없고요."

"흠, 글쎄, 내가 말할 수 있는 건, 차라리 그쪽이 지금 천천히 진행되고 있는 독극물 중독 사태보다는 낫다는 것뿐이야."

스티븐스는 성급하게 그 제안을 떨쳐냈다. "이봐요, 박사님. 보닛 안에서 꿀벌을 치시든 말든 그건 제 알 바가 아닙니다. 하지만 그걸 제 계산에 넣으라고 주문하지는 마세요. 복사 동력이 위험하다고 주장하는 사람은 박사님밖에 없으니까요."

그라임스는 온화하게 대꾸했다. "있잖나, 요점은 말일세, 사람들이 필요한 사실을 보지 않고 있다는 것이야. 작년의 높이뛰기 최고 기록이 얼마인지 알고 있나?"

"저는 스포츠 뉴스는 안 보는데요."

"언제 한번 확인해보게. 높이뛰기는 약 20년 전에 2미터 20센티미터로 최고 기록을 찍었어. 그 이후로는 점차 줄어들고 있지. 스포츠 기록과 대기 중 인공 복사량을 가지고 그래프를 그려보아도 좋을 거야. 자네를 깜짝 놀라게 할 만한 결과가 나올걸."

"젠장, 격렬한 스포츠가 유행을 벗어났다는 건 모두가 아는 사실이에요. 땀과 근육의 유행이 끝나버린 거죠. 그저 더욱 지적인 문화로 발전한 것뿐입니다."

"지적이라니, 무슨 개소리야! 언제나 지쳐 있어서 테니스 같은 운동을 할 기력이 없는 거라고. 자네 꼴을 좀 봐. 완전히 엉망이지 않은가."

"저 좀 그만 괴롭히시라고요, 박사님."

"미안하네. 하지만 인간이라는 동물의 행동 효율이 감소하고 있다는 점은 명백해. 제대로 된 자료가 있다면 증명할 수도 있겠지만, 제대로 된 의사라면 누구나 알 수 있는 일이야. 눈이 달려 있고 온갖 종류의 호화로운 기계 장치에 매달려 있지만 않다면 말이지. 아직은 명확한 원인을 증명할 수는 없지만, 내 빌어먹게 훌륭한 직감은 자네들이 다루는 그 물질이 벌이는 일이라고 소리치고 있단 말이야."

"말도 안 되는 소립니다. 모든 복사 동력은 생물학 연구실에서 면밀히 검토를 거친 후에 대기 중으로 퍼지는 겁니다. 우리는 얼간이도, 악당도 아니에요."

"충분히 오랫동안 시험하지 않았을 수도 있지 않겠나. 몇 시간이나 몇 주 정도를 말하는 것이 아니야. 몇 년 동안 복사 에너지가 신체 조직에 쏟아질 때의 누적 효과를 말하는 거지. 무슨 일이 일어날 것 같나?"

"글쎄요, 아무 일도…. 제 생각으로는요."

"자네 생각일 뿐이지, 명확하게 아는 것은 아니잖나. 아직 아무도 알아내지 못했어. 예를 들어보지. 규소질 유리에 햇빛이 무슨 영향을 미치나? 일반적으로는 그저 '전혀 영향이 없다'라고 말하겠지. 하지만 사막 유리라는 걸 본 적이 있나?"

"그 푸른빛이 도는 자주색 유리 말이죠? 물론이죠."

"그래. 유리병을 모하비 사막에 가져다 놓으면 몇 달 안에 색이 생기지. 하지만 비컨 힐에 있는 오래된 집들의 유리창을 본 적이 있나?"

"비컨 힐에는 가본 적이 없는데요."

"좋아, 그럼 내가 말해주지. 동일한 현상이 벌어져. 다만 보스턴에서는 그렇게 되기까지 1세기나 그 이상이 걸릴 뿐이지. 그럼 한번 말해봐.

자네의 그 잘난 물리학으로 비컨 힐의 창문에서 벌어지는 변화를 기록할 수 있을까?"

"음…, 아마 무리겠죠."

"그렇다 해도 실제로 일어나는 일이잖나. 극초단파 방사에 30년 동안 노출된 인간의 신체 조직을 검사해보려고 시도한 사람이 있나?"

"아뇨, 하지만…."

"하지만은 무슨. 결과는 실제로 관찰된다고. 물론 내가 주장하는 원인은 추측에 지나지 않아. 어쩌면 내가 틀렸을 수도 있지. 하지만 외출할 때마다 항상 납이 든 외투를 챙겨 입고 나가기 시작한 이후로 조금 더 기력이 돌아온 느낌이 들어."

스티븐스는 논쟁을 포기했다. "박사님 말씀이 맞을지도 모르죠. 더 이상 반대하지 않겠습니다. 그건 그렇고, 왈도는 어떻습니까? 저를 그 친구에게 데려가서 협상을 도와주실 겁니까?"

"언제 가고 싶지?"

"빠를수록 좋지요."

"지금은?"

"좋습니다."

"자네 직장에 전화나 해."

"지금 바로 떠날 수 있나요? 저는 그래도 괜찮습니다. 사실은 지금 휴가 중이에요. 그래도 잊어버릴 수가 없는 문제라서 당장 해결하고 싶습니다."

"그러면 그만 지껄이고 준비나 하라고."

그들은 탈것을 세워놓은 곳으로 올라갔다. 그라임스는 자기 차를 향해 걸어갔다. 보잉사에서 출시한 큼지막한 구식 가족용 랜도였다. 스티븐스는 확인차 물어보았다. "설마 저걸로 올라가려는 건 아니죠? 늦은 밤에나 도착할 텐데요."

"안 될 건 뭔가? 우주용 보조 추진체도 달려 있고 밀폐도 되어 있어.

여기서 달까지 날아갔다가 돌아올 수도 있지."

"그래요, 하지만 끔찍하게 느리겠죠. 제 '빗자루'를 사용하기로 하죠."

그라임스는 스티븐스의 방추형 고속 소형차를 훑어보았다. 동체는 플라스틱 공학의 한계 내에서 최대한 투명하게 만들어져 있었다. 분자 두 개 두께의 표면층은 공기와 동일한 굴절률을 가지도록 설계되었다. 완벽하게 깨끗한 상태에서는 거의 보이지 않을 정도였지만, 지금 이 순간에는 먼지와 물입자가 제법 맺혀 있어서 희미하게 알아볼 수 있는 상태였다. 비누거품으로 만든 유령 우주선처럼 보였다.

벽을 통해 깨끗하게 들여다보이는 중간 부분에는 이 차의 유일한 금속 부품이 있었다. 구동축, 아니 동축 엔진이라고 부르는 편이 더 나을 물건이었다. 그리고 축이 끝나는 부분에 밖으로 펼쳐지는 한 다발의 디캘브 수신기가 붙어 있었다. 별명대로 거대한 마녀의 빗자루처럼 보였다. 투명 플라스틱으로 만든 좌석이 중심축 바로 위에 붙어 있어 금속 봉이 승객의 다리 사이를 지나가기 때문에, 이 별명은 두 배로 더 어울리는 것이 되었다.

"자네 말이야." 그라임스가 말했다. "내가 예쁘장하지도 않고 우아하지도 않다는 사실은 알고 있지만, 나름 자존심 비슷한 것도 있고 체면 같은 것도 아직 남아 있어. 절대로 저걸 내 정강이 사이에 끼우고 하늘 위를 질주하지는 않을 거야."

"아, 젠장! 박사님은 너무 구식이에요."

"그럴지도 모르지. 하지만 이 나이까지 간직할 수 있었던 괴팍한 습관들은 앞으로도 계속 가져갈 생각이야. 안 타."

"이렇게 하죠. 이륙하기 전에 동체에 극성을 줄게요. 그러면 어때요?"

"불투명하게?"

"네. 불투명하게."

그라임스는 자신의 지저분한 탈것을 애석한 눈길로 바라보았지만, 결국 고속 승용차의 제대로 보이지도 않는 입구로 간신히 올라갔다. 스티븐스가 그를 도왔다. 그들은 차에 올라 벗자루 위에 앉았다.

"출발합니다, 박사님." 스티븐스가 말했다. "3초 만에 보내드리죠. 박사님의 욕조로는 5백 초가 넘어도 도착을 못 할 테죠. 그 친구 휠체어는 적어도 4만 킬로미터 상공에 있을 테니까요."

"나야 서두를 필요가 없으니까." 그라임스가 대꾸했다. "그리고 왈도의 집을 '휠체어'라고 부르지는 말게. 적어도 그 아이 앞에서는."

"기억해두죠." 스티븐스는 약속했다. 그는 잠시 허공을 만지작거리는 듯 보였다. 갑자기 동체가 검은색으로 변하며 그들의 모습을 숨겨주었다. 차는 다음 순간 비쳐 보일 듯 밝게 달아오르더니, 몸을 부르르 떨고는 하늘로 솟구쳐 올라가 시야에서 사라져버렸다.

*

왈도 파딩웨이트존스는 구체 형태의 방 한가운데 둥실 떠 있는 것처럼 보였다. 그렇게 보이는 이유는 실제로 그가 허공에 떠 있기 때문이었다. 그의 집은 자유 궤도에 떠 있으며, 24시간이 조금 넘는 주기로 지구 주변을 선회했다. 회전력은 전혀 가하지 않고 있었다. 원심력으로 만드는 유사 중력이야말로 그가 가장 원하지 않는 것이었다. 애초에 지구를 떠난 이유도 중력장에서 벗어나기 위해서였으니까. 집을 만들어 궤도까지 견인해 올린 이후로, 그는 17년 동안 단 한 번도 지표면으로 내려가지 않았다. 어떤 이유가 있어도 절대 내려갈 생각은 없었다.

우주에 띄운 자신만의 공기 조절 껍질 안에서 자유롭게 유영하는 동안에는, 연약한 근육에 종속되어 있던 지금까지의 노예 생활에서 거의 벗어날 수 있었다. 그에게 남은 얼마 안 되는 힘을 효율적으로 사용할 수도 있었다. 지구의 두꺼운 역장에서 끔찍하고 힘겨운 몸무게를 견뎌내며 싸우는 대신, 소량의 근력을 효율적으로 이동에 사용할 수 있는 것이었다.

왈도는 어릴 적부터 우주 비행에 관심이 많았다. 심원한 우주를 탐사하고 싶어서가 아니라, 미숙하고 과로에 시달린 정신으로 무중력 상태에서 자신이 얻을 수 있는 엄청난 이점을 파악했기 때문이었다. 그는 10대 때부터 조종사가 두세 배의 중력하에서도 섬세한 조종을 할 수 있는 시스템을 제공하면서 초기의 우주 비행 실험에 큰 공헌을 했다.

그 정도의 발명은 그에게는 아무것도 아니었다. 그저 자신이 1g 상태에서 힘겨운 중력에 맞서 싸우기 위해 만들었던 조작기를 차용하기만 하면 되는 일이었다. 처음으로 성공을 거둔 안전한 로켓은 왈도 자신을 침대에서 휠체어로 옮기기 위해 만들었던 기계를 응용한 것이었다.

달을 왕복하는 우편선이 정규 장비로 채용한 감속 탱크는 왈도 자신이 종종 사용하던 부유 탱크에서 착안한 것이었다. 부모 집을 떠나 지금의 꽤 독특한 집으로 이사를 오기 전까지 식사하거나 잠을 잘 때 사용하던 물건이었다. 그의 기초적인 발명품 대부분은 원래 자신의 필요 때문에 만들었다가 훗날 상용화의 단계를 밟은 것들이었다. 심지어 많은 사람이 '왈도들'(정식 명칭은 '왈도 파딩웨이트존스의 동기화 행동복제 전달모사기. 특허출원 296,001,437번, 신형 제품, 기타')이라고 부르는, 인간의 신체 일부를 모사한 기괴한 다목적 도구조차도 왈도의 기계 공작소에서 개인 목적으로 사용하며 개조해오던 물건을 대량생산용으로 다시 설계한 것이었다. 최초의 왈도는 지금 나라 안의 모든 상점, 공장, 발전소, 창고에서 사용하고 있는 왈도들에 비하면 상당히 원시적인 형태였으며, 원래 왈도 본인이 금속 선반을 사용하기 위해 만들었던 물건이었다.

왈도는 대중이 그 기계에 붙인 별명을 혐오했다. 너무 친근하게 구는 느낌이 들었기 때문이다. 그러나 동시에 대중이 유용하고 중요한 기계를 통해 자신을 인식하도록 하면 사업에서 유리하다는 사실을 냉정하게 파악하고 있었다.

뉴스 진행자들이 그의 우주 저택을 '휠체어'라고 불렀을 때, 사람들은 왈도가 이 별명 역시 사업상 유용하게 여길지도 모른다고 생각했다. 그러나 그는 그렇게 생각하지 않았다. 그는 그 별명을 끔찍하게 여기고 사용하지 못하도록 만들려고 했다. 다른 기묘한 왈도식 사고방식에 입각한 일이었다. 왈도는 자신을 장애인으로 여기지 않았다.

왈도는 자신을 장애를 지닌 인간이 아니라, 인간 다음 단계의 존재, 털 없는 유인원들의 거칠고 난폭한 힘이 필요 없을 정도로 우월한 존재로 여겼다. 털 있는 유인원, 털 없는 유인원, 다음으로 왈도, 이런 식의 발전 단계를 머릿속에 그리곤 했다. 근육이 딱히 도드라지지 않는 침팬지도 한 손으로 쉽사리 7백 킬로그램의 힘을 줄 수가 있다. 왈도는 침팬지 한 마리를 공수한 다음, 끈질기게 분노를 일으켜 최대의 능력을 발휘하게 만들어서 이 사실을 입증해 보였다. 건장한 신체를 가진 남성의 한 손 악력은 70킬로그램 정도다. 왈도는 땀이 맺힐 때까지 노력해보아도 7킬로그램에도 도달하지 못했다.

이 뻔한 추론이 참이든 거짓이든, 왈도는 그 추론을 믿고 그에 따라 세상을 평가했다. 인간은 과도한 근육을 가진 저급한 존재, 털 없는 침팬지였다. 그는 자신이 그들보다 적어도 열 배는 우월하다고 생각했다.

그는 할 일이 아주 많았다.

공중에 떠 있으면서도 아주 바빴다. 지표로 절대 내려가지 않으면서도, 그의 사업의 주 무대는 지상이었다. 여러 종류의 자산을 관리하는 일 외에도 종종 기술 자문역을 맡기도 했고, 특히 동작 분석이 전문 분야였다. 그의 방 한쪽에는 이런 업무에 필요한 장비들이 즐비하게 달려 있었다. 정면에는 10센티미터 높이에 12.5센티미터 너비의 원격 영상 수신기가 놓여 있고, 직선과 극선의 두 가지 좌표계가 화면 위를 수놓고 있었다. 그 위쪽과 오른쪽에는 다른 작은 수신기가 하나씩 붙어 있었다. 양쪽 모두 병렬 회로를 사용해 다른 방에서 일어나는 일을 하나도 빠짐없이 녹화해서 재생하는 중이었다.

작은 쪽의 화면에서는 두 남자가 그를 바라보고 있었다. 큰 쪽에는 격납고처럼 커다란 기계 공작소가 보였는데, 커다란 주물을 제작하고 있는 그라인더의 모습이 화면을 가득 채우고 있었다. 그 옆에는 기술자 한 명이 서 있었는데, 분노를 참는 표정이 얼굴에 가득했다.

"이 사람이 당신네 노동자들 중에서는 가장 낫군." 왈도가 작은 화면의 두 사람들에게 말했다. "확실히 솜씨도 서투르고 세밀한 작업을 할 만큼 섬세하지도 못하지만, 당신네가 기계공이라고 부르는 다른 얼간이들보다는 뛰어난 친구야."

기술자는 목소리가 어디서 나오는지를 확인하려는 듯 주변을 둘러보았다. 왈도의 목소리는 똑똑히 들을 수 있었지만, 그쪽에는 영상 수신기가 제공되지 않았다. "방금 그 개수작, 나 들으라고 한 건가?" 기술자가 거칠게 말했다.

"오해를 한 모양이군, 이 친구야." 왈도가 부드럽게 말했다. "자네를 칭찬하고 있었던 거야. 사실 자네에게 정밀 작업의 기초를 가르칠 수도 있겠다는 희망을 품고 있었어. 그러면 자네 주변의, 뇌가 버터 정도로밖에 안 보이는 멍청한 친구들을 지도해줄 수 있을 테니까. 자, 그럼 장갑을 착용해주실까."

남자 근처에는 평범한 받침대 위에 1차 왈도 한 쌍이 놓여 있었다. 팔꿈치까지 오는 길이에 인간과 같은 손가락이 달린 모습이었다. 왈도 앞에 놓인, 비슷한 형태의 왈도 한 쌍과 연동되어 작동하는 기구였다. 2차 왈도는 1차 왈도를 통해 왈도 본인이 제어하는 기구였는데, 작업자의 앞에 놓인 전동 기구에 연결되어 있었다.

왈도가 말한 장갑은 기술자 근처의 1차 왈도들을 가리키는 것이었다. 기계공은 장갑들을 힐긋 보았지만, 그 안으로 자기 팔을 집어넣으려는 움직임은 아예 없었다. "내 눈에 보이지 않는 사람에게서 명령을 받을 생각은 없어." 남자는 단호하게 말했다. 그리고 말하면서도 화면 바깥쪽을 슬쩍 곁눈질했다.

"이보게, 젠킨스." 작은 화면 속 두 남자 중 하나가 말했다.

왈도는 한숨을 쉬었다. "당신네 작업장의 규율 문제까지 해결해줄 시간은 없어. 여러분, 부디 그쪽의 수신기를 전환해 주기 바랍니다. 우리 까다로운 친구가 나를 볼 수 있도록."

화면이 변했다. 기술자의 얼굴이 작은 쪽 화면의 배경에 떠올랐고, 동시에 큰 화면에도 나타났다. "자, 이제 좀 나은가?" 왈도가 친절하게 말했다. 기술자는 투덜거렸다.

"자… 그럼 이름을 말해주시겠나?"

"알렉산더 젠킨스요."

"좋아, 젠킨스. 그럼 장갑을 껴."

젠킨스는 왈도에 팔을 집어넣고 기다렸다. 왈도는 자기 앞에 있는 1차 왈도에 팔을 넣었다. 기계 앞에 배치되어 있는 2차 왈도를 포함해서, 세 벌의 장갑 모두 일제히 움직이기 시작했다. 젠킨스는 장갑이 자기 손가락을 조종하는 기분 나쁜 느낌에 입술을 깨물었다.

왈도는 부드럽게 손가락을 굽혔다 폈다. 화면에 보이는 두 쌍의 왈도도 그 동작을 정확하게, 동시에 따라 병렬로 움직였다. "느껴보게, 젠킨스." 왈도가 충고했다. "천천히, 부드럽게, 섬세하게 움직여. 근육의 움직임을 그대로 새기는 거야." 이어서 그는 정해진 패턴의 움직임을 보이기 시작했다. 전동 도구와 연결된 왈도들이 손을 뻗어 전원을 넣고, 부드럽고 우아하게 주물을 다시 제작해 나갔다. 기계손 하나는 아래로 내려가며 버니어를 조절했고, 다른 쪽 손은 절단면을 식히는 냉각유의 흐름을 조절했다. "리듬이야, 젠킨스, 리듬. 떨어도 안 되고, 불필요한 움직임도 안 돼. 나하고 박자를 맞춘다고 생각해."

금형이 믿을 수 없을 정도로 빠르게 형태를 갖추어나가며 숨겨진 모습을 드러냈다. 평범한 3중 간호차량의 보닛이었다. 선반의 조임쇠가 벌어졌다. 완성품은 아래에 위치한 벨트 위로 떨어졌고, 다른 주물이 그 자리에 들어왔다. 왈도는 서두르지 않고 솜씨 좋게 작업을 재개했다. 왈도 속에서 그의 손가락은 그램 단위의 작업이 필요한 곳에 정확하게 적당한 압력을 가했다. 수천 킬로미터 아래에 병렬로 연결된 다른 왈도들 또한 작업의 수행에 필요한 정도의 힘을 사용해 그의 움직임을 정확하게 따라하고 있었다.

다른 주물 하나가 벨트 위로 떨어졌다. 다른 몇 개가 그 뒤를 이었다. 젠킨스 본인 스스로는 아무런 작업도 수행하지 않았지만, 왈도의 움직임을 따라 하려고 애쓰느라 잔뜩 지친 상태였다. 그의 이마에 맺힌 땀방울이 코를 타고 흘러내려 턱 아래 방울지어 맺혔다. 새로운 주물이 올라오는 사이, 그는 갑자기 병렬 연결된 1차 왈도에서 팔을 빼냈다. "이 정도면 됐어." 젠킨스가 말했다.

"한 번 더 해보지, 젠킨스. 자네 발전하고 있어."

"싫어!" 젠킨스는 걸어 나가려는 듯 몸을 돌렸다. 왈도는 순간 재빨리 손을 움직였다. 너무 빨라서 무중력 상태에서도 근육에 부하가 올 정도였다. 2차 왈도의 강철 손 하나가 뻗어나가 젠킨스의 손목을 잡았다.

"그렇게는 안 되지, 젠킨스."

"이거 놔!"

"부드럽게, 젠킨스. 조용히. 자네도 내가 시키는 대로 해줄 거지?" 강철의 손이 손목을 비틀며 그를 땅바닥으로 내리눌렀다. 왈도가 전부 해서 60그램이나 되는 압력을 가한 결과물이었다.

젠킨스는 신음을 내뱉었다. 남아 있던 관객 한 명이(다른 한 명은 수업이 시작된 직후 자리를 떴다) 말했다. "아, 이런 세상에, 왈도 씨!"

"복종하게 만들거나, 아니면 해고시키시죠. 우리 계약서상의 조건은 알고 계실 텐데." 왈도가 말했다.

그리고 갑자기 영상과 소리가 전부 끊겨버렸다. 지구 쪽에서 끊은 모양이었다. 몇 초 후 화면이 돌아왔다. 젠킨스는 부루퉁하기는 해도 더 이상 반항하지는 않았다. 왈도는 아무 일도 일어나지 않은 것처럼 계속했다. "한 번 더 하지, 친애하는 젠킨스."

반복 작업이 끝나고 나자, 왈도가 지시했다. "앞으로 스무 번, 손목과 팔꿈치에 광원을 장착하고, 나중에 사진을 시간 단위로 분석해서 비교하도록 하지. 겹쳐봤을 때 결과가 일치하기를 기대하고 있겠어, 젠킨스." 그는 더 이상 말하지 않고 큰 화면의 송신을 끊어버린 다음, 작은 쪽의 관객들을 돌아보았다. "내일 같은 시간에 하겠습니다, 맥나이. 지금까지의 진전 상황은 만족스럽군요. 곧 당신네의 난장판을 현대적인 공장으로 바꿔놓을 수 있게 될 겁니다." 그는 작별인사도 하지 않고 화면을 지웠다.

왈도가 조급하게 사업상의 대화를 끝낸 것은 한쪽 눈으로 주변 공역의 정보 패널을 확인하고 있었기 때문이었다. 차량 한 대가 그의 집으로 접근하고 있었다. 그것 자체는 별로 이상한 일이 아니었다. 관광객들이 그의 집에 접근했다가 자동 경비 회로에 쫓겨나는 일이 끊임없이 반복되어왔기 때문이다. 하지만 이번 차량은 접근 허가 신호를 가지고 있었고, 이제 착륙장에 출입구를 고정하는 중이었다. 빗자루형 차량이었는데 그가 아는 번호판은 아니었다. 플로리다 번호판이라…. 아는 사람 중에 플로리다 번호판을 가진 사람이 있던가?

그는 곧 접근 허가 신호를 가진 사람들 중에서 플로리다 번호판을 쓸 사람이 없다는 점을 깨달았다. 애초에 접근 허가 신호를 가진 사람들의 목록이 매우 짧았으니까. 온 세상을 겨냥하는 의심으로 가득한 방어 본능이 즉시 발현됐다. 그는 1차 왈도들을 사용해 자동 회로를 중단시키고, 상당히 불법인 데다 높은 살상력을 갖춘 내부 방어 시스템을 직접 조작하기 시작했다. 차량 동체는 불투명했다. 마음에 들지 않았다.

젊어 보이는 남자가 꾸물대며 빠져나왔다. 왈도는 남자를 살펴보았다. 낯선 사람이었다. 얼굴 자체는 약간 낯익어 보이기도 했다. 1차 왈도에 30그램의 압력을 가하면 그 얼굴은 더 이상 얼굴이 아니게 되겠지만, 왈도는 언제나 냉정한 두뇌의 판단에 따라 행동했다. 그는 발포하지 않았다. 남자는 다른 승객을 도우려는 듯 몸을 돌렸다. 그래, 다른 승객이 있었다. 그라임스 삼촌! 하지만 저 비틀거리는 늙은 바보가 낯선 사람을 데리고 오다니. 그런 행동은 하지 않는 편이 좋았을 텐데. 낯선 사람들을 내가 어떻게 대하는지 잘 알고 있으면서!

어쨌든 왈도는 응접실의 에어로크를 해제해 두 사람을 안으로 들어오게 했다.

그라임스는 양쪽 손잡이를 번갈아 잡으며 몸을 끌어 에어로크 안으로 들어오면서, 무중력 상태에서 움직일 때 항상 그렇듯 숨을 헐떡였다. 그리고 언제나처럼 혼잣말을 중얼거렸다. "힘들어서 그런 게 아니라 횡격막 제어 능력이 떨어져서 그런 거야." 스티븐스는 그의 뒤를 따라 부드럽게 들어왔다. 우주 환경에서도 쉽사리 움직일 수 있다는, 땅다람쥐다운 무해한 자만심을 내비치는 모습이었다. 그라임스는 응접실 안으로 들어와서 움직임을 멈추고 투덜댄 다음 그곳에 기다리고 있는 인간 크기의 인형에게 말을 걸었다. "잘 있었냐, 왈도."

인형은 눈과 머리를 살짝 움직였다. "안녕하세요, 그라임스 삼촌. 들르기 전에 미리 전화하는 것을 기억해주셨으면 좋겠는데요. 삼촌을 위한 특별한 저녁 만찬을 준비해놓을 수 있게요."

"그런 건 신경 쓰지 마라. 우리는 그리 오래 머물지 않을 테니까. 왈도, 이쪽은 내 친구 제임스 스티븐스다."

인형은 스티븐스를 마주했다. "안녕하십니까, 스티븐스 씨." 목소리는 정중하게 말했다. "자유요새에 잘 오셨습니다."

"안녕하십니까, 왈도 씨." 스티븐스는 대답하며 흥미로운 눈길로 인형을 바라보았다. 정말로 살아 있는 것처럼 보이는 물건이었다. 처음에는 '복제품 클론'인 줄로만 알았다. 생각해보니, 이 인형에 대해서 들은 적이 있었다. 실제 왈도의 모습을 화면을 통해서가 아니라 직접 본 사람은 그리 많지 않았다. 휠체어를 방문한 사람들은… 휠체어가 아니라 '자유요새'지. 반드시 염두에 두어야 했다. 자유요새를 방문한 사람들은 눈앞의 복제품 인형을 마주한 채로 그의 목소리를 듣게 된다고 했다.

"하지만 저녁은 드시고 가셔야죠, 그라임스 삼촌." 왈도가 말을 이었다. "이런 식으로 도망치시면 곤란해요. 그렇게 자주 올라오시는 것도 아니잖아요. 금방 뭔가 만들 수 있을 거예요."

"그러는 편이 나을지도 모르겠구나." 그라임스도 인정했다. "메뉴 걱정은 말거라. 내가 어떤 사람인지 알잖니. 거북이를 껍질째 먹을 수도 있는 사람 아니냐."

스티븐스는 그라임스 박사를 설득해 함께 올라온 것이 정말로 잘한 일이라는 생각을 하며 속으로 기뻐했다. 5분도 지나지 않았는데, 왈도는 이미 저녁 식사를 들고 가라고 권하고 있었다. 좋은 징조였다!

그는 왈도가 저녁 식사 자리에 초대한 사람은 그라임스뿐이며, 그 초대를 두 사람 모두에게 한 것으로 간주한 것은 그라임스였다는 사실은 알아채지 못하고 있었다.

"지금 어디 있는 게냐, 왈도?" 그라임스가 말을 이었다. "실험실이냐?" 그리고 그는 마치 응접실을 떠나려는 것처럼 움직이기 시작했다.

"아, 걱정하지 마세요." 왈도가 다급하게 말했다. "지금 계신 곳이 더 편할 테니까요. 조금만 기다리시면 방에 회전력을 가해서 자리에 앉을 수 있게 해드릴게요."

"대체 무슨 빌어먹을 생각을 하는 거냐, 왈도?" 그라임스가 퉁명스럽게 대꾸했다. "내가 중력을 필요로 하지 않는 사람이라는 것을 알잖느냐. 게다가 말하는 인형 상대를 하고 있을 생각도 없다. 너를 직접 봐야겠다." 스티븐스는 노인의 고집에 조금 놀랐다. 원심력을 제공해주겠다는 왈도의 제안을 배려로 생각하고 있었던 것이다. 무중력 상태는 그를 조금 불안하게 만들었다.

왈도는 불안한 기분이 들 정도로 오랫동안 아무 말도 하지 않았다. 마침내 그는 굳은 목소리로 이렇게 대답했다. "정말, 그라임스 삼촌, 지금 말도 안 되는 요구를 하시는 거예요. 삼촌도 잘 아실 텐데요."

그라임스는 왈도에게 대답하지 않았다. 대신 그는 스티븐스의 팔을 잡았다. "가자, 스티븐스. 떠나야겠다."

"잠깐만, 박사님! 왜 그러시는 겁니까?"

"왈도가 수작을 부리고 싶은 모양이구나. 나는 수작에 놀아날 생각 없다."

"하지만…."

"그만! 잠자코 따라오너라. 왈도, 에어로크를 열어."

"그라임스 삼촌!"

"왜, 왈도?"

"삼촌이 데려온 손님…, 그 사람 믿을 만하다고 보장할 수 있어요?"

"당연하지, 이 한심한 머저리 녀석아. 그렇지 않으면 애초에 데려오지도 않았겠지."

"저는 작업장에 있습니다. 길은 열어놨어요."

그라임스는 스티븐스를 돌아보았다. "따라오게, 자네."

꼬리에 꼬리를 물고 따라가는 물고기처럼, 스티븐스는 그라임스를 따라 무중력 속을 헤엄쳐 갔다. 그러면서도 그는 왈도의 유명한 우주 저택을 최대한 많이 눈에 담아 가려 애썼다. 지금까지 본 그 어떤 것과도 다른 독특한 구조물이라는 점은 인정할 수밖에 없었다. 위아래의 방향성은 아예 존재하지 않았다. 우주선이나 우주 정거장은 내부에 가속이 가해질 때를 제외하면 거의 언제나 무중력 상태인데도, 실내를 설계할 때는 위아래의 개념이 들어간다. 우주선의 상하축은 가속의 방향에 따라 결정된다. 우주 정거장의 위아래는 원심력에 의해 결정된다.

일부 경찰 또는 군용 탈것은 하나 이상의 가속축을 가진다. 따라서 그 경우에는 위아래 방향이 매번 변하게 되므로 승무원은 우주선이 움직일 때마다 몸을 고정시켜야만 한다. 어떤 우주 정거장은 거주 구역에만 원심력을 가한다. 어쨌든 모든 경우에 일반적인 규칙이 적용된다. 인간이라는 존재는 중력에 익숙해져 있다. 인간이 만든 모든 물건은 중력을 염두에 두고 제작된다. 단 하나, 왈도의 집만 제외하고.

땅다람쥐가 무게라는 개념을 무시하기란 쉽지 않다. 인간은 중력을 요구하는 본능을 가지고 태어난 듯하다. 지구 주변의 자유 궤도를 도는 탈것을 상상해보면, 사람들은 응당 지구를 향하는 쪽을 '아래'로 여기게 된다. 자신들이 우주선의 한쪽 벽을 바닥으로 삼아 서 있다고 생각하게 되는 것이다. 그러나 이런 개념은 완전히 잘못된 것이다. 자유낙하하는 물체 안에 있는 사람에게는 무게라는 감각도, 위아래의 방향도 존재하지 않는다. 물체 그 자체의 중력장으로 인한 것을 제외하면 말이다. 물론 왈도의 집이나 지금껏 만들어진 다른 어떤 우주용 탈것도 인간의 육체가 감지할 수 있는 중력장을 발산할 정도의 질량은 가지지 못한다. 믿든 안 믿든 그것이 사실이다. 인간이 느낄 수 있을 정도의 중력을 가지려면 적어도 제법 큰 소행성 정도의 질량이 필요하다.

지구 주변의 자유궤도를 도는 물체는 자유낙하를 하는 물체와는 다르다고 반론을 제기할 수도 있을 것이다. 이런 반론은 인간과 지표 중심의 사고방식이며, 완벽하게 잘못된 것이다. 자유비행, 자유낙하, 자유궤도는 모두 같은 현상을 설명하는 단어다. 달은 계속해서 지구 쪽으로 낙하한다. 지구는 계속해서 태양 쪽으로 낙하한다. 이들 천체 사이에 작용하는 여러 부차적인 벡터들이 거리가 가까워지는 것을 막고 있는 것뿐이다. 그렇지만 그 모든 것은 결국 자유낙하다. 의심스럽다면 탄도학 전문가나 천체물리학자와 상담을 해보기 바란다.

자유낙하 상태에서는 무게를 감지할 수가 없다. 인간의 몸이 중력장을 감지하려면 그에 대항하는 힘이 존재해야만 한다.

손잡이를 잡고 왈도의 작업장으로 움직이는 동안, 이런 생각들 중 일부가 스티븐스의 마음속을 스쳐 지나갔다. 왈도의 집은 위아래라는 개념을 전혀 고려하지 않고 만들어졌다. 가구와 장비는 아무 면에나 붙어 있었다. '바닥'이라 부를 수 있는 면은 존재하지 않았다. 받침대나 선반은 사용하기 편한 각도로 아무 데나 붙어 있었으며, 그 크기와 형태도 제각각이었다. 어떻게 놓아도 서 있거나 걷기에 걸리적거릴 리는 없기 때문이었다. 엄밀하게 말하자면, 받침대가 아니라 작업대나 칸막이라고 해야겠지만. 게다가 도구들도 딱히 그런 표면에 고정된 것이 아니었다. 종종 그 주변에 그냥 떠 있는 쪽이 더 찾기 편한 경우도 있기 때문이다. 가벼운 고정줄이나 가는 막대 등으로 한곳에 머물게 해놓은 것이 전부였다.

가구와 장비들은 모두 그 디자인도, 때로는 그 목적마저도 기묘했다.

지구의 가구는 대부분 상당히 육중하며, 적어도 90퍼센트는 단 한 가지 용도를 가진다. 즉 어떤 식으로든 중력 가속도를 거스르기 위해서 만들어진 것이다. 지표면, 또는 지하에 위치한 가구 대부분은 중력에 대항하기 위해 만들어진 고정 기구일 뿐이다. 모든 종류의 탁자, 의자, 침대, 소파, 옷장, 서랍, 찬장 등이 모두 그 단 한 가지의 목적만을 가지고 있다. 그렇지 않은 모든 가구와 장비도 이를 부차적인 목적으로 가지며, 따라서 설계와 강도에 심각한 제약을 받는다.

지구상의 장비들처럼 튼튼한 동체를 가져야 할 필요가 없으므로, 왈도의 집 안에 존재하는 장비 중 상당수는 요정과도 같은 우아함을 지니고 있었다. 그 자체가 육중한 덩치를 가진 저장용 원자재들도 달걀 껍데기 정도로 얇은 투명 플라스틱에 넣어 편리한 순서대로 정리해둘 수 있었다. 지구에서라면 튼튼한 틀에 넣어 지탱해야 하는 육중한 기계조차도 여기서는 허공에 내놓거나 거미줄처럼 얇은 껍질로 덮은 다음 가볍고 탄력 있는 줄로 제자리에 묶어놓기만 하면 되는 일이었다.

쌍을 이룬 왈도들이 온갖 곳에 있었다. 큰 놈도, 작은 놈도, 인간 크기의 놈도 있었고, 제각기 그 크기에 맞는 영상 전송 장치가 달려 있었다. 왈도는 자기 안락의자에서 일어나지 않고서도 이 방의 모든 물건을 자유롭게 사용할 수 있는 것이 분명했다. 그가 안락의자를 사용할 경우의 이야기지만 말이다. 사방에 널려 있는 왈도들, 물질의 느낌을 주지 않는 가구들, 그리고 모든 벽을 자연스럽게 수납공간으로 사용한다는 점 때문에 방 안은 광기가 스며든 환상적인 분위기로 가득했다. 스티븐스는 디즈니 애니메이션 세상에 떨어진 느낌을 받았다.

지금까지의 방들은 거주 구역이 아니었다. 스티븐스는 왈도의 개인 거주 공간이 어떤 모양일지 궁금해졌고, 어떤 가구가 그곳에 어울릴지를 머릿속으로 그려보려 했다. 의자도, 깔개도, 침대도 없을 것이다. 어쩌면 그림은 있을지도 모르지. 사방으로 눈길을 돌려야 하니 꽤 독창적인 방식으로 간접 조명을 설치해놓았을 것이다. 통신 장비도 마찬가지일 테고.

하지만 세면대는 어떤 모습일까? 물컵은? 적어도 식수대는 있을까, 아예 용기 자체가 필요 없는 것은 아닐까? 그는 전혀 갈피를 잡을 수가 없었고, 이윽고 낯선 물리적 환경을 접하면 숙련된 공학도라도 혼란에 빠질 수 있다는 사실을 인정하게 되었다.

잔해를 한곳에 모아줄 중력이 없는 상태에서는 어떤 형태의 재떨이가 효율적일까? 왈도는 담배를 피울까? 카드놀이를 한다면 어떤 식으로 카드를 다루어야 할까? 어쩌면 자력을 가진 카드와 자력을 가진 놀이판이 필요할지도 모른다.

"이리로 들어가게, 스티븐스." 그라임스는 한 손으로 몸을 고정한 후 다른 쪽 손을 흔들어 보였다. 스티븐스는 그라임스가 가리키는 구멍으로 미끄러져 들어갔다. 미처 주변을 둘러보기도 전에 무시무시하고 낮은 으르렁 소리가 들려와 그를 깜짝 놀라게 했다. 그는 위를 올려다보았다. 커다란 마스티프 한 마리가 잇몸을 드러낸 채로 턱을 흔들며 허공을 가로질러 그에게 돌진해 오고 있었다. 앞다리는 마치 비행 중 균형을 맞추려는 것처럼 양쪽으로 활짝 펼치고, 뒷다리는 미끈한 몸통 아래 착 붙인 상태였다. 으르렁대는 소리와 태도로 보아, 침입자를 갈기갈기 찢어발긴 다음 찢은 살점을 삼키려는 의도가 분명해 보였다.

"발더!" 뒤쪽 허공 어딘가에서 목소리가 들려왔다. 개의 사나운 태세는 가라앉았지만, 그렇다고 허공에서 움직임을 멈출 수는 없었다. 왈도 하나가 10미터는 족히 되는 거리를 날아와 개의 목줄을 붙들었다. "실례했습니다, 선생님." 목소리는 이렇게 덧붙였다. "제 친구는 선생님이 오실 줄 모르고 있었거든요."

그라임스가 말했다. "잘 있었니, 발더. 착하게 굴어야지?" 개는 그라임스를 바라보더니 낑 소리를 내며 꼬리를 흔들었다. 스티븐스는 명령을 내리는 목소리의 근원을 찾아 고개를 돌렸고, 곧 목표를 발견하게 되었다.

커다란 방은 구체 형태였다. 그 가운데에 살찐 남자 하나가 떠 있었다. 왈도였다.

반바지와 셔츠라는 꽤 고전적인 복장이지만, 발은 맨발이었다. 손과 팔은 1차 왈도의 금속 장갑으로 덮여 있었다. 근육이라고는 흔적도 없는 뚱뚱한 몸에, 이중턱, 보조개, 매끈한 피부가 보였다. 마치 성자의 곁을 떠다니는 커다란 핑크색 케루빔 같은 모습이었다. 그러나 그의 눈은 조금도 천사처럼 보이지 않았으며, 이마와 두개골은 성인 남성의 것이었다. 그는 스티븐스를 바라보았다. "부디 제 애완동물과 인사해주십시오." 그는 높고 지친 목소리로 말했다. "발더, 손."

개는 앞발을 내밀었고, 스티븐스는 진지하게 그 앞발을 잡고 흔들었다. "냄새를 좀 맡게 해주시죠."

목줄을 잡은 왈도가 줄을 느슨하게 풀어주자, 개는 가까이 와서 스티븐스의 냄새를 맡았다. 녀석은 곧 만족한 듯 스티븐스의 팔목에 질척하게 입을 맞추었다. 스티븐스는 개의 눈 주변에 눈의 흰자와 뚜렷하게 대조되는 크고 둥근 갈색 반점이 있다는 사실을 파악하고, 안데르센의 《부싯돌 상자》 이야기를 떠올리며 마음속으로 개한테 '접시처럼 커다란 눈을 가진 개'라는 별명을 붙였다. 그는 개한테 "착한 아이구나!"라든가 "아주 잘했어!" 따위의 말을 건넸고, 왈도는 약간 불편한 기색을 비치며 그 모습을 바라보았다.

"이리 온!" 왈도는 개의 냄새 맡기 의식이 끝나자 명령했다. 개는 허공에서 방향을 틀더니, 스티븐스의 허벅지에 한쪽 발을 올린 다음 그대로 몸을 밀어 주인이 있는 방향으로 솟구쳐 나갔다. 스티븐스는 손잡이를 잡고 균형을 유지해야 했다. 그라임스는 구멍에서 빠져나와 집주인 근처에 있는 기둥을 잡으며 비행을 멈추었다. 스티븐스도 그라임스를 따라 움직였다.

왈도는 찬찬히 스티븐스를 살펴보았다. 과도하게 무례한 태도는 아니었지만, 스티븐스는 왠지 모르게 가벼운 짜증이 솟아올랐다. 목에서부터 천천히 붉은 기운이 번져 올라오는 것이 느껴졌다. 그는 이 감정을 억제하려고 방 안의 모습으로 주의를 돌렸다. 공간은 널찍했지만, 왈도를 둘러싸고 있는 다양한, 뭐랄까, '잡동사니'들 때문에 북적거리는 느낌이 들었다. 왈도의 주변에는 예닐곱 개에 달하는 다양한 크기의 영상 수신기가 여러 각도로 붙어 있었는데, 전부 왈도의 위치에서는 정면으로 바라볼 수 있을 듯했다. 수신기 중 세 개에는 송신기도 달려 있었다. 여러 종류의 계기판이 보였고, 몇몇은 그 목적을 금세 알 수 있었다. 하나는 조명을 조절하는 용도였는데, 꽤 복잡해 보였고 각각의 회로마다 붉은색 표시 장치가 달려 있었다. 그 외에도 음성 합성장치, 다중 원격 영상 시스템 제어판, 동력 전달 배선용 선반을 알아볼 수 있었다. 설계가 조금 독특하기는 했지만. 그러나 적어도 여섯 개 정도는 스티븐스가 그 용도를 짐작조차 못 할 지경이었다.

왈도의 작업 공간을 둘러싸고 있는 금속 고리에는 여러 벌의 왈도들이 고정되어 있었다. 두 쌍은 원숭이 주먹 정도의 크기로, 유연한 손가락이 달려 있었다. 날아와서 발더의 목줄을 잡은 왈도가 바로 이 종류였다. 구형 벽면 근처에 고정된 왈도들도 있었는데, 한 쌍은 너무 거대해서 스티븐스로서는 그 용도를 상상도 할 수 없었다. 활짝 펼치면 새끼손가락 끝에서 엄지 끝까지 족히 180센티미터는 돼 보였다.

벽에는 책이 잔뜩 있었지만 책장은 보이지 않았다. 책들은 마치 양배추처럼 벽에서 자라나는 모습이었다. 스티븐스는 잠시 당황했지만 곧 원리를 추론해냈고, 나중에 이 추측이 맞았다는 걸 알게 됐다. 책등에 작은 자석을 삽입하는 것만으로도 충분했던 것이다.

조명의 배열은 참신하고, 복잡하고, 자동이며, 왈도에게 있어서는 편리한 것이었다. 그러나 방 안의 다른 사람들에게는 그다지 편리하지 않았다. 물론 간접 조명이기도 했지만, 조명 전체가 왈도의 시선에 따라 미묘하게 바뀌어, 왈도가 바라보는 쪽에서는 빛이 나오지 않게 되어 있었다. 따라서 왈도는 눈살을 찌푸릴 필요가 없었다. 하지만 왈도가 바라보는 물체에 충분한 빛을 보내기 위해 왈도의 머리 뒤편에 있는 조명은 환하게 타올랐고, 다른 사람들은 잔뜩 눈살을 찌푸릴 수밖에 없었다. 전자

시각 회로가 있는 것이 분명했다. 스티븐스는 왈도가 그런 회로를 얼마나 간단하게 만들어냈을지 궁금해졌다.

그라임스가 조명에 대해 불평을 했다. "젠장, 왈도. 저 불빛 좀 어떻게 해봐라. 두통이 날 지경이구나."

"죄송해요, 그라임스 삼촌." 왈도는 장갑에서 오른손을 빼내어 계기판 위로 손가락을 움직였다. 빛이 멈추었다. 이제 빛은 그들이 바라보는 어떤 방향에서도 흘러나오지 않게 되었고, 광역 조명이 제거된 이상 전체적으로는 더욱 밝아졌다. 빛이 벽을 따라 기분 좋은 패턴을 만들며 물결쳤다. 스티븐스는 눈으로 물결을 따라가보려 했지만, 애초에 눈으로 보지 못하게 만들어놓은 것이라 쉽지 않았다. 그는 곧 머리를 돌리지 않고 눈알만 움직이면 따라갈 수 있다는 사실을 깨달았다. 조명이 바뀌는 패턴이 머리의 움직임에 따라 달라지기 때문이었다. 안구의 움직임까지 고려하라는 건 너무 과도한 주문이긴 했다.

"자, 스티븐스 씨, 저의 집이 흥미로우신 모양인데요?" 왈도는 살짝 거만한 태도로 웃으며 그를 바라보았다.

"아, 물론이죠! 엄청납니다! 제가 지금까지 방문한 곳들 중 가장 훌륭한 장소입니다!"

"어떤 점에서 그렇게 훌륭하다고 생각하시는지?"

"글쎄요, 명확한 방향이 존재하지 않는다는 점이겠지요. 그리고 이 놀라운 신형 기계들도 그렇고요. 아무래도 제가 땅 위의 '둔탱이'라 그렇겠지만, 계속해서 발밑에 바닥, 머리 위에 천장이 있을 거라고 생각하게 됩니다."

"단순히 실용적인 설계일 뿐이에요, 스티븐스 씨. 저는 아주 독특한 환경에서 살고 있지요. 따라서 제 집도 독특할 수밖에 없어요. 지금 말씀하시는 신형 기계라는 것들은 죄다 불필요한 부분을 없애고 새로 유용한 기능을 덧붙인 것일 뿐이거든요."

"솔직히 말해서, 여기서 제가 본 가장 흥미로운 것은 이 집의 일부가 아니었습니다."

"그런가요? 어떤 것이었는지 말씀해주실 수 있으신가요?"

"선생님의 개, 발더지요." 개는 자기 이름을 들었는지 고개를 들고 주변을 둘러보았다. "무중력 비행을 혼자서 수행하는 개는 지금까지 본 적도 없습니다."

왈도는 웃었다. 처음으로 부드럽고 따뜻하게 보이는 미소였다. "그래요, 발더는 대단한 곡예사지요. 강아지 시절부터 날아다니는 기술이 뛰어났어요." 그는 손을 뻗어 개의 귀를 긁어주며 아주 잠시나마 약한 모습을 내보이고 말았다. 거대한 개의 몸에 어울리는 세기로 귀를 긁어줄 수가 없었기 때문이다. 흐느적거리는 손가락으로는 개의 거친 털가죽을 슬쩍 스치고 귀를 살짝 움직일 수 있을 정도였다. 그러나 왈도는 자신의 약점을 보였다는 점을 눈치채지 못하거나, 아니면 그러고도 별 신경을 쓰지 않는 듯했다. 그는 스티븐스에게서 몸을 돌리며 이렇게 덧붙였다. "그런데 발더가 마음에 드신다면 에리얼도 한번 만나보셔야겠군요."

"에리얼이오?"

왈도는 대답 대신 선반의 키보드를 두드려 세 개의 음으로 된 휘파람 소리를 냈다. 그들 '위쪽' 벽에서 부스럭거리는 소리가 들리더니, 작은 노란색의 형체가 그들을 향해 쏜살같이 날아왔다. 카나리아였다. 그 새는 날개를 접은 채로 탄환처럼 허공을 날았다. 새는 왈도에게서 30센티미터 정도 떨어진 지점에서 날개를 활짝 펴고 공기를 모아들이더니, 꽁지깃을 아래로 내려 펴고 몇 번을 퍼덕이며 완전히 정지해서는, 날개를 접고 공중에 둥실 떠 있었다. 아니, 완전히 멈추지는 않은 모양이었다. 새가 그대로 천천히 둥실 떠 오더니, 왈도의 어깨 바로 위에 이르러 착륙용 장비를 사용했기 때문이다. 즉, 다리를 뻗어 그의 셔츠 위로 발톱을 박아넣었다는 소리다.

왈도는 손을 뻗어 손가락 끝으로 새를 쓰다듬어주었다. 카나리아는 부리로 날개를 다듬었다. "지구에서 부화한 새는 이런 비행법을 배우지 못합니다." 그가 단언했다. "저는 잘 알고 있지요. 그런 식의 재적응이 불가능하다는 사실을 확신하기 전까지 여러 마리의 새를 잃었거든요. 뇌의 시상에 과도한 부하가 걸리죠."

"그 새들은 어떻게 되었습니까?"

"인간의 경우라면 중증 강박증이라고 부를 만한 증상을 보였지요. 비행을 시도할 때마다 그들이 가장 자랑스럽게 여기는 기술이 재앙을 불러왔습니다. 당연히 그런 모든 행동이 잘못된 것이었지만 새들 입장에서는 이해할 수가 없었죠. 곧 모든 새들이 시도 자체를 그만두었고 얼마 지나지 않아 죽어버렸죠. 시적으로 말한다면 상심해서 목숨을 잃었다고 할 수 있을 겁니다." 그는 희미하게 웃음을 지었다. "하지만 에리얼은 천재 새입니다. 아직 알일 때 이곳에 도착했죠. 이 녀석은 누구의 도움도 없이 새로운 비행법을 고안해냈습니다." 그는 손가락을 내밀어 새에게 새로운 횃대를 만들어주었고, 카나리아는 기꺼이 그 위로 올라왔다.

"이 정도면 됐다, 에리얼. 집으로 돌아가렴."

새는 오페라《라크메》의 〈종의 노래〉를 부르기 시작했다.

왈도는 손가락을 가볍게 흔들었다. "아니, 에리얼. 가서 자야지."

카나리아는 그대로 손가락에서 발을 떼고는 잠시 허공에 뜬 채로 거칠게 1, 2초 정도 날갯짓을 해서 방향을 정하고 속도를 올린 다음, 왔을 때와 마찬가지로 날개를 접고 발을 몸에 붙여 유선형이 된 다음 총알처럼 날아가버렸다.

"스티븐스가 자네하고 논의하고 싶은 일이 좀 있다고 하는데." 그라임스가 끼어들었다.

"그거 좋군요." 왈도는 늘어진 목소리로 대답했다. "하지만 우선 식사부터 하는 게 어떻습니까? 지금 식사하시겠습니까, 선생님?"

스티븐스는 배고픈 왈도보다 배부른 왈도 쪽이 다루기 쉬울 것이라는 결론을 내렸다. 게다가 그 자신의 배도 약간의 칼로리를 받아들이는 쪽이 즐거울 것 같다는 신호를 보내고 있었다. "네, 물론이죠."

"좋군요." 곧 음식이 나왔다.

스티븐스로서는 왈도가 본인의 이름을 딴 수많은 장갑을 이용해 음식을 준비하는지, 아니면 실제 하인들이 눈에 보이지 않는 곳에 숨어서 요리하는지를 판별할 수가 없었다. 왈도는 혼자서도 현대풍의 정찬을 손쉽게 준비할 수 있었을 것이다. 스티븐스는 자기 몫을 뚝딱 해치웠고, 그라임스 역시 마찬가지였다. 그러나 그는 나중에 기회가 되는 대로 그라임스 박사에게 왈도가 어떤 하인들을 고용하는지를 물어봐야겠다고 마음먹었다. 이후에 벌어진 일 때문에 완전히 잊어버리게 되었지만.

식사를 담은 작은 상자가 길고 공기가 든 튜브 끝에 연결된 채로 그들 가운데로 날아와서 음식을 서빙했다. 상자는 가벼운 소리와 함께 멈추어 그 자리에 그대로 떠 있었다. 스티븐스는 음식 자체에는 거의 신경을 쓰지 않았다. 적절하고 맛있는 음식이라는 정도만 알 수 있을 뿐이었다. 그의 관심은 오로지 식기와 서빙 방법에만 쏠려 있었다. 왈도는 자기 앞에 스테이크를 띄워놓고 구부러진 수술용 가위로 한입 크기로 잘라낸 다음, 작은 집게를 사용해 입으로 가져가서는 열심히 고기를 씹었다.

"요새는 좋은 스테이크를 보기가 힘들어요." 왈도가 평가했다. "이건 너무 질기군요. 제가 돈을 얼마나 지급하는지 안다면 이 정도 불평은 아무것도 아니라는 생각이 들 겁니다."

스티븐스는 대답하지 않았다. 스테이크가 너무 연하다는 생각은 속으로만 삼켰다. 거의 부스러질 정도였다. 포크와 나이프를 사용하고 있었지만, 사실 나이프는 별 쓸모가 없었다. 왈도는 손님들이 자신의 우월한 식사 방법과 식기를 사용할 수 있을 것이라 기대하지 않았다. 스티븐스는 그라임스 박사를 따라 허공에 쪼그려 앉은 다음, 허벅지 사이에 접시를 끼운 채로 식사했다. 그래도 배려하려는 생각은 있는지, 접시의 입이 닿는 쪽에 날카로운 작은 톱니가 달려 있기는 했다.

액체는 젖꼭지가 달린 작고 신축성 있는 물주머니에 담겨 제공되었다. 아기용 플라스틱 젖병을 생각하면 될 것이다.

음식 상자는 식기를 가득 담아 힘겹게 부풀어 오른 채로 사라졌다.

"담배 태우십니까, 선생님?"

"감사합니다." 스티븐스는 무중력 상태의 재떨이에 어울리는 형태가 어떤 것인지를 알게 되었다. 끝에 종 모양의 용기가 달린 긴 튜브였다. 튜브로 살짝 흡입하면 용기 안으로 들어간 담뱃재는 그대로 쓸려 사라져 버렸다. 눈에 보이지도 않고, 더 이상 신경 쓸 필요도 없도록.

"그럼 우리 문제 말인데…." 그라임스가 다시 입을 열었다. "여기 스티븐스는 NAPA의 기술주임이야."

"뭐라고요?" 왈도는 허리를 펴고 몸을 꼿꼿하게 굳혔다. 가슴이 오르내리는 모습이 보였다. 그는 스티븐스를 완전히 무시하며 물었다. "그라임스 삼촌, 지금 저의 집에 그 회사 임원을 데리고 왔다는 소리예요?"

"그렇게 열 받지 마라. 긴장 풀어. 젠장, 혈압을 올릴 만한 일은 아무것도 하지 말라고 했었잖니." 그라임스는 자신의 환자 쪽으로 날아가서는 구식 의사들이 맥을 짚는 방식으로 손목을 잡았다. "천천히 숨을 쉬어라. 대체 뭘 하려던 게냐? 산소 중독에라도 걸리고 싶어?"

왈도는 그라임스를 떨쳐내려 했다. 제법 비참해 보이는 광경이었다. 노인은 그보다 열 배는 더 힘이 셌으니까. "그라임스 삼촌, 지금…."

"닥쳐!"

세 사람은 한참 동안 침묵을 유지했다. 적어도 그중 두 명에게는 꽤 거북한 시간이었다. 하지만 그라임스는 조금도 신경 쓰지 않는 듯했다.

"됐다." 그라임스가 마침내 말했다. "좀 낫구나. 그럼 이제 셔츠를 입고 내 말 잘 들어라. 스티븐스는 착한 아이고, 너한테 아무 짓도 하지 않았어. 그리고 여기 있는 동안 예의 바르게 행동했다. 이 친구가 누구를 위해 일하든, 네게는 무례하게 굴 권리가 없어. 사실 오히려 사과해야 할 상황이지."

"아, 그건 아니죠, 박사님." 스티븐스가 항의했다. "아무래도 제가 여기서 조금이나마 거짓 행세를 하고 있었던 모양이니 말입니다. 죄송합니다, 왈도 씨. 그러려던 것은 아니었어요. 도착하자마자 설명해드리려 했습니다."

왈도의 표정을 읽어내기는 쉽지 않았다. 자신을 제어하려고 노력하고 있는 것 같았다. "괜찮습니다, 스티븐스 씨. 성질을 내서 죄송하게 되었군요. 당신의 고용주들에게 느끼는 감정을 당신에게 전이시켜서는 안 된다는 점은 분명 사실입니다…. 그들에게 전혀 호의를 품고 있지 않다는 점은 신께서 알고 계시겠지만 말입니다."

"저도 알고 있습니다. 그렇게 말씀하시는 것을 듣게 되니 유감이지만요."

"나는 사기를 당했어요. 이해하고 있는 겁니까? 사기라고. 그 썩어빠진 법률이 되다 만 궤변 따위를 들이대면서…."

"진정해라, 왈도!"

"죄송해요, 그라임스 삼촌." 왈도는 조금 목소리를 낮추어 말을 이었다. "스티븐스 씨, 소위 말하는 해서웨이 특허에 대해 알고 있겠지요?"

"네, 물론이죠."

"'소위'라는 표현도 너무 과합니다. 그 작자는 기계공일 뿐이었어요. 그 특허는 내 겁니다."

이후 왈도가 늘어놓은 설명은, 스티븐스가 느끼기에는 나름 사실에 기반하고 있지만 상당히 편파적이고 이치에 맞지 않는 것이었다. 어쩌면 해서웨이는 왈도가 말한 것처럼 그저 하인으로서, 고용된 장인으로 일하고 있었던 것일지도 몰랐다. 그러나 그것을 증명할 수 있는 계약도 서류도 전혀 존재하지 않았다. 그 사람은 몇 건의 특허를 제출했고, 특허를 제출한 것은 그때가 처음이자 마지막이었다. 분명 왈도의 냄새를 풍기는 독창적인 제품들이기는 했다. 얼마 지나지 않아 해서웨이는 목숨을 잃었고, 그의 상속인들은 변호사를 통해 해서웨이가 협상을 진행 중이던 회사에 특허권을 팔았다.

왈도는 그 회사가 자신에게서 특허를 훔쳐가기 위해 해서웨이를 내세운 것이며, 왈도가 그를 고용하도록 뒤에서 손을 썼다고 주장했다. 하지만 그 회사는 사라져버렸고, 자산은 NAPA에 매각되었다. NAPA에서는 중재안을 제안했지만 왈도는 고소하는 쪽을 택했다. 그리고 법원 판결은 왈도의 손을 들어주지 않았다.

왈도의 말이 옳다고 해도, 스티븐스는 NAPA의 경영진 입장에서 합법적으로 그를 구제해줄 방법을 떠올릴 수가 없었다. 주식회사의 임원은 다른 사람들의 자산을 신탁 운용하는 존재다. 만약 NAPA의 경영진이 회사에 속하는 소유물을 공짜로 나눠주려 한다면, 주주인 사람은 누구라도 그런 행동을 금지하거나 행동 이후에도 회수를 시도할 수 있다.

적어도 스티븐스는 그렇게 생각했다. 그러나 그는 자신이 법률가가 아니라는 사실을 인정할 수밖에 없었다. 중요한 점은 그에게 왈도의 도움이 필요하다는 것, 그리고 왈도가 그의 회사를 상대로 심각한 원한을 품고 있다는 것이었다.

그라임스 박사의 주재만으로 사태를 반전시키기에는 부족하다는 점은 인정하고 들어갈 수밖에 없었다. 스티븐스는 입을 열었다. "그 모든 일은 제가 이 회사에 들어오기 전에 일어났습니다. 따라서 저는 아는 것이 별로 없어요. 하지만 그런 일이 벌어져서 정말로 유감입니다. 제게도 꽤 불편한 일이기도 한 것이, 지금 저는 선생님의 도움이 간절하게 필요한 상태에 처해 있기 때문입니다."

왈도는 이 말에 별로 기분이 나쁘지는 않은 모양이었다. "그런가요? 어쩌다 그런 일이 생긴 거지요?"

스티븐스는 왈도에게 디캘브 수신기와 관련된 문제를 자세하게 설명했다. 왈도는 스티븐스의 말에 귀를 기울였다. 스티븐스가 말을 끝내자 왈도는 말했다. "그래요, 당신네 쪽의 글리슨 사장이 말해준 것과 동일한 문제라고 봐도 되겠군요. 당신은 기술직에 종사하는 사람이니 그 돈벌레보다는 훨씬 알아들을 만하게 이야기를 해주었지만 말입니다. 하지만 왜 나한테 온 거죠? 나는 복사 공학 전문가도 아니고, 이름난 기관에서 학위를 딴 것도 아닌데요."

스티븐스는 진지하게 대답했다. "다른 모든 사람들이 기술적인 문제에 직면했을 때 선생님을 찾아오는 이유와 같은 이유에서 왔습니다. 제가 아는 한, 선생님은 풀고 싶은 문제라면 뭐든 해결하는 독보적인 기록을 가지고 계시니까요. 선생님의 업적을 보면 떠오르는 사람이 있는데…."

"누구 말이죠?" 왈도의 목소리가 갑자기 날카로워졌다.

"에디슨입니다. 그 사람 역시 학위 따위에는 신경도 쓰지 않았지만, 당대의 모든 난제를 해결해냈지요."

"아, 에디슨이라. 선생님이 요즘 사람 이야기를 하는 줄로만 알았어요. 그가 살던 시대 기준으로는 제법 뛰어난 사람이었지요." 왈도는 대놓고 관대한 태도를 보이며 말했다.

"그를 선생님과 비교하려는 것은 아닙니다. 그저 에디슨이 쉬운 문제보다는 어려운 문제를 선호한다고 알려졌던 것을 떠올렸을 뿐이지요. 선생님에 관해서도 같은 소문을 들었습니다. 이 문제가 선생님의 흥미를 끌 수 있을 정도로 어려울지도 모른다는 희망을 품고 있었거든요."

"약간 흥미가 동하긴 하는군요." 왈도가 인정했다. "제 분야와는 약간 성질이 다르지만 흥미롭긴 해요. 하지만 NAPA 임원이 제 재능을 그렇게 높이 쳐주신다니 놀라울 따름이군요. 만약 그 평가가 진심이라면 당신네 회사를 설득해서 소위 말하는 해서웨이 특허가 제 것이라는 사실을 인정하게 하는 일도 그리 어렵지 않을 것이라는 생각이 드는데요."

스티븐스는 생각했다. 이 작자는 정말로 구제불능이군. 족제비같이 교활한 작자야. 그는 소리 높여 말했다. "경영진과 법률 자문 위원들이 그렇게 만들어버린 것이라고 생각합니다. 매일 만드는 기계 설비와 독창적인 설계를 구별하지도 못하는 작자들이니까요."

이 대답에 왈도의 기분도 누그러지는 듯했다. 그는 이렇게 물었다. "당신들 쪽의 개발진은 이 문제에 대해서 뭐라고 하던가요?"

스티븐스는 얼굴을 찡그렸다. "도움되는 내용은 전혀 없습니다. 램보 박사는 제가 가져다주는 자료를 진심으로 믿지 않는 듯합니다. 불가능한 일이라고 말하면서도 기분이 상하기는 하는 모양이더군요. 솔직히 그 친구는 이미 몇 주 동안 아스피린과 넴부탈에 의존해 살고 있는 것 같았어요."

"램보라…." 왈도가 천천히 말했다. "그 사람은 기억이 나는군요. 평범한 두뇌의 소유자죠. 기억력만 있고 직관은 없는 작자. 램보가 가닥을 잡지 못한다고 해서 내가 좌절할 필요는 없다고 생각해요."

"정말로 가망이 있다고 생각하시는 겁니까?"

"그리 어렵지는 않겠지요. 글리슨 사장의 전화를 받은 이후 생각을 좀 해봤어요. 선생님이 추가로 제공해주신 정보를 더하면 성과를 거둘 수 있는 접근법이 적어도 두 개는 더 떠오르네요. 어쨌든 모든 문제에는 올바른 접근법이 있게 마련이니까요."

"그럼 이 의뢰를 맡아주시겠다는 건가요?" 스티븐스는 초조함과 안도감이 뒤섞인 채로 물었다.

"의뢰를 맡아요?" 왈도의 눈썹이 치켜 올라갔다. "선생, 대체 무슨 말씀을 하시는 건가요? 우리는 그저 사교적인 대화를 나누고 있던 것뿐이었을 텐데요. 나는 어떤 조건을 붙여도 당신의 회사를 돕지 않을 거예요. 당신네 회사가 완벽하게 무너지고 파산해서 형체도 남지 않기를 바라니까요. 이번이 좋은 기회일 수 있겠군요."

스티븐스는 자신을 제어하려 안간힘을 썼다. 속았다! 이 살찐 굼벵이는 그를 질질 끌고 다니며 가지고 놀고 있었던 것이다. 예절이라고는 찾아볼 수 없는 작자다. 그는 조심스레 말을 골랐다. "왈도 씨, NAPA에 자비를 베풀어달라고 부탁하는 것이 아니라 책임감에 호소하는 겁니다. 이는 공공의 이익과 관련이 있는 문제입니다. 수백만의 사람들이 우리가 제공하는 서비스에 의존하고 있습니다. 저나 당신이 어떻게 되어도 이 서비스가 계속되어야 한다는 사실을 모르시겠습니까?"

왈도는 입술을 오므렸다. "모르겠군요. 유감스럽게도 나한테는 아무

소용없는 소리라서요. 땅 위에서 꾸물거리는 수많은 인간들의 복지는 내 관심사가 아니거든요. 이미 필요한 것 이상으로 그들에게 많은 것을 베풀어줬어요. 그런 도움을 받을 가치도 없는 작자들이죠. 그대로 내버려 두면 대부분은 돌도끼를 들고 동굴로 돌아가버릴 테고. 스티븐스 씨, 사람의 옷을 입고 롤러스케이트를 신은 채로 신나게 춤추고 돌아다니는 원숭이를 보신 적 있으신가요? 이걸 잘 알아둬요. 나는 원숭이를 위해 롤러스케이트를 만들어주는 사람이 아니에요."

스티븐스는 속으로 생각했다. 여기 더 머물게 되면 손해배상금을 잔뜩 물게 되겠군. 그는 목소리를 돋우어 말했다. "그 말씀을 최종 답변으로 생각해도 되겠습니까?"

"그렇게 여겨 주세요. 좋은 하루 되시길. 방문 즐거웠습니다. 감사합니다."

"안녕히 계십시오. 저녁 잘 먹었습니다."

"천만에요."

스티븐스가 몸을 날려 출구 쪽으로 날아갈 채비를 하는 동안 그라임스가 뒤에서 불렀다. "스티븐스, 응접실에서 기다리고 있게."

스티븐스가 소리가 들리지 않을 정도로 멀리 가버리자, 그라임스는 왈도를 향하며 그를 위아래로 훑어보고는 천천히 말했다. "왈도, 네가 지금 살아 있는 인간들 중 가장 고약하고 야비한 놈이라는 사실은 알고 있었지만 말이다…."

"그렇게 칭찬하셔도 저는 신경도 안 써요, 그라임스 삼촌."

"닥치고 내 말 잘 들어라. 아까 말한 대로 네가 함께 살기에는 너무 지독하게 이기적인 놈이라는 사실은 예전부터 알고 있었지만, 거기다 허세까지 심하다는 사실은 오늘 처음 알았구나."

"그게 무슨 소리예요? 설명해봐요."

"젠장! 너는 저 아이가 마주친 문제를 어떻게 풀어야 할지 나만큼이나 모르고 있잖아. 그냥 저 아이를 불쾌하게 만들려고 기적의 사나이라는 명성을 이용한 거야. 이 허울만 좋은 싸구려 허풍쟁이 같으니. 네가 만약…."

"그만 좀 해요!"

"그대로 계속해봐." 그라임스가 조용히 대꾸했다. "그렇게 혈압을 올려봐. 끼어들지 않을 테니. 빨리 뚜껑이 폭발해버리는 쪽이 차라리 낫겠지."

왈도는 마음을 가라앉혔다. "그라임스 삼촌, 제가 허풍을 떨고 있다고 생각하신 이유가 뭐예요?"

"내가 너를 잘 알기 때문이지. 성과를 낼 수 있으리라는 생각이 들었다면, 너는 상황을 잘 살펴본 다음 NAPA의 애를 잔뜩 태울 수 있는 계획을 세웠을 거다. 그 작자들에게 꼭 필요한 것을 손에 쥔 채로 말이다. 그러면 네 복수를 실현할 수 있었을 테니까."

왈도는 고개를 저었다. "삼촌은 제가 이 문제에 품은 감정을 과소평가하고 있어요."

"잘도 그렇겠지! 말 안 끝났다. 네가 우리 종족에 대해 가지는 의무에 대해서 떠벌린 그 헛소리 말이다. 너도 목 위에 머리가 달려 있지 않느냐. 지구에 중대한 문제가 발생했다가는 다른 누구보다도 바로 네 녀석이 가장 견디지 못하리라는 사실은 나만큼이나 너도 잘 알 텐데. 그 말은 곧 네가 문제를 막을 방법을 알지 못한다는 뜻이 되는 게지."

"아니, 그건 또 무슨 말이에요? 저는 그런 문제가 있든 말든 신경도 안 써요. 그런 문제와는 이미 관계없는 존재라고요. 제가 어떤 사람인지 잘 아실 텐데요."

"관계가 없다, 이거지? 이 벽을 만든 금속은 누가 캐낸 거냐? 네가 오늘 먹은 소는 누가 키운 거지? 너는 여왕벌만큼이나 독립적이고 무력한 존재야."

왈도는 깜짝 놀란 모습이었다. 그는 마음을 가다듬고 대답했다. "아뇨, 그라임스 삼촌, 저는 정말로 상관없어요. 여기 몇 년분의 생필품이 있는걸요."

"몇 년분이나 되는데?"

"그게… 어, 대충 5년 정도요."

"그러고 나서는? 정기적으로 생필품을 공급받으면 앞으로 50년은 더 살 수 있을 텐데. 먹을 것과 마실 것, 어느 쪽이 떨어져서 죽는 쪽이 더 마음에 드는 거야?"

"물은 아무 문제 없어요." 왈도가 생각에 잠겨 말했다. "생필품 문제라면, 수경법을 조금 더 사용하고 고기를 제공하는 가축을 조금 더 쟁여놓기만 하면…."

그라임스는 고약한 웃음소리로 그의 말을 잘랐다. "내 주장이 증명된 셈이로군. 대처할 방법을 모르니까, 네 한 몸 구할 방법이나 생각하고 있는 거지. 나는 네가 어떤 놈인지 알아. 해답을 알고 있다면 텃밭을 가꾸는 따위의 이야기를 할 놈이 아니야."

왈도는 생각에 잠겨 그를 바라보았다. "삼촌 말이 전부 옳은 것은 아니에요. 아직 해법을 알지는 못하지만 나름의 생각은 있으니까요. 이 문제를 해결할 수 있다는 데에 제가 지옥에 쌓아놓은 업보의 절반을 걸죠. 그렇게 깨우쳐주셨으니 제가 저 아래의 경제 시스템과 연결되어 있다는 점을 인정할 수밖에 없군요." 그는 흐릿하게 웃으며 말을 이었다. "저는 저 자신의 이익을 저버리는 사람이 아니죠. 잠깐만 기다리세요. 삼촌 친구를 부를 테니까."

"잠깐 기다려. 사실 스티븐스를 소개해주는 것 외에도 이곳에 온 다른 이유가 있어. 아무 해법이나 다 되는 건 아니야. 단 하나의 특수한 해법이어야 해."

"무슨 소리예요?"

"지구 대기를 복사 에너지로 가득 채울 필요가 없는 해결책이어야 한다는 거야."

"아, 그런가요. 저기요, 그라임스 삼촌. 삼촌이 그 문제에 얼마나 관심이 있는지는 잘 알고 있고, 삼촌의 주장이 옳을 수도 있다는 가정을 배

제한 적도 없지만, 안 그래도 골치 아픈 문제에 그것까지 섞어버리면 저도 곤란해진다고요."

"다시 한 번 생각해 봐. 너는 개인적 이해관계 때문에 이 문제에 뛰어드는 거잖아. 모든 사람들이 너와 같은 모습이 된다면 어떨 것 같으냐."

"제 육체적인 상태를 말씀하시는 거죠?"

"그래, 육체적 상태만. 이런 이야기를 좋아하지 않는 것은 안다만, 꼭 필요한 이야기야. 만약 모든 사람이 너처럼 약해진다면, 짠! 왈도에게 커피와 케이크를 가져다줄 사람도 없어지는 거야. 나는 바로 그런 일이 벌어질 것이라 생각한다. 너는 그게 어떤 일인지를 알고 있는 유일한 사람이고."

"끝내줄 것 같은데요."

"그렇지. 이미 의지만 있으면 누구나 그 징조를 읽을 수 있어. 중증은 아니라도 우리 기계 문명을 엉망으로 만들 정도의 근무력증이 유행하게 될 거다. 네 보급선을 엉망으로 만들기에는 충분한 정도겠지. 마지막으로 너를 본 이후로 자료를 모으고 그래프를 그리고 있었지. 너도 그걸 좀 봐야 해."

"이리 가져오셨어요?"

"아니, 하지만 곧 올려보내마. 그러는 동안 넌 내 말을 고려해 봐." 그는 기다렸다. "자, 어떠냐?"

"삼촌의 자료를 보기 전까지는 임시 가설로 받아들이죠." 왈도가 천천히 말했다. "만약 그 자료가 말씀하신 대로의 내용이라면 지상에서 저를 위해 몇 가지 추가 실험을 해주셔야 할지도 몰라요."

"그거면 됐다. 잘 있어라." 그라임스는 딴생각에 빠진 채 걸으려고 시도했고, 허공을 몇 번 걷어찬 후에야 제대로 몸을 놀려 멀어져 갔다.

*

그라임스를 기다리는 동안 스티븐스의 마음속이 어떤 상태였는지는 묘사하지 않는 편이 나을 것이다. 그의 마음속을 스쳐 지나간 온갖 생각 중에 가장 온건한 것조차 이런 단순한 공학적 문제 때문에 이 정도까지 인내심을 발휘할 필요가 있는가에 대한 한탄이었으니까. 뭐, 어차피 그리 오래 자리를 지키지도 못할 것이다. 그러나 스스로 사퇴할 생각은 없었다. 상부에서 해고할 때까지 기다릴 생각이었다. 도망치지는 않을 것이다.

그래도 다른 직업을 찾기 전에 그 빌어먹을 휴가는 반드시 받아낼 생각이었다.

그는 왈도가 한 방 먹어도 버틸 수 있을 만큼 기력이 있기를 바라며 시간을 보냈다. 아니면 배를 걷어차이든가. 그쪽이 더 재미있을 것이다!

갑자기 인형이 살아나서 그의 이름을 불러 스티븐스는 깜짝 놀랐다. "아, 스티븐스 씨."

"응? 네?"

"의뢰를 받아들이기로 했어요. 제 변호사가 그쪽 경영진과 세부 사항을 조율할 거예요."

잠시 스티븐스는 너무 놀라서 대답할 수도 없었다. 대답했을 때는 이미 인형이 움직임을 멈춘 후였다. 그는 그라임스가 나타나기만을 초조하게 기다렸다.

노인이 헤엄쳐서 모습을 드러내자마자 그는 말했다. "박사님! 저 친구 어떻게 된 건가요? 뭘 하신 겁니까?"

"그 아이가 생각을 고쳐먹은 것뿐이야." 그라임스는 간단하게 대답했다. "그럼 출발하지."

스티븐스는 그라임스 박사를 집에 데려다준 후 곧바로 사무실로 향했다. 차를 주차하고 구역 발전소로 연결되는 터널로 들어서자마자 자신의 조수와 마주쳤다. 맥러드는 조금 숨차 보이는 모습이었다. "세상에, 대장." 그가 말했다. "대장님일 줄 알았어요. 사람들한테 오시나 잘 보고 있으라고 말해뒀거든요. 꼭 만나야 했다고요."

"이번에는 또 뭐가 터졌는데?" 스티븐스가 다 안다는 듯 물었다. "도시 하나가 날아갔나?"

"아뇨, 왜 그런 생각을 하시는 건데요?"

"얘기나 계속해봐."

"제가 아는 바로는, 지상 동력은 최대한 깔끔하게 웅웅거리며 돌아가고 있어요. 도시에는 아무 문제가 없어요. 제 문제는 이겁니다. 제가 망가진 차를 고쳤어요."

"응? 자네가 추락해서 박살 난 차를 수리했다는 거야?"

"박살 났다고 말할 정도는 아니었는데요. 예비 저장 동력은 충분했어요. 복사 동력 수신이 끊겼으니 비상용 동력을 사용해서 착륙했죠."

"하지만 고쳤다고 하지 않았나? 디캘브 문제 아니었어? 다른 쪽 문제였던 거야?"

"디캘브 쪽이었던 건 맞아요. 그리고 수리가 됐고요. 하지만 엄밀히 말해 제가 한 것은 아니에요. 다른 사람이 했죠. 사실은 그게…."

"대체 뭐가 문제였다는 거지?"

"저도 정확하게는 몰라요. 일단 다른 비행차를 잡아탔다가 집으로 돌아가는 길에 다시 비상착륙을 경험하고 싶지는 않았거든요. 게다가 몰고 있던 것이 제 차였으니까, 디캘브를 꺼내려고 제 차를 분해해서 시골 여기저기에 부속을 튀기고 싶지도 않았고요. 그래서 고스란히 집까지 가져가려고 지상용 차량을 한 대 수배했어요. 12톤 세미트랙터 복합차량을 가지고 있던 친구와 흥정을 했죠. 그리고 우리가…."

"제발 빨리 본론으로 들어가 줘! 그래서 어떻게 된 건데?"

"지금 말씀드리고 있잖아요. 펜실베이니아로 들어와서 잘 달리고 있는데 갑자기 차가 주저앉았어요. 앞바퀴가 나가버린 거죠. 솔직히 말해서, 대장, 길이 정말로 지독하던데요."

"별 상관없는 일이지. 교통량의 90퍼센트가 하늘을 날아다니고 있는데 왜 도로에 세금을 낭비하겠어? 바퀴 하나가 망가졌다 이거지. 그래서 어떻게 됐어?"

"어쨌든 그래도 그 도로는 그대로 두고 보기에는 너무 끔찍했어요." 맥러드는 완고하게 자신의 견해를 유지했다. "저는 그 지방 출신이란 말이에요. 제가 어렸을 때 그 도로는 6차선에 어린애 궁둥이처럼 매끈했어요. 그런 모습으로 유지를 해줘야 한다고요. 언젠가 다시 필요하게 될지도 모르잖아요." 그는 상사의 눈빛을 보고 서둘러 말을 이었다. "운전사는 자기네 사무소와 말다툼을 했고, 그쪽에서는 다음 도시에서 수리 차량을 보내주겠다고 하더군요. 모두가 적어도 서너 시간은 걸릴 테고, 더 걸릴 수도 있다고 말했지요. 뭐, 어쨌든 제가 자라온 동네에 멈춰 있게 된 것 아니겠어요. 문득 이런 생각이 들더라고요. '맥러드, 지금이야말로 어린 시절의 풍경과 매일 아침 햇빛이 들어오던 방을 보기에 딱 좋은 기회 아니야?' 물론 비유적으로 하는 소리죠. 사실 제가 살던 집에는 창문이 하나도 없었거든요."

"자네가 술통 안에서 자랐다고 해도 내가 알 바 아니고!"

"참으세요, 진정하시라고요…." 맥러드는 태연하게 대꾸했다. "무슨 일이 벌어졌는지를 이해하실 수 있도록 설명하려는 것뿐이라고요. 마음에 안 드실 테지만."

"이미 마음에 안 드는데."

"더 안 들게 되실 텐데요. 저는 차에서 내려 주변을 둘러보았어요. 제 고향 마을에서 10킬로미터 정도 거리에 있더군요. 걸어서 가기에는 너무 먼 거리였죠. 하지만 길에서 4백 미터 정도 떨어진 언덕 위에 서 있는 나무숲이 눈에 익어서 그쪽을 확인하러 가봤어요. 제 생각이 옳았어요. 언덕 바로 너머에 슈나이더 할아버지가 살던 오두막이 있었거든요."

"스나이더 할아버지?"

"스나이더가 아니라 슈나이더요. 어릴 때 우리와 함께 놀아주던 노인네였어요. 다른 사람들보다 아흔 살은 더 먹었죠. 돌아가셨을 거라는 생각이 들었지만 가서 확인해보는 것도 괜찮아 보였죠. 그런데 살아 계시더라고요. '안녕하세요, 할아버지.' 내가 말했죠. '들어오너라, 맥러드.' 할

아버지가 대답했고요. '깔개에 발 닦고.'

저는 안으로 들어가서 자리에 앉았죠. 난로 위에 냄비를 놓고 뭔가 끓이고 계시더라고요. 그게 뭔지 물었죠. '아침마다 무릎이 쑤셔서 말이다.' 라고 하시더군요. 아, 할아버지는 주술 치료산데 그게 직업은 아니에요."

"무슨 소리야?"

"그걸로 벌어먹고 살지는 않으셨으니까 직업은 아니잖아요. 닭을 조금 치고 텃밭도 만들었고, 평야 사람들이(대부분 아미시 사람들이었죠) 파이나 그런 물건을 가져다줬어요. 하지만 약초나 그런 것들에 대해서 아주 많이 아는 분이기는 하죠.

그분은 곧 하던 일을 멈추고 제게 당밀 파이를 한 조각 잘라주셨어요. 저는 독일어로 '당케.'라고 인사했죠. 그분은 '아주 많이 자랐구나. 맥러드.'라고 말씀하시고 학교는 잘 다니고 있는지를 물었어요. 저는 꽤 잘하고 있다고 말씀드렸죠. 그랬더니 나한테 이렇게 말씀하시는 거예요. '하지만 지금 문제가 있는 것 아니냐.' 질문이 아니라 선언이었어요. 파이를 먹고 있자니 어느새 그분한테 지금 무슨 문제를 겪고 있는지 털어놓게 되더라고요.

쉬운 일은 아니었어요. 할아버지는 아마 평생 지상을 떠나본 적이 없을 거예요. 그리고 현대의 복사 이론이라는 게 한두 단어로 설명할 수 있는 것도 아니잖아요. 갈수록 말이 엉켜가고 있는데, 할아버지가 자리에서 일어나더니 머리에 모자를 쓰면서 이러시더라고요. '네가 말하는 그 자동차를 한번 보자꾸나.'

우리는 고속도로로 걸어 나왔어요. 수리공 무리가 도착하기는 했지만, 아직 지상용 차는 준비가 되어 있지 않았어요. 저는 할아버지를 발판 위로 끌어올리고는 함께 제 차 안으로 들어갔죠. 디캘브를 보여주고 그게 무슨 일을 하는 건지를 설명하려 했어요. 아니, 무얼 하도록 만들어진 것인지를요. 다시 강조하지만, 그냥 시간을 때우고 있었던 것뿐이에요.

그분은 펼쳐진 모양의 안테나를 가리키면서 말씀하셨어요. '저 손가락들이 동력을 찾아 손을 뻗는 것 아니냐?' 그 정도면 대충 제대로 된 설명이라 할 만했고, 저는 그렇다고 대답했어요. 그랬더니 할아버지는 '알겠다'고 하시더니 바지춤에서 분필 하나를 꺼내서 안테나 하나하나에 앞뒤로 선을 그리기 시작하시는 거예요. 저는 차 앞으로 가서 수리공들이 어떻게 하고 있는지를 확인했어요. 잠시 후 할아버지가 따라 나오시더군요. '맥러드, 이제 그 손가락들이 말을 들을 거다.' 이러시는 거예요.

저는 그분의 감정을 상하게 하고 싶지 않아서, 잔뜩 감사를 표했죠. 지상 차량은 출발 준비를 끝냈어요. 우리는 작별 인사를 했고, 그분은 다시 자기 오두막으로 돌아가셨죠. 저는 차로 돌아와서 혹시나 하는 마음에 안을 살펴봤어요. 그분이 뭔가를 망가뜨릴 수 있을 것 같지는 않았지만, 확실히 해야 했으니까요. 그냥 만일을 대비해서요. 그리고 수신기를 켰더니 작동을 하는 거예요!"

"뭐라고!" 스티븐스가 끼어들었다. "지금 자네 늙은 주술사가 자네 디캘브를 고쳤다고 뻔뻔하게 지껄이고 있는 거야?"

"주술사가 아니라 주술 치료사예요. 하지만 대충 알아들으신 것 같군요."

스티븐스는 고개를 저었다. "그저 우연이었을 뿐이겠지. 가끔은 망가지는 것만큼이나 무작위로 고쳐지기도 하는 법이라고."

"그렇게 생각하시겠죠. 이번에는 아니거든요. 지금까지는 대장님이 충격을 받으실까 봐 마음을 다잡으시라고 한 소리예요. 와서 직접 보세요."

"무슨 소리야? 어디에?"

"내부 격납고에 있어요." 맥러드가 자기 빗자루를 놔둔 곳까지 걸어오면서 말을 계속했다. "육상 차량 기사한테는 신용장을 써주고 날아서 돌아왔어요. 아직 다른 사람에게는 아무것도 알려주지 않았거든요. 대장이 나타나기를 기다리면서 손톱을 씹느라 팔꿈치까지 닳아 없어졌다니까요."

비행 차량은 상당히 평범해 보였다. 스티븐스는 디캘브를 살펴보고는 금속면에 남아 있는 희미한 분필 자국을 발견했지만, 그 이외에 괴상한 점을 찾을 수 없었다. "제가 동력 수신을 시작할 테니까 잘 보고 계세요." 맥러드가 말했다.

스티븐스가 기다리고 있으니 곧 회로가 활성화되는 희미한 웅웅 소리가 들렸다. 그리고 그는 두 눈으로 똑똑히 목격했다.

연필 굵기의 단단한 금속 봉으로 이루어진 디캘브의 안테나들이 마치 한데 모인 벌레의 군집처럼 몸을 굽혔다 펴면서 뒤틀기 시작한 것이다. 안테나들은 손가락처럼 허공을 헤집고 있었다.

스티븐스는 디캘브 옆에 쭈그려 앉은 채로 그 말도 안 되는 움직임을 지켜봤다. 맥러드는 조종석을 떠나 그에게 다가왔다. "자, 대장, 뭔가 말씀 좀 해보세요. 이걸 어떻게 생각하시나요?"

"담배 있나?"

"거기 대장 주머니에 삐져나와 있는 것들은 뭔데요?"

"아! 그래, 그렇군." 스티븐스는 담배 한 개비를 꺼내 불을 붙이고는, 떨리는 숨을 두 모금 들이마시는 것만으로 절반을 태워버렸다.

맥러드는 스티븐스를 재촉했다. "말씀 좀 해보세요. 어서요. 이게 어떻게 된 일 같아요?"

"글쎄." 스티븐스는 천천히 말했다. "해야 할 일을 세 가지 정도 생각할 수 있군…."

"뭔데요?"

"첫 번째로, 램보 박사를 해고하고 슈나이더 할아버지를 그 자리에 앉히는 거지."

"그거야 어떤 경우든 훌륭한 판단이잖아요."

"두 번째로, 구속복을 가진 사람들이 나타날 때까지 여기서 얌전히 기다리다가 그 사람들의 도움을 받아 하얀 집으로 이사하는 거지."

"세 번째는 뭔데요?"

"세 번째는…." 스티븐스는 사납게 말했다. "이 빌어먹을 고물을 가져가서 대서양 가장 깊은 곳에 빠뜨린 다음 아무 일도 벌어지지 않은 것처럼 행세하는 거야!"

기술자 한 명이 자동차의 문으로 머리를 들이밀었다. "아, 스티븐스 박사님…."

"여기서 당장 나가!"

머리는 서둘러 사라졌다. 상처 입은 목소리가 이어졌다. "본사에서 연락이 왔는데요."

스티븐스는 자리에서 일어나 운전석으로 가서 송신을 중지한 후 안테나의 기분 나쁜 움직임을 확인했다. 움직임은 멈추었다. 사실 아름다울 정도로 곧고 단단한 모습이라, 스티븐스로서는 다시 한 번 자신의 감각이 제대로인지 의심하고 싶은 심정이었다. 그는 격납고 바닥으로 기어 나왔고, 맥러드가 그의 뒤를 따랐다. "자네에게 화를 내서 미안하네, 휘트니." 그는 달래는 목소리로 아까의 기술공에게 말을 걸었다. "무슨 연락인가?"

"글리슨 사장님께서 가능한 한 빨리 자기 사무실로 와달라고 하셨습니다."

"즉시 그러지. 그리고 휘트니, 자네가 해줄 일이 하나 있어."

"네?"

"여기 있는 고물 있잖나. 문을 전부 봉쇄한 다음 아무도 건드리지 못하게 해. 그런 다음에 견인해서 본관 연구실로 가져다 놓고. 반드시 견인해야 해. 시동을 걸려고 시도하지 마."

"알겠습니다."

스티븐스는 걸음을 옮기기 시작했다. 맥러드가 그를 붙들었다. "저는 집에 어떻게 가라고요?"

"아, 그래. 저건 자네 사유물이지? 잘 들어, 맥러드. 회사에서 저 물건을 필요로 해. 구매 주문서를 작성하면 내가 서명할게."

"어디 보자, 사실 저걸 팔고 싶은 건지 잘 모르겠거든요. 어쩌면 얼마

지나지 않아 이 나라에서 제대로 작동하는 유일한 물건이 될 수도 있지 않겠어요."

"한심한 소리 하지 말고. 다른 이들이 사업을 끝내면 저게 유일하게 작동하는 물건이라도 아무 소용 없는 일이 될 테니까. 동력 공급을 중지하겠지."

"그건 그렇네요." 맥러드도 인정했다. 그러나 그는 곧 생생한 표정을 되찾고는 이렇게 덧붙였다. "저런 특별한 능력을 갖춘 차량이라면 기존 가격보다 훨씬 비싼 게 당연하지 않겠어요? 아무 데나 가서 저런 물건을 살 수는 없을 것 아니에요."

"맥러드, 자네는 탐욕으로 가득한 심장과 도둑질에 능한 손가락을 가진 사내야. 얼마나 받고 싶은데?"

"신품의 두 배 가격 정도면 어떨까요? 그 정도면 거저나 다름없어요."

"우연하게도 자네가 저 물건을 할인가로 샀다는 사실을 발견했지만 말이지. 어쨌든 그렇게 하지. 우리 회사도 그 정도는 버틸 수 있겠지. 아니라도 어차피 파산하는 판에 별로 달라질 것도 없을 테고."

*

글리슨 사장은 스티븐스가 들어오는 소리에 고개를 들었다. "아, 스티븐스. 자네 왔군. 우리 친구 위대한 왈도에게 기적을 일으켜준 것 같던데. 아주 잘했네."

"우리 쪽에 얼마나 요구하던가요?"

"통상 계약 수준이야. 물론 그 작자의 통상 계약은 강도 상해 행위와 여러 면에서 유사하지만. 그래도 성공만 한다면 그만한 가치가 있는 일 아닌가. 게다가 완벽한 조건부 계약이었어. 나름 상당히 자신이 있는 모양이지. 사람들 말로는 조건부 계약을 성사시키지 못한 적이 없다고 하더군. 어디 이야기 좀 들려줘보게. 어떤 사람이던가? 정말로 그 친구 집에 들어간 건가?"

"그랬지요. 그리고 나중에 제대로 말씀드리겠습니다. 지금 당장은 저 자신도 납득이 안 되는 새로운 사건이 일어났어요. 즉시 들어보셔야 할 겁니다."

"그래? 말해보게."

스티븐스는 그 사건이 단순히 듣고서 믿기에는 너무 기괴한 일이라는 사실을 깨닫고 열었던 입을 다시 닫았다. "저기, 지금 저와 함께 연구실 본관으로 가주실 수 있으십니까? 보여드릴 것이 있습니다."

"물론이지."

글리슨 사장은 꿈틀거리는 금속 막대를 보고도 스티븐스가 그랬던 것만큼 당황하지는 않았다. 놀라기는 했지만 충격을 받지는 않은 모양이었다. 사실 그는 이 현상에 대해 감정적인 충격을 받을 정도의 기술적 지식이 없었다. "이거 꽤 드문 현상 아닌가?" 그는 조용히 말했다.

"드물다고요? 이봐요, 사장님. 해가 서쪽에서 떠오르면 무슨 생각을 하실 겁니까?"

"천문대에 전화해서 왜 그런 일이 벌어졌는지를 묻겠지."

"글쎄요, 지금 말할 수 있는 것은 저로서는 이런 게 일어나는 것보다 해가 서쪽에서 떠오르는 쪽이 더 낫겠다는 겁니다."

"꽤 당황스러운 일이라는 것은 인정하지." 글리슨 사장도 동의했다. "이런 것은 지금까지 본 적도 없는 것 같군. 램보 박사는 뭐라고 하던가?"

"아직 보여주지 않았습니다."

"그럼 그 친구를 불러오는 편이 좋겠네. 아직 퇴근하지 않았을 거야."

"그 대신 왈도에게 보여주는 편은 어떻겠습니까?"

"그쪽에도 보여줘야지. 하지만 램보 박사에게 먼저 확인할 권리가 있지 않나. 어찌 됐든 그 친구의 전문 분야고, 이미 지금 상황만으로도 충분히 체면이 박살 난 상태이니 말이야. 그 친구 머리 위에 올라타서 짓밟고 싶지는 않아."

순간 한 가지 생각이 스티븐스의 머릿속에서 번득였다. "잠깐만요, 사장님. 지금 하신 말씀은 물론 옳지만, 다른 특별한 문제가 없다면 제가 아니라 사장님께서 직접 램보 박사에게 보여주시는 편이 좋은 것 같다는 생각이 드는데요."

"왜 그런가, 스티븐스? 자네가 그 친구에게 설명하는 편이 낫지 않겠나."

"지금 말씀드린 것 말고는 저 역시 단 하나도 더 설명할 수가 없습니다. 그리고 앞으로 몇 시간 동안 저는 정말로, 정말로 바쁠 것 같거든요."

글리슨 사장은 그를 힐긋 보고 어깨를 으쓱하고는 온화하게 말했다. "잘 알겠네, 스티븐스. 자네가 그러고 싶다면야."

*

왈도는 상당히 바빴고, 그래서 행복했다. 그가 절대로, 심지어는 자기 자신에게도 인정하지 않는 사실 중 하나는, 세계에서 유리되어 살아가는 일에도 나름의 단점이 존재한다는 것이었다. 그중 최고는 지루함이었다. 그는 시간을 들여 사교적인 대화를 나누는 즐거움을 제대로 누릴 기회를 가져본 적이 없었다. 털 없는 원숭이들이 동료로서 아무런 가치가 없다고 실제로 굳게 믿고 있기도 했다. 하지만 고독한 지적 생활이 주는 즐거움도 결국에는 빛이 바래는 법이다.

그라임스 삼촌에게 계속해서 자유요새에 와서 살라고 권유해온 것은 사실이지만, 그는 이런 욕구의 원인이 그 노인을 돌봐주고 싶은 마음 때문이라고 여기고 있었다. 물론 그라임스와 벌이는 논쟁이 즐겁다는 것까지 부정할 수는 없었지만, 그 행위가 실제로 자신에게 얼마나 큰 의미인지는 깨닫지 못하고 있었던 것이다. 분명 왈도를 온전하게 한 명의 동등한 인간으로 대접해주는 사람이 그라임스뿐이기는 했다. 그러나 왈도는 눈앞의 사실에만 매달릴 뿐, 그라임스와 함께 지내면서 느끼는 즐거움이 인간이 갖는 모든 즐거움 중에서 가장 흔하면서도 소중한 것이라는 점은 전혀 깨닫지 못하고 있었다.

그러나 지금 이 순간, 그는 자신이 아는 유일한 방식으로 행복을 느끼고 있었다. 일을 통해서.

두 가지 문제가 있었다. 스티븐스의 문제와 그라임스의 문제. 두 문제를 모두 만족시킬 수 있는 하나의 해결책이 필요했다. 모든 문제에는 세 가지 단계가 존재한다. 첫 번째, 그 문제가 실제로 존재하는지 확인하는 것. 두 번째, 사전에 마련한 자료가 암시하는 대로의 조사를 수행하는 것. 세 번째, 자료 수집이 완료되었다고 느끼면 해결책을 발명하는 것.

'발명'이지 '발견'이 아니었다. 램보 박사라면 해결책을 '발견'하거나 '탐색'해야 한다고 말했을지도 모른다. 램보에게 이 우주는 변하지 않는 법칙에 지배되는, 절도 있게 정돈된 질서 체계이기 때문이다. 하지만 왈도에게 우주는 자신의 의지에 굴복하도록 만들어야 하는 적일 뿐이었다. 동일한 현상을 다룰 때도 두 사람의 접근법은 서로 달랐다.

할 일이 많았다. 스티븐스가 자료를 산더미처럼 가져다주었다. 복사 동력 시스템의 이론적 측면, 그리고 시스템의 중핵이 되는 디캘브 수신기에 대한 자료들이었다. 또한 최근 들어 벌어진 다양한 기능 불량 현상에 대한 자료도 있었다. 왈도는 지금껏 복사 동력에 대해 심각하게 고려해본 적이 없었다. 그냥 그럴 필요가 없기 때문이었다. 흥미롭기는 해도 비교적 단순한 문제였으니까. 몇 가지 개선점이 절로 그의 머릿속에 떠올랐다. 예를 들어 동축 전파의 주요 요소인 정상파의 경우, 수신 측의 답신에 따라 전파의 조준점을 자동으로 수정하도록 만들기만 해도 수신 효율을 상당히 증가시키는 일이 가능하다. 움직이는 탈것에서의 동력 수신 효율을 정지 상태 수신에 가까울 정도로 높일 수 있는 것이다.

물론 이런 아이디어는 당장 중요한 것은 아니었다. 당면한 문제를 해결하고 나면, 이런 아이디어에 대해 NAPA가 돈을 잔뜩 지급하게 만들 예정이었다. 어쩌면 그들과 경쟁하는 쪽이 더 즐거울지도 몰랐다. 그들이 소유한 기본 기술의 특허가 언제 끝나는지가 궁금해졌다. 찾아볼 필요가 있었다.

비효율적이기는 해도, 디캘브 수신기는 매번 언제나 실수 없이 작동하도록 만들어진 물건이었다. 그는 즐거운 기분으로 그렇게 되지 않은 이유를 찾아보기 시작했다.

처음에는 제작 과정에서 명백한, 적어도 그에게는 명백해 보이는 결함이 있지 않을까 의심했다. 그러나 스티븐스가 올려보낸 움직이지 않는 디캘브들은 자신의 비밀을 드러내기를 거부했다. 엑스레이를 찍어보고, 측미계와 간섭계로 측정해보고, 온갖 평범한 방법과 꽤 독특하고 괴상한 왈도식 방법으로 시험해보기도 했다. 그러나 결과가 나오지 않았다.

그는 자신의 작업실에서 직접 디캘브를 제작해보았다. 작동하지 않는 디캘브를 원형으로 삼고, 작동하지 않는 다른 디캘브를 구성하는 금속을 재활용해 원자재로 썼다. 그는 가장 정밀한 스캐너와 (손을 편 너비가 3센티미터도 되지 않는 작은 요정의 손을 가진) 가장 작은 왈도들을 사용해서 마지막 작업을 개시했다. 그는 기술과 기능을 총동원하여 원형과 거의 동일한 디캘브를 만들었다.

그의 제품은 완벽하게 작동했다.

그러나 동일한 원래 물건은 전혀 작동하지 않았다. 그는 이 실패에 굴하지 않았다. 아니, 오히려 한층 고무되었다. 디캘브의 오작동이 기술의 결함이 아니라 근본 이론의 결함에 의한 것임을 확실하게 입증해낸 것이었다. 싸울 가치가 있는 문제임이 분명했다.

스티븐스가 맥러드의 비행 자동차의 디캘브 장치에서 일어난 말도 안 되는 현상에 대해 보고를 해왔지만, 그는 아직 그쪽으로는 주의를 기울이지 못하고 있었다. 순서에 따라 거기까지 도달하면 그때 살펴보면 될 일이었다. 그때까지는 잠시 보류할 생각이었다. 털 없는 유인원들은 히스테리가 심했다. 아마 별 도움이 되지 않는 내용일 것이었다. 안테나가 메두사의 머리 타래처럼 배배 꼬이고 있다니!

그는 주어진 시간의 절반을 그라임스의 문제에 배정했다.

그로서는 생물과학이(그걸 과학이라고 부를 수 있다면!) 생각했던 것보다 훨씬 매혹적인 학문이라는 사실을 인정할 수밖에 없었다. 그는 지금까지 생물학을 어떻게든 회피해왔었다. 어린 시절 돈을 잔뜩 받는 소위 '전문가'라는 자들이 자신의 상태를 전혀 호전시키지 못했다는 사실 때문에 그 학문을 경멸해왔다. 노파들의 돌팔이 물약을 화려하게 포장해 놓았을 뿐이지! 그라임스는 그가 좋아하고 심지어는 존경하기까지 하는 사람이었지만, 어디까지나 예외일 뿐이었다.

그라임스의 자료를 보니, 왈도는 노친네가 문제점을 제대로 짚어냈다는 걸 알 수 있었다. 이야, 이거 꽤 심각하잖아! 자료가 불충분하기는 해도 분명 설득력이 있었다. 나름 논리적으로 유추해낸 3차 감소곡선에 따르면, 20년만 있으면 중공업에 종사할 수 있을 정도의 체력을 가진 사람이 단 한 명도 남지 않을 것이라는 결과가 나왔다. 다들 버튼이나 누르는 정도가 고작일 것이다.

자신이 할 수 있는 일이 버튼을 누르는 것뿐이라는 생각은 떠오르지 않았다. 왈도는 털 없는 유인원들의 유약함을 노동하는 가축의 유약함과 동일하게 여겼다. 농부는 쟁기를 끌지 않는 법이다. 그건 말이 해야 할 일이니까.

의학에 종사하는 그라임스의 동료들은 죄다 머저리인 게 분명했다.

그래도 왈도는 수배할 수 있는 최고의 생리학자, 신경외과, 뇌외과 전문의, 해부학자들을 마치 목록을 보고 상품을 구매하듯이 모았다. 이 문제를 이해할 필요가 있었다.

그는 어떤 수를 써도 살아 있는 인간을 해부할 수 없다는 사실을 발견하고 상당히 짜증을 냈다. 이 시점에서 그는 초단파 복사에 의한 피해가 신경계에 일어난다는 점을 확신하고 있었으며, 문제 자체를 전자기학의 관점에서 살펴봐야 한다고 생각했다. 인간을 직접 자신이 설계한 기계에 연결한 다음, 특정 전류에 신경계가 어떤 식으로 반응하는지 확인하는 세심한 실험을 해보고 싶었다. 인간의 신경 회로에서 일부를 떼어내고 전자 장치로 대체한 다음 전체 신경계를 통제하여 실험한다면 쓸모 있는 사실을 발견할 수 있을 것 같았다. 물론 그런 실험에 사용된 그 사람 자체는 별로 쓸모가 없어지겠지만.

하지만 관료들은 이런 문제에는 꽤 빽빽하게 굴기 마련이다. 시체와 짐승으로 만족할 수밖에 없었다.

어쨌든 진전은 있었다. 극단적인 초단파 복사는 신경계에 명백한 영향을 끼치며, 동시에 두 가지 효과를 보인다. 일단, 초단파는 신경 세포에서 '가짜' 신경 신호를 만들어낸다. 운동 근육의 반응을 이끌어내기에는 너무 약하지만, 육체를 지속적인 신경 긴장 상태에 처하게 하기에는 충분해 보였다. 두 번째로, 이런 상황에 일정 기간 노출된 살아 있는 개체는 작지만 계측 가능하고 명백한, 신경 전달 신호 효율성의 감퇴를 보인다. 전기 회로였다면, 그는 이 두 번째 효과를 '절연 효율의 감소'라고 표현했을 것이다.

이러한 두 가지 효과의 총합으로 인해 해당 개체는 가벼운 피로를 지속적으로 느끼게 된다. 폐결핵 초기에 보이는 불쾌감과 비슷하다고도 할 수 있을 것이다. 대상은 아프다는 느낌을 받지는 않는다. 그저 기력이 부족할 뿐이다. 격렬한 육체 활동이 불가능한 것도 아니다. 그저 마음이 내키지 않을 뿐이다. 과도한 노력, 과도한 의지력을 요구할 뿐이다.

그러나 전통적인 임상병리학자라면 이런 증세를 보이는 환자가 완벽하게 건강하다고 보고할 것이다. 조금 처져 있기는 하지만 아무런 문제도 없다고 간주하며, 너무 오래 앉아서만 지낸다고 지적하겠지. 신선한 공기, 햇볕, 적절한 운동이 필요할 뿐이라는 처방을 내릴 테고.

사람들이 보편적으로 고착성 생활 방식을 선호하게 된 것이, 만연하는 활력 부족 현상의 원인이 아니라 결과라고 추측한 사람은 그라임스 박사뿐이었다. 변화는 느리게, 적어도 대기 중 복사 에너지의 증가만큼 느리게 일어났다. 영향을 받은 사람들은 설령 눈치를 챘다 해도 그저 자신이 조금 더 나이를 먹었다는 증거라고 여길 뿐이었다. '몸이 둔해졌어, 이제 나도 옛날처럼 젊지 않으니까.'라고 생각하면서. 그리고 그런 사람들은 둔한 삶에 만족했다. 힘들여 움직이는 것보다 편했으니까.

그라임스가 이 현상에 우려를 표하기 시작한 것은 그의 모든 젊은 환자들이 '책벌레 부류'라는 사실을 깨닫게 되고서부터였다. 아이들이 책을 좋아하는 것은 물론 고무적인 일이지만, 평범한 아이라면 조금 더 말썽을 부려야 한다. 그 자신의 어린 시절을 수놓았던 축구나 뛰뛰기 놀이, 옷이 찢어질 정도로 서로 몸싸움을 벌이던 장난들은 대체 어디로 가버린 것일까?

젠장, 어린아이는 자신의 여가 시간을 모조리 우표 수집 따위에 쏟아서는 안 되는 법이다.

왈도는 그 이유를 슬슬 파악하고 있었다.

육체의 신경계는 안테나와 크게 다르지 않다. 신경계는 안테나처럼 전자기 자극을 받아들이는 것이 가능하며, 실제로도 받아들인다. 하지만 신경계가 받아들이는 자극은 외부의 유도 전류가 아니라 신경 자극이다. 전류와 놀랍도록 비슷하지만 명백하게 다른 자극이다. 신경 자극 대신에 전동력을 사용하여 근육 조직을 움직일 수는 있지만, 전동력은 신경 자극이 아니다. 무엇보다 이동 속도가 다르다. 전류는 거의 광속에 가까운 속도로 움직인다. 신경 자극은 초속 미터 단위로 측정한다.

왈도는 이런 속도 차이가 해결책의 열쇠가 될 수 있다는 느낌을 받았다.

그러나 왈도는 맥러드의 환상적인 비행 자동차 문제를 원하는 만큼 충분히 미룰 수가 없었다. 램보 박사가 연락을 해왔기 때문이었다. NAPA의 연구소를 경유해 도착한 연락이었기 때문에 왈도는 그 연락을 수신했다. "당신은 누구고, 뭘 원하는 겁니까?" 그는 눈앞에 떠오른 영상을 보며 물었다.

램보는 조심스레 주변을 둘러보았다. "쉿! 너무 크게 말하지 말게. 그들이 듣고 있을지도 모르니까."

"누가 듣는다는 거죠? 당신은 누구고?"

"'그들'은 이런 일을 벌이는 자들이지. 밤에 문을 꼭 잠그라고. 나는 램보 박사야."

"램보 박사? 아 그래. 저기, 박사, 이렇게 나를 방해하는 이유가 뭔가요?"

박사는 입체 영상 속에서 떨어져 나올 것처럼 보일 정도로 몸을 앞으로 기울였다. "그걸 하는 방법을 배웠어." 그가 잔뜩 긴장한 목소리로 말했다.

"뭘 한다는 겁니까?"

"디캘브가 작동하게 하는 거지. 사랑스러운, 사랑스러운 디캘브." 그는 갑자기 왈도 쪽으로 손을 뻗으며 정신없이 손가락을 움츠려 보였다. "이렇게 움직인다니까. 꿈틀, 꿈틀, 꿈틀!"

왈도는 통신을 끊고 싶다는 지극히 정상적인 충동을 느꼈으나, 다음에 하는 말을 듣고 싶다는 호기심이 그 충동을 억눌렀다. 램보는 말을 이었다. "그 이유가 뭔지 알아? 아냐고? 어디 한번 맞혀봐."

"왜죠?"

램보는 자기 코 옆에 손가락을 대고 악당처럼 웃음을 지었다. "알고 싶지 않으려나? 무언가 소중한 것을 바쳐야 알게 되지 않으려나? 하지만 내가 알려주지!"

"그럼 말해보시죠."

램보는 갑자기 겁에 질린 표정이 되었다. "말하지 않는 편이 나을지도 모르겠어. 그들이 듣고 있을지도 모르니까. 하지만 말해야지, 말할 거야! 잘 들어. 명확한 것은 아무것도 없어."

"그게 답니까?" 왈도가 물었다. 이제 그는 눈앞의 사람이 보이는 괴상한 행동을 명백하게 즐기고 있었다.

"그게 다냐고? 그거면 충분하지 않나? 암탉이 홰를 치고 수탉이 알을 낳는 거야. 자네가 여기 있고 내가 거기 있고. 아닐 수도 있겠지. 명확한 것은 아무것도 없으니까. 그 무엇도, 어떤 것도, 아무것도 정해져 있지 않은 거야! 작은 공은 계속 돌고 돌고 도는데, 어디서 멈출지 그 누가 알겠나. 내가 어떻게 하면 되는지를 깨달았다는 것만 빼고."

"무얼 어떻게 한다는 겁니까?"

"내가 원하는 곳에서 작은 공을 멈추게 하는 법을 안다는 거야." 램보는 주머니칼을 뽑아들었다. "칼에 베이면 피가 나지 않던가? 아니, 피가 나는 게 확실한가?" 그는 왼손 검지를 칼로 그었다. "보이지?" 그는 송신기 가까이 손가락을 가져다 대었다. 깊이 베인 상처였지만 이미 알아보기 힘들 정도였고, 피는 단 한 방울도 나지 않았다.

훌륭하군! 왈도는 생각했다. 히스테리성 혈관 제어의 완벽한 임상 사례였다. "그런 건 누구나 할 수 있어요. 더 힘든 걸 보여주시죠." 그가 소리 높여 말했다.

"누구나? 물론 누구나 할 수 있지. 방법만 알고 있으면 말이야. 이걸 한번 해보게." 그는 주머니칼을 자기 왼손 손바닥에 찔러 넣어 반대편으로 끝이 튀어나오게 만들었다. 그는 손에 박힌 칼을 앞뒤로 흔들고는 뽑은 다음 손바닥을 보여주었다. 피는 전혀 나지 않고, 상처는 빠르게 아물고 있었다. "이렇게 되는 이유를 알고 있나? 이 칼은 확률적으로 그곳에 있었을 뿐이고, 나는 순간의 불확정성을 찾아냈거든!"

지금까지 즐겁기는 했지만, 왈도는 슬슬 질려가고 있었다. "그게 전부입니까?"

"이런 일에는 끝이 없지." 램보가 선언했다. "어떤 것도 명확하지 않으니 말이야. 이걸 잘 보게." 그는 주머니칼을 손바닥 위에 올려놓은 후 손을 뒤집어 보였다.

칼은 떨어지지 않고, 그대로 그의 손바닥에 붙어 있었다.

왈도는 갑자기 정신이 번쩍 들었다. 속임수일 수도 있었다. 아마도 속임수일 것이다. 하지만 손을 베여도 피가 나지 않는 것보다도 그는 이쪽이 훨씬 감탄스러웠다. 전자는 특정 정신병 증상을 가진 사람에게서는 흔히 찾아볼 수 있는 일이다. 후자는 일어나서는 안 되는 일이다. 그는 새 영상전화 회선을 열었다. “NAPA의 스티븐스 기술주임을 연결해주시오.” 그가 날카롭게 말했다. “지금 당장!”

램보는 그런 모습에는 조금도 관심을 기울이지 않고 주머니칼 이야기만 계속했다. “이놈은 어느 쪽이 아래인지를 모르는 거야.” 그는 계속해서 중얼거렸다. “아무것도 명확하지 않으니까. 어쩌면 떨어질 수도 있지. 아닐 수도 있고. 내 생각에는 떨어질 것 같아. 자, 떨어져버렸구먼. 내가 천장을 걷는 모습을 보고 싶은가?”

“저를 찾으셨습니까, 존스 씨?” 스티븐스가 등장했다.

왈도는 램보 쪽의 음성 회선을 끊었다. “그래요. 저 맛이 간 램보라는 친구. 당장 저 친구를 잡아서 이리로 데려와주세요. 저자를 만나고 싶습니다.”

“하지만 왈도 씨….”

“당장 움직여요!” 왈도는 스티븐스 쪽의 회선을 끊고, 램보 쪽의 음성 회선을 다시 열었다.

“불확정성이야. 혼돈이 왕위에 오르고, 마법이 세상에 풀려났도다!” 램보는 흐릿한 눈으로 왈도를 보더니 활짝 웃으며 덧붙였다. “잘 있게, 왈도 씨. 통화 고마웠네.”

화면이 꺼졌다.

왈도는 초조하게 기다렸다. 그는 조금 전 상황 전체가 속임수일 수도 있다고 되뇌었다. 램보가 엄청난 규모의 장난질을 친 것일 수도 있었다. 왈도는 장난질을 싫어했다. 그는 스티븐스에게 다시 연락을 부탁하고 기다렸다.

돌아온 스티븐스는 머리가 엉망이 되고 얼굴이 시뻘게져 있었다. “꽤 힘들었습니다.”

“그자를 잡았나요?”

“램보요? 네, 결국 잡았죠.”

“그럼 이리 올려보내요.”

"자유요새로요? 그건 불가능합니다. 이해가 안 되시는 것 같군요. 그자는 정신이 나갔어요. 완전히 미쳤습니다. 사람들이 그자를 병원으로 데려갔습니다."

"가정을 너무 많이 하시는군요." 왈도는 차갑게 말했다. "그자가 미쳤다는 사실은 알고 있어요. 그걸 감안하고 하는 말입니다. 주선해보세요. 간병인을 붙이고 진술서를 받아요. 뇌물을 뿌리고. 그자를 즉시 이리로 데리고 오세요. 꼭 필요한 일입니다."

"진심이십니까?"

"나는 농담하는 습관이 없습니다."

"선생의 연구와 관련된 겁니까? 선생께 도움이 될 만한 상태가 아니라는 점만은 저도 확신할 수 있습니다."

"그건 내가 결정할 일이지요." 왈도가 선언했다.

"그래요, 시도해보지요." 스티븐스는 미심쩍은 투로 말했다.

"성공하도록 하세요."

스티븐스는 30분 후에 다시 연락을 해왔다. "램보를 데려갈 수가 없을 것 같군요."

"이 무능하고 한심한 작자."

스티븐스는 얼굴이 붉어졌지만 간신히 분노를 제어했다. "인신공격은 하지 마시죠. 그자가 사라졌습니다. 병원에 도착하지도 않았어요."

"뭐라고요?"

"그게 말도 안 되는 점입니다. 병원 측에서는 그자를 구속용 들것에다가 코르셋처럼 꽁꽁 묶어서 데려갔어요. 끈을 조이는 모습을 직접 봤단 말입니다. 하지만 거기 도착해보니 사라진 겁니다. 그리고 간호사들은 구속구의 죔쇠도 풀려 있지 않았다고 주장하고 있어요."

왈도는 '헛수작'이라고 말하려다 정신을 차리고 입을 다물었다. 스티븐스는 말을 이었다.

"하지만 그게 다가 아닙니다. 저도 그 작자와 직접 이야기해보고 싶어요. 그자의 연구실을 둘러보고 있었습니다. 맛이 가버린 디캘브…. 주술에 걸린 물건을 알고 계시죠?"

"무얼 말하는 건지는 알고 있습니다."

"램보는 똑같이 움직이는 디캘브를 한 세트 더 만들어냈습니다!"

왈도는 한동안 아무 말 않고 있다가 마침내 조용히 말했다. "스티븐스 박사…."

"네."

"노력해주셔서 감사하다고 말하고 싶군요. 그리고 부디 수신기를, 비정상적으로 작동하는 수신기 두 개 모두 여기 자유요새로 보내주실 수 있겠습니까?"

의심할 여지가 없었다. 자기 눈으로 직접 설명이 불가능한 꿈틀거리는 움직임을 보이는 안테나를 목격하고, 그에 따라 자연스레 떠오르는 시험을 실행에 옮기고 나니, 왈도로서는 자신이 완전히 새로운 현상, 자신이 그 법칙을 알지 못하는 새로운 현상을 직면하고 있다는 점을 인정할 수밖에 없었다.

법칙이 존재한다면 말이지만….

그는 자신에게 정직했다. 만약 지금 자신이 인지하는 현상이 실재하는 것이라면 이 새로운 현상은 그가 타당하다고 여기고 있던 법칙들, 지금까지 예외가 존재하지 않았던 법칙들을 파괴하는 것이었다. 그는 애초에 디캘브가 제대로 작동하지 않았던 사례 역시 눈앞에서 독특한 움직임을 보이고 있는 두 벌의 디캘브만큼이나 물리 법칙에 어긋나는 것으로 간주해야 한다고 인정했다. 차이는 그저 한쪽은 극적으로 이질적인 현상이고, 다른 쪽은 그렇지 않다는 것뿐이었다.

램보 박사도 같은 결론을 내렸다는 점은 명백했다. 박사가 처음 디캘브 수신기의 작동 불량을 발견한 이후로 계속해서 신경증 증상을 보여왔다는 말을 들었기 때문이다.

그는 램보 박사를 잃게 된 것이 아쉬웠다. 왈도는 제정신인 램보보다 돌아버린 램보 쪽에 훨씬 더 경탄하고 있었다. 그 사람에게도 나름의 능력 비슷한 것이 있었던 것이다. 실제로 뭔가를, 왈도도 인정하다시피 그보다 더 많은 것을 발견해낸 것이 분명했다. 그 발견 때문에 정신이 나가기는 했지만 말이다.

왈도는 램보와 같은 경험을 하게 될까 봐 두렵지는 않았다. 그 무엇도 자신의 이성을 흐트러뜨릴 수는 없다고 확신하고 있었기 때문이었다. 어쩌면 그런 자신감이 완전히 정당한 것일지도 몰랐다. 그의 가벼운 피해망상 경향은 우호적이지 못한 세계에 대한 나름의 방어 역할을 해주기에 딱 알맞을 정도였으니까. 이 성향이 그에게는 건전한 영향을 끼쳤다. 견딜 수 없는 상황의 심각성을 티끌 정도로 낮춰주고, 후천적 면역성을 길러주는 역할을 했다.

덕분에 그는 99퍼센트의 다른 동시대인들보다 침착한 마음으로 정신을 어지럽히는 현실을 마주할 수 있었다. 그가 태어나는 순간부터 세상은 재앙 그 자체였다. 그는 계속해서 재앙을 마주하고 극복해왔다. 그의 주변을 둘러싸고 있는 집이야말로 적응할 수 없는 세계를 두려움 없이 평온하게 극복했다는 증거나 다름없었다.

그는 잠시 괴이하게 뒤틀리는 금속봉과 관련된 일련의 연구를 중단하기로 결정했다. 램보를 찾아내 질문할 방법은 없었지만, 아직 왈도보다 이 일에 대해 더 많이 알고 있는 사람이 한 명 더 남아 있었다. 그는 그 사람을 찾아보기로 마음먹었다. 그는 다시 스티븐스를 호출했다.

"램보 박사에게서 연락이 있었나요?"

"연락도, 흔적도 없습니다. 그 불쌍한 친구가 죽은 것은 아닐까 생각이 들고 있습니다."

"그럴 수도 있겠죠. 당신 조수의 주술사 친구, 이름이 슈나이더라고 했던가요?"

"슈나이더 할아버지죠."

"그랬지요. 그 사람과 대화를 주선해주실 수 있겠습니까."

"전화가 좋겠습니까, 아니면 직접 만나고 싶으신가요?"

"이리로 불러올 수 있으면 좋겠지만, 늙고 허약한 사람이라고 들었습니다. 땅을 떠날 수 없을지도 모르겠네요. 우주 멀미 때문에 정신이 나가 있는 상태라면 저한테는 아무 도움도 안 될 테고요."

"한번 알아보겠습니다."

"좋아요. 신속히 처리해주세요. 그리고 스티븐스 박사…."

"네?"

"만약 전화를 사용하는 일이 가능하다면, 휴대용 입체 영상기기를 그의 집으로 가져가도록 주선해주세요. 최대한 그에게 편안한 환경이 되었으면 합니다."

"알겠습니다."

회선이 끊긴 후 스티븐스는 맥러드를 바라보며 이렇게 덧붙였다. "상상이 되나? '위대한 이 몸'께서 다른 사람의 편의에 관심을 보이신다니 말이야."

"저 뚱보 녀석이 어디가 아픈가 보죠." 맥러드가 해답을 제공했다.

"그럴지도 모르지. 이건 나보다는 자네가 해야 할 일이야, 맥러드. 나하고 같이 가자고. 펜실베이니아에 잠깐 들러야겠어."

"발전소는 어떻게 하고요?"

"카러터스한테 그 사람이 열쇠라고 말해놔. 어쨌든 뭐가 날아가도 우리가 어떻게 할 수 있는 것도 아니잖나."

스티븐스는 그날 늦게 다시 영상 전화를 걸었다. "왈도 씨…."

"네, 박사님."

"선생의 제안은 실행에 옮기기 어려울 것 같습니다."

"슈나이더가 자유요새로 올 수 없다는 말인가요?"

"그것도 있고, 거기에 영상 전화를 사용해서 그 사람과 이야기를 할 수도 없다는 뜻입니다."

"그렇다면 그 사람이 죽었다는 뜻이겠군요."

"아뇨, 그런 건 아닙니다. 그저 그 사람이 어떤 상황이 닥쳐도 영상 전화로는 대화하지 않겠다고 버티는 것뿐입니다. 선생이든, 아니면 다른 누구든. 그 사람 말로는 선생과 담소를 나눌 수 없어서 유감이지만, 그런 부류의 물건은 어떤 것이든 사용을 거부하겠다고 합니다. 사진기, 영화 촬영기, 텔레비전 등 말입니다. 그런 물건들은 위험하다고 생각한다는군요. 유감스럽지만 자기 나름의 미신에 완전히 사로잡혀 있는 것 같습니다."

"스티븐스 박사, 당신은 외교관으로서는 여러 면으로 부족한 사람인 것 같군요."

스티븐스는 속으로 열까지 센 다음 입을 열었다. "선생이 원하는 것을 들어드리기 위해 제 능력으로 가능한 모든 것을 시도했다는 사실은 장담할 수 있습니다. 만약 제 협조의 질에 만족하지 못하셨다면 부디 글리슨 사장과 직접 이야기를 해보시기 바랍니다." 그리고 그는 회로를 끊었다.

"저 자식 턱주가리를 걷어차주면 기분이 어떨 것 같아요?" 맥러드가 꿈꾸는 듯 멍하니 말했다.

"맥러드, 자네 혹시 독심술사 아닌가."

왈도는 자신의 대리인을 통해 다시 시도를 해봤지만 같은 답변만이 돌아왔다. 그로서는 도저히 참기 힘들 정도의 상황이었다. 매수하거나, 협박하거나, 극단적인 방식으로 설득할 수 없는 사람을 만난 것이 정말로 오랜만이었다. 매수는 무리였다. 그는 직관적으로 슈나이더가 탐욕으로 움직일 사람이 아니라는 것을 깨닫고 있었다. 그리고 직접 보거나 대화를 나눌 수 없는 사람을 어떻게 위협하거나 속일 수 있겠는가?

막다른 골목이었다. 다른 방도가 없었다. 포기하자.

물론 단 하나, '죽음보다 더 끔찍한 운명'으로 분류된 방법이 남아 있기는 하다.

아니, 아니, 그건 안 되지. 상상도 하지 말자고. 전부 다 잊어버리고, 자신이 해결할 수 없는 문제라고 인정하고 글리슨 사장에게 말하기만 하면 된다. 지표를 떠난 지 17년이 지났다. 무슨 일이 있어도 자신의 육체를 그 끔찍한 역장의 견딜 수 없는 요구에 내맡길 수는 없다. 무엇을 위해서라도!

어쩌면 목숨을 잃을지도 모른다. 질식해서 죽음에 이르게 될지도 모른다. 안 돼.

그는 지나치게 토실토실한 큐피드처럼 우아한 모습으로 자신의 우주선 안을 가로질렀다. 아주 잠시라도 이런 자유를 포기하고 그 고문과 같은 구속을 받아들인다고? 말도 안 되지! 그럴 가치가 없는 일이야.

고소공포증 환자에게 하프돔*을 기어오르라고 말하거나, 폐소공포증 환자에게 세계에서 가장 깊은 광산으로 들어가서 인터뷰를 하라고 하는 것이나 마찬가지였다.

*

"그라임스 삼촌?"

"오, 안녕, 왈도. 전화해줘서 기쁘구나."

"제가 지구로 내려가도 안전할 것 같아요?"

"어? 뭐라고 한 게냐? 좀 더 크게 말해라. 잘 안 들린다."

"제가 지상으로 내려가면 몸에 피해가 있을지 물었어요."

"연결 상태가 끔찍하구나. 꼭 네가 지상으로 내려오고 싶다고 말하는 것처럼 들리는데 말이다."

"그렇게 말한 거 맞는데요."

"무슨 일이냐, 왈도? 몸은 괜찮은 게냐?"

"아무 문제도 없어요. 하지만 지표에 있는 사람을 하나 만나야 해요. 반드시 이야기를 해봐야 하는데 다른 방법이 없거든요. 내려가다가 다치지는 않을까요?"

"조심하기만 한다면 괜찮을 거다. 어쨌든 너도 지상에서 태어나지 않

* 미국 요세미티국립공원에 위치한 높이 2,693미터의 화강암 덩어리

았니. 하지만 조심하기는 해야 할 거야. 심장 언저리에 지방이 잔뜩 끼었으니 말이다."

"아, 세상에. 위험하다고 생각하시는 거죠?"

"아니, 괜찮을 거다. 그저 무리만 하지 않으면 돼. 그리고 성질머리 좀 조심하고."

"그럴게요. 당연히 그래야죠. 그라임스 삼촌?"

"왜?"

"이리 와서 도와주실 수 있으세요?"

"아, 그럴 필요까지는 없을 거야."

"제발요, 그라임스 삼촌. 다른 믿을 만한 사람이 아무도 없어요."

"좀 어른답게 굴어라, 왈도. 어쨌든 이번 한 번은 도와주마."

✷

"이걸 명심해요." 왈도는 조종사에게 말했다. "절대 가속도가 중력 가속도의 1.1배를 초과해서는 안 됩니다. 착륙할 때도 마찬가지예요. 이동하는 동안 가속계를 계속 주시할 겁니다."

"구급차 운전을 12년 동안 했습니다." 조종사가 말했다. "그동안 환자를 불편하게 한 적은 한 번도 없었고요."

"그건 내 요구에 대한 대답이 아닌데요. 이해가 되나요? 1과 10분의 1이에요. 그리고 성층권에 있는 동안은 그 수치에 근접해서도 안 됩니다. 조용히 해, 발더! 그만 킁킁거려."

"알겠습니다."

"명심해두세요. 당신 보너스가 여기 달려 있어요."

"아무래도 당신이 직접 모는 쪽이 나을지도 모르겠군요."

"당신 태도가 마음에 안 드는데요. 내가 이 탱크 안에서 죽으면 당신은 두 번 다시 일거리를 찾지 못하게 될 겁니다."

조종사는 뭔가를 중얼거렸다.

"방금 뭐라고 했죠?" 왈도는 날카롭게 물었다.

"뭐, 그 정도는 감수할 가치가 있을지도 모른다고 했을 뿐입니다."

왈도는 얼굴이 시뻘게지며 입을 열었다.

그라임스가 끼어들었다. "진정해라, 왈도! 네 심장 상태를 기억해."

"알았어요, 그라임스 삼촌."

그라임스는 앞쪽으로 헤치고 나오며 조종사에게 잠시 그쪽으로 가서 이야기하겠다고 신호를 보냈다.

"저 녀석이 하는 말에는 하나도 신경 쓸 필요 없네." 그는 조용히 조종사에게 충고했다. "가속 이야기만 빼고 말이야. 정말로 급가속을 견디지 못하는 상태라고. 진짜로 탱크 속에서 죽을 수도 있어."

"아직도 별로 아쉬울 거라는 생각은 안 드는군요. 그래도 조심은 하겠습니다."

"좋아."

"탱크에 들어갈 준비 끝났어요. 안전장치 채우는 것 좀 도와주실래요, 그라임스 삼촌?" 왈도가 소리쳤다.

왈도가 들어갈 곳은 일반적인 감속형 탱크가 아니라 이번 여행을 위해 고안한 개량품이었다. 거대한 관과 비슷한 형태로, 절대 가속 방향축에 대해 평형을 유지하도록 짐벌 수평계 안에 고정되어 있었다. 왈도는 패킹이 달린 신축성 좋은 방수복을 입은 채로 물속에 떠 있을 예정이었다. 그의 비대한 몸에 가해지는 중력을 최소화하기 위한 방책이었다. 머리와 어깨의 윤곽에 맞춰 제작한 패드가 그의 상체를 지탱했다. 탱크 안에는 기계식 인공호흡기가 설치되어 있고, 등 쪽의 패드는 수중에, 가슴 쪽의 패드는 물 밖에 있다가 그의 호흡에 따라 수축하는 구조였다.

그라임스가 네오아드레날린을 지참한 채 옆에서 대기했다. 탱크의 왼쪽에 그가 앉을 자리가 준비되어 있었다. 발더는 탱크 오른쪽의 선반 위에 고정된 채로, 그라임스의 평형추 역할을 해줄 예정이었다.

그라임스는 모든 준비가 끝났는지 직접 확인을 마치고 조종사에게 소리쳤다. "준비됐으면 출발해도 괜찮네."

"알겠습니다." 그는 차량 출입구를 밀폐했다. 연결 통로가 자유요새의 진입로 안쪽으로 접혀 들어가며 떨어져 나갔다. 구급차가 부드럽게 출발했다.

왈도는 눈을 감았다. 순수한 고통의 표정이 그의 얼굴 위에 드리웠다.

"그라임스 삼촌, 디캘브가 작동을 멈추면 어쩌죠?"

"상관없어. 구급차에는 일반 차량 여섯 배의 예비 동력이 저장되어 있거든."

"확실한가요?"

발더는 자기 몸무게를 느끼고 낑낑대기 시작했다. 그라임스가 말을 걸어주자 녀석은 다시 조용해졌다. 그러나 곧(왈도에게는 며칠과도 같은 시간이었지만) 구급차가 지구의 중력장 안으로 더 빠르게 가라앉으며 절대 가속도 역시 자연스레 증가했다. 실제 차량의 속도가 변한 것은 아니었지만 말이다. 개는 자신의 육체를 짓누르는 힘겨운 무게를 느끼기 시작했다. 녀석에게는 이해할 수도 없고, 좋아할 수는 더더욱 없는 일이었다. 발더는 공포를 느끼고 울부짖기 시작했다.

왈도가 눈을 떴다. "세상에, 대체 무슨!" 그가 신음했다. "어떻게 좀 해주실 수 없어요? 죽어가는 소리를 내잖아요."

"내가 살펴보마." 그라임스는 안전띠를 풀고 탱크 반대편으로 움직였다. 무게중심이 변하자 짐벌에 매달린 화물의 균형에도 변화가 생겼다. 왈도는 탱크 한쪽으로 부딪혀버렸다.

"아! 조심 좀 해요." 그는 숨을 헐떡이며 말했다.

"좀 진정해라." 그라임스가 개의 머리를 쓰다듬어주며 말을 걸었다. 개가 진정하는 모습을 보이자, 그는 개의 어깻죽지 가죽을 한 움큼 쥐어 들고 피하주사의 용량을 가늠한 다음 깊이 찔러 넣었다. 그러고는 주사를 놓은 자리를 문질러주며 말했다. "됐다, 이 녀석아! 이거면 기분이 좀 나아질 거야."

자리로 돌아오는 과정에서 탱크가 한 번 더 흔들렸지만, 이번에는 왈도도 침묵하는 순교자처럼 조용히 견뎌냈다.

구급차는 대기권으로 돌입한 후 딱 한 번 크게 흔들렸다. 왈도와 그의 개가 함께 비명을 질렀다. "개인 승용차예요." 조종사가 마주 소리쳤다. "구급 신호등에는 신경도 안 쓰는군요." 그는 다른 운전사에 대한 견해를 입속으로 중얼거렸다.

"저 사람 잘못은 아니었어. 나도 봤단다." 그라임스가 왈도를 타일렀다.

조종사는 고속도로와 슈나이더의 오두막 사이에 준비해놓은 공터에 놀랍도록 부드럽게 착륙했다. 한 무리의 사람들이 그들을 기다리고 있었다. 그라임스의 지시에 따라 그들은 탱크를 풀어낸 다음 왈도를 바깥 공기에 노출시켰다. 느리고 조심스럽게 진행된 작업이었지만 부딪히고 흔들리는 것을 완전히 막을 수는 없었다. 왈도는 그 모든 과정을 아무 말 없이 견뎌냈으나, 꾹 감은 눈꺼풀 아래로 눈물이 흘러나오는 것만은 어쩔 수 없었다.

밖으로 나오자 왈도는 눈을 뜨고 물었다. "발더는 어디 있죠?"

"내가 풀어줬는데 따라 나오지를 않더구나." 그라임스가 말했다.

왈도는 거친 목소리로 소리쳤다. "이리 온, 발더! 얼른 이리 오려무나."

차 안에 있던 개는 주인의 목소리를 알아듣고 고개를 든 다음 낮은 소리로 짖었다. 여전히 끔찍하게 기분이 좋지 않았지만, 주인의 명령에 따르려고 앞으로 움직이기 시작했다. 때맞춰 문을 연 그라임스는 바로 다음에 벌어진 일을 똑똑히 지켜볼 수 있었다.

개는 자신이 있던 선반의 가장자리까지 나와서 왈도의 목소리가 들려온 방향으로 몸을 날리려는 끔찍한 시도를 했다. 녀석은 자신이 알고 있는 단 한 가지의 추진 방식을 사용했다. 분명 문까지 날아간 다음 바닥에 놓인 탱크를 이용해 비행을 멈추려는 생각이었을 것이다. 그러나 녀석은 차 안의 바닥으로 몇 걸음가량을 떨어져 내리며 고통스러운 비명을 질렀고, 뻣뻣한 뒷다리를 이용해 어색한 동작으로 간신히 바닥에 떨어졌다.

개는 자신이 떨어져 내린 곳에 엎드린 채 조용히, 움직일 엄두도 내지 못하고 있었다. 격렬하게 몸을 떠는 모습이 보였다.

그라임스는 개에게 다가가서 상처를 입지 않았는지 확인한 후 다시 밖으로 돌아왔다. "발더한테 사고가 났구나." 그는 왈도에게 말했다. "다치지는 않았는데, 저 불쌍한 녀석은 걷는 법을 모르는 모양이야. 그냥 배에 두고 가는 편이 낫겠다."

왈도는 살짝 고개를 저었다. "저 아이는 데려가고 싶어요. 들것을 가져와주세요."

그라임스는 한두 사람을 불러 모아 구급차 조종사에게서 들것을 빌려서는 개를 움직이는 작업에 착수했다. 한 사람이 말했다. "이런 일은 별로 하고 싶지 않은데요. 저 녀석 사나워 보이잖아요. 저 눈 좀 봐요."

"사납지는 않아. 그냥 혼이 빠질 정도로 겁을 먹었을 뿐이지. 자, 내가 머리 쪽을 잡겠네." 그라임스가 그 사람을 안심시켜주었다.

"뭐가 문제인 건데요? 저 뚱보하고 같은 상황인가요?"

"아니, 이 녀석은 건강하고 튼튼해. 그저 걷는 법을 배우지 못했을 뿐이지. 지구에는 난생처음 와보는 거거든."

"원 참, 그거 믿기 힘든 소리로군요."

"비슷한 사례를 하나 알고 있습니다." 다른 사람이 거들었다. "루노폴리스에서 자란 개의 경우였죠. 지구에 도착한 첫 주에는 움직일 생각도 하지 않았습니다. 그저 쭈그리고 앉아서 울부짖으며 바닥에 엉망으로 싸질러놓기만 했죠."

"이놈도 그런 것 같은데." 첫 번째 남자가 우울하게 대꾸했다.

그들은 왈도의 욕조 옆에 발더를 데려다놓았다. 왈도는 온 힘을 다해 팔꿈치를 대고 몸을 일으킨 다음 손을 뻗어 개의 머리에 올려놓았다. 개는 그의 손을 핥았다. 떨림이 거의 잦아드는 것만 같았다. "그래, 그래!" 왈도가 속삭였다. "정말 끔찍하지? 자, 진정해, 얌전히 있어."

발더는 꼬리를 흔들었다.

왈도를 운반하는 데 네 사람, 발더를 다루는 데 두 사람이 필요했다. 슈나이더 할아버지는 자기 집 문 앞에 나와 그들을 기다리고 있었다. 그들이 다가와도 아무 말도 하지 않은 채 그저 왈도를 안으로 들이라고 손짓을 해 보일 뿐이었다. 개를 들고 있는 사람들은 머뭇거렸다. "그 아이도 데려오게." 노인이 말했다.

다른 모든 사람이 물러가고, 심지어는 그라임스조차 우주선 옆으로 돌아간 후에야 슈나이더는 다시 입을 열었다. "잘 왔네, 왈도 파딩웨이트 존스 씨."

"환영해주셔서 감사합니다, 슈나이더 할아버지."

노인은 아무 말 없이 친절하게 고개를 끄덕였다. 그는 발더가 누운 들것 옆으로 다가갔다. 왈도는 그 개가 낯선 이들에게는 위험할 수도 있다고 경고하려 했지만, 묘한 속박감 때문에(아마도 기력을 앗아가는 중력장의 효과였을 것이다) 때맞춰 말을 꺼낼 수가 없었다. 그러나 곧바로 그는 그럴 필요가 없다는 사실을 깨달았다.

발더는 낮은 신음을 그치고는 머리를 들어 슈나이더 할아버지의 턱을 핥고 있었다. 꼬리가 경쾌하게 흔들렸다. 왈도는 왈칵 질투심이 끓어오르는 것을 느꼈다. 그의 개는 왈도의 지시가 없으면 절대 낯선 사람을 받아들지 않았었다. 불충이었다. 배신행위였다! 그러나 그는 마음의 고통을 억누르며 냉정하게 이 사건을 전략적 이점으로 바꿀 방법을 궁리하기 시작했다.

슈나이더는 개의 머리를 밀어내고는 찔러보고 두드려보고 사지를 벌려보며 개의 전신을 자세히 진찰했다. 발더의 주둥이를 잡고는 입술을 뒤로 젖혀 잇몸을 살펴보기도 했다. 눈꺼풀을 뒤집기도 했다. 잠시 후 그는 결론을 내린 듯 다시 왈도 옆으로 돌아왔다. "저 아이는 아픈 게 아니로군. 그저 혼란스러울 뿐이야. 저렇게 된 이유가 뭔가?"

왈도는 그에게 발더의 기묘한 출생 환경에 대해 말해주었다. 슈나이더는 알겠다는 듯 고개를 끄덕이고는(왈도로서는 노인이 자신의 말을 이해했는지 여부를 판단할 수가 없었지만) 왈도 쪽으로 주의를 돌렸다. "기운찬 친구가 침대에 누워 있기만 하는 건 좋지 않아. 이렇게 연약해진 지 얼마나 되었나?"

"평생 그랬어요, 할아버지."

"그거 좋지 못하군." 슈나이더는 발더를 살펴보던 것처럼 왈도를 살펴보기 시작했다. 왈도는 이런 행동을 일반적으로 개인 공간에 민감한 사람보다도 훨씬 싫어했지만, 오로지 현실적인 이유로 이런 고통을 감내했다. 이 괴상한 늙은이를 속이고 어르려면 필요하다고 생각했기 때문이었다. 지금 심기를 거슬러서 좋을 일은 없었다.

왈도는 자신이 참기로 마음먹은 모욕으로부터 주의를 돌리고 이 늙은 돌팔이에 대해 더 많은 것을 알기 위해 방 안을 이리저리 훑어보았다. 그들이 있는 방은 주방 겸 거실로 보였다. 제법 북적거리고 비좁았지만 상당히 길었다. 부엌으로 쓰는 쪽에는 커다란 벽난로가 보였지만 벽돌을 쌓아 막아 놓았고, 대신 석탄식 곤로의 환기통이 굴뚝 쪽으로 연결되어 있었다. 벽돌로 막힌 벽난로는 왼쪽에 오븐을 추가하느라 한쪽으로 기울어진 모습이었다. 오븐의 위치에 대칭되는 오른쪽에는 작은 개수대가 딸린 비좁은 조리대가 있었다. 조리대 옆으로 이어지는 작은 수동식 펌프로 개수대에서 쓰는 물을 공급하는 모양이었다.

왈도는 결론을 내렸다. 믿을 수는 없어도 슈나이더가 겉보기보다 훨씬 나이가 많든가, 아니면 오래전에 죽은 사람으로부터 집을 물려받은 것이 분명하다고.

거실 쪽은 비좁은 거주 구역이라면 응당 그렇듯이 잡동사니로 어지럽게 북적였다. 온갖 책들이 몇 개의 책장을 가득 채우고도 바닥에도 의자 위에도 위태로운 모습으로 놓여 있었다. 한쪽 구석에는 아주 오래된 나무 책상이 놓였는데, 그 위에는 온갖 종이와 이제 골동품에 지나지 않는 기계식 타자기가 있었다. 그 위 벽에는 나무를 집처럼 깎아 만든 장식 시계가 걸려 있었다. 문자반 위로는 작은 문 두 쪽이 보였다. 왈도가 지켜보고 있노라니, 화려한 붉은색으로 칠한 나무 새 한 마리가 왼쪽의 문에서 튀어나와서는 "뻑뻑!"하고 네 번을 울고는 서둘러 자기 구멍 속으로 돌아갔다. 바로 그 뒤를 이어, 오른쪽 문에서 작은 회색의 새가 나와서는 느긋하게 "뻐꾹"하고 세 번을 운 다음 자기 구멍으로 돌아갔다. 왈도는 자기도 저런 시계를 가지고 싶다는 생각이 들었다. 물론 자유요새에서는 추를 이용한 무브먼트가 제대로 작동하지 않겠지만, 1g의 가속을 주는 원심 구조물을 만들어 지구와 유사한 환경을 만드는 정도는 가볍게 해치울 수 있을 것이었다.

그는 숨겨진 내장 동력을 이용해 추를 움직이는 방법은 생각조차 하지 않았다. 모든 사물이 원래 방식대로 작동하는 편을 선호했기 때문이었다.

시계 왼쪽에는 종이로 만든 먼 옛날의 달력이 있었다. 날짜는 잘 보이지 않았지만, 달력 위편에 적힌 글자는 큼지막해서 읽을 만했다. '뉴욕 세계 박람회–미래 세계의 선물'* 왈도는 눈을 크게 뜨고는 조금 전에 주목했던 물건을 다시 바라보았다. 책상 가장자리의 핀 쿠션 위에는 옷에 꽂을 수 있도록 아래에 핀이 달린 둥근 플라스틱 단추가 하나 있었다. 왈도의 눈에서 별로 떨어지지 않은 곳에 있었기 때문에 글자를 읽을 수 있었다.

자유로운 은화 주조

환율은 16대 1**

슈나이더는… 엄청나게 나이가 많은 것이 분명했다!

다른 방으로 이어지는 좁은 통로가 보였다. 왈도는 그 안을 제대로 살펴볼 수가 없었다. 장식용 구슬이 길게 달린 장식 커튼이 드리워져 있었

* 1939년 뉴욕 세계 박람회의 슬로건이다.

** 1896년 미국 대통령 선거 배지. 민주당 후보인 윌리엄 제닝스 브라이언은 16대 1의 비율로 은화의 사적인 주조를 허용해서 자영농의 부채를 탕감하자는 공약을 들고 나왔다.

기 때문이었다.

방 안에는 온갖 냄새가 가득했다. 대부분은 오래된 곰팡내였지만 지저분하다는 느낌은 들지 않았다.

슈나이더는 허리를 펴고 왈도를 내려다보았다. "자네 몸에는 아무런 문제가 없어. 일어나서 걸어보게나."

왈도는 힘없이 고개를 저었다. "죄송합니다, 할아버지. 그건 할 수가 없어요."

"힘에 손을 뻗어 자네에게 복종하게 해야 해. 한번 해보게."

"죄송합니다. 어떻게 하는 건지를 몰라요."

"그게 유일한 문제지. 자신이 알지 못하는 모든 것은 의심스러울 뿐이니까. 자네는 자신의 힘을 다른 세계로 보내고 있어. 다른 세계로 손을 뻗어 자네의 힘을 가져와야 하는 거야."

"그 '다른 세계'가 어디인가요, 할아버지?"

슈나이더는 이 질문에 어떻게 대답해야 할지 확신이 없는 모양이었다. 그는 곧 입을 열었다. "다른 세계는 자네가 볼 수 없는 세계야. 이곳에도 있고 저곳에도 있고 모든 곳에 있지. 하지만 이 안에 특히 많이 있다네." 그는 왈도의 이마를 건드렸다. "정신은 다른 세계에 들어앉은 채로 몸 전체에 명령을 보내지. 잠깐 기다려보게." 그는 작은 선반을 뒤적거리더니 안에서 작은 단지 하나를 꺼냈다. 단지 안에는 연고나 고약으로 보이는 물질이 들어 있었고, 그는 자기 손에 그 물질을 발랐다.

그는 왈도에게 돌아와서 옆에 무릎을 꿇고 앉더니 자신의 양손으로 왈도의 한쪽 손을 잡고는 아주 부드럽게 주무르기 시작했다. "정신을 평온하게 하게. 힘을 느껴봐. 다른 세계는 아주 가깝고 힘이 충만한 곳이라네. 느껴보게." 그는 이렇게 지시했다.

슈나이더가 안마하는 손길이 왈도의 지친 근육에 부드럽게 파고들었다. 연고 때문인지, 아니면 노인의 손길 때문인지는 몰라도, 따뜻하고 나른하며 간질거리는 느낌이 들었다. 그가 조금 더 젊었다면 마사지사로 고용했으리라는 생각도 들었다. 매력적인 손길을 가진 노인이었다.

슈나이더는 다시 허리를 펴고는 말했다. "자, 이제 좀 낫지 않나? 커피를 내릴 테니 좀 쉬고 있게나."

왈도는 만족해서 몸을 뒤로 눕혔다. 그는 잔뜩 지쳐 있었다. 여행 자체의 긴장 말고도, 그는 여전히 꿀단지에 빠진 파리처럼 두텁고 지긋지긋한 중력장 안에 사로잡혀 있는 상태였다. 슈나이더 할아버지의 보살피는 손길을 받으니 나른하고 졸려왔다.

아마도 깜빡 졸았던 듯 싶었다. 그가 마지막으로 기억하는 것은 슈나이더가 커피포트 안에 달걀 껍데기를 넣는 모습이었는데, 지금 노인은 한쪽 손에는 포트를, 다른 쪽 손에는 김이 올라오는 컵을 든 채로 그의 앞에 서 있었다. 슈나이더는 손에 든 것을 내려놓더니 베개 세 개를 가져와서 왈도의 등 뒤에 받쳐준 후, 왈도에게 커피를 권했다. 왈도는 컵을 받으려고 힘겹게 양손을 뻗었다.

슈나이더는 컵을 뒤로 치웠다. "안 돼." 노인은 그를 꾸짖었다. "한 손이면 충분하지. 내가 보여준 대로 해봐라. 다른 세계로 손을 뻗어 힘을 구하는 거야." 그는 왈도의 오른손을 잡아 컵의 손잡이를 쥐게 하고는, 자신의 손으로 왈도의 손을 지탱해주었다. 다른 손으로 그는 왈도의 팔을 어깨에서 손가락 끝까지 부드럽게 쓰다듬었다. 다시 한 번 따뜻하고 간질거리는 감각이 느껴졌다.

왈도는 자신이 혼자서 컵을 들고 있다는 사실을 깨닫고 놀랐다. 기분 좋은 승리였다. 17년 전 지구를 떠날 때까지는 한 손으로 물건을 잡으려는 시도조차 하지 않는 습관이 몸에 배어 있었다. 물론 자유요새에서는 왈도들의 도움 없이도 종종 한 손으로 물건을 다루기는 했다. 수년에 걸친 연습 덕분에 제어력이 강해진 모양이었다. 훌륭했다!

나름 우쭐한 기분이 된 왈도는 엎지르지 않으려 극도로 조심하며 한 손으로 커피를 마셨다. 훌륭한 커피라는 사실도 인정할 수밖에 없었다. 자신이 가장 비싼 추출물 시럽으로 끓인 커피만큼이나 괜찮았다. 아니,

어쩌면 더 나을지도 몰랐다.

슈나이더가 설탕과 계피를 뿌리고 따끈하게 데운 커피 케이크를 권하자, 그는 컵을 내려놓을 생각도 하지 않고 자신 있게 왼손으로 접시를 받아들었다. 그는 계속해서 먹고 마셨고, 그러는 사이사이 탱크의 가장자리에 팔을 기대고 휴식을 취하며 균형을 유지했다.

'다과회'가 끝나는 순간이야말로 디캘브 문제를 꺼내기에 딱 좋은 타이밍으로 보였다. 슈나이더는 맥러드를 알고 있다고 인정했으며, 맥러드의 빗자루를 다시 움직이게 만들었던 일을 흐릿하기는 해도 기억하고 있는 것 같았다. "맥러드는 착한 아이지. 기계는 좋아하지 않지만, 아이들을 위해서 기계를 고쳐주는 일은 꽤 즐겁거든."

"할아버지." 왈도가 물었다. "휴 도널드 맥러드의 차를 어떻게 고쳤는지 알려주실 수 있나요?"

"내가 고쳐주었으면 하는 차가 있는 게냐?"

"고쳐주겠다고 약속을 한 차가 아주 많은데, 저는 그걸 할 수가 없었어요. 고치는 올바른 방법을 알기 위해 찾아온 거예요."

슈나이더는 생각에 잠겼다. "어려운 문제로구나. 보여줄 수는 있지만, 이건 생각의 문제가 아니라 행동의 문제라서 말이다. 연습으로밖에는 할 수 없는 일이거든."

뒤이어 노인이 그를 보며 이렇게 덧붙인 것으로 보아, 왈도는 꽤 혼란스러운 표정을 짓고 있었던 모양이다. "모든 것은 두 가지 방식으로 볼 수 있다고들 하지. 그 말은 진실이지만 동시에 온전한 진실이 아니기도 하단다. 사실 훨씬 더 많은 방법이 있거든. 그중에는 좋은 방법도 있고, 나쁜 방법도 있지. 옛날 사람 중에는 세상 모든 것은 하나의 성질을 가지거나, 아니면 그 성질을 가지지 않는다고 말한 이도 있었어. 이건 진실이라기에는 부족한 말이지. 존재하며 동시에 존재하지 않을 수도 있으니 말이다. 연습하면 양쪽 모두를 볼 수 있게 된단다. 이쪽 세계에서는 그러한 것이 다른 세계에서는 그렇지 않은 경우도 종종 있거든. 우리가 다른 세계에 살고 있으니 매우 중요한 일이지."

"우리가 다른 세계에 살고 있다고요?"

"그렇지 않으면 어떻게 살 수가 있겠니? 우리의 정신은, 두뇌가 아니라 정신만이 다른 세계에 있으면서, 육체를 통해 이쪽 세계에 와 닿는 거란다. 이런 식으로 보는 것도 진실이라는 거지. 다른 방법도 있지만 말이다."

"디캘브 수신기를 여러 관점에서 볼 수 있다는 건가요?"

"물론이지."

"만약 제대로 작동하지 않는 수신기를 이리로 가져오면 그걸 어떻게 봐야 하는지 알려주실 수 있나요?"

"그럴 필요는 없단다." 슈나이더가 말했다. "게다가 우리 집 안에 기계를 들이고 싶지는 않구나. 내가 그림을 그려주마."

왈도는 자신의 주장을 계속하고 싶은 충동을 느꼈지만 애써 감정을 억눌렀다. '나는 겸손하게 가르침을 구하러 여기 온 거잖아. 스승에게 가르치는 법을 일러주려 하면 못쓰지.' 그는 생각했다.

슈나이더는 연필 하나와 종이 한 조각을 꺼내더니 그 위에 세심하고 아주 훌륭하게 비행 자동차의 안테나 다발과 중심축을 그렸다. 필수 부품의 세부 묘사는 빠져 있었지만, 꽤 정확한 그림이었다.

슈나이더는 입을 열었다. "여기 손가락들은 다른 세계로 깊이 파고들어 힘을 가져온단다. 그런 다음에는 이 기둥으로 힘을 전달해서…." 그는 중심축을 가리켜 보였다. "차를 움직이는 힘으로 사용되는 거지."

왈도는 비유를 사용한 설명치고는 제법 괜찮다고 생각했다. '다른 세계'가 이론적인 에테르를 표현하는 용어라고 여긴다면, 온전하지는 못해도 정확한 설명이라고 할 수도 있었다. 하지만 그에게 전혀 새로운 깨달음을 주지는 못했다. "맥러드는 지치고 안절부절못하는 상태였지. 그 때문에 나쁜 진실 하나를 찾아내게 된 거야."

왈도는 천천히 말했다. "그러면 맥러드의 차가 그 자신의 걱정 때문에 작동을 멈췄다고 말씀하시는 건가요?"

"아니면 뭐겠니?"

왈도는 이 질문에 대해 대답할 준비가 되어 있지 않았다. 이 노인이 뭔가 괴상한 미신을 믿고 있다는 사실은 분명해졌다. 그러나 그렇다고 해도, 왈도에게 무엇을 해야 하는지 보여줄 수는 있을 것이다. 슈나이더 본인은 그 작동 원리를 모른다고 해도 말이다. "그래서 그걸 어떻게 바꾸셨는데요?"

"바꾼 것이 아니야. 다른 진실을 찾아낸 것뿐이지."

"하지만 어떻게요? 분필 자국을 발견하기는 했는데…."

"그거? 그건 그저 내 주의를 제대로 된 방향으로 집중할 수 있게 하려고 그려놓은 것뿐이야. 이런 식으로 그린 다음에…." 그는 그림 위에 연필로 문양을 그려 넣었다. "이 손가락들이 어떻게 힘을 향해 손을 뻗는가를 생각한 거지. 그러니까 그대로 된 거고."

"그게 전부예요? 다른 거는 없어요?"

"이거면 충분하지."

왈도는 둘 중 하나라고 생각했다. 이 노인이 자신이 어떻게 수리를 한 것인지 전혀 알지 못하고 있거나, 아니면 엄청난 우연의 일치일 뿐 노인의 행위와 실제 현상에는 아무런 연관도 없다고.

왈도는 빈 컵을 탱크의 가장자리에 올려놓아 무게를 지탱한 채로, 손가락은 그저 떨어지지 않도록 걸고만 있었다. 이런저런 생각 때문에 그는 자신의 손에 제대로 신경을 쓰지 못하고 말았다. 그의 지친 손가락에서 컵이 미끄러지며 아래로 떨어져 쨍그랑 소리와 함께 부서지고 말았다.

그는 자신의 실수에 당황하고 내심 분함을 느꼈다. "아, 정말 죄송해요, 할아버지, 다른 컵을 보내드릴게요."

"신경 쓰지 않아도 된다. 내가 고칠 테니까." 슈나이더는 조심스레 조각을 주워 모아 책상 위에 올려놓았다. 그리고 그는 이렇게 덧붙였다. "지친 모양이구나. 좋지 않은 일이야. 여기서 얻은 것을 잃어버리게 될 거다. 이제 집으로 돌아가거라. 휴식을 취하고 나면 혼자서 힘을 끌어오는 법을 연습할 수 있을 거야."

왈도에게는 꽤 좋은 생각으로 들렸다. 매우 지쳐가고 있는 데다, 이 유쾌한 늙은 돌팔이에게서 딱히 배울 것이 없다는 점도 명백해졌기 때문이었다. 그는 별로 진실되지는 못하지만 단호하게 '힘을 끌어오는 법'을 연습하겠다고 약속하고는, 슈나이더에게 자기 가마꾼들을 불러줄 수 있겠느냐고 부탁했다.

돌아오는 길에는 특별한 일이 없었다. 왈도에게는 조종사와 말다툼을 벌일 기력조차 남아 있지 않았다.

막다른 골목이었다. 남은 것이라고는 제대로 작동해야 하지만 작동하지 않는 기계들과 작동은 하지만 말도 안 되는 방식으로 작동하는 기계들뿐이었다. 그리고 정신이 흐릿한 노친네 한 명 말고는 도움을 구할 사람도 없었다. 왈도는 미적미적 며칠 동안 작업을 계속했다. 전반적으로 궁지에 몰려서 무엇을 해야 할지 알 수 없는 상태로, 그냥 글리슨 사장에게 전화를 걸어 자신의 실패를 인정하는 일을 피하려고 지금까지의 작업을 반복하는 것뿐이었다.

'주술에 걸린' 두 대의 디캘브는 작동시킬 때마다 안테나의 괴상한 개별 운동 현상을 보이며 완벽하게 작동했다. 망가진 다른 안테나들은 여전히 움직이지 않았다. 그러나 아직 작동을 멈추지 않은 기계들은 딱히 건드릴 필요도 없이 완벽하게 작동했다.

그는 수도 없이 슈나이더의 작은 그림을 꺼내 검토해보았다. 이제 가능성은 단 하나밖에 남지 않았다. 다시 지구로 돌아가서 그가 지켜보는 가운데 슈나이더가 실제로 그 작업을 하도록 만드는 것이다. 지금 와서 생각하면 첫 만남 때 당연히 그랬어야 했지만, 당시에는 악마 같은 두꺼운 중력장과 싸우느라 주장을 밀고 나갈 의지력이 남아 있지 않았다.

어쩌면 스티븐스에게 그렇게 하라고 지시한 다음 입체 사진으로 과정을 촬영해서 나중에 검사하는 편이 좋을지도 모른다. 아니, 그 노인은 인위적인 영상에 대해 미신적인 편견을 가지고 있었지.

그는 움직이지 않는 디캘브가 있는 쪽으로 부드럽게 둥실 떠 갔다. 슈나이더가 자신이 했다고 주장하는 일은 말도 안 되게 단순한 것이었다. 주의를 집중하기 위해서 안테나 하나하나에 분필로 표시한다. 그리고 그걸 내려다보면서 '힘을 끌어오는 것'에 대해 생각하는 것이다. 다른 세계와 접촉한 다음, 손을 뻗어….

발더가 격렬하게 짖어대기 시작했다.

"조용히 해, 이 바보야!" 왈도는 안테나에서 눈을 떼지 않은 채로 쏘아붙였다.

금속 다발의 촉수 하나하나가 꿈틀대며 손을 뻗고 있었다. 완벽하게 작동하는 수신기에서 낮고 부드러운 웅웅 소리가 들려왔다.

영상 통화장치에서 안내 메시지가 울리는 순간까지도 왈도는 그 생각을 곱씹어보느라 여념이 없었다. 아직 그는 램보와 같이 정신적으로 무너질 위험에 처해 있지 않았다. 그렇다고 해도 생각을 하고 있으면 머리가 지끈거렸다. 자신 쪽의 시청각 장치를 틀었을 때도 그는 아직 어안이 벙벙한 상태였다. "네?"

스티븐스였다. "안녕하십니까, 왈도 씨. 어, 혹시나 해서… 그러니까 제가…."

"똑바로 말해요!"

"그게, 해답에 얼마나 접근을 하셨습니까?" 스티븐스는 그대로 내뱉었다. "상황이 꽤 급박해지고 있습니다."

"어떤 측면에서 말인가요?"

"뉴욕 권역에서 부분적인 파손 사태가 일어났습니다. 다행히도 최고부하 시간은 아니었고, 지상 대처팀이 예비 동력이 소진되기 전에 부품을 갈아 끼우기는 했습니다만, 러시아워 동안 이런 일이 일어나면 어떤 사태가 벌어질지 상상이 되시겠지요. 저희 부서에서는 지난 2주 동안 사고가 두 배로 늘어났고, 보험사에서도 우리 측에 경고를 보냈습니다. 빨리 결과를 얻어야 합니다."

"결과는 곧 나올 거예요." 왈도는 거만한 태도로 말했다. "연구가 마지막 단계에 도달해 있으니까요." 실제로는 그 정도로 자신 있는 상황은 아니었지만, 스티븐스는 다른 털 없는 유인원들보다 훨씬 짜증 나는 놈이었다.

스티븐스는 의혹과 안도가 뒤엉킨 표정을 지었다. "그 해결책이 어떤 성질의 것인지 힌트라도 좀 주실 수 없으십니까?"

아니, 그건 불가능했다. 하지만 스티븐스에게 장난을 걸어보는 것도 재미있을 것 같았다. "송신기 가까이 와봐요, 스티븐스 박사. 말씀드리죠." 왈도 본인도 몸을 기울여 거의 코가 서로 맞닿을 정도가 되었다. 적어도 영상으로는. "마법이 세상에 풀려났거든요!"

그리고 그는 즉시 회선을 끊어버렸다.

NAPA의 지하 미궁 속 발전소에서는 스티븐스가 텅 빈 화면을 멍하니 바라보고 있었다. "뭐 문제라도 있어요, 대장?" 맥러드가 물었다.

"잘 모르겠군. 정말로 알 수가 없어. 하지만 저 뚱땡이도 구동축이 나가버린 것 같은데. 램보가 그랬던 것처럼 말이야."

맥러드는 즐겁게 웃음을 지었다. "그것참 쌤통인데요! 그놈 아무리 봐도 목소리만 큰 허풍선이라니까요."

스티븐스는 조금도 웃음기를 보이지 않으며 말했다. "그 녀석이 미친 게 아니기를 기도하는 편이 좋을 거야. 의지할 사람이 그밖에 없다고. 그쪽 작동 보고서나 이리 줘봐."

*

마법이 세상에 풀려났다라…. 왈도는 그만하면 아주 훌륭한 설명이라고 생각했다. 인과 관계는 뒤틀리고, 신성불가침의 물리법칙은 더 이상 작동하지 않는다. 그러니 마법이라 할 수밖에. 슈나이더 할아버지가 말했듯이, 이제는 어떤 관점에서 보느냐에 따라 모든 것이 달라지는 것만 같았다.

아무래도 슈나이더는 자신이 무슨 말을 하는지 알고 있었던 모양이었다. 당연하게도 디캘브와 관련된 물리 이론은 제대로 이해를 하지 못하면서도 말이다.

잠깐 기다려! 잠깐만. 어쩌면 잘못된 방식으로 문제에 접근한 사람은 왈도 본인일지도 몰랐다. 그는 특정한 관점을 가지고 문제에 접근했고, 그 관점이 노인의 진술을 비판적으로 받아들이게 만들었다. 왈도 자신이 슈나이더보다 전체 상황을 더 잘 파악하고 있다는 가정 말이다. 분명 그는 슈나이더를 만나러 가기는 했지만, 노인을 시골뜨기 주술사로만 여겼을 뿐이었다. 자신에게 유용한 정보를 가지고 있지만, 기본적으로는 무지하고 미신에 사로잡혀 있는 사람으로 말이다.

현재 상황을 다른 관점에서 바라본다면 어떻게 될까. 슈나이더가 한 모든 말이 비유적이거나 미신에 의거한 것이 아니라, 말 그대로 엄연한 사실이고 깨달음에서 나온 발언이라면….

그는 몇 시간 동안 깊이 생각에 빠졌다.

우선 슈나이더는 '다른 세계'라는 용어를 반복해서 사용했다. 그게 직설적인 표현이라면 대체 무엇을 가리키는 것일까? '세계'란 공간-시간-에너지의 연속체다. 따라서 '다른 세계'란, 그런 연속체이지만 그 자신이 있는 곳과는 다른 계일 것이다. 이런 개념은 물리법칙과 전혀 충돌하지 않는다. 무한한 수의 연속체가 존재할 가능성 자체는 익숙하고 보편적인 개념이었다. 심지어 어떤 경우에는 그런 가정을 하는 편이 유용하기도 했다.

슈나이더 할아버지가 그런 세계를 언급한 것일까? 말 그대로의, 물리적인 '다른 세계'를? 생각을 곱씹은 왈도는 할아버지가 과학적 용어를 사용하지는 않았지만 바로 그런 것을 말했다는 확신이 들었다. '다른 세계'는 시적인 언어일 뿐이지만, '부가적인 연속체'라고 칭하면 물리적으로 의미를 지니게 된다. 용어가 그를 헷갈리게 만들었던 것이다.

슈나이더는 다른 세계가 모든 곳에 있다고, 이곳 저곳 모든 곳에 있다고 말했다. 이 세계와 겹쳐져서 일대일 대응이 되는 세계를 말하려 한다면 옳은 표현이라 할 수 있지 않겠는가? 우리 세계와 너무 가까워서, 사이에 무한소 단위의 간극만 존재하는 세계 말이다. 발견되지도 않았고 접촉할 수도 없지만, 상상하기도 힘들 정도로 좁은 공간을 사이에 두고 떨어져 있는, 동일한 시공간축을 공유하지만 완벽하게 독립된 세계일지도 몰랐다.

다른 세계에 절대로 가 닿을 수 없는 것은 아니었다. 슈나이더는 그 안으로 손을 뻗는 일에 대해 말했으니까. 환상에 가까운 이야기였지만, 이번 연구의 목적을 생각하면 받아들여야만 했다. 슈나이더는 그런 행동이 정신적인 측면의 문제라고 암시, 아니 단언했다.

그의 말이 정말로 그렇게 말도 안 되는 소리일까? 만약 대상 연속체가 측정할 수 없을 정도로 가까운 곳에 있지만 물리적으로는 전혀 접촉할 방법이 없다면, 두뇌의 미묘한, 어쩌면 무의식적인 작용을 통해 접촉하는 쪽이 더 쉬울 수 있다는 가정이 그렇게 이상하다고 할 수 있는가? 애초에 이 현상 자체부터 꽤 말이 안 되는 데다, 두뇌가 어떻게 작용하는지 정확하게 아는 사람도 아무도 없다. 전혀 짐작조차 하지 못한다. 교향곡의 작곡을 콜로이드 동역학으로 설명하려 들었다가는 말도 안 되게 한심한 결과가 나올 것이다. 그래, 아무도 두뇌가 어떻게 작용하는지 알지 못한다. 두뇌가 가진 설명할 수 없는 능력이 하나 더 늘어난다고 해도 그리 받아들이기 힘든 일은 아니다.

생각해보면, 의식과 사고라는 개념 자체가 믿을 수 없을 정도로 불가능한 일이 아닌가.

좋아, 그래서 맥러드가 나쁜 생각을 해서 자신의 비행 자동차를 고장 내버렸다고 하자. 슈나이더는 옳은 생각을 해서 그것을 고쳤다. 여기서 어떤 결론을 도출할 수 있는가?

그는 거의 즉시 당연한 결론에 도달했다. 해석을 확대해보면, 다른 디캘브 작동 불량 역시 조작자 측의 문제인 것이었다. 운전사들이 건강이

나빠졌다거나, 지쳤거나, 다른 뭔가를 걱정하는 중이라서 아직 명확하게 밝혀지지 않은 방법을 통해 디캘브에게 자신의 문제를 감염, 또는 전이시킨 것이다. 편의를 위해 일단 디캘브가 다른 세계로 합선되어버렸다고 해보자. 좋지 못한 용어지만, 전체 그림을 파악하는 일에는 도움이 된다.

그렇다면 그라임스의 가설이 의미를 지니게 된다! "건강이 나빠지거나, 지치거나, 다른 무언가를 걱정하거나"가 아닌가! 아직 증명된 것은 아니지만, 그는 이미 확신하고 있었다. 최근 만연하는 사고는 신체가 아니라 장비에 일어난 것이지만, 사실은 극초단파로 인한 근무력증이 일으키는 증상의 하나일 뿐이었다.

만약 이 이론이 사실이라면….

그는 지구로 통하는 시청각 회선을 열고는 스티븐스를 연결해달라고 요청했다.

"스티븐스 박사." 그는 즉각 말문을 열었다. "지금 당장 수행해야 하는 예방책이 한 가지 있습니다."

"그게 뭡니까?"

"우선 질문을 하나 하지요. 개인 소유의 자동차에서도 디캘브 문제가 생긴 적이 있습니까? 비율이 어떻게 됩니까?"

"지금 당장 정확한 통계 수치를 드릴 수는 없습니다만…."

스티븐스는 조금 어리둥절한 듯한 표정으로 대답했다. "사실 단 한 건도 없었습니다. 사고는 항상 상용 차량 쪽에서만 일어났지요."

"제가 짐작한 대로군요. 개인 차량 소유자는 기분이 내키지 않으면 비행을 하지 않을 겁니다. 하지만 조종사가 직업인 사람은 기분이 어떻든 운전대를 잡아야겠지요. 디캘브 형식 차량을 운전하는 모든 상용 조종사들에게 특수한 물리적, 정신적 검진을 받게 하세요. 최상의 상태가 아닌 사람은 전부 날지 못하게 하시고요. 그라임스 박사님한테 연락을 해보세요. 어떤 증상을 찾아야 하는지 알려줄 겁니다."

"그거 꽤 힘든 주문인데요, 존슨 씨. 일단 대부분의 조종사, 아니 사실상 모든 조종사는 우리 직원이 아닙니다. 우리가 손을 대기는 꽤 힘든 문제예요."

"그건 당신들 문제겠지요." 왈도는 어깨를 으쓱해 보였다. "나는 지금 완벽한 해결책을 찾아내기 전까지 잠정적으로 사고 발생을 줄일 방법을 설명하고 있는 겁니다."

"하지만…."

왈도는 더 이상은 듣지 않았다. 자신이 할 말을 다 한 다음에 회선을 끊어버렸기 때문이다. 그는 이미 자신의 지상 사무실과 연결된 영구임대 회선 쪽을 호출하고 있었다. 그의 '훈련된 물개'들이 운영하는 곳이었다. 그는 부하들에게 꽤 독특한 지시를 내렸다. 책을, 낡은 책을, 진귀한 책을 주문한 것이었다. 마법을 다루는 책들이었다.

스티븐스는 왈도의 골치 아픈 주문을 실행에 옮기려 시도하기 전에 우선 글리슨 사장과 면담을 했다. 사장은 미심쩍은 태도였다. "그런 조언을 하는 이유도 말해주지 않던가?"

"전혀요. 그저 그라임스 박사를 찾아가서 정확히 어떤 증상을 발견해야 하는지 조언을 받으라고만 했습니다."

"그라임스 박사?"

"저를 왈도에게 소개해준 의사 선생입니다. 우리 둘 모두의 친구죠."

"기억이 나는군. 음, 우리 피고용자가 아닌 사람들을 날지 못하게 하기는 꽤 힘들 텐데. 그래도 대형 고객들은 납득할 만한 이유를 대고 부탁하기만 하면 협조를 해줄 것 같네. 왜 그렇게 찜찜한 표정을 짓고 있는 건가?"

스티븐스는 왈도가 입에 올린 괴상한 선언에 대해 말했다. "혹시 그 디캘브가 램보 박사한테 했던 것처럼 영향을 끼치고 있는 건 아닐까요?"

"음, 그럴 수도 있지. 그렇다면 그의 조언을 따랐다가 곤란해질 수도 있겠군. 자네 혹시 다른 대책을 제안해줄 수는 있겠나?"

"아뇨, 솔직히 말해서 없습니다."

"그렇다면 그의 조언을 따르는 것밖에는 다른 방법이 없겠군. 우리의 마지막 희망이니까 말이야. 불안할지는 몰라도 유일한 희망이 아닌가."

스티븐스의 표정이 조금이나마 밝아졌다. "그라임스 박사님께 이 문제를 상의해보지요. 그분은 왈도에 대해서 다른 누구보다 더 많이 아는 분이니까요."

"어차피 그 사람과 상의해야 하지 않던가? 잘됐군. 그럼 그렇게 하게."

*

그라임스는 아무 말 없이 스티븐스의 이야기에 귀를 기울였다. 스티븐스가 말을 끝맺자 그는 말했다. "왈도는 초단파 복사와 관련해서 내가 언급한 증상들을 말하는 걸세. 어렵지 않은 일이지. 지금까지 준비해오던 내 논문을 사용해도 좋네. 필요한 내용은 여기 전부 있을 거야."

스티븐스는 이 정보만으로 만족할 수가 없었다. 왈도가 제정신을 잃었다는 의심을 증폭시키기만 했다. 그러나 그는 아무 말도 하지 않았다. 그라임스는 말을 이었다. "그리고 다른 문제에서는 말이네, 스티븐스. 나로서는 왈도가 그런 식으로 정신이 나가버릴 거라고는 생각할 수가 없어."

"제가 보기에는 처음부터 그렇게 안정된 상태는 아니었는데요."

"무슨 말인지는 알겠네. 하지만 그의 피해망상 증상을 램보의 증상과 비교하는 건 수두를 유행성 이하선염과 비교하는 격이야. 정신 질환은 종종 다른 정신 질환을 예방해주는 경향을 보이지. 하지만 내 한번 가보긴 하겠네."

"가보신다고요? 좋습니다!"

"오늘은 곤란해. 다리가 부러진 환자하고 감기 걸린 아이들이 있어서 경과를 지켜봐야 하거든. 최근에는 소아마비가 유행했지. 그래도 주말쯤에는 시간을 낼 수 있을 거야."

"박사님, 의사 일은 이제 그만두세요! 그러다 돌아가실지도 모릅니다."

"나도 젊을 때는 그렇게 생각했지. 하지만 40년 전쯤이었나, 그때부터는 질병을 치료하는 일을 관두고 환자를 치료하기 시작했어. 그 후로는 일을 즐기고 있고."

왈도는 정신없이 독서에 열중하고 있었다. 최대한 빠르게 마법이나 그와 연관된 주제에 관한 서적을 섭취하는 중이었다. 예전에는 관심을 가져본 적조차 없는 주제였다. 그러나 이제 그런 책들에서 배울 것이 있다는(어쩌면 예전에도 있었을지 모른다는) 관점에서 독서를 시작하자, 그는 이런 책들이 놀랍도록 흥미롭다는 사실을 깨달았다.

다른 세계를 언급하는 경우는 아주 많았다. 때로는 다른 세계, 때로는 작은 세계라고 불렀다. 이런 용어가 물리적으로 존재하는 다른 연속체를 의미한다고 확신하고 책을 읽으니, 그는 신비로운 힘을 전수한 이들 중 많은 수가 기본적으로 동일한 관점을 가지고 있다는 사실을 깨달을 수 있었다. 그들은 다른 세계를 이용하는 방식을 알려주고 있었다. 때로는 화려하기도 했고, 때로는 노골적으로 실용적이기도 했다.

모든 마법 중에서 적어도 90퍼센트, 어쩌면 그 이상이 허튼소리나 단순한 신비주의라는 점은 분명했다. 이런 신비화를 지향하는 경향성은 실제 마법 사용자들에게도 영향을 끼치는 모양이었다. 마법사들은 과학적 방법론을 사용하지 않았다. 그들은 이미 사장된 스펜서의 결정론적 이치논리만큼이나 오류가 많은 단치논리를 사용했다. 보다 현실에 가까운 다치논리를 사용하는 사람은 보이지 않았다.

그렇다고는 해도, 접촉 가능한 다른 세계가 존재한다는 가정을 밑바탕에 깔고 접근하면 근접 관념, 공진, 동종 치료의 법칙 따위에도 일말의 뒤틀린 진실을 찾을 수 있었다. 다른 우주와 어떤 식으로든 교류가 가능한 사람이라면, 어떤 물체가 존재할 수도, 존재하지 않을 수도, 다른 무엇이 될 수도 있다는 논리를 손쉽게 받아들일 수 있었던 것이다.

마법이 흔하게 사용되던 시기에조차 마법에 대한 서술은 말이 안 되고 혼란스러웠지만, 마법이 이룩한 업적의 기록은 어마어마했다. 큐라레와 디기탈리스가 있었고, 키니네, 최면술, 텔레파시도 있었다. 이집트의 신관들이 사용했던 수력 공학도 있었다. 화학이라는 학문 자체가 연금술에서 파생되어 나왔다. 그런 측면에서 보자면, 현대 과학의 대부분은 마법사들에 기원을 두고 있는 것이었다. 과학은 마법에서 잉여 부분을 제거하고, 이치논리의 시련을 통과하게 한 다음, 그 지식을 누구나 사용할 수 있는 형태로 바꾸어놓은 것뿐이었다.

애석하게도 19세기 방법론자들의 깔끔한 분류 체계에 들어가기를 거부한 마법의 일부는 과학의 큰 줄기에 포용되지 못한 채 절제되었다. 마법의 평판은 갈수록 떨어졌고, 마침내 동화와 미신의 형태로만 기억되기에 이르렀다.

왈도는 마법을 유산된 과학으로, 증명될 기회조차 얻지 못하고 버려진 이론으로 간주하기 시작했다.

그러나 현대에 들어서도 과거 마법의 요소였고 지금 왈도가 가상의 부가적인 연속체 때문이라고 여기고 있는 불확정성에 근거한 현상은 계속해서 일어났다. 열린 마음을 가지고 접근하면 엄청난 양의 증거를 확인할 수 있었다. 폴터가이스트, 돌멩이의 비, 강령술, '귀신 들린'… 또는 그의 추론에 따르자면, 아직 밝혀지지 않은 이유로 불확정성의 초점이 되어버린 사람, '귀신 들린' 집, 한때 샐러맨더의 소행으로 여겨졌던 기묘한 불꽃 등. 자세한 기록이 남고 목격자도 존재하는 현상이 수백 가지는 되었지만, 주류 과학에서는 이를 불가능한 일로만 치부했다. 기존의 물리법칙에 따르면 물론 불가능한 일이나, 병존하는 연속체의 존재를 가정한다면 완벽하게 말이 되는 현상이었다.

그는 자신의 잠정적인 '다른 세계' 가설을 증명된 것처럼 받아들이지 않으려고 주의했다. 하지만 이 가설로 해결되지 않는 기묘한 사건들이 존재한다고 해도, 나름 적절한 가설임에는 분명했다.

다른 세계에는 다른 종류의 물리법칙이 적용될지도 모른다. 그러지 말아야 할 이유는 없었다. 그렇다고 해도, 왈도는 다른 세계에도 이쪽 세계와 동일한 물리법칙이 적용된다고 가정하고 논리를 전개해나가기로 마음먹었다.

어쩌면 다른 세계에도 주민이 있을지 모른다. 꽤 흥미가 동하는 가정이었다! 그렇다면 '마법'을 사용해서 뭐든 할 수 있을 것이다. 말 그대로 뭐든지!

이제 추측은 그만두고 명확한 결론이 나오는 연구를 조금 더 할 시간이었다. 애석하게도 중세 마법사들의 공식을 적용해보려는 시도는 곧 그만둘 수밖에 없었다. 아무래도 그 친구들은 모든 과정을 적어놓지는 않은 모양이었다. 가장 핵심적인 부분은(실제로 적힌 내용도 그랬고, 그의 실험에서도 확인된 바였다) 스승에서 제자로 구전을 통해 전수되었다. 슈나이더를 만난 경험을 통해 이 사실을 확인할 수 있었다. 그런 부류의 것들, 문제를 대하는 자세 같은 것들은, 직접 가르쳐야만 하는 것이었다.

아쉬운 일이었지만, 그는 마법을 독학으로 익히기 시작했다.

*

"세상에, 그라임스 삼촌! 정말 반갑네요!"

"진찰을 좀 해봐야겠다는 생각이 들어서 말이다. 몇 주 동안 나한테 전화도 하지 않았잖니."

"그건 그렇네요. 하지만 정말 열심히 일하고 있었다고요, 그라임스 삼촌."

"너무 열심히 일했겠지. 과로하면 못쓴다. 혀 좀 내밀어보려무나."

"전 괜찮아요." 그러나 말하면서도 왈도는 혀를 내밀어 보였다. 그라임스는 혀를 살펴보고 맥을 짚어보았다.

"아직 제대로 돌아가는 모양이로구나. 뭔가 찾아낸 게 있는 거냐?"

"꽤 많이요. 디캘브 문제는 해결하기 직전이에요."

"그거 좋구나. 스티븐스한테 그런 말을 한 것을 보니까, 내 개인적인 문제와 연관 지을 방법을 찾아낸 것 같던데."

"어떻게 보면 그런 셈이죠. 하지만 순서는 정반대예요. 삼촌 문제가 스티븐스의 문제를 일으킨 것으로 보이거든요."

"응?"

"정말이에요. 극초단파 복사가 신체에 일으킨 증상이 디캘브의 기묘한 동작과 상당히 연관이 많더라고요."

"어떻게 말이냐?"

"저도 몰라요. 하지만 적용 가능한 가설을 짜내서 지금 확인하는 중이에요."

"흠…. 이야기 좀 해줄 수 있겠냐?"

"물론이죠. 삼촌에게라면요." 왈도는 슈나이더와 면담을 할 때 있었던 일을 설명하기 시작했다. 저번 여행에 그라임스가 동행했음에도 불구하고 아직 털어놓지 않았던 일들이었다. 그라임스도 알고 있는 바였지만, 왈도는 준비되기 전까지는 어떤 일도 입 밖에 내지 않는 사람이었다.

세 번째 디캘브를 꿈틀거리도록 감염시켰다는 이야기를 듣자 그라임스의 눈썹이 치켜 올라갔다. "그러니까 그렇게 만드는 방법을 발견했다는 소리냐?"

"바로 그거예요. '방법'을 발견했다고는 못하겠지만 어쨌든 할 수는 있어요. 한 번 해본 것도 아니고요. 지금 보여드리죠." 그는 커다란 방 한쪽으로 헤엄쳐 갔다. 그쪽에는 크고 작은 여러 벌의 디캘브가 조작기와 함께 고정줄에 달려 있었다. "저쪽 끝에 있는 녀석은 바로 오늘 들어온 거예요. 망가진 놈이죠. 그럼 이제 슈나이더 할아버지의 마술을 사용해서 저걸 고쳐볼게요. 잠깐만 기다려요. 동력을 켜는 것을 잊었네요."

왈도는 평소 자리 잡고 있는 가운데 고리로 돌아와서 동력 발생기의 전원을 넣었다. 그의 우주선은 바깥에서 들어오는 복사 에너지를 완전히 차단해주고 있었기 때문에, NAPA의 거대한 동력 생성기 및 초단파 송출 장비와 같은 형식의 소형 장비를 설치해놓은 상태였다. 이런 기계가 없으면 디캘브의 수신 능력을 시험해볼 도리가 없었다.

그는 다시 그라임스에게 돌아와 일렬로 늘어선 디캘브 앞을 지나가며 회로를 활성화시켰다. 두 개를 제외한 다른 모든 디캘브가 그가 '슈나이더 운동'이라고 이름 붙인 현상을 보이기 시작했다. "저쪽 끝에 있는 녀석은 작동하지만 꿈틀거리지는 않아요. 부서진 적이 없으니 고친 적도 없는 거죠. 대조군이라고 생각하시면 돼요. 하지만 이 녀석은…." 그는 자기 앞에 있는 디캘브를 만지며 말했다. "수리가 필요하죠. 잘 보세요."

"뭘 하려는 게냐?"

"솔직히 말해 저도 정확하게는 몰라요. 하지만 어쨌든 할 거예요." 실제로 왈도도 알지 못했다. 그가 아는 것이라고는 안테나를 지그시 바라보며 안테나가 다른 세계와 접촉해서 동력을 빨아온다고 생각하면 된다는 것뿐이었다. 손가락을 뻗어서….

안테나가 꿈틀대기 시작했다.

"이게 다예요. 다른 사람에게는 말하지 마세요. 슈나이더한테서 이걸 배워왔어요."

그라임스의 제안으로 그들은 방 한가운데로 돌아왔다. 담배가 필요하다는 핑계였다. 꿈틀거리는 디캘브들을 보니 기분이 불안해졌지만 직접 그렇게 말하고 싶지는 않았다.

"저 현상을 어떻게 설명해야 하지?"

"저는 아직 제대로 이해하지 못하는 '다른 우주'의 현상으로 여기고 있어요. 아직 프랭클린이 번개에 대해 알았던 것만큼도 알지 못하거든요. 하지만 알아낼 거예요. 알아내야죠! 스티븐스에게는 당장에라도 해결책을 전달해줄 수 있어요. 삼촌의 문제를 해결하는 방법만 알아낸다면요."

"그게 어떻게 연관이 있는 건지 모르겠구나."

"이 모든 과정을 다른 우주에서 처리하는 방법이 있을 거예요. 다른 우주로 동력 전파를 방사한 다음에 그쪽에서 수신해 오는 거죠. 그러면 복사 에너지가 인간에게 해를 끼치지는 못할 거예요. 아예 닿지도 않을 테니까요. 다른 곳에서 움직이게 되겠죠. 제 송신기를 가지고 작업을 하고 있는데, 아직은 별 성과가 없었어요. 하지만 곧 성공할 수 있을 거예요."

"그랬으면 좋겠구나. 그러고 보니 말인데, 네 송신기에서 나오는 복사 에너지가 이 방 안에 가득한 것 아니냐?"

"맞아요."

"그러면 내 방호용 외투를 입어야겠구나. 너한테도 좋지 않을 거야."

"걱정하지 마세요. 끌 테니까요." 복사 발생 장치를 끄려고 몸을 돌리는데 문득 어디선가 부드러운 새 울음소리가 들려왔다. 발더가 짖었다. 그라임스는 그 소리가 어디서 나는지 찾기 위해 고개를 돌렸다.

"저기 뭘 놔둔 거냐?" 그가 물었다.

"어? 아, 제 뻐꾸기시계예요. 재미있는 물건 아닌가요?" 그라임스는 그렇다고 인정하기는 했지만, 별로 쓸모 있는 물건이라는 생각은 들지 않았다. 왈도는 원심력으로 1g의 가속도가 생성되도록 회전하는 쳇바퀴 위에 시계를 올려놓고 있었다.

"제가 만들어낸 거예요. 다른 우주의 문제에 대해 생각하는 동안에 말이죠. 뭔가 작업을 할 것이 필요했거든요."

"그 '다른 우주'라는 것 말인데…, 아직도 잘 이해가 안 되는구나."

"우리 우주와 거의 비슷하지만, 종이 위에 다른 종이를 올리는 것처럼 겹쳐져 있는 연속체를 생각해보세요. 두 우주가 동일하지는 않고, 보통 때는 상상할 수 있는 가장 작은 간극을 사이에 두고 분리되어 있는 거예요. 동일한 시공간에 있지만 접촉하지는 않는 거죠. 제 가정에 따르면 두 우주는 공간 위에서 절대적인 일대일 대응, 좌표 대 좌표로 일치하는 모습을 보여요. 하지만 같은 크기나 형태일 필요는 없죠."

"응? 다시 말해봐라. 같을 수밖에 없는 것 아니냐."

"전혀 그렇지 않아요. 자, 1센티미터의 직선과 1킬로미터의 직선 중에서 어느 쪽에 더 많은 점이 존재할까요?"

"당연히 1킬로미터짜리 선이겠지."

"그렇지 않아요. 양쪽 선에는 정확하게 똑같은 개수의 점이 존재하게 되죠. 제가 증명해볼까요?"

"그냥 네 말을 믿으마. 나는 그쪽 수학을 공부해본 적이 없거든."

"좋아요. 그럼 제 말을 그냥 받아들이세요. 크기나 형태가 달라도, 두 연속체 사이에 완벽한 일대일 대응을 만드는 일에는 아무런 문제도 없어요. 두 가지 단어 모두 사실 제대로 된 개념은 아니거든요. '크기'란 연속체의 내부 구조와 관련이 있어요. 연속체 고유의 상수에 따라 공간을 정의한 값이죠. '형태'란 해당 연속체 내부의 물질적인 성질이고, 적어도 우리 쪽 연속체와는 아무런 연관도 없어요. 해당 연속체의 공간이 곡면의 성질을 보이는지, 열려 있거나 닫혀 있는지, 팽창하거나 수축하는지에 따라 그 형태가 결정되는 거예요."

그라임스는 어깨를 으쓱해 보였다. "나는 단 한 마디도 이해가 안 되는구나." 그는 다시 쳇바퀴 위에서 뱅글뱅글 돌고 있는 뻐꾸기시계를 살펴보러 갔다.

"당연한 일이죠." 왈도는 경쾌하게 동의했다. "인간의 지각력은 경험으로 제약되게 마련이니까요. 제가 다른 세계를 어떤 곳이라고 생각하는지 알고 계세요?" 답을 바라고 한 질문은 아니었다. "저는 다른 세계가 타조알 정도의 크기와 형태를 가지고 있지만, 여기에서 가장 먼 별에 이르기까지 우리 우주의 모든 곳과 병렬로 일대일 대응이 가능한 곳이라고 생각해요. 그저 상상 속의 모습이라는 것은 알고 있지만, 이렇게 상상하면 작업에 도움이 되거든요."

"나는 모르겠구나." 그라임스는 말하며 허공에서 몸을 돌렸다. 시계추가 보이는 복합적인 움직임 때문에 조금 어지러운 상태였다. "잠깐! 너 초단파 발생기를 끈 것 아니었니?"

"그랬는데요." 왈도는 말하며 그라임스가 보고 있는 쪽으로 고개를 돌렸다. 디캘브들은 여전히 꿈틀거리고 있었다. "끈 줄만 알았는데." 그는 말하며 발생 장치의 제어판으로 고개를 돌렸다. 그의 눈이 더욱 커졌다. "아니, 끈 게 맞아요. 꺼져 있다고요."

"그럼 대체 무엇 때문에…."

"좀 조용히 해봐요!" 생각이 필요했다. 열심히 생각해야 했다. 발생 장치가 정말로 꺼져 있는 것일까? 그는 그쪽으로 둥실 떠 가서는 확인을 했다. 그래, 꺼져 있었다. 공룡만큼이나 죽어 있는 상태였다. 확실히 하기 위해 그는 자기 자리로 돌아가 1차 왈도를 착용하고 회로를 절단한 다음 부분적으로 분해까지 해보았다. 그러나 디캘브들은 여전히 꿈틀대고 있었다.

슈나이더 처리를 하지 않은 디캘브 하나는 움직이지 않았다. 웅웅 소리조차 들려오지 않았다. 그러나 다른 녀석들은 격렬하게 움직이며 동력을 수신하고 있었다. 하지만 어디서?

그는 맥러드가 슈나이더 할아버지에게 디캘브의 동력을 방출하는 초단파 송출 장치에 관해 이야기했는지 궁금해졌다. 분명 자신은 한 적이 없었다. 대화에 끼워 넣을 수조차 없었다. 하지만 슈나이더는 이런 말을 했었다. "다른 세계는 가까운 곳에 있고, 힘으로 가득 차 있단다!"

그는 노인의 말을 있는 그대로 받아들이겠다고 마음먹었으면서도 지금까지 그 발언을 무시하고 있었다. 다른 세계는 힘으로 가득한 것이다. "소리 질러서 죄송해요. 그라임스 삼촌."

"괜찮아."

"하지만 이게 무슨 뜻일까요?"

"아무래도 네가 영구기관을 만들어낸 것 같구나."

"어떻게 보면 그렇게 말할 수도 있겠죠. 아니면 에너지 보존 법칙을 쓸모없게 만들어버린 걸지도 몰라요. 이 디캘브들은 이 세계에서 유래하지 않은 에너지를 끌어오고 있는 거니까요!"

"흠, 음, 음!"

왈도는 자신의 믿음을 확인하기 위해 제어 고리로 돌아가서 왈도들을 착용하고는, 휴대용 스캐너를 빼 들고 자신이 가진 것들 중 가장 민감한 단파 탐지기로 디캘브 주변의 공간을 훑어보기 시작했다. 바늘은 조금도 움직이지 않았다. 디캘브가 반응하는 주파수의 단파는 이 방 안에 조금도 존재하지 않았다. 이 동력은 다른 우주에서 오는 것이었다.

다른 우주에서 오는 동력이라…. 그 자신의 발생 장치도 아니고, NAPA의 반짝이는 기지국에서도 아니고, 다른 우주에서 오는 것이었다. 그렇다면 망가진 디캘브의 문제를 해결하는 쪽으로 가까워진 것은 아닌 셈이었다. 아예 해결할 필요조차 없었다. 잠깐, 기다려봐. 내가 뭘 하기로 계약을 했더라? 그는 계약서의 정확한 내용을 떠올려보려 했다.

어떻게든 회피할 방법이 있을 것이다. 어쩌면. 그래, 그리고 슈나이더 할아버지의 작은 애완동물들에는 꽤 기묘한 구석이 있었다. 가능성이 보이기는 했지만 생각을 좀 더 해봐야 했다.

"그라임스 삼촌…."

"왜 그러냐, 왈도?"

"돌아가서 스티븐스에게 해법을 마련했다고 전해주세요. 그 친구의 문제와 삼촌의 문제를 동시에 해결해버릴 거예요. 그때까지는 정말로 열심히 생각해야 할 테니까 혼자 있게 해주시면 정말로 고맙겠어요."

*

"잘 오셨습니다, 글리슨 사장님. 조용히 있어. 발더! 들어오시죠. 편히 앉으세요. 안녕하세요, 스티븐스 박사."

"안녕하십니까, 왈도 씨."

글리슨 사장은 자기 뒤를 따라오는 남자를 가리키며 말했다. "이쪽은 하크니스 씨요. 우리 법률 고문이지."

"아, 그러시군요. 계약 내용을 가지고 의논을 좀 하기는 해야겠지요. 자유요새에 잘 오셨습니다, 하크니스 씨."

"고맙습니다." 하크니스는 차갑게 말했다. "선생의 변호사들도 참석하실 겁니까?"

"이미 참석해 있는데요." 왈도는 입체영상 화면을 가리켰다. 두 사람이 보였다. 그들은 목례를 하며 인삿말을 웅얼거렸다.

"이건 불법인데요." 하크니스가 불평했다. "증인들은 직접 참석해야 합니다. 원격 영상으로 보고 들은 내용은 증거로 채택할 수 없어요."

왈도는 입술을 오므려 보였다. "그래서 그 문제를 따지고 들려고요?"

"절대 아닙니다." 글리슨 사장이 재빨리 끼어들었다. "신경 쓰지 말게, 하크니스." 하크니스는 입을 다물었다.

"여러분, 시간을 낭비하지는 않겠습니다." 왈도가 입을 열었다. "우리는 계약서의 내용을 완수하기 위해 이곳에 모인 겁니다. 조건은 서로 알고 있으니 넘어가겠습니다." 그는 1차 왈도 안으로 팔을 밀어 넣었다. "맞은편 벽에 여러 개체의 복사 동력 수신기, 흔히 디캘브라고 부르는 장치가 달린 것이 보이실 겁니다. 스티븐스 박사님, 필요하시다면 일련번호를 확인해보셔도 좋습니다만…."

"그럴 필요 없습니다."

"좋아요. 그러면 제 단파 발생 장치를 켠 다음, 작동 효율을 확인해보기로 하겠습니다." 말하는 동안에도 왈도들은 바쁘게 움직였다. "그런 다음 수신기를 하나씩 작동시켜보지요." 그의 손이 허공을 헤집었다. 작은 2차 왈도들이 제어판 위를 돌아다니며 맨 끝에 있는 수신기의 전원을 올렸다. "이건 스티븐스 박사님이 제공해주신 일반적인 수신기입니다. 작동 불량을 보이지 않았던 물건이지요. 박사님, 지금 작동하는 수신기가 정상적으로 작동하고 있는지 확인하셔도 좋습니다."

"제대로 작동하고 있는 것으로 보이는군요."

"이런 수신기를 '디캘브'라 부르고, 이런 작동 형태를 '일반형'이라고 부르겠습니다." 작은 왈도들이 다시 바쁘게 움직였다. "이 수신기는 특정한 처치를 받았기 때문에, 저는 이런 수신기를 '슈나이더 디캘브'라고 부르기로 했습니다. 그리고…." 안테나들이 움직이기 시작했다. "이런 작동 형태를 '슈나이더형'이라고 부르겠습니다. 확인해주시겠습니까, 박사님?"

"좋습니다."

"작동 불량을 일으킨 수신기를 가지고 오셨나요?"

"보시다시피."

"그 수신기를 작동하게 만드실 수 있으셨습니까?"

"아니요."

"확실합니까? 면밀하게 검사해보셨습니까?"

"꽤 세밀하게 했지요." 스티븐스는 못마땅한 기분으로 인정했다. 슬슬 왈도의 거만한 허풍에도 질려가는 중이었다.

"좋습니다. 그럼 이제 이걸 작동하게 만들어보겠습니다." 왈도는 제어용 고리를 떠나, 작동하지 않는 디캘브가 있는 쪽으로 와서는 자신의 행동이 몸에 가려 다른 이들에게 보이지 않도록 위치를 잡았다. 그리고 그는 고리로 돌아와 왈도를 사용해 디캘브의 시동 회로에 전원을 넣었다.

디캘브는 즉시 슈나이더형 움직임을 보이기 시작했다.

"여러분, 제 견해는 다음과 같습니다. 저는 임의로 작동 불량을 보이게 된 디캘브를 수리하는 방법을 알아냈습니다. 여러분이 가져오시는 수신기에는 전부 슈나이더 처리를 해드리겠습니다. 이건 제 보수에 포함되는 내용입니다. 다른 이들에게 슈나이더 처리를 적용하는 방법을 교육하겠습니다. 이 사항 역시 제 보수에 포함되지만, 특정 기술자가 제 지도를 통해 방법을 깨우칠 수 있을지는 보장할 수 없습니다. 기술적인 요소를 제하고 말하자면, 저는 이 처리가 상당히 어렵다는 것을, 겉보기보다 훨씬 까다롭다는 점을 언급해두겠습니다. 스티븐스 박사가 제 말을 확인해줄 수 있을 겁니다." 그는 희미하게 웃음을 지어보였다. "이걸로 계약 조건은 만족시켜드린 듯한데요."

"잠깐 기다려보십시오, 왈도 씨." 글리슨 사장이 끼어들었다. "슈나이더 처리를 받은 디캘브는 절대로 더 이상 문제를 일으키지 않는 겁니까?"

"물론이죠. 보증합니다."

그들은 모여들어 토의를 시작했고, 왈도는 기다렸다. 마침내 글리슨 사장이 그들을 대표해 입을 열었다. "왈도 씨, 솔직히 말해 우리가 기대한 결과는 아니기는 하지만, 선생이 계약 조건을 완수했다는 점에는 동의합니다. 선생님이 가져오는 모든 수신기에 슈나이더 처리를 해주실 것이며, 습득할 능력을 갖춘 사람에게 그 방법을 전수해주실 것이라는 조건 하에서 말입니다."

"그렇게 할 겁니다."

"즉시 계좌로 보수 금액을 송금해드리겠습니다."

"좋아요. 전부 이해하고 동의하신 거죠? 제가 의뢰 내용을 완벽하게 성공적으로 완수했다는 점을요."

"그렇습니다."

"좋습니다. 사실 보여드릴 것이 한 가지 더 있어요. 조금만 기다려주신다면…." 벽 한쪽이 열렸다. 거대한 왈도가 그 너머의 방으로 손을 뻗어 커다란 장치를 하나 꺼냈다. 전체적인 형태는 평범한 디캘브와 비슷하게 생겼지만, 그보다는 훨씬 복잡해 보였다. 복잡한 부분들은 사실 그저 장식용일 뿐이었지만, 그 사실을 증명해내기 위해서는 숙련된 기술자일지라도 상당한 시간을 필요로 할 것이었다.

이 장치에도 새로운 특성이 한 가지 있기는 했다. 일정 시간 동안 동작한 다음 자동으로 파괴되는 새로운 형식의 계량기가 내장되어 있었다. 그리고 그 시한장치의 시간을 조절할 수 있는 원거리 조작 장치도 달려 있었다. 게다가 그 구조를 모르는 사람이 건드리려고 하면 자신과 수신기 전체를 파괴해버리는 기능도 있었다. 공짜이며 무한한 동력을 팔아먹기 위한 왈도의 임시 해법인 셈이었다.

그러나 왈도는 이런 내용에 대해서는 한마디도 하지 않았다. 작은 왈도들이 장치에 고정끈을 연결하기 위해 바쁘게 움직였다. 작업이 전부 끝나자 그는 입을 열었다. "여러분, 저는 이 장치에 왈도-슈나이더 디캘브라는 이름을 붙였습니다. 그리고 이 기계야말로 여러분이 동력 매매 사업에서 손을 떼게 될 이유가 될 겁니다."

"그렇습니까?" 글리슨 사장이 말했다. "그 이유를 물어도 될까요?"

"왜냐하면, 제가 여러분보다 훨씬 싸고 간편하게 동력을 판매할 수 있기 때문이지요. 심지어 여러분이 감당할 수 없는 상황에서도."

"그거 꽤 강경한 발언이로군요."

"직접 시연을 해보겠습니다. 스티븐스 박사, 다른 수신기들이 작동한다는 점을 확인하셨는지요. 이제 저걸 꺼보겠습니다." 왈도들은 그의 명령을 따랐다. "그럼 이제 동력 방출 장치를 끄고, 여러분이 직접 자신의 도구를 이용해 이 방 안에 복사 에너지가 전혀 존재하지 않음을 확인하실 수 있도록 시간을 드리겠습니다. 물론 일반적인 조명을 제외하고 말입니다."

스티븐스는 언짢은 기분으로 왈도의 명령을 따랐다. "아무것도 없군요." 몇 분 후 그는 이렇게 선언했다.

"좋아요. 그 계측기를 그대로 두세요. 아무것도 감지할 수 없다는 점을 확인할 수 있도록 말입니다. 그럼 제 수신기를 켜보겠습니다." 작은 기계손이 스위치를 올렸다. "잘 살펴보세요, 박사. 자세히 검사해보세요."

스티븐스는 그렇게 했다. 계기판에 나타나는 수치를 도무지 믿을 수가 없었다. 그는 자신의 계측기를 병렬로 연결했다. "어떤가, 스티븐스?" 글리슨 사장이 속삭였다.

스티븐스는 기분이 상한 표정이었다. "이 망할 놈이 허공에서 동력을 끌어오는 것 같은데요?"

그들은 모두 왈도를 바라보았다. "시간은 원하시는 만큼 쓰십시오." 그가 활짝 웃으며 말했다. "충분히 의논해보세요."

그들은 방 안에서 최대한 거리를 벌린 다음 자기들끼리 속삭였다. 하크니스와 글리슨 사장은 언쟁을 벌이고 있었지만, 스티븐스는 애매한 태도였다. 그 정도면 됐다. 왈도는 스티븐스가 자신이 왈도-슈나이더 디캘브라고 이름 붙인 화려한 기계를 다시 살펴보려 하지 않기를 내심 기대하고 있었다. 아직은 너무 많은 것을 알아서는 곤란하니까. 그는 그 기계에 대해 오로지 진실만을 말했다. 아마도 모든 진실을 말하지는 않은 셈이겠지만. 슈나이더형 디캘브는 모두 공짜 동력을 수신할 수 있다는 사실을 언급하지 않았으니 말이다.

스티븐스가 그 사실을 발견해내면 꽤 당황스러운 상황이 벌어지겠지!

왈도는 시한 파괴형 계량기를 일부러 신비롭고 복잡하게 만들어놓았지만, 아주 쓸모없는 물건은 아니었다. 나중에 그는 그런 장치가 없으면 NAPA의 사업 자체가 불가능하다는 점을 명확하게 지적해줄 것이었다.

왈도는 아직 안심하지 않았다. 이 모든 일이 위험 요소가 있는 도박이나 다름없었다. 지금 속여넘기려 하는 현상에 대해 더 많은 것을 알고 싶기는 했지만(그는 자존심으로 가득한 웃음을 유지하며 속으로 어깨를 으쓱했다), 이번 의뢰는 이미 수개월을 끌었고, 동력 상황은 이제 정말로 심각했다. 이런 해법이면 될 것이었다. 계약서의 점선 서명란에 저들의 이름이 빨리 올라가기만 하면 되었다.

그는 NAPA와 경쟁할 마음이 조금도 없었으니까.

글리슨 사장이 스티븐스와 하크니스 쪽에서 떨어져 나와서 왈도에게 다가왔다. "존스 씨, 이 문제를 우호적으로 해결할 수 없겠습니까?"

"그쪽의 제안을 한번 들어볼까요?"

*

1시간이 지난 후 왈도는 안도의 한숨을 쉬며 손님들의 차량이 진입로에서 출발하는 것을 지켜보았다. 괜찮은 사기 계획이었고, 제대로 먹혀 들어 갔다. 그는 관대하게 NAPA 측의 일원화 제안을 받아들였다. 즉시 계약을 체결하고, 변호사들 사이의 말다툼 따위는 벌이지 않는다는 조건이었다. 그는 이런 조건을 제안하는 동안 마음껏 성질을 부려댔다. 지금 아니면 절대 안 되니까 합치거나 닥치거나 알아서 하라고. 계약서에 따르면 왈도-슈나이더 디캘브에 대한 자신의 주장이 사실이 아니라면 그가 어떤 이득도 얻을 수 없다는 점을 양심적으로 강조하기도 했다.

글리슨 사장은 이 점을 고려해 서명하기로 하고, 서명했다.

그런 다음에도 하크니스는 왈도가 NAPA에 고용되어 있었다는 주장을 펴보려 했다. 하지만 이전의 계약서를 작성한 사람은 왈도 본인이었다. 특정 의뢰에 따른 성공 보수가 명시되어 있었다. 하크니스에게는 그런 주장을 할 근거가 없었다. 글리슨 사장조차도 그 점에는 동의했다.

왈도는 왈도-슈나이더 디캘브의 모든 권리와 설계도까지 제공하기로 했다. 스티븐스가 그 도면을 보고 이해하면 무슨 일이 벌어질지! 그리고 그 대가로 NAPA의 우선주를 받게 될 예정이었다. 무의결권주이기는 하지만 지급 종료된 일시불입주였다. 회사의 경영에 개입하지 않겠다는 조건은 왈도 본인이 제안한 것이었다. 동력 산업에는 앞으로 골치 아픈 일이 잔뜩 일어날 테니까. 앞으로 온갖 일이 벌어질 것이다. 불법 수신기, 계량기를 속이는 방법 따위가 발견될 것이다. 결국 모든 동력은 공짜로 제공될 테고, 이를 막으려는 모든 시도는 수포로 돌아갈 것이다.

왈도는 발더가 겁을 먹을 정도로 한참을 웃었다. 녀석은 흥분해서 맹렬하게 짖어댔다.

이 정도면 해서웨이 건은 잊어줄 수 있었다.

그러나 NAPA에 대한 복수에는 한 가지 잠재적인 문제점이 있었다. 그는 글리슨 사장에게 슈나이더 처리를 한 디캘브가 절대 불량을 일으키지 않고 작동할 것이라고 장담했다. 그렇게 생각한 이유는 그저 슈나이더 할아버지를 신뢰하기 때문이었다. 그러나 그 사실을 증명할 준비는 되어 있지 않았다. 어떤 일이 일어나거나 일어나지 않는다고 단언할 수 있을 정도로 다른 세계에 대해 자세히 아는 것은 아니었고, 왈도 본인도 그 사실을 잘 알고 있었다. 제대로 광범위한 연구가 선행되어야 하는 문제였다.

그러나 다른 세계는 연구하기에는 끔찍하게 어려운 장소가 아닌가!

그는 생각했다. 만약 인류가 눈이라는 기관을 발달시키지 못한, 선천적으로 보지 못하는 종족이었다고 생각해보자. 아무리 문명이 발달하고 개화되고 과학을 발전시켜도, 그런 종족이 천문학이라는 개념을 발전시키는 일은 쉽지 않을 것이다. 태양이 방향성을 가지고 주기적으로 에너지를 공급해주는 공급원이라는 정도는 알 수 있을 것이다. 태양의 힘이 너무 강력해서 피부로도 '볼' 수 있으니 말이다. 태양의 존재를 확인하고 검토할 수 있는 장비도 만들어낼 수 있을 것이다.

그러나 차갑게 빛나는 별의 존재를 알아챌 수가 있을까? 아무래도 힘들어 보인다. 천체로 가득한 우주, 침묵이 지배하는 심연과 별빛이 만들어내는 장관은 그들로서는 이해할 수 없는 개념이 될 것이다. 만약 어떤 과학자가 그렇게 환상적이고 믿을 수 없는 개념을 사실로 받아들일 수밖에 없는 상황에 처한다면, 그 내용을 세밀하게 연구하기 위해서 어떤 방법을 사용해야 할까?

왈도는 앞을 보지 못하는 사람이 구상하고 설계할 수 있으며, 조작할 수 있고, 그들이 해석 가능한 자료를 수집할 수 있는 광전식 천체 망원경을 상상해보려 했다. 하지만 그는 얼마 지나지 않아 포기했다. 장애물이 너무 많았다. 이런 문제의 해결책을 얻기 위해서는 지독한 일련의 추론 과정을 견뎌낼 수 있는, 자신을 훨씬 넘어서는 천재성이 필요할 것이었다. 왈도 자신이 시각장애인을 위해서 그런 도구를 만드는 일조차 그렇게 힘들다는 말이었다. 시각을 가져본 적도 없는 사람이 아무런 도움 없이 이런 장애물을 어떻게 극복할 수 있을지는 짐작조차 가지 않았다.

어떻게 보면 슈나이더가 그에게 바로 그런 일을 해준 셈이었다. 혼자서는 결코 추론해내지 못했을 것이었다.

하지만 슈나이더의 힌트가 있다고 해도, 다른 세계를 연구하는 일은 여전히 앞 못 보는 천문학자의 딜레마와 흡사해 보였다. 그는 다른 세계를 볼 수 없다. 슈나이더 처리를 통해서만 접촉이 가능했다. 젠장맞을! 다른 세계를 연구하는 기구를 대체 어떻게 만들 수 있단 말인가?

결국에는 조언을 구하러 다시 슈나이더를 찾아가게 될 것 같다는 예감이 들었지만, 너무 꺼림칙한 여행이라 그리 깊게 생각하고 싶지도 않았다. 게다가 슈나이더 할아버지도 별로 가르쳐줄 만한 것이 없을지도 모른다. 그와 같은 용어를 사용하는 것도 아니지 않은가.

그가 지금 알고 있는 것은 이 정도였다. 다른 우주는 존재하며, 가끔은 정신을 특정 방식으로 조율하면 접촉이 가능하다는 것. 슈나이더가 가르쳐준 대로 의식적으로 할 수도 있고, 맥러드나 다른 이들이 한 것처럼 무의식적으로 접촉할 수도 있다.

그는 이런 개념이 마음에 들지 않았다. 생각만으로, 오직 생각만이 물리적 현상에 영향을 끼칠 수 있다는 생각은, 그가 지금까지 받아들여온 유물론적인 철학 체계와 상반되는 것이었다. 그는 질서정연하고 변하지 않는 물리법칙 쪽을 선호하는 경향이 있었다. 그의 문화적 선행자들, 과학과 그에 수반하는 기술 문명의 기초를 닦은 실험철학자들, 갈릴레오, 뉴턴, 에디슨, 아인슈타인, 스타인메츠, 진스와 그의 수많은 동료들…. 이 사람들은 물리적인 우주를 불변의 법칙에 따라 움직이는 하나의 기계장치로 생각했다. 이런 가정에 맞지 않는 결과는 관측에서 일어난 실수, 잘못된 가설, 또는 자료 부족으로 간주해버렸다.

하이젠베르크의 불확정성 원리가 다스리던 짧은 기간에도, 질서와 조화라는 기본 개념 자체가 흔들리지는 않았다. 하이젠베르크의 불확정성을 명확한 법칙으로 생각하고 있었으니까! 그 원리는 수식으로 만들 수도 있고, 표현할 수도 있으며, 그것을 기반으로 해서 복잡한 확률론을 만들어낼 수도 있었다. 그런데 1958년, 호로비츠의 파형 이론이 그 개념을 제거해버렸다. 질서와 인과 관계가 다시 집권했다.

그러나 이 망할 산업 때문에! 기우제를 지내거나, 달에 대고 소원을 빌거나, 심령 치료사에게 가거나, 버클리 주교의 '세계는 당신 머릿속에만 있다'를 지적으로 포장한 이론을 온 마음을 바쳐 받아들일 수 있게 된 것이다. "공터에 아무도 없다면, 그 나무는 나무가 아니다!"

*

왈도는 램보만큼 절대적인 질서에 감정적으로 의지하고 있지 않았다. 따라서 자신의 기초 개념이 무너졌다고 해서 정서적으로 불안정해질 염려는 없었다. 그렇다고는 해도, 모든 사물이 예측대로 움직이는 쪽이 당연히 그에게도 훨씬 용이했다. 질서와 자연법칙은 예측 가능성의 토대가 된다. 예측이 불가능하면 살아가는 것 자체가 불가능해진다. 시계는 일정한 속도로 움직여야 한다. 열을 가하면 물이 끓어야 한다. 음식물은 독이 아니라 양분을 제공해야 한다. 디캘브 수신기는 설계한 그대로 작동해야 한다. 혼돈은 생명을 유지해줄 수 없다. 감수하며 살아갈 수 있는 성질이 아니다.

혼돈이 모든 것에 깃들어 있으며, 우리가 세계에 존재한다고 간주해왔던 질서가 단순히 상상력의 산물인 환상이었다고 해보자. 우리는 어디로 향하게 될까? 만약 그렇다면 실제로 10킬로그램짜리 물체가 1킬로그램짜리보다 열 배 빠르게 떨어졌을 수도 있을 것이라고 왈도는 생각했다. 고집불통인 갈릴레오가 자기 마음속으로 그렇지 않다고 결정을 내리기 전까지 말이다. 어쩌면 정밀한 탄도학이라는 학문 자체도 그런 개념을 세계에 팔아먹은 몇몇 굳은 의지력을 가진 사람들의 발명품이었을지도 모른다. 별들조차도 천문학자들의 변하지 않는 믿음 덕분에 하늘 위에서 굳건히 자리를 지키고 있는 것일지도 모른다. 혼돈 속에서 정신의 힘으로 질서정연한 우주를 창조한 셈이다!

지리학자들이 다른 방식으로 생각하기 전까지 세계는 평평한 곳이었다. 세계는 평평했고, 욕조 크기의 태양은 실제로 동쪽에서 떠올라 서쪽으로 저물었다. 별들은 작은 불빛이었고, 가장 높은 산보다 살짝 더 높은 투명한 하늘에 점점이 박혀 있었다. 폭풍은 신의 진노였고, 공기 덩어리의 움직임과는 아무 관계도 없었다. 당시에는 인간의 정신이 만든 정령신앙이 세계를 지배했다.

요즘은 그런 일이 힘들어졌다. 유물론과 변하지 않는 인과 관계라는 개념이 널리 퍼져 세상을 지배하게 되었다. 기계의 도움을 받는 문명 전체가 그런 개념 위에 유지되고 있었다. 기계가 설계한 의도대로 작동하는 이유는 모두가 그렇게 되리라 믿고 있기 때문이었던 것이다.

과도한 복사 에너지를 쬐어 허약해진 조종사 몇 명이 자신감을 잃고 그들의 기계에 불확정성을 감염시키기 전까지는 말이다. 그 덕에 세상에 마법이 풀려난 것이다.

그는 슬슬 마법에 무슨 일이 일어났는지를 알 것만 같았다. 마법은 정령 신앙 세계의 변덕스러운 법칙이었다. 그러나 변하지 않는 인과 개념이 번성함에 따라 계속 뒤로 밀려난 것이었다. 이번에 새로운 사건이 발발하기 전까지 마법과 마법의 세계는 사라졌었다. '미신'이라는 변경 지대를 제외하고 말이다. 실험 과학자들이 귀신 들린 저택이나 심령술 따위를 조사할 때마다 초자연 현상이 벌어지지 않는 것도 당연한 일이었다. 과학자의 신념이 그런 현상이 일어나지 못하게 막아버린 것이다.

아프리카의 깊은 정글 속에서는 완전히 다를 수도 있다. 주변에 지켜볼 백인이 한 사람도 없다면 말이다! 기묘하게 느슨한 마법의 법칙이 여전히 존재할 수도 있는 것이다.

어쩌면 너무 극단적인 추측일지도 모른다. 그렇다 할지라도 여기에는 기존의 개념에서는 찾을 수 없는 장점이 한 가지 있었다. 슈나이더나 그 자신에게는 생각을 통해 디캘브를 작동하게 만드는 능력이 실재한다. 따라서 이 능력을 설명하지 못하는 가설은 이제 아무런 가치도 없다. 그러나 왈도의 가설에 따르면 그런 일은 충분히 가능한 것이며, 할아버지 자신의 설명과도 맞아떨어졌다. "모든 물질은 명확하지 않다", 그리고 "어떤 물체는 존재할 수도, 존재하지 않을 수도, 다른 무엇이 될 수도 있다. 같은 물체는 여러 가지의 옳은 방법으로 바라볼 수 있다. 어떤 방법은 좋고, 어떤 방법은 나쁘다."

좋아. 인정하자. 그 가설에 따라서 행동해보자. 세계는 어느 관점에서 바라보느냐에 따라 달라진다. 그렇게 가정하고 생각하면, 왈도 본인이 세계를 어떤 식으로 바라보고 싶은지는 명백했다. 그는 질서와 예측 가능성 쪽에 한 표를 던졌다!

그가 형태를 고정시키면 되는 것이다. 다른 세계에 질서와 조화의 개념을, 자신의 개념을 각인시켜버리는 것이다!

슈나이더 처리를 한 디캘브가 안전하다고 글리슨 사장에게 확신시켜 주는 것은 나쁜 일이 아니었다. 그러면 그 확신에 따라 절대 고장이 나지 않을 테니까.

왈도는 다른 세계에 대한 자신의 개념을 마음속에 명확하게 형상화하기 시작했다. 기본적으로 우리 우주와 비슷하며 질서가 있는 세계로 상정할 것이다. 두 세계 사이의 연결점은 신경계 안에 존재한다. 피질, 시상, 척수, 부가 신경계는 양쪽 우주 모두와 밀접하게 연결되어 있었다. 이런 개념은 슈나이더가 그에게 말해준 내용과 일치했으며, 그가 경험한 현상과도 어긋나지 않았다.

잠깐. 만약 신경계가 양쪽 우주에 동시에 존재한다면 신경 자극이 전자기적인 흐름보다 느리게 전달되는 현상을 설명할 수 있을지도 모른다. 그래! 다른 우주가 이 우주보다 C상수 값이 작다면 그런 일이 가능할지도 모른다.

그는 이런 가정이 사실이라고 차분한 마음으로 인정했다.

지금 그가 하는 일이 추측일까, 아니면 하나의 우주를 창조하는 것일까?

어쩌면 다른 우주가 타조알과 같은 크기와 모양을 가지고 있다는 머릿속 그림을 폐기해야 할지도 모른다. 빛이 더욱 느린 속도로 전파되는 우주라면 그에게 익숙한 우주보다 저 작은 것이 아니라 더 커야 하기 때문이다. 아니지…. 아니, 잠깐만. 공간의 크기는 C상수 값에 따라 정해지는 것이 아니다. C는 광속을 나타내는 상수일 뿐이고 크기는 시간의 개념으로 생각해야 하니까. 여기서 시간은 엔트로피율로 생각해야 한다. 여기에 두 우주를 비교할 수 있는 개념이 등장한다. 서로 에너지를 교환하기 때문에 서로의 엔트로피에도 영향을 끼치는 것이다. 엔트로피 상태를 향해 더 빠르게 퇴화해가는 우주를 '더 작다'고 부를 수 있는 것이다.

타조알의 개념을 버릴 필요는 없었다. 반가운 일이었다! 다른 우주는 더욱 느린 C값, 더욱 높은 엔트로피율, 작은 지름, 거의 평형 상태인 엔트로피를 가지고 있는 폐쇄계인 것이다. 모든 점에서 완벽한 동력 저장고이며, 우리 우주와의 간극이 사라지는 곳에서는 즉시 힘이 쏟아져 들어오는 형태인 것이다. 만약 그쪽에도 거주자가 있다면, 안에서는 지름이 수억 광년에 이르는 거대한 우주로 보일 것이다. 반면 왈도가 보기에는 힘으로 가득 차서 터지기 직전인 타조알처럼 보였다.

그는 이미 자신의 가설을 시험할 방법을 궁리하고 있었다. 만약 슈나이더형 디캘브를 이용해서 최대한 많은 양의 에너지를 뽑아낸다면, 국지적으로 에너지 준위가 변동을 보이지 않을까? 점진적인 엔트로피 경사를 만들 수 있지 않을까? 힘을 다른 세계로 전송할 방법을 찾아내어 과정을 역으로 진행할 수 있지 않을까? 여러 지점의 엔트로피 준위를 측정하여 최대 엔트로피 평형 상태로 진행하는 모습을 포착할 수 있지 않을까?

신경 자극의 전달 속도를 이용하여 다른 우주의 C상수 값을 계산할 수는 없을까? 그 단서와 엔트로피나 에너지 준위의 연구를 하나로 합치면, 다른 우주의 수학적인 모습을 그려볼 수는 없을까? 여러 물리상수나 우주의 나이 등을 말이다.

왈도는 그런 작업에 착수했다. 그의 자유롭고 과격한 추측은 명백한 결과를 가져왔다. 적어도 다른 우주를 정복하는 데 필요한 생명줄 하나를 연결한 셈이었다. 시각장애인용 망원경을 만들기 위한 효과적인 이론 하나를 만들어낸 모양새였다. 진실이 무엇이든, 그의 가설은 하나의 진실만이 아니었다. 일련의 새로운 진실들이었다. 복합적으로 얽혀 있는 새로운 진실들이었다. 다른 우주의 특성이 되는 법칙을, 기본 성질을 나타내주는 것이었다. 게다가 다른 우주와 정상 우주의 상호 교류에 대한 성질도 알려줄 수 있는 진실이었다. 램보가 뭐든 일어날 수 있다고 말한 것도 당연했다! 세 가지 법칙을 복합적으로 적용하기만 하면, 확률은 서로 다르지만 모든 일이 일어나는 것이 가능했다. 우리 우주의 법칙, 다른 우주의 법칙, 그리고 그 두 우주의 교류에서 일어나는 법칙.

그러나 이론과학자들이 작업을 시작하려면 새로운 자료가 꼭 필요했다. 왈도는 이론과학자가 아니었다. 자문 공학자 일을 하면서 이론을 실용적이지 못하며 필요 없는 것으로 간주해왔기 때문에, 거북하지만 인정할 수밖에 없는 사실이었다. 이론적인 부분이야 털 없는 유인원들이 알아서 다듬으라고 하라지.

하지만 자문 공학자로서 한 가지는 알아낼 필요가 있었다. 슈나이더 디캘브가 자신이 장담한 대로 문제없이 계속 작동할 것인가? 만약 그렇지 않다면, 계속 동작하게 하기 위해 꼭 필요한 조치는 무엇인가?

이번 연구에서 가장 어렵고 흥미로운 측면은 다른 우주의 관점에서 신경계를 검토하는 일일 것이었다. 그러나 세간의 전자기 기구도, 뇌외과 분야도 그가 원하는 정교한 작업을 할 수 있을 만큼 발달하지 못했다.

하지만 그에게는 왈도들이 있었다.

이제까지 그가 사용했던 가장 작은 왈도들은 손바닥 너비가 1센티미터 정도였으며, 그 크기에 알맞은 확대 스캐너도 달려 있었다. 이건 그가 원하는 용도로 사용하기에는 너무 둔중했다. 그는 살아 있는 신경 조직을 조작해서 생체 내에서 절연 상태로 동작하는 모습을 확인하고 싶었다.

그는 작은 왈도들을 이용해 더 작은 왈도들을 만들어냈다.

그가 만들어낸 가장 작은 왈도는 너비가 3밀리미터도 안 되는 작은 금속 꽃송이들이었다. 그 줄기, 또는 손목 부위에 붙어서 유사 근육의 역할을 하는 나선형 조직은 거의 맨눈으로는 보기도 힘들 정도였다. 그러나 그는 스캐너를 이용할 수 있었다.

신경계 및 뇌수술용으로 완성된 왈도 세트는 거의 실제 손 크기에 가까운 것에서 육안으로 보기도 힘든 물체를 다룰 수 있는 요정의 손처럼 작은 것까지 다양한 크기로 구성되었다. 모두 같은 지점에서 동작할 수 있도록 일렬로 고정되어 있었다. 왈도는 한 쌍의 1차 왈도를 가지고 이 모두를 조종했다. 장갑을 벗지 않고도 한 크기에서 다른 크기로 옮겨 갈 수 있는 구조였다. 그와 동시에 회로 구성도 변경하여, 왈도들의 크기를 바꿀 때마다 그에 맞춰 스캐너의 배율 역시 자동으로 바뀌도록 만들었다. 그에 따라 왈도는 항상 입체 영상으로 '실물 크기'의 자기 손을 관찰할 수 있었다.

각 단계의 왈도들에는 저마다 크기에 맞는 수술도구와 전자 장비가 연결되어 있었다.

전례가 없는 수술이기는 했지만, 왈도는 그런 사실에는 거의 신경을 쓰지 않았다. 그런 수술은 들어본 적도 없다는 말조차 해줄 사람이 없었으니까.

그는 예상대로 초단파가 인간의 생리작용에 악영향을 끼치는 기작을 발견하고 정립했다. 수상돌기 사이의 시냅스가 누전 연결부의 역할을 했다. 신경 자극이 때로 시냅스를 건너뛰지 못하고 그대로 누전이 돼버리는 것이다. 어디로? 그는 다른 우주로 가는 것이라고 확신했다. 이런 누전이 일어나면 수로화 현상이 발생해서 신경 자극이 선호하는 경로가 만들어지고, 이를 방치하면 대상의 상태는 점진적으로 나빠지게 된다. 양쪽 경로가 모두 살아 있으므로 운동능력이 완전히 사라지는 것은 아니지만, 효율성은 극단적으로 떨어져버린다. 부분접지가 되어 있는 금속 전기회로를 연상시키는 모습이었다.

이 실험으로 인해 목숨을 잃은 불쌍한 실험 쥐 한 마리가 그가 필요로 하는 자료의 대부분을 제공해주었다. 에너지 복사에 노출되지 않은 채 태어나고 자란 쥐였다. 그는 이 쥐를 강렬한 복사에 노출시킨 다음 자신만큼이나 거의 완벽한 근무력증이 생기는 모습을 관찰했다. 그리고 동시에 실제로 신경 조직에서 어떤 일이 벌어지는지 세밀하게 관찰했다.

쥐가 목숨을 잃자, 그는 꽤 감상적인 기분이 되었다.

*

하지만 슈나이더 할아버지의 말이 옳다면, 인간은 복사 에너지에 피해를 입을 필요가 없었다. 적절한 방향성을 가지고 그 현상을 바라볼 지능만 있으면 복사 에너지가 영향을 끼치지 않게 될 테니까 말이다. 어쩌면 다른 세계에서 힘을 끌어올 수 있을지도 몰랐다.

슈나이더 할아버지가 그에게 권한 것이 바로 그것이었다.

슈나이더 할아버지가 '그에게' 권한 것이 바로 그것이었다!

슈나이더 할아버지가 그에게 약할 필요가 없다고 말했다!

그렇다면 그는 강해질 수 있는 것이다.

강해지는 거다!

'강해져라!'

그는 지금까지 그런 생각을 해본 적이 없었다. 슈나이더의 친절한 손길과 약함을 극복하라는 조언도 지금까지 무시하고 있었다. 중요하지 않은 일이라 여기고 생각조차 하지 않았다. 그 자신의 약함은 그에게 있어 자신을 털 없는 유인원들과 다른 존재로 만들어주는 특이점이었고, 당연하게 여겨야 하는 것이었다. 그는 어린 나이였을 때부터 자신의 약함을 의심할 여지 없는 상수로 간주하고 있었다.

자신에 대한 슈나이더의 말에 주의를 기울이지 않은 것도 당연했다.

강해진다니!

홀로 일어서서, 일하고 뛸 수 있다면!

그렇다면, 그는… 아무 걱정 없이 지표로 내려갈 수 있을 것이다. 중력장을 신경 쓸 필요도 없을 것이다. 저 인간들은 다들 신경 쓰지 않는다고 말하고 있지 않은가. 물체를 옮기기까지 하니까. 크고 무거운 물체를 옮긴다고. 모두가 그렇게 한다. 심지어 물체를 던지기까지 한다.

그는 1차 왈도를 낀 상태로 발작하듯 움직였다. 아름다울 정도로 경제적인 평소의 리듬과는 꽤 다른 움직임이었다. 새로운 장비를 만드는 중이었기 때문에 2차 왈도들은 기존보다 큰 녀석들이었다. 고정줄이 끊어지며, 버팀대의 금속판 하나가 벽에 부딪혔다. 발더가 그 가까이에서 졸고 있었다. 녀석은 귀를 쫑긋 세우더니 주변을 둘러보고는 무슨 일인지 묻는 얼굴로 그를 바라보았다.

왈도는 개를 노려보았고, 녀석은 낑 소리를 냈다. "닥쳐!"

개는 입을 다문 다음 눈빛으로 사과했다.

그는 피해 상황을 점검해보았다. 심각하지는 않았지만 수리가 필요했다. 힘이라. 그래. 강한 힘을 가지고 있다면 뭐든 할 수 있을 것이다. 뭐든! 6번 확장 왈도와 새 고정줄이 필요하겠군…. 힘이 있다면! 그는 멍하니 6번 왈도로 옮겨 갔다.

힘이 있다면!

심지어 여자를 만날 수도 있을 것이다. 여자보다 더 강해질 수도 있을 것이다!

수영도 할 수 있을 것이다. 차를 탈 수도 있을 것이다. 우주선을 운전할 수도 있을 것이다. 달리고 뛸 수도 있을 것이다. 맨손으로 물건을 다룰 수도 있을 것이다. 춤추는 법도 배울 수 있을 것이다!

힘이 있다면!

근육을 가지게 될 것이다! 물건을 부술 수도 있을 것이다.

힘이 있다면… 힘이 있다면….

그는 사람 몸 크기의 거대한 왈도로 회로를 바꾸었다. 강하다. 이놈들은 강하다! 그는 거대한 왈도로 자재함에서 6밀리미터 두께의 금속판을 찾아 들어 올린 다음 흔들어보았다. 웅웅거리는 충격파가 일어났다. 그는 다시 흔들어보았다. 힘이 있으면!

그는 양쪽 왈도로 금속판을 잡은 다음 구부려보았다. 금속판은 고르지 않은 모양으로 접혀 들어갔다. 그는 충동적으로 두 개의 거대한 손바닥을 이용해 철판을 휴짓조각처럼 구겨버렸다. 금속이 갈리는 소리가 발더의 신경에 거슬리는 모양이었다. 왈도 본인은 그 소리를 인식도 하지 못하고 있었다.

그는 잠시 숨을 헐떡이며 긴장을 풀었다. 이마에 땀방울이 맺혀 있었다. 관자놀이에서 맥 뛰는 소리가 들렸다. 하지만 탈진한 것은 아니었다. 그는 좀 더 무겁고 강력한 것을 원했다. 그는 옆에 딸린 창고방으로 들어가서 4미터 길이의 L자 철골을 고른 다음, 거대한 손이 닿을 수 있는 곳까지 밀어놓은 후 다시 왈도 앞으로 돌아왔다.

철골은 출입구에 비스듬하게 걸려 있었다. 그는 철골을 끌어냈다. 문의 골조가 한 움큼 떨어져 나갔지만 그는 눈치채지 못했다.

철골은 거대한 손에 잘 어울리는 훌륭한 곤봉 역할을 했다. 그는 철골을 휘둘러보았다. 발더는 얼른 제어 고리 뒤쪽으로 물러났다.

힘! 강함! 모든 것을 부수는, 꺾을 수 없는 힘….

철골이 벽에 닿기 직전, 그는 경련하듯 휘두르는 일을 그만두었다. 안 돼…. 하지만 그는 왼쪽 왈도로 곤봉의 반대쪽을 잡고 구부려보려 했다. 거대한 왈도들은 힘든 일을 하기 위한 도구지만, 철골은 힘에 저항하기 위해 만들어진 물건이다. 그는 1차 왈도 안에서 안간힘을 쓰며 거대한 주먹을 자신의 의지에 따르게 하려고 애썼다. 그의 제어판에서 붉은색의 경고등이 반짝였다. 그는 아무 생각 없이 비상용 과부하 회로를 작동시키고 계속 힘을 가했다.

철골이 우그러들며 나는 끔찍한 금속 긁히는 소리가 왈도들의 웅웅거리는 소리와 그 자신의 가쁜 숨소리를 삼켜버렸다. 그는 기뻐 어쩔 줄 모르며 1차 왈도를 더욱 힘주어 내렸다. 철골이 반으로 접히기 직전 왈도들이 동작을 멈추었다. 오른손의 구동 장치가 먼저 힘을 잃었다. 주먹이 활짝 펴졌다. 왼쪽 주먹은 갑작스럽게 반대 힘이 사라진 반동으로 철골을 그대로 내던져버리고 말았다.

철골은 얇은 칸막이벽에 너덜너덜한 구멍을 뚫고 날아가더니, 건너편의 방에 부딪혀 쇳소리를 냈다.

그러나 거대한 왈도들은 이제 움직이지 않는 쓰레기가 되어 있었다.

그는 왈도들에서 자신의 부드러운 분홍색 손을 꺼내 물끄러미 바라보았다. 이윽고 어깨가 들썩이며 고통스러운 울음이 터져 나왔다. 그는 손으로 얼굴을 감쌌다. 손가락 사이로 눈물이 새어 나왔다. 발더가 낑낑거리며 다가왔다.

제어판 위에서는 경고등이 계속해서 울렸다.

✷

잔해도 전부 치웠고, L자 철골이 날아가며 뚫린 구멍도 깔끔하게 수리가 끝났다. 하지만 거대한 왈도는 아직 수리하지 않은 상태였다. 그 왈도들이 놓여 있던 틀은 텅 비어 있었다. 왈도는 완력 측정기를 만드느라 바쁜 상태였다.

자신의 육체의 정확한 완력에 관심을 기울인 지도 한참이 지났다. 힘이란 것이 그토록 별 필요가 없었기 때문이다. 그가 집중한 분야는 손재주였다. 특히 그의 이름을 딴 장비를 유명하게 만들어준 정교한 손동작이 그의 특기였다. 근육을 선택적이고 효율적으로, 정교하게 사용하는 일에서 그는 누구에게도 뒤지지 않았다. 제어 능력은 있었다. 가질 수밖에 없었다. 하지만 힘 자체는 그에게 필요 없는 것이었다.

당장 눈앞에 있는 장비만으로도 악력을 킬로그램 단위로 표시해주는 계기판을 가진 기구를 어렵지 않게 만들 수 있었다. 용수철이 달린 저울과 손잡이만 있으면 충분했다. 그는 잠시 작업을 멈추고 자신이 만든 도구를 바라보았다.

이제 1차 왈도를 벗고 맨손으로 손잡이를 잡은 다음 힘을 주기만 하면 된다. 그러면 알 수 있을 것이다. 하지만 그는 잠시 망설였다.

맨손으로 저렇게 커다란 물건을 잡는다는 것 자체가 이상하게 느껴졌다. 자, 지금이다. 다른 세계와 접촉해 힘을 끌어오자, 그는 눈을 감고 손잡이를 눌렀다. 그리고 눈을 떴다. 6킬로그램, 예전보다 줄어든 수치였다.

하지만 아직 제대로 노력하지 않았다. 그는 자신의 팔 위에 놓인 슈나이더 할아버지의 손을 떠올렸다. 따뜻한 간지러움, 힘, 손을 뻗어 힘을 끌어오는 거다.

6킬로그램, 7, 8, 9, 10! 그가 승리하고 있었다. 승리하고 있었다!

그의 힘과 용기가, 어느 쪽이 먼저인지는 몰라도 꺾이고 말았다. 계기판의 바늘은 다시 0으로 돌아갔다. 휴식을 취해야 했다.

정말로 뛰어난 힘을 보인 것일까, 아니면 10킬로그램이라는 악력이 그의 나이와 체중을 생각할 때 당연한 결과인 것일까? 정상적인 성인 남성이라면 70킬로그램의 악력을 보일 것이다.

하지만 10킬로그램의 악력은 지금까지 검사에서 보인 최고 수치보다 3킬로그램 이상 높은 것이었다.

다시 시도해보자. 3, 4, 5. 바늘이 멈칫했다. 뭐야, 방금 시작했을 뿐인데, 말도 안 되는 일이다. 6.

그리고 바늘을 멈추었다. 아무리 애를 쓰고 의지력을 그러모아도 그 지점을 넘을 수가 없었다. 그는 천천히 자신의 기계에서 떨어져 나왔다.

*

뒤이은 며칠 동안 그가 기록한 최고 수치는 7킬로그램이었다. 10킬로그램은 그저 요행이었던 모양이다. 첫 시도가 운이 좋았을 뿐이었다. 그는 애써 좌절을 받아들였다.

그러나 왈도가 이 정도로 쉽게 포기하는 사람이었다면 지금과 같은 부와 명성을 얻지 못했을 것이었다. 그는 슈나이더가 자신에게 했던 말을 떠올리고, 슈나이더의 손길을 다시 느끼려 애쓰며 계속해서 시도했다. 이제 그는 슈나이더의 손길을 접했던 때 자신이 더 강했다고 확신하고 있었다. 당시에는 지구의 강한 중력장 때문에 눈치를 채지 못했던 것이었다. 그는 계속해서 시도했다.

그도 마음 한구석으로는 방법을 혼자 찾아내지 못하면 결국 슈나이더 할아버지를 찾아가 도움을 청해야 한다는 사실을 잘 알고 있었다. 그러나 그는 정말로 그러고 싶지 않았다. 끔찍한 여행이 필요하기 때문이 아니라(물론 평소라면 이 정도로도 충분한 이유가 되었겠지만), 만약 그랬다가 슈나이더도 그를 돕지 못한다는 사실을 확인한다면 단 하나의 희망도 남지 않을 것이기 때문이었다. 모든 희망이 사라져버릴 것이었다.

희망 없이 사는 것보다는 실망과 당황을 안고 사는 편이 더 나았다. 그는 계속해서 방문 계획을 미루었다.

*

왈도는 지구 시간에는 별로 관심을 기울이지 않았다. 원할 때 음식을 먹고 잠을 청할 뿐이었다. 내킬 때마다 가벼운 낮잠을 자도 문제 될 일은 없었으니까. 그러나 비교적 일정한 주기마다 길게 제대로 자기도 했다. 물론 침대에서 자는 것은 아니었다. 공중에 떠 있는 사람에게는 침대가 필요하지 않으니까. 하지만 그는 8시간의 깊은 수면을 취하기 전에는 고정줄로 자신의 몸을 고정해놓곤 했다. 임의로 일어나는 공기의 흐름 때문에 잠이 든 채로 흘러가서 제어판이나 스위치에 부딪히지 않도록 말이다.

힘을 가지고 싶다는 욕망에 사로잡힌 이후, 그는 종종 잠이 들기 위해 수면제에 의존해야 했다.

램보 박사가 돌아와 그를 바라보고 있었다. 정신이 나가고 증오로 가득 찬 램보가. 자신의 고통을 왈도 때문이라고 생각하고 있는 램보가. 그는 자유요새 안에서도 안전하지 못했다. 저 미친 물리학자가 한쪽 우주에서 다른 우주로 이동할 방법을 알아냈기 때문이었다. 그리고 이제 그가 찾아온 것이다! 다른 세계에서 머리만 빼꼼 내밀고 있었다. "네놈을 잡을 거다, 왈도!" 그는 사라져버렸다. 아니 그의 뒤쪽에 있었다! 꿈틀거리는 안테나 모양의 손을 뻗으며 그를 잡으려 하고 있었다. "네놈, 왈도!" 하지만 왈도의 손은 거대한 왈도들이었다. 그는 램보를 움켜쥐려고 손을 뻗었다.

갑자기 거대한 왈도가 작동을 멈추고 축 늘어졌다.

램보가 그에게 달려들었다. 그를 붙들었다. 목을 조르고 있었다.

슈나이더 할아버지의 목소리가 귓가에 들렸다. 차분하고 강한 목소리였다. "힘을 향해 손을 뻗어라, 얘야. 네 손가락으로 힘을 느껴봐라." 왈도는 목을 졸라오는 손가락을 붙들고 안간힘을 쓰며 노력했다.

손가락이 풀리기 시작했다. 그가 이기고 있었다. 램보를 다른 세계로 돌려보낸 다음 그곳에 가둘 것이다. 됐다! 한쪽 손이 자유로워졌다. 발더가 정신없이 짖고 있었다. 그는 발더에게 입 닥치라고, 램보를 물어뜯으라고, 자신을 도와달라고 말하려 했다….

개는 계속해서 짖어댔다.

*

왈도는 자신의 집에, 자신의 커다란 방 안에 있었다. 발더가 한 번 더 가볍게 짖어보였다. "조용!" 그는 자신의 모습을 내려다보았다.

잠자리에 들 때면 그는 네 개의 고정줄을 4면체의 모서리처럼 배치해 몸을 고정해놓곤 했다. 그중 두 개는 그대로 벨트에 연결되어 있어서, 왈도의 몸은 여전히 제어 고리에 매달린 채 흔들리고 있었다. 다른 두 개의 고정줄은 끊어져 있었다. 하나는 벨트 바로 앞에서 끊어져서, 몇 걸음 떨어진 곳에 끊어진 줄 끄트머리가 떠다녔다. 네 번째는 두 군데가 끊어졌다. 벨트 가까운 곳에서 한 번, 거기서 몇 걸음 떨어진 지점에서 다시 한 번. 끊어져 나온 조각이 그의 목에 느슨하게 휘감겨 있었다.

그는 상황을 살펴보았다. 아무리 생각을 해도 줄이 끊어질 이유는 하나뿐이었다. 자신이 악몽을 꾸며 몸부림치다 끊었을 것이었다. 개가 그럴 수는 없었다. 여기까지 올 수가 없으니까. 자기 스스로 한 일이었다. 물론 그저 고정용으로만 사용하는 약한 줄이기는 했다. 그래도….

악력 대신 당기는 힘을 시험하는 기구를 만드는 데는 몇 분 정도가 걸렸다. 손잡이를 거꾸로 달아야 했다. 기구가 완성되고 나자, 그는 중간 크기의 왈도 한 쌍을 끼고 끊어진 고정줄을 기구에 연결한 다음 왈도를 이용해 당겨보았다.

고정줄은 1백 킬로그램에서 끊어졌다.

서둘러, 그러나 초조한 마음에 손이 둔해져 계속 시간을 낭비하며, 그는 다시 악력 측정기를 조립했다. 그러고는 잠시 움직임을 멈추고 조용히 중얼거렸다. "바로 지금이에요, 할아버지!" 그리고 그는 손잡이를 꽉 쥐었다.

9킬로그램, 10킬로그램. 11킬로그램!

13킬로그램을 넘었다. 아직 안간힘을 쓰고 있지도 않은데! 15, 16, 17, 18, 19! 20! 그리고 21킬로그램!

심호흡을 내뱉으며 그는 손에서 힘을 풀었다. 그는 강했다. 강해졌다.

조금이나마 마음의 평정을 되찾고는 다음에 무엇을 해야 할지를 생각해보았다. 무엇보다도 그라임스를 부르고 싶다는 충동이 일었지만, 그는 그 생각을 억눌렀다. 자신에 대한 확신이 든 다음에 해도 될 것이었다.

그는 측정기로 돌아가서 왼손을 시험해보았다. 오른쪽만큼 강하지는 않았지만 거의 근접하는 수치가 나왔다. 거의 20킬로그램에 가까웠다. 기분이 전혀 달라지지 않았다는 점이 우스웠다. 그저 정상적이고 건강해진 기분이 들 뿐이었다. 다른 감각은 없었다.

그는 자신의 모든 근육을 시험해보고 싶었다. 차는 힘, 미는 힘, 뒤로 당기는 힘, 그리고 거기다 십수 가지의 온갖 힘을 측정하는 기구를 만들려면 너무 시간이 오래 걸릴 것이었다. 그에게 필요한 것은 역장이었다. 그래, 1g의 중력장이었다. 그래, 응접실이 있잖아. 응접실에는 원심력을 걸 수가 있었다.

하지만 응접실의 제어는 제어 고리 안에서만 가능하고, 응접실까지는 긴 복도를 지나야 했다. 조금 더 가까운 것이 있었다. 뻐꾸기시계에 사용하는 원심력 발생기였다. 그는 시계를 제어하기 위해 쳇바퀴에 속도 조절기를 붙여놓았었다. 그는 제어 고리로 돌아가서 바퀴의 회전을 멈추었다. 시계는 갑작스러운 변화에 충격을 받은 모양이었다. 작고 붉은 새가 튀어나와서 "뻑뻐꾹" 하고 한 번 희망차게 운 다음 구멍으로 물러났다.

손에 원심력 쳇바퀴와 연결된 작은 원격 제어 장치를 든 채로 그는 바퀴 쪽으로 날아가 안으로 들어가서 자리를 잡았다. 안쪽의 표면에 발을 대고 바퀴살 하나를 잡아서 원심력이 작용하면 힘의 방향과 수직으로 서 있도록 자세를 잡았다. 그리고 그는 천천히 바퀴를 돌려보았다.

처음 움직이기 시작하자 그는 깜짝 놀라 거의 떨어질 뻔했다. 그러나 그는 곧 자세를 회복하고 조금 더 회전력을 가했다. 아직은 괜찮았다. 그는 차츰 속도를 올렸다. 유사 중력장 안에서 자신의 몸에 가해지는 힘을 느끼며, 다리가 점차 무거워지지만 아직 튼튼하게 버티고 서 있다는 사실을 깨달았다. 승리감이 그의 온몸으로 퍼져나갔다.

그는 마침내 온전한 1g의 가속도에 도달했다. 견딜 수 있었다. 정말로 견딜 수 있었다! 물론 그의 머리는 회전축에서 30센티미터 정도밖에 떨어져 있지 않았으므로 상체에는 하체만큼 중력이 강하게 작용하지는 않을 것이었다. 그 정도는 수정할 수 있었다. 그는 바퀴살을 꽉 붙든 상태로 천천히 쪼그려 앉았다. 아무 문제도 없었다.

하지만 곧 쳇바퀴가 흔들리며 모터가 굉음을 내기 시작했다. 중심축에서 멀리 떨어진 곳에 균형에 맞지 않는 무게가 추가되었기 때문에, 뻐꾸기시계 하나와 그와 같은 무게의 평형추 하나 정도를 지탱할 수 있도록 설계한 구조물에 과도한 부하가 가해진 것이었다. 그는 앉을 때와 마찬가지로 조심스레 몸을 일으키면서 허벅지와 종아리 근육의 훌륭한 탄력을 느껴보았다. 그는 쳇바퀴의 회전을 멈추었다.

발더는 이 모든 일에 꽤 동요한 모양이었다. 왈도의 움직임을 눈으로 좇느라 거의 목이 비비 꼬여 떨어져나갈 지경이었다.

그는 아직도 그라임스에게 전화하는 일을 미루었다. 응접실에서 직접 원심력을 가할 수 있는 장치를 설치해, 서는 법을 연습할 적절한 공간을 마련할 생각이었다. 그다음에는 걷는 법을 익혀야 했다. 어렵지 않아 보이기는 했지만, 그로서는 확신할 수 없는 일이었다. 배우기에는 제법 힘들지도 몰랐다.

그다음에는 발더에게 걷는 법을 가르칠 계획을 세웠다. 그는 발더를 뻐꾸기시계 쳇바퀴에 넣으려 했지만, 발더 쪽에서 거부했다. 몸을 뒤틀어 빠져나가서는 맞은편 구석에 틀어박혀버렸다. 상관없었다. 응접실에

저놈을 데려다 놓으면 결국 걷는 법을 배울 수밖에 없을 테니까. 예전에 신경을 썼어야 했다. 저런 커다란 짐승이 걸을 수 없다니!

그는 개가 똑바로 서 있도록 만드는 장치를 머릿속으로 그려보았다. 아기들이 쓰는 보행기와 비슷해 보이는 형태였지만, 왈도는 그 사실을 알 수 없었다. 그는 아기의 보행기를 본 적이 없었으니까.

*

"그라임스 삼촌."

"아, 잘 있었니, 왈도. 그동안 잘 지냈느냐?"

"괜찮았어요. 저기요. 그라임스 삼촌, 지금 당장 자유요새로 올라와 주실 수 있나요?"

그라임스는 고개를 저었다. "미안하구나. 내 버스를 정비소에 맡겨놨거든."

"어차피 삼촌 버스는 너무 느리잖아요. 택시를 타거나 누구 운전해줄 사람 하나 데려오세요."

"그래서 거기 도착하면 그 사람을 모욕할 수 있도록 말이냐? 흠…."

"설탕처럼 달콤하게 굴게요."

"글쎄, 어젠가 스티븐스가 너를 만나고 싶은 일이 있다고 하긴 했는데."

왈도는 씩 웃었다. "데려오세요. 그 친구도 만나보고 싶네요."

"어디 한번 해보마."

"다시 전화 주세요. 빨리요."

왈도는 응접실에서 그들을 만났다. 아직 원심력을 가하지는 않은 상태였다. 그들이 들어오자마자 그는 연기를 시작했다. "세상에, 여기 와주셔서 정말로 반갑군요. 스티븐스 박사, 지금 당장 저를 지구로 데려다주실 수 있습니까? 문제가 하나 생겼거든요."

"그야… 가능하겠죠."

"그럼 갑시다."

“잠깐 기다리거라, 왈도. 스티븐스는 네게 필요한 방식으로 데려갈 준비가 되어 있지 않아.”

“그 정도는 감수해야겠어요, 그라임스 삼촌. 정말 긴급한 일이라서요.”

“하지만….”

“‘하지만’은 됐어요. 당장 떠나죠.”

그들은 발더를 차 안으로 데려가 안전하게 묶었다. 그라임스는 왈도의 의자가 감속 방향에 대해 최적의 각도가 되도록 기울여주었다. 왈도는 의자에 앉자마자 질문을 막으려고 눈을 감아버렸다. 슬쩍 눈을 떠보니 그라임스가 아주 초조하게 입을 다물고 있는 모습이 보였다.

스티븐스는 거의 최고 속도로 날아왔지만, 그라임스의 집 위쪽 주차장에 꽤 부드럽게 착륙했다. 그라임스는 왈도의 팔을 건드렸다. “기분이 어떠냐? 사람을 불러서 집 안으로 데려가주마. 얼른 침대로 가는 편이 좋겠다.”

“그럴 수는 없어요, 그라임스 삼촌. 할 일이 많거든요. 부축 좀 해주실래요?”

“응?” 왈도는 그대로 노인의 팔을 잡고는 몸을 일으켰다.

“이제 괜찮을 것 같네요.” 왈도는 그라임스의 팔을 놓고 문을 향해 걸어가기 시작했다. “발더 좀 풀어주실래요?”

“왈도!”

왈도는 기쁘게 웃으며 돌아보았다. “맞아요, 그라임스 삼촌. 사실이에요. 나는 이제 약하지 않아요. 걸을 수도 있다고요.”

그라임스는 의자 하나의 등받이에 몸을 기대고 떨리는 목소리로 말했다. “왈도, 나도 이제 노인이야. 이렇게 놀라게 하면 곤란하단 말이다.” 그리고 그는 눈가를 훔쳤다.

“맞습니다, 고약한 장난이에요.” 스티븐스도 동의했다.

왈도는 멍하니 두 사람을 번갈아 바라보았다. “죄송해요. 그냥 놀라게 해드리고 싶었어요.”

"괜찮다. 아래로 가서 술 한 잔만 마시자꾸나. 그런 다음에 어떻게 된 일인지 털어놓아봐라."

"알겠어요. 가자, 발더." 개는 자리에서 일어나 주인을 따라갔다. 꽤 이상한 걸음걸이였다. 왈도의 훈련 장비는 개의 총총걸음이 아니라 사람의 걸음걸이를 가르쳤던 것이다.

*

왈도는 며칠 동안 그라임스와 함께 지내며 힘을 기르고, 새로운 운동 패턴을 익히고 연약한 근육을 단련했다. 장애물은 아무것도 없었다. 근무력증은 완전히 사라져버렸다. 그에게 필요한 것은 훈련뿐이었다.

그라임스는 갑작스럽고 극적이었던 왈도의 완쾌를 즉시 받아들였지만, 동시에 다른 사람의 도움 없이 밖으로 나가기 전에 시간을 들여 적응을 마쳐야 한다고 주장했다. 현명한 생각이었다. 그에게는 아주 단순한 것들도 위험을 초래할 수 있었기 때문이었다. 예를 들어 계단이 그랬다. 평지에서는 걸을 수 있었지만, 계단을 내려가는 방법은 따로 학습해야 했다. 올라가는 쪽은 그리 어렵지 않았다.

어느 날 스티븐스가 찾아왔다. 그는 박사의 집으로 들어와서는 왈도가 홀로 거실에 앉아 입체 영상을 바라보고 있는 것을 발견했다. "안녕하십니까, 왈도 씨."

"아, 안녕하세요, 스티븐스 박사." 왈도는 황급히 아래로 손을 뻗어 신발을 찾아서는 얼른 신고 지퍼를 채웠다. "그라임스 삼촌이 항상 신발을 신고 있어야 한다고 하시더라고요." 그가 설명했다. "사람들이 다들 그러니까요. 하지만 너무 갑작스럽게 찾아오셔서."

"아, 신경 쓰실 것 없습니다. 집 안에서야 굳이 신발을 신을 필요가 없으니까요. 박사님은 어디 계십니까?"

"퇴근하셨죠. 그런데 그게 정말인가요? 제 간병인들은 항상 신발을 신는데."

"아, 물론이죠, 다들 그러니까요. 하지만 굳이 그래야 한다는 법이 있는 건 아닙니다."

"그럼 신고 있을게요. 마음에 들지는 않지만요. 신발은 죽어 있는 느낌이 들어요. 전원이 끊긴 왈도들처럼요. 하지만 방법을 배우고 싶으니까요."

"신발을 신는 방법이요?"

"다른 사람들처럼 행동하는 방법이요. 꽤 어렵던데요." 그는 진지하게 말했다.

스티븐스는 문득 왈도를 이해할 수 있었다. 어떤 배경도 친구도 없는 사람에 대한 동정심이 솟아오르기 시작했다. 왈도에게는 분명 괴상하고 기묘한 상황이었다. 그는 왈도에 대해 그가 간직하고 있던 생각을 털어놓고 싶은 충동을 느꼈다. "이제 정말로 튼튼해진 것 맞죠?"

왈도는 행복하게 웃어 보였다. "매일매일 더 강해지고 있지요. 오늘 아침에는 악력이 90킬로그램 나왔어요. 그리고 살을 얼마나 많이 뺐는지 한번 보세요."

"확실히 건강해 보이는군요. 한 가지 재미있는 사실이 있는데, 처음 선생을 만난 이후로 나는 선생이 보통 사람만큼 강해지기를 정말로 간절히 바랐습니다."

"정말로 그랬어요? 왜죠?"

"그게… 선생도 인정하겠지만, 저한테 꽤 불쾌한 언사를 사용하셨지 않습니까. 여러 번에 걸쳐서 말입니다. 항상 저를 짜증 나게 만드셨죠. 선생이 튼튼해져서 그냥 두들겨 팰 수 있게 되기를 바랐던 겁니다."

왈도는 신발에 익숙해지기 위해 주변을 걸어 돌아다니고 있었다. 그는 문득 걸음을 멈추고 스티븐스를 마주 보았다. 꽤 놀란 모습이었다. "저하고 주먹다짐을 하고 싶으셨다는 건가요?"

"바로 그겁니다. 싸움을 거는 것이 아니라면 남자가 사용해서는 안 되는 단어를 저한테 사용하셨지 않습니까. 선생이 장애를 가지고 있지 않았다면 제대로 한 방 먹였을 겁니다. 아, 여러 방일 수도 있겠군요."

왈도는 이 새로운 개념을 받아들이려 노력하는 모습이었다. "알 것도 같군요." 그가 천천히 말했다. "그럼, 좋습니다." 그러더니 그는 팔을 크게 휘둘러 온 힘을 다해 주먹을 날렸다. 스티븐스가 전혀 예상하지 못한 공격이었다. 왈도의 주먹은 정확하게 그에게 명중했다. 그는 그대로 쓰러져 정신을 잃었다.

다시 정신이 들었을 때 스티븐스는 의자에 앉아 있었다. 왈도가 그를 흔들고 있었다. "제대로 한 것 아닌가요?" 왈도는 걱정스럽게 물었다.

"대체 뭐로 날 때린 겁니까?"

"손으로요. 제대로 한 거 맞나요? 이런 걸 원하시는 것 아니었나요?"

"이런 걸 원했냐니…." 아직도 눈앞에 작고 밝은 불빛들이 떠다니고 있었지만, 이 상황 자체가 그저 재미있게 여겨지기만 했다. "잠깐 기다려봐요. 선생이 생각하는 싸움을 시작하는 방식이 이런 겁니까?"

"아닌가요?"

스티븐스는 왈도에게 현대 미국식 주먹다짐의 예법을 설명하려고 노력했다. 왈도는 영문을 모르는 듯했지만, 결국에는 고개를 끄덕였다. "알겠습니다. 상대방에게 경고를 미리 해야 한다는 거군요. 좋아요. 일어서시죠. 다시 한 번 해봅시다."

"잠깐, 잠깐! 잠깐만 기다려봐요. 내가 하던 말을 끝맺을 기회도 안 주는 겁니까. 선생을 고깝게 여긴 것은 사실이지만 이젠 아닙니다. 이 말을 하려고 했던 겁니다. 아, 선생은 정말로 불쾌했어요. 의심할 여지가 없지요. 하지만 그럴 수밖에 없었지 않습니까."

"불쾌하게 굴려던 것은 아니었어요." 왈도가 진지하게 말했다.

"나도 압니다. 그리고 이제는 불쾌하지 않아요. 이제는 제법 마음에 듭니다. 힘을 찾은 다음에는 말입니다."

"정말인가요?"

"네, 정말입니다. 하지만 나한테 대고 주먹질을 연습할 생각은 하지 말아요."

"안 그럴게요. 이해를 못 했어요. 하지만 아시다시피, 스티븐스 박사, 이건…. 사람들이 무엇을 기대하는지 알아내기가 너무 힘들어요. 명확한 패턴이 있는 것이 아니니까요. 트림만 해도 그래요. 다른 사람들이 있을 때 트림을 하면 안 되는 줄은 알지도 못했어요. 나한테는 꼭 필요한 일인데도요. 그런데 그라임스 삼촌은 그러면 안 된다고 하시더라고요."

스티븐스는 그를 위해 상황을 정리해주려고 노력했다. 그러나 왈도가 사회생활에 대해 이론적인 개념조차 가지고 있지 않은 상태라 쉽지 않은 일이었다. 소설도 거의 읽지 않는 사람이라, 이야기 속에서 복잡한 사회적 관습의 개념을 유추할 수조차 없었던 것이다. 그는 어린 시절에 이야기책을 읽는 것을 그만두었다. 소설을 감상하는 데 필요한 배경 경험이 부족했기 때문이었다.

그는 부유하고 강인하며 기술의 천재이기도 했지만, 여전히 유치원에 다녀야 하는 사람이었다.

왈도가 한 가지 제안했다. "스티븐스, 당신 정말 도움이 되네요. 그라임스 삼촌보다 훨씬 설명을 잘해요. 내 교육 담당으로 고용하기로 하죠."

스티븐스는 살짝 솟아오르는 분노를 억눌렀다. "미안합니다. 꽤 바쁘게 돌아다녀야 하는 직업이 있어서요."

"아, 그건 괜찮아요. 그쪽보다 보수를 더 지급할게요. 원하는 액수를 불러보세요. 그렇게 합시다."

스티븐스는 숨을 크게 들이마시고 한숨을 내쉬었다 "이해를 못 하는군요. 나는 기술자고, 개인 서비스업에 종사할 생각은 없습니다. 나를 고용할 수는 없어요. 아, 물론 최대한 선생을 돕겠지만 그 대가로 돈을 받지는 않을 겁니다."

"돈을 받는 것이 뭐가 문제인데요?"

스티븐스는 이 질문이 본질적으로 잘못되었다고 생각했다. 그런 식의 질문에는 대답을 할 수가 없었다. 그는 전문직과 사업상 계약에 대해 길고 복잡한 토론을 시작했다. 아무래도 그에게 맞는 일은 아니었다. 왈도는 이내 수렁에 빠져 버렸다. "유감이지만 이해를 할 수가 없군요. 하지만 잠깐만요. 여자들 앞에서 어떻게 행동해야 하는지 가르쳐줄 수 있나요? 그라임스 삼촌은 도저히 나를 여자들 앞에 데려갈 수 없다고 하던데요."

"글쎄, 시도는 해보죠. 시도만은 확실히 해보겠습니다. 하지만 왈도, 나는 지금 전송 장치에서 일어나고 있는 문제 때문에 당신을 만나러 온 겁니다. 나한테 말한 그 두 개의 우주 이론 말인데…."

"그건 이론이 아닌데요. 사실이죠."

"좋아요. 내가 알고 싶은 건 이겁니다. 언제 자유요새로 돌아가서 연구를 재개할 생각입니까? 도움이 좀 필요한데요."

"자유요새로 돌아가요? 모르겠는데요. 연구를 재개할 생각은 없어요."

"없다고요? 하지만 세상에, 나한테 설명해준 연구의 절반도 끝내지 못한 상태 아닙니까."

"당신네 쪽에서도 할 수 있잖아요. 물론 조언 정도는 해줄 수 있어요."

"그것 참, 어쩌면 슈나이더 할아버지를 끌어들여야 할지도 모르겠군요." 스티븐스는 미심쩍은 투로 말했다.

"별로 권하고 싶지는 않은데요." 왈도가 대답했다. "그분이 보낸 편지를 보여드릴게요." 그는 자리를 떠나서 편지를 가지고 돌아왔다. "여기 보세요."

스티븐스는 편지를 훑어보았다. "…새로운 동력 프로젝트에서 귀하의 지분을 주겠다는 관대한 제안은 고맙게 생각합니다. 하지만 솔직하게 말해서, 나는 그런 일에는 관심도 없을뿐더러 그런 책무를 부담스럽게 생각하고 있습니다. 귀하가 얻은 새로운 힘에 대해서는, 기쁘기는 하지만 놀랍지는 않습니다. 다른 세계의 힘은 손에 넣은 자의 것이며…" 등의 말이 이어졌다. 글자는 살짝 떨리기는 하지만 정확한 스펜서체로 쓰여 있었다. 편지에는 슈나이더가 말할 때 두드러지는 구어체의 말투는 조금도 묻어 있지 않았다.

"흠, 무슨 말인지 알 것 같군요."

왈도는 진지하게 말했다. "아무래도 그분이 보기에는 우리가 장비를 조작하는 방식이 조금 유치하게 보이는 것 같아요."

"그런 모양이군요. 그럼 이제부터 뭘 할 생각입니까?"

"저요? 딱히 정한 것은 없어요. 하지만 이건 확실하죠. 이제 즐길 겁니다. 아주 즐겁게 살 거예요. 사람으로 태어난 것이 얼마나 즐거운 일인지를 막 깨닫기 시작한걸요!"

*

의상 담당이 다른 쪽 슬리퍼를 벗겼다. "무용을 시작한 이유를 설명하자면 꽤 긴 이야기가 될 겁니다." 그는 말을 이었다.

"자세한 내용을 듣고 싶은데요."

"병원에서 전화가 왔습니다." 의상실에서 누군가가 말했다.

"금방 그리 가겠다고 전해요. 내일 오후에 오시는 것은 어떨까요. 가능하십니까?" 그는 여성 기자를 보고 이렇게 덧붙였다.

"좋아요."

남자 하나가 왈도를 둘러싸고 있는 사람의 고리를 헤치고 안으로 들어왔다. 왈도는 그와 눈을 마주쳤다. "안녕, 글리슨. 반갑군요."

"안녕, 왈도." 글리슨 사장은 자기 외투 아래에서 서류를 꺼내 무용수의 무릎 위에 내려놓았다. "자네 공연을 다시 보고 싶어서 내가 직접 가져왔네."

"마음에 들던가요?"

"끝내주더군!"

왈도는 웃으며 서류를 손에 들었다. "자, 그럼 서명란은 어디 있습니까?"

"먼저 읽어보는 편이 좋을걸." 글리슨 사장이 주의를 시켰다.

"아, 젠장, 그럴 필요 없어요. 당신 마음에 들면 내 마음에도 들겠죠.

깃털 펜 좀 빌려주시겠습니까?"

초조한 표정의 키 작은 남자가 사람들을 헤치고 그들에게 다가왔다. "그 영상 촬영에 대해서 말인데, 왈도…."

"그 이야기는 이미 끝내지 않았습니까." 왈도가 단호하게 말했다. "나는 관객들 앞에서만 공연합니다."

"웜 스프링스 자선공연*과 동시에 진행하기로 했는데?"

"그럼 이야기가 다르죠. 좋습니다."

"준비하는 동안 여기 초안을 봐줘." 대형 광고판의 축소 그림이었다.

위대한 왈도와

그의 무용단

개봉 날짜와 상영관은 비어 있었지만, 할리퀸으로 분장한 왈도가 하늘 높이 솟아오르는 모습이 그려져 있었다.

"좋아요, 샘, 좋은데요!" 왈도는 행복하게 고개를 끄덕였다.

"병원에서 다시 전화가 왔습니다!"

"준비 끝났습니다." 왈도는 대답하며 자리에서 일어섰다. 의상 담당자가 늘씬한 어깨에 외출용 외투를 걸쳐주었다. 왈도는 날카롭게 휘파람을 불었다. "이리 온, 발더! 얼른 가자." 그는 문간에서 잠시 걸음을 멈추고 손을 흔들었다. "좋은 밤 보내요, 여러분!"

"푹 쉬어요, 왈도."

모두 훌륭한 친구들이었다.

* 웜 스프링스는 루스벨트 대통령이 자주 찾았던 온천으로, 이후 소아마비 환자를 위한 자선단체가 설립되었다.

그녀만의 욕실

A Bathroom of Her Own

배지훈 옮김

✦ 1946년 집필, 1980년 소설집 《확장된 우주(Expanded Universe)》에 처음 수록

계단을 오르다 존재하지 않는 계단을 밟고 헛디뎌본 적이 있는가?

제3선거구 시의원 선거에 출마한 상대편 경쟁자를 처음 봤을 때 내가 그런 느낌이었다.

톰 그리피스가 서류접수 마감 직후 나에게 전화를 걸어 경쟁자가 생겼음을 알렸다. "알프레드 맥나이." 그가 말했다. "그리고 프랜시스 X. 넬슨."

"맥나이는 잊어버려도 되는 인물이야." 내가 말했다. "광고 목적으로 출마한 것뿐이니까. 이 선거는 3파전이 될 거야. 나, 그리고 이 넬슨이라는 자 일파 그리고 현재 시의원인 조겐스 판사. 아마 경선에서 당락이 결정될지도 모르겠네." 내가 사는 이 아름다운 도시에는 '비당파'라고 불리는 웃기는 제도가 존재했다. 경선에서 과반수를 득표한 남자가 경선에서 당선되는 것이다.*

"조겐스는 접수를 안 했어, 로스. 그 늙은 도둑놈은 재선에 안 나섰다고."

* 전면 비당파 경선, 정당에 상관없이 모든 후보가 참여하는 경선으로, 정당과 무관하게 최상위 두 후보가 본 선거에 출마한다.

그게 무슨 의미인지 깨닫는 데 시간이 걸렸다. "톰, 그 등사물 자료를 전부 찢어버려야 할지 모르겠어. 툴리네 부하들이 선거구를 양보할 것 같아?"

"당권파는 제3선거구를 넘겨줄 수가 없어, 적어도 올해는. 넬슨을 미는 걸 거야."

"아마도… 맥나이일 리는 없어. 그자에 대해 아는 거 있어?"

"아무것도."

"나도 마찬가지야. 글쎄, 오늘 저녁에 보게 되겠지." 시민연맹은 그 날 있을 모임을 '후보자와의 만남'이라고 불렀다. 나는 모자를 걸어두고, 샤워하고, 면도하고, 불편한 신발을 신은 다음 트레일러 캠프에서 차를 몰고 나와 다시 시내로 향했다. 그 덕에 생각할 시간이 생겼다.

당권파가 너무나 뻔하게 오래된 인물 대신 저격할 거리가 하나도 없는 시민을 임시로 내세우는 것은 이상한 일이 아니었다. 나는 넬슨이라는 자를 머릿속으로 그려보았다. 젊고 남자답게 생겼으며 아마도 변호사겠고, 분명히 참전용사일 것이다. 아마 정치적으로 너무 순진해서 그들이 하려는 일에 아무 이의를 제기하지 않거나 너무 야심만만해서 당권파의 지지를 받기 위해서는 무슨 짓이든 할 인물이겠지. 어느 쪽이건 당권파에는 쓸모가 있을 것이다.

나는 시간에 딱 맞춰 도착했고 소개 후 단상 위에 앉았다. 넬슨은 보이지 않았지만 클리프 마이어스가 어떤 여자와 서 있는 모습이 보였다. 마이어스는 툴리의 끄나풀이었다. 넬슨도 근처에 있을 것이었다.

맥나이가 몇백 단어짜리로 잘 짜인 소개말로 사람들의 부름에 응했고, 그 다음 의장이 넬슨을 불렀다. "이번 전쟁의 참전용사이자, 같은 직책에 출마하신 분입니다."

마이어스와 함께 있던 여자가 걸어와 무대에 섰다.

사람들은 박수를 쳤고 난간에 있던 어떤 사람은 휘파람을 불어댔다. 그녀는 곤혹스러워하지 않고 웃으며 말했다. "고맙습니다!"

다시 박수가 터졌고 휘파람 소리와 발을 굴리는 소리가 들려왔다. 그녀가 말을 시작했다. "저는 똑똑한 사람이 아닙니다. 어렸을 때부터 안녕이란 손인사도 늦게 배웠죠. 심지어 짝짜꿍도 결국 숙달하지 못했습니다." 나는 그녀가 넬슨의 부재를 사과할 것이며, 그의 아내나 여동생일 거라고 예상했다. 하지만 네 번째 문장을 말하는 데 이르러서야, 바로 그녀가 넬슨이라는 사실을 깨달았다.

남자 이름 프랜시스(Frances) X. 넬슨이 아니라, 여자 이름 프랜시스(Francis) X. 넬슨. 내가 무슨 죄를 저질러서 이런 꼴을 당하나 생각했다. 여자 후보에 대항해 출마하는 것은 잘해 봤자 독이었다. 평소에 쓰는 거친 방법을 쓰려고 감히 생각조차 못 하게 되니까. 반면 상대편 운동원들은 먹구렁이 채찍질부터 커피에 약 타기까지 무슨 짓을 해도 괜찮다.

그녀는 봐줄 만한 여성스러운 외모에, 똑똑한 것이 분명했고, 기성세력이 지지해주는 데다가 참전용사였다. 내가 이렇게까지 벌 받을 삶을 산 것 같지는 않은데. 나는 톰 그리피스에게 눈짓을 보내서 얼마나 끔찍한 기분인지를 전하려고 했지만, 이 바보는 그녀만 쳐다보며 온정신을 뺏기고 있었다.

프랜시스 씨, 아니 프랜시스 양은 주택문제에 관해 열변을 토하고 있었다. "여러분은 참호에서 싸우고 돌아온 사람들에게 그 무엇을 줘도 모자랄 것이라고 약속했습니다. 그런데 무엇이 주어졌죠? 판자촌의 오두막집, 장인어른네 집 거실 소파, 배관시설도 없는 창고밖에 갈 데가 없지 않나요. 만약 제가 당선된다면 가장 먼저 해결할 문제는…."

이런 문제에서는 반론을 제기할 수가 없다. 마치 좋은 도로나 좋은 날씨 그리고 미국식 주택 같은 것이었다. 참전용사에게 집을 주기를 바라지 않는 사람은 없다.

모임이 끝나고 나는 톰과 함께 제3선거구 당 위원회의 어느 회원 집에서 간부 회의를 열었다. "제 얘기 들어보세요." 내가 말했다. "우리가 회의를 하고 제가 출마한다고 했을 때 목표로 했던 것은 조겐스를 내쫓고 당권파를 물어뜯는 것이었다고 했잖습니까. 이제 상황이 변했어요. 지금 그만두면 아직 선거 공탁금을 돌려받을 수 있을 거예요. 어떻게 생각해요?"

의사봉을 휘두를 때면 나이 든 전투마처럼 보이는 빅스비 홈스 부인은 놀란 표정이었다. "무슨 생각을 하는 거죠, 로스? 조겐스를 내치는 것은 목적의 절반밖에 안 되잖아요. 우리가 믿을 만한 사람으로 그 자리를 채워야 해요. 이 구역을 위해서요. 당신이 그 사람이죠."

나는 고개를 저었다. "저는 출마를 원하지도 않았다고요. 운영하길 원했죠. 그러게 참전용사를 후보로 냈어야…."

"당신의 전쟁 당시 경력에는 아무 문제도 없습니다." 딕 블레어가 말했다.

"아마 그렇겠죠. 하지만 정치적으로는 아무짝에도 쓸모가 없잖아요. 우리에게는 참전용사가 필요해요." 나는 맨해튼 프로젝트의 법무 부문에서 서류나 뒤적거렸었다. 민간인으로서 말이다. 딕 블레어, 공수부대 출신이자 전상훈장을 받은 이 사람이야말로 내 선택이었다. 하지만 딕은 애원하듯 거절했다. 친애하는 국민을 위해 더 희생해달라고 전쟁 참전용사에게 말할 수 있는 사람이 누가 있겠는가?

"저는 이 모임의 총의에 따랐습니다. 왜냐하면 조겐스도 참전용사가 아니었기 때문이죠. 이제 저 망할 것 좀 보세요. 대체 어떻게 그 여자를 이기라는 말입니까? 그녀에게는 정치적인 성적 매력이 있단 말입니다."

"정치적으로만 성적 매력이 있는 건 아니지." 톰이 말했다.

포터 박사가 말을 하면 나머지 사람들은 경청했다. 그는 우리 모임의 오랜 수장이었으니까. "그건 잘못된 생각일세, 로스. 자네가 이기건 말건 문제가 되지 않아."

"저는 가망 없는 싸움에 의미가 있다고 생각하지 않습니다, 박사님."

"나는 의미가 있다고 믿네. 그리고 언젠가 자네도 믿게 될 거야. 만약 툴리가 조겐스 다음으로 넬슨 양을 선택한 거라면 우린 그녀를 반대해야 하네."

"그녀는 당권파 쪽 사람이죠, 안 그래요?" 홈스 부인이 말했다.

"당연히 그렇겠죠." 톰이 말했다. "클리프 마이어스가 줄 세우는 것 못 봤어요? 그 여자는 허수아비예요. 밝은 갈색 머리의 허수아비."

나는 투표를 요구했고 전원이 나의 의사에 반대했다. "알겠습니다." 결국, 나도 동의했다. "만약 여러분이 그렇게 생각하신다면 해야겠죠. 이 말인즉슨 더 어려운 선거전이 될 거라는 얘기예요. 우리는 조겐스의 약점을 충분히 가지고 있다고 생각했잖아요. 이제 처음부터 다시 파고들어야 해요."

"너무 안달하지 말아요, 로스." 홈스 부인이 달래듯 말했다. "파고들어갈 테니까. 내가 선거구 쪽을 책임지죠."

"덴버에 사는 따님이 임신했다고 하지 않으셨어요?"

"그러라죠. 난 여기 머물겠습니다."

잠시 후 회의를 빠져나오자 난 기분이 훨씬 좋아져 있었다. 이길 수 있을 것 같아서가 아니라 홈스 부인과 포터 박사 같은 사람들 때문이었다. 팀 단결력은 상당히 고무되어 있었다. 나는 그걸 다시 느낄 수 있었고 전쟁 전의 원기를 회복할 수 있었다.

전쟁 전, 우리 지역사회는 괜찮은 상황이었다. 우리는 이 지역 당권파를 몰아내고 공무원 조직의 기강을 잡았다. 비리 경찰을 감옥에 보냈고 정직한 경쟁으로 공공 수주를 입찰했다. 그건 일요일에 기도나 하며 해낸 일이 아니라 자원봉사자들이 가가호호 방문하여 노력한 결과였다.

그런데 전쟁이 터지고 모든 것이 허물어졌다.

당연히 자원봉사자를 사시사철 갈아서 돌리던 정치에 기대던 사람들이 전쟁에 가장 큰 피해를 보았다. 진주만 폭격에서부터 히로시마에 이를 때까지 정치를 할 시간이 없었다. 전쟁 중에 어떻게 시청 건물이 도둑맞지 않았는지 궁금할 정도였다. 아마 토대에 박혀 있어서 그렇겠지.

집으로 오는 길에 드라이브인 햄버거 가게에 들렀다. 바로 옆에 다른 차가 끼어들어 왔다. 그쪽을 보고 잘못 본 게 아닌가 눈을 깜빡거려야 했다. "이거 프랜시스 양이시네요! 왜 혼자 계시죠?"

프랜시스는 고개를 틀고는 화를 낼 준비를 하다가 선거용 표정으로 바꿔었다. "놀랐네요. 로스 씨죠?"

"미래의 시의원이지요." 내가 말했다. "놀라운 분이네요. 정치는 잘돼 가나요? 클리프 마이어스는 어딨어요? 하수도에 버리셨나?"

프랜시스가 낄낄대며 웃었다. "불쌍한 마이어스 씨! 집 문앞에서 잘 가라고 인사하고 나서 여기로 왔어요. 배가 고팠거든요."

"어차피 선거에서 이길 가능성도 없잖아요. 그냥 같이 스크램블드에 그라도 드시지 그랬어요?"

"글쎄요, 저는 그냥 그런 걸 원하지…. 제 말은 생각할 시간이 필요했단 말이었어요. 일러바치지는 않으시겠죠?" 그녀는 내게 '너는 커다랗고 힘센 남자다'라는 표정을 지어 보였다.

"난 당신의 적이에요. 기억나요? 하지만 마이어스에게 말은 안 할 겁니다. 나도 꺼질까요?"

"아뇨, 그냥 있으세요. 그쪽이 시의원이 되신다면 저도 미리 알아두는 게 좋을 테니까요. 그런데 로스 씨는 왜 절 이길 거라 그렇게 확신하세요?"

"'잭 로스, 우리 모두의 친구입니다. 시가 하나 받으세요.' 사실 난 당신을 이길 수 있을지 전혀 모르겠어요. 타고난 이점이 있는 데다 툴리네 부하들이 당신 뒤에서 밀어줄 테니 난 그냥 침대에서 나오지 않는 게 나을지도 모르죠."

프랜시스가 눈을 가늘게 떴다. 선거용 웃음이 사라졌다. "그게 무슨 말이죠?" 그녀가 천천히 말했다. "난 무소속 후보예요."

이번에는 내가 바닥을 길 차례였지만 나는 밀고 나갔다. "저보고 그걸 믿으라는 거예요? 당신 바로 옆에 클리프 마이어스가 있었잖습…." 햄버거 가게 종업원이 우리를 방해했다. 주문을 한 뒤 나는 말을 이었다. 그녀가 내 말을 끊었다.

"혼자 있고 싶네요." 그녀가 내뱉듯 말을 한 뒤 차창을 닫기 시작했다.

나는 손을 뻗어 유리를 막았다. "잠시만요. 이건 정치예요. 누구와 같이 있느냐로 판단받기 마련이죠. 당신은 처음으로 참가하는 모임에 클리프 마이어스와 함께 나타나 그의 휘하에 있음을 알렸단 말입니다."

"그게 무슨 잘못이라도 되나요? 마이어스 씨는 완벽한 신사분이라고요."

"그리고 자기 엄마한테도 효자겠죠. 그자는 지지기반이 없고 툴리 밑에서 잡일을 하는 자예요. 다른 사람들도 다 저랑 똑같은 생각을 했을 겁니다. 툴리가 새내기 후보에게 보호자를 딸려 보냈다고 말이죠."

"그건 사실이 아니에요!"

"아니라고요? 당신은 지금 잼 찬장에 갇혀 있는 신세라고요. 아니면 뭔데요?"

프랜시스가 입술을 깨물었다. "저는 당신에게 아무것도 설명할 필요가 없어요."

"그렇죠. 하지만 설명을 안 하면 사람들은 상황만 보고 해석할 거예요." 그녀는 대답하지 않았다. 우리는 햄버거를 먹으면서, 서로를 무시하며 각자의 차에 앉아 있었다. 그녀가 시동을 걸자 내가 말했다. "제가 댁까지 따라가드리죠."

"감사하지만 필요 없어요."

"전쟁이 끝나고 이 동네도 험해졌어요. 밤에 혼자 돌아다니면 위험합니다. 클리프 마이어스라도 없는 것보다는 나을 정도로요."

"나는 그런 이유로…. 그냥 마음대로 하세요!" 신호등에 빨간 불이 들어왔지만 나는 계속 프랜시스의 차 뒤를 따라갔다. 나는 그녀가 집에 뛰어들어 가며 문을 쾅 닫으리라고 생각했지만, 그녀는 커브 옆에서 기다렸다. "집에 바래다주셔서 감사합니다, 로스 씨."

"괜찮습니다." 나는 그녀와 함께 집 현관까지 걸어가서 잘 자라고 인사했다.

"로스 씨, 당신이 무슨 생각하는지 신경을 안 쓰지만요, 저는 툴리와 함께하지 않아요. 무소속이라고요." 나는 기다렸다. 그러자 그녀가 말했다. "나를 믿지 않으시는군요." 그녀의 크고 아름다운 눈이 눈물로 반짝였다.

"그런 말을 하진 않았어요. 하지만 설명해주길 기다리고 있죠."

"하지만 뭘 더 설명하라는 거요?"

"수많은 걸 설명해야죠." 나는 현관 그네에 앉았다. "이리 와서 말해봐요. 왜 출마하려고 결심했어요?"

"글쎄요." 그녀는 내 옆에 앉았다. "아파트를 찾지 못했기 때문에 시작되었어요. 아니, 그건 아니네요. 그보다 훨씬 전이에요. 남태평양에서요. 벌레도 참을 수 있고 더위도 참을 수 있었어요. 육군의 바보 같은 방식도 그다지 신경 쓰이지 않았어요. 하지만 목욕시설을 쓰려면 줄을 서야 했죠. 심지어 목욕마저도 배급제를 한 적이 있었다고요. 그게 싫었죠. 밤에 내 숙소에서 더위로 잠을 못 이루면서 나만의 욕실을 꿈꿨어요. 나만의 욕실요! 물로 가득 찬 욕조에 느긋하게 담그는 거죠. 샴푸와 매니큐어, 크고 푹신한 수건! 그 안에서 걸어 잠그고 살고 싶을 정도였죠. 그러고는 육군에서 나왔는데…."

"그런데요?"

그녀는 어깨를 으쓱했다. "찾을 수 있는 유일한 아파트는 전역비로는 어림없었어요. 그 집세를 감당할 수도 없었죠."

"당신 원래 집은 어쩌고요?"

"여기요? 이모 댁이에요. 가족이 일곱 명이고 내가 여덟 명째죠. 욕실은 하나고요. 이빨 닦는 것만으로도 행운이에요. 그리고 싱글 침대를 8살짜리 조카와 같이 쓰고 있죠."

"알겠어요. 하지만 당신이 왜 출마했는지에 대해서는 설명이 안 되는 걸요."

"아니요, 설명되죠. 샘 아저씨가 어느 날 왔었는데 주택 부족 문제에 대해서 제가 열변을 토했고 의회에 가게 된다면 이런 일을 하겠다고 말했죠. 아저씨가 그러려면 정치에 참여해야 한다고 말했고, 이 기회를 잡은 거예요. 아저씨는 다음 날 전화를 걸어 자신의 의석을 채우기 위해 출마하지 않겠느냐고 물었죠. 저는…."

"샘 아저씨라…, 샘 조겐스!"

"네, 진짜 삼촌은 아니지만 어렸을 때부터 알고 지낸 분이에요. 저는 무서웠지만 걱정하지 말라고 하시더군요, 자기가 도와주고 조언을 해주겠다고요. 그래서 출마했고 그게 전부예요. 이제 아시겠어요?"

이제 알게 되었다. 부활절 토끼의 정치적 통찰력이었다. 그 토끼가 나를 발라버릴 것이라는 점만 제외하면 말이다. "알았어요." 내가 그녀에게 말했다. "하지만 주택문제만이 의제가 아니에요. 예를 들어, 석유회사 독점 판매권 문제라든지 폐수처리 시설은요? 그리고 세율은? 어떤 공항 정책을 지지하죠? 지역설정 규제를 풀어야 할까요? 그리고 도로 문제는요?"

"저는 주택문제를 쫓을 거예요. 그 의제들은 미루면 돼요."

나는 코웃음을 쳤다. "미루도록 내버려두질 않을 겁니다. 당신이 잡담이나 하는 동안에 다른 자들이 대중의 눈을 훔쳐갈 거라고요. 또다시 말이죠."

"잡담이라니요! 잘난 척하는 아저씨, 집을 구하는 것은 무주택자에겐 세상에서 가장 중요한 일이라고요. 당신도 그런 처지였다면 그렇게 독선적이진 않았을 텐데 말이죠."

"괜한 비난은 하지 마시죠. 저요, 저는 고물 트레일러에서 잡니다. 주택 보급을 적극 지지해요. 하지만 어떻게 해낼 건데요?"

"어떻게라뇨? 바보 같은 소리 마세요. 그걸 추진할 정책을 지지할 생각이에요."

"그러니까 예를 들어서 어떤 정책요? 시가 건축 사업에 뛰어들어야 한다고 생각하세요? 아니면 개인 사업자로 엄격히 제한해야 한다고 보는지요? 새로운 주택을 위해서 채권을 판매해야 할까요? 참전용사에게

만 제공해야 할까요, 아니면 나 같은 사람도 도와줄 것인지요? 한 집의 가장에게만 보급한다고 하면 당신도 제외되겠죠? 조립식 주택은 어때요? 과연 1911년에 통과된 건축법하에서 당신이 원하는 것을 모두 해낼 수 있을까요?" 나는 숨을 쉬기 위해 멈췄다. "어때요?"

"무례한 분이시군요, 로스."

"물론 저는 무례한 사람이죠. 하지만 그건 절반도 되지 않아요. 저는 애완견 입양 허가부터 시작해서 인도 포장재까지 모든 것에 관해 토론하자고 도전할 겁니다. 깨끗하고 깔끔한 선거전을 하고 최고의 인물이 당선되는 거죠. 그게 바로 저 로스고요."

"저는 받아들이지 않을 거예요."

"차라리 받아들였으면 하고 생각하게 될 겁니다. 끝나고 나면 말이죠. 우리 쪽 사람들이 당신이 참석할 모든 모임에 가서 창피한 질문을 할 거고요."

프랜시스가 나를 바라보았다. "그런 더러운 정치 짓거리를!"

"당신은 후보예요. 당연히 답을 알고 있어야죠."

그녀는 기분이 상한 것 같았다. "샘 아저씨에게 말했어요." 그녀는 반쯤은 혼잣말을 하듯이 말했다. "저는 그런 것에 대해서 잘 알지 못한다고요. 아저씨는…."

"말해봐요, 프랜시스. 그가 뭐라고 하던가요?"

그녀는 고개를 저었다. "오늘 너무 많은 말을 했어요."

"제가 말씀드려볼까요. '그 아름다운 머리로 너무 걱정하지 말렴. 왜냐하면 아저씨가 곁에서 어떻게 투표를 해야 하는지 알려줄 테니까.' 그렇죠, 아닌가요?"

"글쎄요, 정확히 그렇게 말하진 않았어요. 아저씨는…."

"하지만 그런 의미였겠죠. 그리고 마이어스를 데려왔고 마이어스가 어느 줄을 잡으면 되는지 보여줄 거라고 했겠죠. 당신은 문제를 일으키고 싶지 않아서 마이어스가 시키는 대로 했고요. 맞죠?"

"만사를 참 지저분하게 묘사하시네요."

"그게 전부가 아니죠. 당신은 정말로 무소속이라고 생각하고 있어요. 하지만 샘 조겐스가 말하는 대로 하고 있고, 샘 조겐스, 그러니까 당신의 샘 아저씨는 툴리의 허가가 없으면 양말 한 짝 갈아 신지 못할 사람이라고요."

"저는 그런 말 안 믿어요!"

"확인해봐요. 기자들에게 물어보고요. 여기저기 냄새를 맡아보라고요."

"물론 그럴 거예요."

"좋아요. 그리되면 이것저것 알게 될 겁니다." 난 일어났다. "환영 인사를 좀 지나치게 한 것 같군요. 전장에서 다시 만납시다. 동무."

내가 거리를 반쯤 가로질러 갔을 때 그녀가 다시 나를 불렀다. "로스!"

"네, 프랜시스?" 나는 다시 현관으로 갔다.

"연결점이 있다면 무엇인지 찾아내고 말겠어요. 툴리가 샘 아저씨와 함께하고 있는지를요. 그럼에도 불구하고 저는 무소속 후보예요. 만약 내가 코를 꿰여서 끌려다니는 신세라면 저는 오래가지 못하겠죠."

"그렇죠!"

"그게 전부가 아니에요. 당신 인생 최고의 전투를 치르게 해드리죠. 그 얼굴에서 모든 것을 다 아는 체하는 표정을 싹 지워드리겠어요."

"좋아요! 바로 그 정신이에요. 이제 재밌어지겠군요."

"고마워요. 그리고 잘 가세요."

"잠시만요." 내가 말했다. "이거 하나는 말해줘요, 누가 연설문을 써줬죠?"

나는 정강이뼈에 발차기를 얻어맞았고, 그사이 그녀는 방충망 문 너머에 가 있었다. "잘 가세요 로스 씨!"

"하나만 더요. 당신의 중간 이름이요. 재비어(Xavier)일 리는 없잖아요. X가 뭐의 약자죠?"

"잰티피(Xanthippe)예요, 이름 가지고도 놀리려고요?" 문이 쾅 닫혔다.

그다음 달에는 프랜시스 넬슨에 대해 걱정할 시간이 없을 정도로 바빴다. 혹시 선거에 출마해본 적이 있는가? 결혼을 하고 맹장 수술을 받은 채로 통을 타고 나이아가라 폭포를 내려가는 것 같았다. 매일 밤 하나 이상의 모임이 있었고 토요일과 일요일에는 조찬회가 열렸으며, 키와니스, 로터리, 라이언스나 상공회의소 사람들과 정오에 점심을 먹었고 가끔 법정에 가기도 해야 했다. 끝이 없는 연락, 전화 통화, 회의가 이어졌다. 매일 의무적인 가정 방문을 나가야만 하는 게 압권이었다.

풀뿌리 선거운동이 최고의 방법이긴 했지만 노력이 필요했다. 홈스 부인은 바닥까지 긁어서 자원봉사자를 모아 선거구 4분의 3을 담당하게 했고 그 나머지는 내가 맡아야 했다. 내가 전부 방문할 수는 없었지만 그래도 시도는 해봐야 했다.

그리고 매일 돈 문제가 발생했다. 자원봉사자를 쓰는 무급 조직이어도 정치에는 돈이 들었다. 인쇄, 우표값, 행사장 대관료, 전화비 그리고 기름값과 자기 밥값을 내지 못하는 사람들을 위한 식대도 들었다. 여기저기에 한두 푼씩 나가다 보니 벌써 3천 달러 이상 적자가 나고 있었다.

선거운동이 얼마나 잘 돌아가는지에 대해서는 말하기가 어려웠다. 다들 서로 속이는 경향이 있기 때문이었다. 우리는 중간지점에서 확인 전화를 돌리고 설문용 엽서를 보내고 가택 방문 조사를 했다. 톰과 나, 그리고 홈스 부인이 나가서 직접 조사도 했다. 온종일 내 이름은 밝히지 않은 채, 여기서는 휘발유를 사고 저기서는 콜라를 사고 또 다른 곳에서 담배 한 갑을 사면서 정치 이야기를 했다. 홈스 부인의 집에서 다시 모였을 때쯤엔 내 상황이 어떤지 대충 느끼고 있었다.

우리는 모여서 추산치를 살펴보았다. 내 수치는 이랬다. "로스 45퍼센트, 프랜시스 55퍼센트, 맥나이 아주 조금." 톰의 수치는 이랬다. "50대 50, 우리가 약세." 홈스 부인은 이렇게 적었다. "지루한 선거운동, 가벼운 표심, 그리고 대세가 우리에게 불리하다." 정식 통계 계산 결과는 이랬다. "로스 43퍼센트, 프랜시스 52퍼센트, 맥나이 5퍼센트. 오차 범위 9퍼센트."

사람들을 훑어봤다. "여기서 손실을 줄여볼까요, 아니면 계속하다 용맹하게 져버릴까요?"

"우린 아직 진 게 아니야." 톰이 지적했다.

"그래, 하지만 지게 되겠지. 우리가 내세울 수 있는 것은 큰 눈을 가진 조그만 여자애보다 더 자격이 있다고 주장하는 것뿐인데, 대중은 그런 거에 관심 없어. 어떻게 생각하세요, 홈스 부인? 선거구에서 부족분을 채울 수 있을 것 같아요?"

그녀는 나를 바라보았다. "로스, 솔직히 말하죠. 불리한 싸움이에요. 열성 지지층에 공을 들이고 있지만 새 피가 수혈되지는 않고 있어요."

"자극제가 필요해요." 톰이 불평하듯 말했다. "진흙탕 싸움을 해봅시다."

"뭐로?" 내가 말했다 "프랜시스가 학교 다니던 시절에 종이쪼가리를 돌려봤다거나, WAC*에 있었을 때 점호 후에 슬쩍 빠져나가기라도 했다고? 그녀는 경력에 아무 결점이 없잖아."

"글쎄, 주택 문제로 걸고넘어지는 건 어때. 그녀의 주요 의제를 써먹도록 내버려뒀잖아."

나는 고개를 저었다. "내가 답을 알고 있었다면 트레일러에서 살고 있겠어? 공수표 공약을 내세우지는 않을 거야. 난 세 개의 법안을 제안했어. 하나는 연방 법안을 지지하는 것, 하나는 건축법 개정, 또 하나는 주택 건설 계획을 위한 채권 발행. 마지막 정책은 뜨거운 감자지. 셋 모두 그다지 좋지도 않아. 주택 부족 사태는 몇 년이나 계속될 거라고."

톰이 말했다. "로스, 자네는 출마하면 안 되는 거였어. 훌륭한 유명인사라면 값싸고 멋진 낙관론을 불러일으킬 수 있어야지."

나는 으르렁거렸다. "내가 지금까지 쭉 말해왔잖아. 나는 운영에 맞는 사람이라고. 운영까지 하는 후보는 다중인격이 될 수밖에 없어."

* Women's Army Corps, 육군여군단

홈스 부인이 눈썹을 찡그렸다. "로스, 주택 문제를 그녀보다 더 잘 알잖아요. 집회를 열어서 토론을 해보는 게 어때요."

"저는 좋아요. 여기서부터 작업을 하면 되죠. 언젠가 그녀에게 전차부터 세금까지 모든 것에 관해서 토론하겠다고 위협한 적이 있었죠. 어때, 톰?"

"잡음을 일으킬 만한 건 뭐든 좋아."

나는 즉시 전화를 걸었다. "밝은 갈색 머리의 꼭두각시 되십니까?"

"잭 로스 씨겠군요. 안녕하세요, 지저분한 양반. 아기들과 뽀뽀는 잘 돼가나요?"

"끈적거리더군요. 예전에 내가 여러 의제에 관해서 토론하자고 한 거 기억나요? 15일 수요일 저녁 8시 어때요?"

프랜시스가 말했다. "끊지 말고 기다려요…." 웅얼거리는 소리가 들리더니 그녀가 다시 돌아왔다. "로스? 당신 선거운동은 당신이 알아서 하세요. 나는 내가 알아서 할 테니까요."

"받아들이는 게 좋을 겁니다. 공개적으로 도전할 테니까요. '프랜시스 양은 의제를 마주하길 두려워하나?' 기사 제목이죠."

"잘 가요, 로스."

"샘 아저씨가 못하게 하고 있죠?" 전화가 딸각 끊겼다.

우리는 개의치 않고 진행했다. 나는 전쟁 채권을 팔아 그 돈으로 시민연맹 소식지 1면에 '로스를 시의원으로!' 광고를 낸 다음 상품과 연예기획, 영화 그리고 엄청나고 어마어마하며 무지막지한 프랜시스와 로스의 토론회에 대해서 알리는 전단을 만들었다. 일요일 밤 우리는 홈스 부인네 차고에 신문을 쌓아놓았다. 그리고 홈스 부인이 다음 날 아침 7시 30분쯤 전화를 했다. "로스…." 그녀가 매우 급한 목소리로 말했다. "지금 당장 와요!"

"갈게요. 문제라도 있어요?"

"모든 게 잘못됐어요. 올 때까지 기다리죠." 그녀는 내가 도착하자 차고로 안내했다. 누군가가 무단침입해서 우리의 소중한 전단 꾸러미에 더러운 자동차 오일을 퍼부어놓았다.

난장판을 살펴보던 중에 톰이 나타났다. “장난꾸러기가 사방에 있군.” 톰이 그걸 보고는 말했다. “상업지에 연락해야겠어.”

“됐어.” 내가 씁쓸하게 말했다. “또 한 번 시도할 돈이 없어.” 하지만 톰은 개의치 않고 연락을 했다. 전단을 나눠줄 예정이던 아이들이 왔기에 우리는 급료를 준 뒤 집으로 돌려보냈다. 톰이 돌아왔다. “너무 늦었어….” 그가 말했다. “바닥부터 다시 시작해야 할 거야. 시간도 없고 너무 돈이 많이 들어.”

나는 고개를 끄덕이고 집으로 들어갔다. 이 전화는 내가 직접 해야만 했다. “안녕하세요.” 나는 쌀쌀맞게 말했다. “무소속 후보자이신 프랜시스 양이신가요?”

“네, 프랜시스 넬슨입니다. 잭 로스 씨 아니세요?

“맞습니다. 제 전화를 기다리고 계셨겠죠.”

“아뇨, 당신의 달콤한 목소리를 알아들은 것뿐이에요. 무슨 일로 이렇게 전화를 주셨는지요?”

“당신네 사람들이 어떻게 선거운동을 하는지 보여드리고 싶어서요.”

“잠시만요. 10시에 약속이 있어요. 그때까지는 시간이 나요. 무슨 말이죠, 우리 사람들이 선거운동을 뭘 어떻게 했는데요?”

“알게 될 겁니다.” 내가 먼저 끊었다.

방해 공작을 그녀가 직접 보기 전까지 나는 그녀에게 한마디 말도 건네지 않았다. 그녀가 노려보았다. “이건 정말 더럽고 지저분한 수작이네요, 로스. 하지만 왜 이걸 나에게 보여주는 거죠?”

“그럼 누구에게 보여주겠어요?”

“하지만 이봐요, 로스. 난 누가 이런 짓을 했는지 몰라요. 그리고 나랑은 아무 상관도 없다고요.” 그녀는 우리를 둘러보았다. “내 말을 믿어주셔야 해요!” 갑자기 그녀는 안심한 표정이 되었다. “알겠어요! 제가 한 게 아니니, 맥나이가 저지른 짓일 거예요.”

톰이 으르렁 소리를 냈다. 나는 점잖게 말했다. "이봐요, 아가씨. 맥나이는 무명인이에요. 그자는 자기 이름을 알리려고 하는, 17위 정도에나 머물고 있는 자란 말입니다. 이기려는 것이 목적이 아니므로 이런 방해 공작을 할 리가 없어요. 당신밖에 없어요. 아, 잠깐! 당신이 직접 하지는 않았겠죠. 하지만 당권파가 했을 겁니다. 잘못된 사람들의 지지를 받게 되면 이렇게 되는 겁니다."

"하지만 당신이 틀렸어요! 틀렸다고요! 난 당권파의 지지를 받지 않고 있어요."

"그래서요? 누가 당신 선거운동을 이끌고 있죠? 누가 돈을 내나요?"

프랜시스는 고개를 저었다. "그런 것은 선거위원회에서 처리하고 있어요. 내 일은 사람들 앞에서 말을 하는 거고요."

"그 위원회는 어디서 나타났죠? 황새가 물어 왔나요?"

"말도 안 되는 소리 하지 말아요. 3구역 주택 소유주 연맹이에요. 그 사람들이 나를 지지했고 선거위원회를 꾸려줬어요."

나는 사람을 잘 판단하는 사람은 아니었지만, 그녀는 진실을 말하고 있었다. 자신에게 보이는 대로 말이다. "허수아비 조직이라는 것 들어본 적 있어요? 당신과 이 주택 소유자 연맹의 연결점은 샘 조겐스밖에 없죠, 안 그래요?"

"왜…, 아니요, 그건…. 맞아요, 그런 것 같아요."

"그리고 내가 조겐스는 툴리의 애완견이라고 말한 적도 있죠."

"네, 하지만 그건 내가 확인해봤어요, 로스. 샘 아저씨가 모든 것을 설명해줬다고요. 툴리가 예전에 아저씨를 지지해줬지만 샘 아저씨가 당권파의 명령을 듣기 싫어해서 끊어버렸다고요. 당권파가 예전에 지지해준 게 아저씨의 죄는 아니잖아요."

"그리고 당신은 그 말을 믿어준 거군요."

"아니요, 증명하도록 했어요. 당신이 신문 쪽에도 확인해보라고 했잖아요. 샘 아저씨가 〈헤럴드〉의 편집자와 얘기를 하게 해줬다고요." 톰이 코웃음을 쳤다.

"저 사람의 웃음은…." 내가 말했다. "〈헤럴드〉도 당권파의 일부라는 뜻이에요. 내가 당신에게 했던 말은 기자와 말을 해보라는 뜻이었어요. 기자들 대부분은 정직하고 모두 이 일에 대해서 잘 알고 있으니까요. 하지만 난 어떻게 당신이 그렇게 순진할 수 있는지 모르겠군요. 전쟁에 나가 있었다는 건 알고 있지만, 전쟁 전에 신문도 안 읽었어요?"

대화가 계속되었고 우리는 프랜시스가 어느 학교를 나왔는지와 전쟁 때 무슨 일이 있었는지에 대해 얘기를 나누었다. 그녀가 열다섯 살 이후로는 이 도시에 거의 살지 않았다는 것을 알게 되자 홈스 부인이 끼어들었다. "그녀는 후보 자격이 없어요, 로스! 주거 자격이 없잖아요."

나는 고개를 저었다. "변호사로서 말하는데 그녀는 자격이 있어요. 그런 거로는 주거 자격이 없어지지 않아요. 특히 이 지역에서 입대했으니까요. 커피 좀 끓여주시겠어요, 홈스 부인?"

홈스 부인이 불평했다. 적과 노닥거리는 것이 마음에 안 드는 것 같았다. 하지만 나는 부인의 팔을 잡고 집으로 데리고 들어가며 속삭였다. "애한테 너무 심하게 하지 말아요, 부인. 당신과 나도 처음에는 실수를 많이 했었잖아요. 스마이드 기억나요?"

스마이드는 뇌물로 배를 채우는 인간이었고, 그를 믿었다가 우리 모두 깊은 상처를 입었었다. 홈스 부인은 얌전한 표정이 되어서 긴장을 풀었다. 우리는 더위와 대통령 후보들의 당선 가능성에 관해서 잡담을 나누었고, 이윽고 프랜시스가 말했다. "난 항복 선언을 하지 않을 거예요. 하지만 이 전단에 대한 돈은 내죠."

"필요 없어요." 내가 말했다. "차라리 툴리와 박치기를 하고 말지. 하지만 기왕 여기에 왔고 1시간 정도 시간이 남았군요. 보여줄 게 있어요."

"같이 가줄까, 로스?" 톰이 프랜시스를 바라보면서 제안했다.

"그러고 싶다면. 커피 고마웠습니다. 홈스 부인, 난장판은 나중에 돌아와서 치울게요." 우리는 포터 박사의 사무실로 가서 금고에 있던 샘 조겐스에 대한 서류 등사물을 꺼냈다. 우리는 아무 말도 하지 않았다. 그저 논리적인 순서에 따라 늘어놓았을 뿐이었다. 프랜시스도 말을 하지 않았지만, 얼굴은 점점 더 창백해져갔다. 결국 그녀가 말했다. "집에 데려다 주실래요, 로스 씨?"

그다음 3주간은 종일 표심을 쫓으며 힘들게 보내야 했다. 우표를 붙이고 한밤중에는 자동차 범퍼 표시에 스텐실로 글자를 새겼다. 한 번도 잠을 충분히 잔 적이 없었다. 그러다 우리는 신기한 사실을 하나 발견했다. 맥나이가 치고 올라오고 있었다. 처음에는 옥외 광고판이 늘어나더니 전단이 돌기 시작했고 지명도가 높아졌다. 그리고 선거구 지부가 맥나이를 위해 일한다는 보고가 들어왔다.

공화당이 노먼 토마스를 후보로 지명했어도 이만큼 어리둥절할 수는 없을 것 같았다.* 우리는 또 한 번 여론조사를 했다. 홈스 부인과 포터 박사 그리고 내가 결과를 검토했다. 나와 프랜시스가 백중지세였지만, 프랜시스가 지고 있었다. 맥나이가 강력한 3위가 되었고 빠른 속도로 치고 올라오는 중이었다. "어떻게 생각하세요, 홈스 부인?"

"나도 같은 생각이에요. 툴리가 프랜시스를 버리고 맥나이를 매수했네요."

포터 박사도 동의했다. "결국, 결선에는 자네와 맥나이가 올라가게 될 거야. 프랜시스는 당권파의 초기 지지세를 깎아 먹고 있어. 결국 사퇴하겠지."

우리가 얘기하던 중에 톰이 도착했다. "나는 잘 모르겠어." 그가 말했다. "툴리는 경선 승리가 필요해. 만약 실패한다면 결선은 그 여자와 맥나이가 올라가게 되겠지. 우리에겐 조직이 있지만 그녀에게는 없어."

"툴리는 내가 3위가 될 거라 확신하지는 못할 거야. 사실 최악의 상황에서 프랜시스를 제치고 2위가 될 수도 있지."

* 노먼 토마스는 미국 사회당 후보로 대통령에 여섯 번 출마한 인물이다.

톰은 의뭉스러운 표정이었다. "오늘 자 〈헤럴드〉 석간 봤나, 로스?"

"아니. 내가 사실은 주정꾼이라는 기사라도 났어?"

"그보다 안 좋은 거야." 그가 신문을 꺼내서 보였다. '로스, 시의원 선거에 부적격'이라고 적혀 있었다. 거기에는 트레일러 문 앞에 내가 서 있는 3단짜리 사진이 실려 있었다. 시의원에 출마하려면 2년 이상을 도시에서 살아야 하며 해당 선거구에서 최소 6개월을 거주해야 한다는 내용의 기사였다. 트레일러 야영장은 도시 경계 밖에 있었다.

포터 박사가 걱정스러운 표정을 지었다. "부적격 처리를 내리진 못하겠지, 로스?"

"법정에 들고 갈 생각은 없을 겁니다." 내가 말했다. "나는 확실하게 합법적이에요. 거주 자격은 지리적 위치랑 상관이 없죠, 의도가 문제예요. 나가 있더라도 돌아갈 곳이 있다면 그곳이 집이죠. 나는 전쟁 전부터 한 아파트에 등록되어 있었는데 워싱턴에 갈 적에 아파트를 동거인에게 넘겨줬죠. 거기에는 아직 내 쓰레기들이 남아 있지만, 그 사람은 그사이 결혼해 쌍둥이를 낳았어요. 그래서 내가 트레일러에서 살게 된 겁니다. 법적으로는 아무 영향이 없는 임시 조치로 말이죠."

"흠, 정치적 영향은 어떤가?"

"그건 또 다른 문제겠죠."

"당연하지." 톰이 동의했다. "어떻게 보세요, 홈스 부인?"

그녀도 걱정스러워 보였다. "톰 말이 맞아요. 입소문 선거전에 딱 맞춰서 만들어진 불리한 유명세죠. 여기서 살지도 않는 사람에게 누가 표를 던지겠나, 그런 얘기죠."

나는 고개를 끄덕였다. "글쎄, 이제 반박하기에는 너무 늦었어요. 하지만 현실을 바로 봅시다, 여러분. 우리에게는 이제 한 푼도 없어요."

처음으로 아무도 반박하지 않았다. 대신 포터 박사가 말했다. "프랜시스 양은 어떤 사람인가? 결선 선거에 나갈 때 우리가 지지할 수 있나?"

"그녀는 착한 여자예요." 내가 확신을 시켜줬다. "이용을 당했는데 인정하기는 싫겠죠. 하지만 맥나이보다는 나을 겁니다."

"나도 같은 생각이야." 톰도 동의했다.

"숙녀분이시더군요." 홈스 부인이 말했다.

"하지만…." 나는 반대의견을 냈다. "결선에서 그녀를 뽑을 수는 없습니다. 맥나이는 찔러볼 구석이 없고 그녀는 기나긴 선거운동 동안 당권파에서 할 짓에 대항하기엔 너무 순진하고요. 툴리도 자기가 할 일은 잘 알고 있는 거죠."

"아무래도 자네 말이 맞는 것 같군." 포터 박사도 동의했다.

"로스." 톰이 말했다. "자네는 우리가 끝장났다고 생각하는 것 같은데."

"홈스 부인에게 물어봐."

홈스 부인이 말했다. "나도 그렇게 말하긴 싫고 그만둘 생각도 없지만 결선 투표용지에 로스의 이름을 올리려면 기적이라도 일어나야 할 거예요."

"알았어요." 톰이 말했다. "그럼 보이스카우트처럼 정정당당한 운동은 그만두고 나머지 선거 기간에는 재미있게 해봅시다. 난 툴리가 선거운동하는 방식이 마음에 안 들어요. 우리는 공정하게 했죠. 그랬는데 되돌아온 것은 야바위 짓거리뿐이었고요."

"그래서 어쩌고 싶어?"

톰이 설명했다. 나는 고개를 끄덕이며 말했다. "나도 찬성이야. 온 마음을 다해서 말이야. 그러면 재밌겠지. 그리고 통할지도 몰라."

"글쎄, 그러면 지금 당장 전화해!"

나는 프랜시스 넬슨에게 전화를 걸었다. "잭 로스입니다, 프랜시스. 요즘 통 보이지 않던데요. 선거운동은 잘되어가나요?"

그녀는 피곤한 목소리였다. "아, 그거요. 무슨 선거운동 말이죠, 로스?"

"사퇴했어요? 사퇴 발표는 못 본 것 같은데요."

"그럴 필요도 없었어요. 조겐스에게 반항했더니 선거운동은 그냥 사라져버리더군요. 위원회도 모습을 감춰버렸어요. 로스, 만나서 사과드리고 싶어요."

"사과는 잊어버려요. 나도 만나고 싶으니까. 내가 지금 갈게요."

우리는 차도 변에 차를 세웠다. "난 선거에서 사퇴할 겁니다, 프랜시스. 우리는 우리가 가지고 있는 조직적 지지를 당신에게 몰아주고 싶어요."

프랜시스가 노려보았다. "로스, 그럴 수는 없어요. 난 당신에게 투표하려고 했다고요."

"응? 그건 됐어요. 그럴 기회도 없을 테니까요." 나는 그녀에게 〈헤럴드〉 기사 내용을 말해줬다. "이건 사기예요. 하지만 어쨌든 간에 타격이 있겠죠. 무주택자인 내 상황을 어떻게든 해결했어야 했는데 바보처럼 그냥 내버려두고 있었던 거죠. 이제는 너무 늦어버렸어요. 무언가 설명해야만 하는 거리를 짊어지고 있는 후보는 쓰러진 거나 마찬가지죠. 잘해야 50 대 50이었는데 이제 균형이 무너져버린 겁니다."

그녀는 눈물이 그렁그렁한 눈으로 사진을 보면서 주먹으로 입을 막았다. "로스, 이런 세상에! 제가 또 저질렀어요."

"뭘 저질러요?"

"당신을 이 지경으로 만든 거요. 제가 샘 조겐스에게 처음에 우리가 한 대화를 모두 얘기했어요. 당신이 트레일러에 산다는 것까지도요."

나는 괜찮다고 말했다. "상관없어요. 어찌 되었건 간에 그자들도 알아냈을 테니까요. 이거 봐요, 우리는 당신을 지지할 거예요. 당선되도록 우리가 도와줄지도 모르고요."

"하지만 이제 의원직은 원하지도 않아요, 로스. 당신이 됐으면 좋겠다고요."

"너무 늦었어요, 프랜시스. 그래도 저 맥나이라는 스페어타이어 녀석은 이기고 싶거든요. 당권파는 비당권파 측 표를 분산시키려고 여전히 당신을 이용하고 있죠. 끝나고 나면 버릴 거고요. 난 그런 걸 못 두고 보는 성격이에요. 하지만 먼저 할 일이 있어요. 당신은 무소속이라고 주장하고 있죠. 하지만 이제 그런 주장은 그만둬야 해요."

"무슨 말이죠? 저는 어디에 소속되지는 않을 거예요."

"이런데도 참정권을 줬다니! 이봐요, 정치는 그걸 수행하는 정치인만큼만 깨끗하거나 더러운 법이에요. 정치가 더럽다고 하는 사람들은 너무 게을러서 참여하지 않으려고 하는 자들이고요." 그녀는 두 손에 얼굴을 묻었다. 나는 그녀의 어깨를 잡고 흔들었다. "이제 내 말 잘 들어요. 이제 우리의 계획을 하나하나 전부 다시 살펴볼 겁니다. 만약 당신이 동의하고 진심으로 참여한다면 당신은 이제 우리의 후보가 되는 거예요. 알겠죠?"

"네, 로스." 그녀가 속삭였다.

우리는 모든 것을 살폈다. 문제도 없었고 상식적이며 우리에게 원한이라도 있는 사람이 아니라면 누구에게나 호소할 수 있는 정책들이었다. 그녀가 이해하지 못하는 정책은 일단 미뤄뒀다. 그녀는 특히 나의 주택 법안을 좋아했고 그걸 발전시키고 나니 조금 더 후보다운 소리를 하게 되었다.

"좋아요." 마침내 내가 말했다. "이게 계획입니다. 내가 선거에서 빠지면 선거전은 경선에서 끝나게 될 겁니다. 내가 직접 하기에는 너무 늦은 상황이었는데 저들 때문에 어쩔 수 없게 된 거죠. 비거주자라는 이유로 부적격이 되려면 법원 명령이 있어야 할 테니까요."

포터 박사는 날카로운 눈빛으로 올려보았다. "다시 설명해주겠나? 자네는 법적으로 안전하다고 하지 않았나."

나는 씩 웃었다. "안전합니다. 내가 싸운다면 말이죠. 하지만 난 다투지 않을 거예요. 꼭두각시를 두어 명 이용해서 고소를 하게 하는 겁니다. 법정은 나보고 변론하라고 하겠죠. 여기서 포기합니다. 법정은 내 이름을 후보자명단에서 빼낼 수밖에 없게 됩니다. 하나, 둘, 셋."

톰이 기뻐했고 나는 고개 숙여 인사했다. "이제 포터 박사님이 당신의 새 선거위원장입니다. 이전처럼 하시면 됩니다. 가라는 곳에 가서 당신의 연설을 하는 거죠. 아, 맞다. 수택문제 말고 다른 의제에 관해서는 숙제거리를 챙겨놨어요. 톰과 나는 특수효과 담당이라고 해두죠. 그냥 없는 거라고 치시고요."

사흘 후 나는 후보명단에서 빠지게 되었다. 톰이 뒤에서 맥나이와 툴리가 저지른 짓인 것처럼 보이게 작업했다. 홈스 부인은 우리 선거구 노동자들에게 프랜시스야말로 떠오르는 새로운 희망이라는 점을 인식시키는 섬세한 작업을 맡았다. 포터 박사와 딕 블레어는 프랜시스가 시민연맹의 지지를 얻어내도록 했다. 어차피 시민연맹은 툴리 쪽 사람을 상대하는 후보라면 자이언트판다라도 지지할 것이었다. 그리고 딕 블레어는 참전용사들에게 작업을 들어갔다.

남겨진 톰과 나는 자유가 되어 즐겁게 게임을 즐겼다.

먼저 우리는 프랜시스가 마치 온 세상을 빛으로 채울 것처럼 보이는 커다랗고 슬픈 기색의 눈과 귀족적인 이마를 지닌 매력적인 자유의 여신상으로 보일 사진을 골랐다. 그리고 대형 간판 크기로 확대했다. 6장짜리였는데 24장짜리는 너무 큰 돈이 들어서였다.

우리는 또 맥나이의 '멋진' 사진도 구했다. 물론 우리에게만 멋진 사진이었다. 과정은 이랬다. 그가 연설하는 곳에 두 명의 사진사를 보낸다. 먼저 한 명이 플래시를 크게 터뜨리며 사진을 찍는다. 눈이 부신 희생자가 정신을 차리기 전에 다음 사람이 똑같은 짓을 반복한다. 그러고 첫 번째 사진은 내다 버린다. 그러면 눈을 크게 뜨고 입은 반쯤 벌리고 있는 바보 같은 표정의 맥나이 사진을 건질 수 있다. 너무나 심하게 나와서 강도를 조금 줄여야 할 정도였다. 그리고 다른 주로 가서 아주 비밀리에 인쇄했다.

경선이 며칠 남은 시점에서 우리는 바삐 일했다. 먼저 우리는 프랜시스의 아름다운 자태가 그려져 눈길을 끄는 간판의 얼굴에, 저격하는 문구가 담긴 간판을 덧붙였다. "맥나이에게 한 표를!" 이틀 후 작은 선거용 포스터를 그의 사랑스러운 사진에 덧붙였다. "맥나이에게 한 표를! 여성이 있을 자리는 가정입니다!". 우리는 이걸 사유지에도 걸었다.

톰과 나는 다음 날 우리의 업적을 살피며 감탄했다. "아름답군." 톰이 꿈을 꾸는 듯한 말투로 말했다. "로스, 공산당이 맥나이 지지를 선언해줄 방법 같은 거 없을까?"

"모르겠는걸." 난 인정했다. "거기에 돈이 많이 들지만 않으면. 전쟁 채권이 두어 개 남아 있긴 한데 말이야."

그는 고개를 저었다. "좋은 생각이긴 한데 안 될 거야."

우리는 마지막 결정타 두 개를 선거 전날까지 아껴두었다. 돈이 많이 드는 작업이었지만 기다렸다. 토요일, 우리는 톰이 가진 연줄을 이용해서 범법자처럼 보이는 인물을 고용했다. 이틀 동안 수염을 깎지 말고 월요일에 그대로 나타나도록 지시해서 말이다.* 마늘이 잔뜩 들어간 샌드위치를 먹인 다음 할 말과 지침을 정해줬다. 초인종을 울린 다음 피해자 얼굴에 마늘 냄새 가득한 숨을 내뿜고 전단을 건네며 갑작스럽게 말하는 것이다. "이렇게 투표하세요. 아줌마!" 전단에는 이렇게 적혀 있다. "맥나이에게 한 표를!" 게다가 맥나이의 멋진 사진을 함께 주는 것이다. 거기에는 툴리가 적은 문구도 있었지만, 우리가 선정한 맥나이 최고의 모순 발언 모음도 있었다. 끄트머리에는 "100퍼센트 미국산!"이라고 적혀 있었다.

우리는 이 불한당들을 네 개의 선거구당 한 명씩, 잘 사는 동네에 배치했다.

그날 밤 홈스 부인이 준비한 정식 선거운동의 마무리로 옛날 방식의 횃불 행진이 있었다. 시작은 코끼리와 당나귀(대체 어떻게 코끼리를 빌려왔는지는 하늘만이 알 것이었다)**였다. 코끼리에는 "나는 프랜시스를 지지한다!"라는 간판을 달았다. 당나귀는 "나도 지지한다!"라는 간판을 달았다. 아이들로 된 악대와 함께 지쳐 있는 자원봉사자들이 횃불을 들고 지나갔다. WAC 참전용사와 함께 WAVE*** 참전용사가 차량에 탄 프랜시스와 함께 행진했다. 그녀는 겁을 먹고 있었지만 사랑스러워 보였다.

* 미국 선거일은 화요일로 정해져 있다.

** 코끼리는 공화당의 상징, 당나귀는 민주당의 상징이다.

*** Women Accepted for Volunteer Emergency Service, 해군 자원예비군

톰과 나는 그걸 보고 있다가 일로 돌아갔다. 그날 밤은 잘 시간이 없었다.

더 많은 대자보를 붙였다. 자동차 차창 크기였고 인쇄된 면에 풀을 칠했다. 주택 문제가 그 모양이니 이 도시에 있는 차의 절반 정도는 차고에 들어가 있지 않았다. 우리는 동이 트기 전까지 구역의 모든 블록을 돌아다녔다. 톰이 운전하고 나는 조수석에서 물통과 함께 스펀지와 스티커를 들고 있었다. 톰이 차를 세우면 나는 정확히 운전자 얼굴이 위치할 자리에 스티커를 붙였다. 결국 긁어서 뜯어낼 수밖에 없을 것이었다. 스티커에는 이렇게 적혀 있었다. "맥나이에게 한 표를! 미국을 순수하게 만들자!"

이 정도면 사람들로 하여금 누구에게 투표해야 하는지 알게 해줄 거라 계산했다.

나는 투표소가 열리고 먼저 투표를 한 뒤 침대에 들었다.

나는 사령부, 즉 지난 한 달 동안 빌려 썼던 빈 건물에서 있을 파티 시간에 맞춰서 일어났다. 선거 감시인이나 정직한 개표에 대해서는 별로 생각하지 않았다. 그건 홈스 부인의 전문 분야였다. 하지만 결과를 놓치고 싶지 않았다.

선거 결과를 지켜보는 파티는 모두 비슷하다. 똑같이 친근하게 술을 마시다가 라디오 소리가 들리면 모두 조용해지고 팽팽한 긴장을 느낀다. 나는 맥주를 감자칩과 함께 마시며 혼잡스러움을 즐겼다.

"아직 아무것도 나오지 않았군요…." 홈스 부인에게 물었다. "프랜시스는 어딨죠?"

"아직 안 왔어요. 좀 자라고 해뒀어요."

"나오는 게 좋을 거예요. 후보자가 눈에 보여야 하니까요. 사람들은 등 두드려주는 것을 위해 일한 건데 이럴 때는 두드려줘야죠."

하지만 때마침 프랜시스가 나타나서 후보자답게 친근하고, 정중하면서도 사람들에게 고마움을 표하는 모습을 보였다. 나는 다음 연방의회에 그녀를 출마시킬 생각을 하기 시작했다.

톰이 흐릿한 눈빛으로 첫 결과를 가지고 나타났다. 모두 맥나이였다. 그 얘기를 듣자 프랜시스의 얼굴에서 웃음기가 사라졌다. 포터 박사가 다가가서 말했다. "이건 중요하지 않아요, 당권파 지지 지역이 먼저 개표하니까." 그녀는 억지로 웃음을 지었다.

맥나이는 크게 앞서나갔다. 그러다가 우리의 노력이 결실을 보이기 시작했다. 프랜시스가 따라잡기 시작했다. 10시 30분경에는 막상막하였다. 잠시 후 누가 시의원으로 뽑혔는지 보이기 시작했다.

자정쯤 맥나이가 방송에 나와 선거 패배를 인정했다.

✳

그래서 나는 시의원의 현장 비서가 되었다. 나는 위원회 모임이 일어나는 동안 바깥 자리에 앉아 있다. 내가 오른쪽 귀를 긁으면 프랜시스 시의원은 "예"에 투표하고, 왼쪽 귀를 긁으면 "아니요"에 투표한다. 보통은 말이다.

그녀와 결혼했냐고? 내가? 그녀와 결혼한 건 톰이었다. 두 사람은 집을 짓고 있다. 침실 하나에 욕실 두 개짜리 집을. 다시 말해서, 가구를 좀 구하게 되면 말이다.

거울 너머에서 일어난 일

They Do It with Mirrors

배지훈 옮김

✦ 1947년 5월 〈파퓰러 디텍티브(Popular Detective)〉에 발표

나는 그곳에 벌거벗은 아름다운 여성을 보러 갔다. 다른 사람들도 마찬가지였다. 흔히 하는 실수였다.

나는 잭 조이의 술집 바 끄트머리에 있는 스툴에 걸터앉아서 올드패션드 칵테일 두 잔을 섞느라 바쁜 주인 잭에게 말했다. "석 잔 만들게." 내가 말했다. "아니, 넉 잔으로 하지. 나랑 같이 한잔하세. 무슨 일이야, 잭? 호구들을 위해서 스트립쇼를 차렸다면서?"

"안녕, 에디슨. 아니, 이건 스트립쇼가 아니야. 예술이지."

"차이가 뭔데?"

"가만히 있으면 예술. 흔들거리면 불법이지. 그게 규칙이야. 자, 여기." 그가 프로그램을 건넸다.

이렇게 적혀 있었다.

조이 클럽

상연 — 매직미러!

아름다운 모델이

즐겁고 예술적인 무대를 펼칩니다

오후 10시 "아프로디테"— 에스텔

오후 11시 "태양에 바치는 제물"— 에스텔과 헤이즐

오후 12시 "대 여사제"— 헤이즐

새벽 1시 "제단의 희생자"— 에스텔

새벽 2시 "목신 판에게 올리는 기원"— 에스텔과 헤이즐

(손님 여러분은 발 구르기, 휘파람과 같은 행위로 공연의 예술적 정적을 방해하지 말아주십시오.)

마지막 부분에서 웃음이 나왔다. 잭의 술집은 누가 봐도 싸구려 술집이었다. 하지만 프로그램 뒷면에서 내가 지금 쥐고 있는 술 한 잔 가격이 생각했던 것보다 두 배가 넘는다는 것을 보게 됐다. 그리고 술집은 미어터지고 있었다. 나를 포함한 호구들로 말이다.

내가 잭에게 최대한 친절한 말투로, 쇼가 진행되는 동안에 눈을 감고 있을 테니 원래 술값만 내면 안 되겠냐고 말하려는 순간에 두 번의 날카로운 삑 소리를 들었다. 바 뒤쪽 어디선가 고음의 버저 소리가 마치 무선 암호처럼 울렸다. 잭은 등을 돌린 채로 설명했다. "11시, 쇼 시작이야." 그는 바 아래에서 바삐 움직이고 있었다.

나는 바의 끄트머리에 있었기 때문에 아래에서 무슨 일이 일어나고 있는지 엿볼 수 있었다. 아래쪽에는 크리스마스에 보이스카우트 아이라도 기쁘게 해줄 수 있을 만큼 수많은 전기 장치가 있었다. 스위치, 가변 조절 장치, 레코드 턴테이블 그리고 핸드 마이크까지. 나는 기대서서 어느 정도의 장비가 있는지 살폈다. 나는 아버지의 영향을 받아서인지 기계 장치라면 사족을 못 썼다. 아버지는 자신의 우상처럼 되라고 내 이름을 토머스 앨바 에디슨 힐이라고 지었다. 원자폭탄을 발명하지는 못했으니 아버지를 실망하게 해드린 셈이다. 하지만 내 타자기 정도는 스스로 고친다.

잭이 스위치를 켠 다음 마이크를 집어 들었다. 스피커에서 그의 목소리가 흘러나왔다. "매직미러를 소개해드립니다." 그리고 턴테이블을 켜서 《금계》*에 나오는 〈태양의 찬가〉를 틀고는 가변조절 장치를 천천히 돌렸다.

술집 조명이 어두워지면서 매직미러의 조명이 천천히 켜졌다. '거울'은 사실 너비 3미터에 높이 2.5미터의 유리판으로, 작은 발코니형 무대를 가리고 있었다. 실내조명이 밝고 무대가 어두울 때는 유리 너머가 전혀 보이지 않고 거울처럼 보였다. 실내조명이 꺼지고 무대조명이 들어오면 유리 너머가 보이기 시작하여 '거울' 안에 그림이 천천히 떠올랐다.

바 아래쪽 밝은 조명이 잭과 조종반을 비췄고 실내 조명이 꺼져도 그곳은 꺼지지 않았다. 바의 끝에 있는 내겐 그 모습이 확실히 보였다. 나는 무대에 집중하기 위해 손으로 그 부분을 가려야만 했다.

대단한 구경거리였다.

금발과 갈색 머리, 두 명의 여자가 있었다. 제단인지 테이블인지의 위에 금발이 편안하게 드러누워 있었다. 갈색 머리는 제단 끝에 서서 금발의 머리칼을 움켜쥐고 다른 한 손으로는 화려한 단검을 들어 올리고 있었다. 배경에는 금색과 어두운 파란색으로 가짜 아즈텍인지 이집트인지의 태양 빛살 문양이 그려져 있었다. 하지만 그런 건 아무도 보지 않았다. 모두 여자를 보고 있었다.

갈색 머리는 쇼걸 같은 높은 머리 장식에 은색 샌들, 그리고 유리 보석이 달린 끈팬티를 입고 있었다. 그게 전부였다. 브래지어는 흔적도 없었다. 금발 쪽은 완전히 벌거벗은 채로 무릎을 무대 앞쪽으로 올리고 있어서 열린 마음을 가진 검열관이라면 충분히 봐줄 만한 자세를 취하고 있었다.

하지만 나는 벌거벗은 금발을 보고 있지 않았다. 나는 갈색 머리를 보

* 제정 러시아의 작곡가 니콜라이 림스키코르사코프의 오페라

고 있었다.

두 개의 놀랍도록 봉긋하게 서 있는 가슴이나 길고 우아한 다리, 엉덩이 모양이나 허벅지만의 문제가 아니었다. 관건은 전체적인 조화였다. 너무나 아름다워서 가슴이 아플 정도였다. 누군가가 말하는 걸 들었다. "몸매 죽인다!" 그러자 누군가가 쉿 하는 소리를 내며 그자를 입 다물게 했다. 그 누군가가 바로 나였다.

그러고는 불이 꺼졌고 그제야 나는 죽였던 숨을 다시 쉬었다.

나는 에누리 없이 바가지 술값을 냈고, 잭이 말했다. "막간에 두 사람이 나와서 접대도 할 거야." 발코니에서 내려오는 계단 위에 두 사람이 나타나자 잭이 손짓으로 그들을 불렀고 나에게 소개해줬다.

"헤이즐 돈, 에스텔 대쉬. 여기 에디슨 힐을 소개하지."

갈색 머리 헤이즐이 말했다. "안녕하세요?" 하지만 금발은 이렇게 말했다.

"아, 유령 씨와 난 만난 적 있어요. 사업은 어때요? 요즘은 말썽 안 일으켰어요?"

나는 "그럭저럭"이라고 말하고 그냥 지나갔다. 난 그녀를 잘 알았다. 하지만 오드리 존슨으로서지 에스텔 대쉬로서는 아니었다. 경찰청장의 자서전 작업을 할 때 그녀가 시청에서 속기사로 일하고 있었다. 나는 그녀를 별로 좋아하지 않았다. 다른 사람의 약점을 찾아내서 후벼 파는 버릇이 있었기 때문이었다.

난 대필 작가라는 직업이 부끄럽지도 않을뿐더러 비밀도 아니었다. 《경찰로 보낸 40년》의 표지에서 경찰청장과 함께 내 이름도 발견할 수 있다. 물론 작은 글씨지만 '에디슨 힐 공저'라고 적혀 있다.

"쇼는 좋았어요?" 헤이즐이 물었고 나는 술을 한 잔씩 돌렸다.

"당신이 마음에 들더군요." 나는 그녀에게만 들릴 정도로 속삭이며 말했다. "다음 쇼가 더 기대되는군요."

"더 보게 되실 거예요." 그녀는 말하고는 화제를 바꿨다. 그녀는 자신의 몸매를 자랑스러워하며 아름답다고 찬사받는 것은 좋아하지만, 대중에 전시하는 것에 완전히 익숙해지지는 않은 것 같았다.

에스텔이 바 너머의 잭에게 몸을 기울였다. "잭." 그녀가 상냥하지만 합리적인 말투로 말했다. "또 조명을 너무 오래 썼잖아요. 내가 저 자세로 있을 때는 상관없지만, 조명이 꺼질 때까지 여기 불쌍한 헤이즐은 덜덜 떨어야 했다고요."

잭은 달걀 삶는 데 사용하는 3분 모래시계를 바위에 올려놓았다. "여기 3분이라고 쓰여 있잖아. 3분밖에 안 한 거라고."

"맞아요. 3분 이상 했던 것 같지는 않아요." 헤이즐이 반박했다. "난 지치지도 않았으니까요."

"막 떨었잖아. 내가 봤어. 너무 지치면 안 된다니까. 그러면 몸매가 망가져 보이거든. 어쨌든…." 에스텔이 말을 보탰다. "이건 내가 가져갈게요." 그녀는 모래시계를 핸드백에 집어넣었다. "시간은 우리가 알아서 잴 테니까요."

"3분이었다니까." 잭이 우겼다.

"됐어요." 에스텔이 대답했다. "이제부터는 정확히 3분이 될 거예요. 아니면 이 엄마가 못된 잭을 어두운 벽장에 가둘 테니까."

잭이 대답하려다가 생각을 바꿔서 바의 다른 쪽으로 걸어가버렸다. 에스텔은 어깨를 으쓱하더니 나머지 술을 단숨에 마시고 그를 따라갔다. 그녀는 잭과 다시 무슨 얘기를 하더니 테이블에 있는 다른 고객과 함께했다.

헤이즐은 멀어지는 그녀를 보며 말했다. "가끔은 저 말괄량이를 바지 위로 찰싹 때려주고 싶다니까요." 그녀가 불평했다. "잰 바지 같은 건 안 입지만."

"뒷말하는 거예요?"

"뒷말은 아니에요. 잭이 그쪽 친구라면…."

"그냥 지인입니다."

"그래요. 더 못한 사장도 만나본 적 있긴 한데, 저 사람은 좀 얼간이예요. 아마 일부러 괴롭히려고 자세 취하는 시간을 늘리지는 않았을지도 몰라요. 나는 시간을 재본 적이 없으니까요. 하지만 어떤 자세는 3분이라고 하기엔 너무 길었어요. 에스텔의 아프로디테 자세, 봤어요?"

"아뇨."

"에스텔은 의상이라고는 전혀 안 입고 한 발로 공 위에 서서 다른 한 다리는 높이 쳐들고 있어야 해요. 자세가 무너지는 모습을 가리기 위해서 조명 스위치를 꺼야 했죠. 어쨌든 마찬가지예요. 혹사죠."

"경찰한테 잡힐까 봐 그런다는 건가요."

"글쎄요, 그렇겠죠. 잭은 풍기단속반이 참아줄 수 있을 때까지 버티길 원하나 봐요."

"당신은 이런 쇼를 하면 안 돼요. 영화 계약을 따내야죠."

그녀는 유쾌함이라고는 찾아볼 수 없는 소리로 웃었다. "에디슨, 영화 계약을 따내려고 노력해본 적 있어요? 난 있거든요."

"마찬가지예요. 오, 그렇군요! 그런데 왜 에스텔에게까지 화가 났어요? 방금 한 말로는 설명이 안 되는데."

"그녀는…. 그냥 넘어가죠. 나쁜 뜻이 있는 것도 아닐 테니까요."

"그녀가 이런 일에 당신을 끌고 들어오지 않았다면 좋았겠다고 생각하는 건가요?"

"약간은요."

"또 뭔데요?"

"음…, 아무것도 아니에요, 여기 좀 볼래요, 주름살 제거제가 필요하다고 생각하세요?" 나는 그녀가 조금 얼굴을 붉힐 때까지 꽤 가까이서 관찰했고, 그런 것은 필요 없다고 안심시켰다.

"고마워요." 그녀가 말했다. "에스텔은 싹 필요하다고 생각하는 것 같더라고요. 요즘 나보고 몸 관리 잘하라고 충고하더니 작은 선물로 화장용품을 가져다주더군요. 고맙다고 했고 그녀도 순전히 우정에서 준 것이지만… 전 어쩐지 껄끄러워요."

나는 고개를 끄덕이고 화제를 바꿨다. 에스텔에 관해서 얘기하고 싶지 않았다. 그녀에 관해서 대화하고 싶었다. 그녀와 나에 관해서. 알고 지내는 에이전시(바로 내 에이전시)가 그녀를 도와줄 수 있다고 언급했고, 그러자 그녀는 정말 관심을 보였다. 나한테 관심이 있어 보이진 않았지만 적어도 내가 하는 말에는 관심이 있었다.

곧 그녀는 바 뒤편에 있는 시계를 보더니 불평을 했다. "고객들을 위해 옷 벗을 시간이네요. 나중에 봐요!" 12시 5분 전이었다. 나는 바의 끄트머리에서 잭의 매직미러 조종반 반대 쪽으로 자리를 옮겼다. 헤이즐을 보는 데 그 조종반 불빛이 또 방해되는 건 싫었다.

거의 12시가 되려고 할 때 잭이 술집 뒤편에서 나타나 손님을 팔꿈치로 밀어젖히면서 조종반 근처로 올라갔다. "겨우 시간에 맞췄군." 그가 말했다. "버저가 울렸어?"

"한 번도 안 울렸는걸."

"좋았어. 그러면…." 그는 기다리면서 바 위에 올려두었던 더러운 안경을 닦은 뒤 턴테이블 위의 음반을 갈면서 여러 작업을 했다. 나는 거울에 집중했다.

두 번의 삑 소리가 날카롭고 선명하게 울렸다! 잭이 쇼의 시작을 알리지 않자 나는 돌아봤다. 잭은 손에 마이크를 쥐고 문 쪽을 노려보고 있었다. 그런데 상당히 걱정스러운 표정이었다.

문 바로 안에 두 명의 경찰이 있었다. 하네건과 파인스타인, 내가 아는 얼굴이었다. 두 사람 다 관할 밖이었다. 잭은 아마도 그들이 단속을 나왔는지 우려하는 모양이었는데 바보 같은 걱정이었다. 도보 순경들은 단속에 참여하지 않는다. 나는 저자들이 왜 왔는지 알고 있었다. 하네건이 잭에게 큰 웃음을 지으며 괜찮다고 손을 흔들기 전부터 말이다. 공중도덕을 살핀다는 명목으로 공짜로 벗은 몸을 구경하려고 들어온 것뿐이었다.

“이제 매직미러를 소개해드립니다.” 잭의 목소리가 스피커에서 나왔다. 내 옆에 있던 사람이 의자 위에 앉더니 내 팔을 건드렸다. 돌아보니 헤이즐이었다.

“여기 있으면 안 되죠. 저 위에 있어야죠.” 나는 바보처럼 말했다.

“아아, 에스텔이 말하길…. 쇼 끝나고 나서 말해줄게요.”

거울에 조명이 켜지고 스피커에서 시벨리우스의 〈슬픈 왈츠〉가 불안정한 소리로 흘러나왔다. 이번 장면에서도 제단이 있었고 에스텔은 이전처럼 그 위에 누워 있었다. 조명이 더 밝아지자 그녀 허리에서 붉은 얼룩과 소품 단검이 보였다. 헤이즐은 각 막의 내용이 무엇인지 내게 말해줬다. 이것은 ‘제단의 희생자’였고, 원래 1시 예정의 쇼였다.

나는 헤이즐을 보지 못해 실망했지만 그래도 좋은 쇼라는 것은 인정해야 했다. 보기에도 좋았다. 가학성과 섹스가 결합한 지저분한 종류였지만 말이다. 아마 케첩일 것 같은 붉은 물질이 그녀의 벗은 허리에서 흘러내렸고 소품 단검이 마치 그녀를 찌르고 있는 것처럼 박혀 있었다. 고객들은 좋아했다. 이것은 ‘태양에 바치는 희생’에서 자연스럽게 이어지는 후속편이었다.

그때 헤이즐이 내 바로 옆에서 비명을 질렀다.

처음에는 그녀 혼자 비명을 질렀다. 그다음 순간 술집에 있던 모든 여자가 비명을 지르기 시작했다는 것은 기억난다. 소프라노, 알토 그리고 테너까지도. 하지만 대부분 날카로운 소프라노 목소리였다. 그 사이로 하네건의 익숙한 목소리가 뚫고 들어왔다. “여러분, 모두 앉으세요! 누가 조명 좀 켜!”

나는 떨고 있는 헤이즐의 어깨를 잡았다. “무슨 일이죠? 왜 그래요?”

헤이즐은 혼미한 표정으로 거울을 가리켰다. “에스텔이 죽었어요…. 에스텔이 죽었어요…. 에스텔이 죽었다고요!” 그녀는 말을 반복했다. 그러다 의자에서 서둘러 내려와 술집 뒤로 향했다. 나는 그녀를 따라갔다. 그때 거울의 조명이 켜진 상태에서 실내 조명이 갑자기 들어왔다.

우리는 3초 만에 계단을 올랐고 작은 분장실을 지나 무대에 들어갔다. 내가 헤이즐을 거의 따라잡았을 때, 파인스타인이 바로 내 뒤에 따라오고 있었다.

우리는 문에 비좁게 서서 눈을 껌벅거리며 투광 조명 아래를 보고는 속이 안 좋아졌다. 그녀는 확실히 죽어 있었다. 원래대로라면 케첩과 함께 가짜로 팔과 가슴 사이에 박혀서 환상을 자아내야 할 단검이, 그 소품 단검이, 그 얇은 강철 칼날이 원래 있어야 할 자리에서 10센티미터 더 가까운 가슴뼈에 가 있었다. 단검은 그녀의 심장을 관통하고 있었다.

관객석으로부터 반대쪽에 위치한 제단에는 에스텔의 손이 닿는 곳에 모래시계가 있었다. 내가 보고 있는 가운데 마지막 모래알이 떨어지고 있었다.

나는 쓰러지려는 헤이즐을 붙잡았고 그녀를 품에 안아 소파에 뉘었다. "에디슨…." 파인스타인이 말했다. "서에 대신 연락 좀 해주세요. 하네건에게 아무도 못 나가게 하라고 전해주시고요. 저는 여기 있을게요." 나는 경찰서에 연락했지만 하네건에게 무슨 일을 하라고 말할 필요는 없었다. 하네건은 모두 앉아 있으라고 다시 말했고, 손님들 모두 그대로 따랐다. 잭은 바 뒤쪽에 충격을 받은 얼굴로 계속 서 있었는데, 조종반의 밝은 불빛 덕에 마치 시체처럼 창백해 보였다.

12시 15분경 살인사건 수사반의 스페이드 존스 경위가 나타났고 그 때부터는 일이 매끄럽게 돌아가기 시작했다. 경찰청장을 위해 일할 때부터 잘 알고 있던 경위는 나를 붙잡고 일의 배경에 대해서 캐냈다. 12시 30분, 그는 술집 손님들 중에 살인을 할 수 있었던 사람이 아무도 없다고 이성적으로 결론을 내렸다. "이 사람 중 한 명이 안 했다고는 말을 못 하겠어, 에디슨. 내 부하건 누구건 간에 정확한 순간을 알면 위층으로 몰래 올라가서 칼을 쥐고 그녀의 갈비뼈 사이를 찌를 수는 있었을 거야. 하지만 언제, 그리고 어떻게 할 수 있는지를 아는 사람이 있을 확률은 거의 없지."

"안에 있는 사람이건 밖에 있는 사람이건 아무도요." 내가 교정해줬다.

"뭐?"

"계단 밑에 비상구가 있어요."

"그걸 내가 눈치 못 챘을 것 같아?" 존스 경위는 돌아서더니 하네건에게 떠나는 모든 사람에게서 신분증과 함께 주소를 받아놓으라고 지시했다. 그 이외의 사람들은 경찰서에 출두해 야간 법정에 서서 중요 증인임을 증명해야 했다. 아마도 어떤 자들은 더 수사해야겠지만, 어찌 되었든 모두 내보낼 필요가 있었다.

사진사들이 위층에서 바삐 움직였고 지문 채취자도 마찬가지였다. 부검의 보조가 나타났고 기자들도 따라왔다. 몇 분 후, 현장이 확인되자 헤이즐이 아래로 내려와 나와 합류했다. 우리 둘 다 아무 말도 하지 않았고 나는 그녀의 등을 토닥여줬다. 잠시 후 담요로 감싼 사람을 들것에 태워서 들고나오자 나는 그녀를 감싸 안았고 그녀는 내 어깨에 얼굴을 파묻었다.

존스 경위는 우리를 한 명씩 불러 말을 했다. 잭은 말이 없었다. "변호사 없이 말하는 건 현명치 못한 일 같군요." 이것이 존스 경위가 들을 수 있었던, 잭의 유일한 말이었다. 나는 나중에 땀을 삘삘 흘리며 취조받는 것보다는 지금 존스 경위랑 애기하는 게 나을 거라고 생각했다. 내 증언으로 잭의 무죄가 증명되겠지만, 그와 에스텔 사이에 균열이 있었다는 것도 말했다. 존스 경위는 멀쩡한 사람을 범인으로 몰 생각은 없었다. 그는 정직한 경찰이었다. 나는 지금까지 정직한 경찰을 몇 명 알고 있었다. 뭐, 사실 한두 명 정도.

존스 경위는 내 증언을 듣고 나서 헤이즐의 증언을 들은 뒤 나를 다시 불렀다. "에디슨." 경위가 말했다 "이 일 해결을 좀 도와줘. 내가 이해하기로는 원래 이 헤이즐 돈이라는 여자가 12시 쇼에 출연했어야 했다는 거지."

"맞아요."

경위는 조이 클럽의 프로그램을 자세히 보았다. "헤이즐이 말하기를

11시 55분에 옷을 벗으러 올라갔다는군."

"바로 그 시간이죠."

"맞아. 그녀는 자네와 함께 있었지? 그녀가 말하길, 올라갔는데 에스텔이 노래를 부르고 춤을 추면서 따라오더니 사장이 두 사람의 쇼 시간을 서로 바꾸라고 했다는군."

"그건 내가 알 수가 없죠."

"당연히 그렇겠지. 그녀가 처음에는 안 그러려고 했는데 결국 포기하고 아래층으로 내려와 자네와 함께 있었다는 거야. 맞나?"

"맞습니다."

"음, 그나저나, 자네가 말했던 비상구 얘긴데 단서가 있을지도 모르겠어. 헤이즐이 말하길 에스텔에게 남자친구가 있었다는군. 길 건너에 있는 싸구려 술집의 트럼펫 연주자라는 거야. 그자가 몰래 숨어들어 와서 찔렀을 수도 있어. 오래 걸리지도 않을 테고. 트럼펫 연주자라도 쉬지도 않고 연주할 수는 없겠지. 그랬다가는 입술을 잃을 테니까."

"언제 해치워야 하는지는 어떻게 알았겠어요? 원래 헤이즐의 쇼 차례였는데."

"음…. 글쎄, 알고 있었을지도 모르지. 쇼 순서를 서로 바꿨다는 건 에스텔에게 데이트가 있었다는 얘기처럼 들리거든. 남자가 있었다는 얘기지. 그게 맞다면 그자도 알고 있었을 테고. 부하가 수사 중이야. 그나저나 쇼가 어떻게 돌아가는지에 대해서 말인데, 어떻게 연출되는지 보여줄 수 있나? 하네건이 해봤더니 감전이나 되더군."

"해보죠." 나는 그렇게 말하고 일어났다. "그다지 복잡한 것은 아닙니다. 에스텔이 쇼 순서를 바꾸는 걸 허락받았다고 한 헤이즐의 증언 쪽은 잭에게 물어보셨어요?"

"바로 그 부분에서만 입을 열더군. 자기는 순서가 바뀌었다는 사실을 전혀 몰랐다는 거야. 거울 너머에서 헤이즐이 나올 거라고 생각했었다는군."

조종반은 복잡해 보였지만 사실 단순했다. 존스 경위에게 가변조절 장치를 보여주고 한쪽 조명이 서서히 올라갈 때 다른 쪽 조명이 내려가는 것을 보여주었다. 나는 가변조절 장치 뒤편에서 우회 스위치를 발견했다. 거기서 지금 상태를 볼 수 있었는데 현재는 모든 실내등과 무대조명 모두 밝게 들어와 있음을 알 수 있었다. 불을 다 꺼버리는 스위치, 그리고 마이크와 스피커로 연결된 턴테이블을 끄는 스위치도 있었다. 두 번째 스위치는 버저 소리를 내는 작은 검은색 상자로 두 개의 결박 단자가 있었다. 이게 여자들이 잭에게 신호를 보내는 장치였다. 바의 아래쪽 중심에는 150와트짜리 전구가 가변조절 장치와는 독립된 전선에 연결되어 있었다. 이 선을 제외한 모든 선은 바 밑에 깔린 강철 도관으로 사라졌다. 바로 이 빛이 11시 쇼를 보면서 내 눈을 괴롭힌 빛이었다. 이건 너무 지나쳐 보였다. 꼬마전구면 충분했을 텐데. 아마도 잭은 강한 빛을 좋아하는 것 같았다.

나는 조종반을 존스 경위에게 설명해주고 해보라고 했다. 먼저 가변조절 장치를 '실내'로 돌린 후 우회 스위치를 끄자 실내가 밝아지고 매직미러 너머 쪽은 어두워졌다. "12시가 되기 5분 전, 헤이즐이 나를 남겨두고 위층으로 올라갔죠. 전 지금 서 있는 곳 반대쪽에 있는 바 의자로 자리를 옮겼습니다. 자정이 되자 잭이 와서 버저 소리를 들었냐고 물었고요. 나는 못 들었다고 했죠. 조금 빈둥거리면서 안경 같은 걸 닦더군요. 그러고는 버저에 두 번의 삑 소리가 났죠. 잭이 마이크를 집어 들었지만 몇 초간 쇼를 소개하지는 않았어요. 하네건과 파인스타인이 와 있다는 걸 눈치챈 거죠. 하네건이 손짓하자 쇼를 진행했습니다." 그리고 나는 마이크를 집어 들고 말했다.

"이제 매직미러를 소개해드립니다!"

나는 마이크를 놓고 턴테이블 스위치를 올렸다. 같은 음반이 올라가 있었고 스피커에서는 〈슬픈 왈츠〉가 흘러나왔다. 헤이즐은 조금 떨어진 곳의 테이블에서 팔에 얼굴을 묻고 있었는데, 이 소리를 듣고 날카로운 눈초리로 나를 쳐다보았다. 그녀는 사건 재연을 못 견디겠는지 공포에 휩싸인 표정이었다.

나는 가변조절기를 천천히 '실내'에서 '무대'로 돌렸다. 실내가 어두워지고 무대의 불빛이 올라갔다. "바로 여기까지입니다." 내가 말했다. "헤이즐은 잭이 쇼 시작을 알리고 있을 때 내 옆에 있었죠. 그리고 무대조명이 올라오자 그녀가 비명을 질렀습니다."

존스 경위는 턱을 긁었다. "위층에서 버저 소리가 났을 때 잭이 바로 자네 앞에 있었다는 건가?"

"맞습니다."

"자네 말로 그자의 살인 동기도 설명되는군. 에스텔이랑 전쟁을 벌이고 있었으니까. 하지만 알리바이도 증명해줬군."

"맞아요. 에스텔이 스스로 버저를 누른 다음 누워서 스스로 칼로 찔렀든지 아니면 살인자가 그녀를 살해한 후 속이려고 버저를 누른 다음 모든 사람이 거울을 쳐다보고 있을 때 몸을 숙여서 피한 거겠죠. 어쨌든 잭은 내가 계속 보고 있었습니다."

"괜찮은 알리바이군." 존스 경위도 인정했다. "저자와 자네가 공범이 아니라면 말이야." 마치 그러길 바란다는 듯이 말했다.

"증명해보시든가요." 내가 씩 웃으며 대답했다. "저런 자와 공범은 안 합니다. 머저리 같더라고요."

"우리 모두 머저리야. 정도의 차이만 있을 뿐이지. 내 친구, 에디슨. 이제 위층에 올라가서 둘러보세."

내가 우회 스위치를 넣자 무대와 실내에 모두 불이 들어왔고, 나는 존스 경위를 따라갔다. 그리고 버저를 찾은 다음 위치를 알렸다. 도관은 바닥을 지나 벽에 있는 접속 상자에서 끝이 났고 상자에서 나온 전선은 투광 조명으로 이어졌다. 버튼은 접속 상자에 있었다. 왜 '제단'에 안 달려 있는 건가 하고 궁금했는데 제단은 옮길 수 있는 소품이었다. 아마도 여자들은 버튼을 누른 다음 재빨리 자세를 취했던 것 같았다. 존스 경위는 아무 생각 없이 버튼을 눌렀다가 묻은 지문채취용 가루를 바지에 문질러 닦아냈다. "안 들리는데…." 경위가 말했다.

"당연하죠. 이 무대는 거의 완전히 방음이 되니까."

모래시계의 마지막 모래알이 떨어지는 장면을 봤다는 것을 그때가 되어서야 말했다. 존스 경위는 그 이야기를 듣고 입을 굳게 다물었다. "확실해?"

"환각일 수도 있겠죠. 하지만 난 봤다고 생각해요. 증언도 할 수 있을 겁니다."

경위는 핏자국을 피해 제단에 앉아 꽤 긴 시간 동안 아무 말도 하지 않았다. 결국 그가 말했다. "에디슨, 내 친구…."

"네?"

"자네는 잭 조이에게 알리바이를 만들어줬을 뿐만 아니라, 거의 누구도 범행을 저지르지 못하게 만들어버렸어."

"저도 알아요. 자살일 수도 있을까요?"

"그럴 수도 있지. 그럴 수도 있어. 기계적인 관점으로 보면 가능해. 하지만 심리적인 관점에서는 불가능해. 그녀가 자살하는데 달걀 타이머를 맞춰놨을까? 또 하나, 피를 잘 봐. 맛을 보라고."

"네?"

"토하지는 말고. 그러면 냄새라도 맡아봐."

나는 아주 조심스럽게 냄새를 맡았다. 그리고 다시 맡았다. 두 가지 냄새가 났다. 토마토와 피. 아니, 피와 토마토케첩 냄새였다. 나는 겉보기만으로도 둘을 구별할 수 있을 거라고 생각했다. "알겠지? 만약 피를 흘릴 거라는 걸 알았더라면 케첩 따위 안 뿌렸을 거야. 그 점과 타이머를 제외하면 완벽하게 극적인 자살이었겠지. 하지만 사실이 바뀌지는 않아. 이건 살인이야, 에디슨."

파인스타인이 머리를 내밀었다. "경위님."

"뭐지?"

"그 음악가 녀석요, 피해자랑 데이트를 한번 하기는 했답니다."

"아, 정말?"

"하지만 알리바이가 확실합니다. 소속 밴드가 자정에 방송 중이었는데 트럼펫 솔로 연주 부분이 여러 번 나왔거든요."

"젠장! 일이 꼬이는군."

"그게 전부가 아닙니다. 말씀하신 대로 검시관 보조에게 전화를 걸었는데요. 말씀하신 그 동기도 안 먹힐 것 같습니다. 그녀는 남자가 오길 기대하지 않았을 겁니다. 그래 본 적도 없고요. 검시 결과 비르고 인탁타*랍니다." 그는 고등학생도 알 수 있을 만한 라틴어를 말했다.

"파인스타인, 다음에 경사가 되려고 한다면…." 스페이드는 조용히 말했다. "그렇게 어려운 말을 계속 써보라고. 나가봐."

"알았습니다, 경위님." 나는 그 소식을 듣고 상당히 놀랐다. 나는 에스텔이 난잡할 거로 생각했었다. 아마도 그녀는 조금 다른 종류의 교태를 부리는 여자였던 듯했다.

존스 경위는 조금 더 앉아 있더니 말했다. "여기에 불이 들어오면 저 바깥은 어둡고, 저 밖에 불이 들어오면 여기는 어둡다고?"

"맞아요. 평소라면 그럴 거라는 거죠. 지금은 우회 스위치를 사용해서 양쪽 모두 불이 들어왔지만."

"내 말뜻은 평소 때 얘기였어. 밝다, 어둡다. 어둡다, 밝다. 에디슨, 내 친구…."

"네?"

"저 헤이즐이라는 여자에게 반했어?"

"그런 것 같군요." 순순히 인정했다.

"그러면 그 여자를 잘 지켜보고 있어. 살인자는 여기 겨우 몇 초 있었어. 모래시계와 버저가 그걸 증명하지. 쇼 순서가 바뀌었다는 사실을 알

* *Virgo Intacta*, 처녀

고 있는 사람 중에는 범인이 없어. 특히 트럼펫 연주자 남자친구가 용의선상에서 빠져버렸으니. 그리고 어두웠지. 놈은 엉뚱한 사람을 죽인 거야, 에디슨. 살인이 또 일어날지도 모른다고."

"범인이 노린 건 헤이즐이었군요." 내가 천천히 말했다.

"맞아, 헤이즐이야."

존스 경위는 나와 헤이즐, 두 명의 웨이터와 다른 바텐더 그리고 술집 주인 잭까지 모두 집으로 돌려보냈다. 잭이 입을 열지 않는다는 이유만으로 경위가 붙잡아두려고 하지나 않을까 했는데, 호텔에서 머리라도 빼꼼히 내놓는다면 유쾌한 경찰 아저씨가 끌고 가 유쾌한 철창에 가둬버릴 거라고 말하는 정도에서 타협했다. 존스 경위는 내게 윙크하면서 손가락을 입술에 대고 잘 자라고 인사했다.

하지만 조용히 있을 수는 없었다. 나는 헤이즐을 집으로 바래다주었다. 그녀가 경비원도 없는 건물의 독신자용 아파트에서 혼자 사는 걸 본 나는 밤을 새우기로 하고 설명을 했다.

헤이즐은 작은 부엌으로 들어서더니 음료수를 만들어 건넸다. "한 잔만 마시고 가줘요, 에디슨." 그녀가 대답했다. "당신은 정말 친절한 분이고 또 만나보고 싶고 고맙기도 하지만 오늘 저는 잠자리에 들어야겠어요. 정말 지쳤거든요."

"나는 밤새 머물 겁니다." 나는 단호한 목소리로 말했다.

그녀는 술잔을 손에 들고나와서 나를 짜증과 당황이 섞인 표정으로 바라보았다. "에디슨. 너무 진도를 빨리 나가려고 하는 거 아니에요? 당신이 이렇게 서투른 줄은 몰랐는걸요."

"진정해요, 아름다운 아가씨. 그런 것 때문은 아니에요. 당신을 지켜볼 겁니다. 누군가가 당신을 죽이려고 하고 있으니까."

그녀가 술잔을 떨어뜨렸다.

나는 그녀가 치우는 것을 도운 뒤 상황을 설명했다. "누군가가 어두운 방에서 여자를 칼로 찔렀죠." 내가 말을 마저 했다. "그 누군가는 그게 당신이었다고 생각했어요. 지금쯤은 사실을 알게 되었을 것이고, 일을 끝마치려고 기회를 엿보고 있을 겁니다. 당신과 내가 알아내야 할 것은 이거죠. '당신을 죽이려는 게 누굴까?'"

그녀는 앉더니 손수건을 쥐어짜기 시작했다. "날 죽이려고 하는 사람은 아무도 없어요, 에디슨. 에스텔을 죽이려고 한 거였다고요."

"아니, 아니었어요."

"하지만 나를 노렸을 리가 없다고요. 난 알아요."

"뭘 알고 있다는 거죠?"

"나는… 오, 이건 불가능한 일이에요. 원하시면 밤새 머무세요. 소파에서 주무시면 되겠네요." 그녀는 일어나서 벽에서 침대를 꺼내 내려놓은 다음 욕실에 들어가 문을 잠갔고 잠시 동안 물소리가 들리더니 나왔다. "욕실이 너무 좁아서 옷을 갈아입을 수가 없어요." 그녀가 힘없이 말했다. "어쨌든 저는 다 벗고 자요. 당신이 옷을 벗는다 해도 난 겁을 내거나 하진 않을 거예요."

"고마워요." 내가 말했다. "코트와 넥타이, 신발은 벗기로 하죠."

"마음대로 하세요." 벌써 드레스를 머리 위로 벗고 있었기 때문에 그녀의 목소리가 조금 먹혀서 들려왔다.

에스텔과 달리 그녀는 깨끗하고 깔끔해 보이는 민무늬의 하얀색 니트 바지를 입고 있었다. 브래지어는 차지 않았고 그럴 필요도 없었다. 매직 미러에서 봤던 그녀의 몸매에 대한 관념은 완전히 증명되었다. 그녀는 내 평생 봐온 모든 것 중에서 가장 장대하고 가장 아름다웠다. 평상복을 입은 그녀는 몸매가 좋은 아름다운 여성이었지만, 벗은 그녀는 그녀를 두고 전쟁이 일어나도 놀랍지 않을 존재였다.

나는 내가 소파에 계속 머무를 수 있을지 나 자신에게 의심이 들기 시작했다. 아마 내가 티를 많이 냈는지 그녀가 콧방귀를 꺼었다. "턱에 침 좀 닦아요!" 그러고는 바지를 벗었다.

"시, 실례했습니다." 나는 대답을 한 뒤 구두끈을 풀었다. 그녀는 다가

와서 전등을 끄고 하나 있는 커다란 창문으로 가 차양을 올렸다. 차양이 닫혀 있는 상태에서도 불이 꺼지고 나니 바깥이 잘 보였다. "창문에서 물러나요." 내가 말했다. "표적이 될 수도 있으니까."

"네? 아, 알았어요." 그녀는 몇 발자국 물러섰지만 계속해서 창밖을 바라보았다. 나는 생각에 빠져 그녀를 바라보았다. 길 건너편 커다란 네온사인에서 흘러나온 색색의 빛이 창밖에서 쏟아져 들어왔다. 그 빛이 그녀의 머리부터 발까지를 장밋빛 액체처럼 뒤덮었다. 그녀는 마치 동화나라의 꿈에서 나온 존재처럼 보였다.

그 순간 나는 그녀의 모습에 빠져 있지 않았다. 나는 다른 방을, 한 여성이 죽어서 누워 있던 그 방을 생각하고 있었다. 그 방에선 나이트클럽의 유리판 너머에서 들어온 빛이 이 네온 불빛처럼 에스텔을 비춰주고 있었을 것이었다.

나는 생각을 빠르게, 그리고 너무나 고통스럽게 정리했다. 생각을 다시 정리했지만 여전히 같은 대답이 나왔다. 답이 마음에 들지 않았다. 그녀가 벌거벗고 있다는 사실이 아프도록 반가웠다. 총이나 칼 같은 어떤 종류의 살상무기도 숨길 수 없었으니까. "헤이즐." 내가 조용히 말했다.

그녀가 나를 보며 말했다. "네, 에디슨?"

"새로운 생각이 떠올랐어요. 왜 누군가가 당신을 죽이려고 할까요?"

"아까도 말했잖아요. 그럴 이유가 없다고요."

"알아요. 당신 말이 맞아요. 그럴 이유가 없죠. 하지만 이렇게 볼 수도 있죠. 왜 당신은 에스텔을 죽이고 싶어 했을까요?"

나는 그녀가 다시 혼절할 거라고 생각했지만 상관하지 않았다. 난 그녀에게 충격을 주고 싶었다. 그녀의 아름다움은 지금 내 생각을 교란하는 함정에 지나지 않았다. 나는 그녀가 유죄라고 생각하고 싶지 않았다. 그래서 관련자 중에서 오로지 그녀만이 범행에 필요한 기회가 있었다는 것과, 순서가 바뀐 쇼에 대한 지식, 그리고 최소한의 동기를 가지고 있다는 사실을 일부러 무시하고 있었다. 그녀도 에스텔을 그다지 좋아하지 않는다고 말했다. 그녀는 그 사실을 잘 포장했지만 그래도 명백했다.

하지만 무엇보다도 그 작은 무대는 어둡지 않았다! 밖에서 보면 어두운 것처럼 보이는 것은 사실이었다. 한쪽 불빛이 모두 켜진 상태였고 그 빛이 있는 쪽에 있다면 어두워 보이겠지만 그 빛도 유리를 똑같이 통과할 것이었다. 지금 거리의 네온 불빛이 이 방에 있는 우리를 밝게 비추고 있는 것과 마찬가지였다. 잭의 바를 밝히는 불빛이 무대 투광 조명이 꺼져 있을 때도 무대를 비춰줬을 것이다.

그녀는 그걸 알고 있었다. 호구들을 위해 자세를 취하기 위해 무대에 많이 올라가봤기 때문에 알고 있었을 것이다. 그러므로 그녀는 범인이 어둠 속에서 피해자의 정체를 헷갈린 경우가 아니라는 것을 알고 있었다. 어둡지 않았으니까! 그리고 거의 완전한 어둠이 아니고서는 헤이즐의 청흑색 갈기털 장식을 에스텔의 표백한 털 장식으로 헷갈릴 리 없었다.

헤이즐은 알고 있었다. 왜 그러면 그렇다고 말하지 않았을까? 그녀는 이곳에 내가 밤새 머물도록 내버려두었다. 내가 옆에 있길 원하지는 않았지만 그녀의 평판과 그보다 더한 것을 걸면서까지 그랬다. 왜냐하면 내가 어둠 속에서 피해자 정체를 헷갈렸을 거라는 이론을 주장했기 때문이었다. 그녀는 그 이론이 타당하지 않다는 것을 알고 있었다. 그렇다면 그녀는 왜 그렇다고 말하지 않았을까?

"에디슨, 미쳤어요?" 그녀는 겁먹은 목소리로 말했다.

"아니요, 제정신을 차린 거죠. 당신이 어떻게 저질렀는지 내가 설명해주죠, 아름다운 아가씨. 두 사람 모두 무대에 있었던 겁니다. 그건 당신도 인정했죠. 에스텔이 모습을 취하고 당신에게 버저를 눌러달라고 부탁했겠죠. 그대로 했고요. 하지만 먼저 칼을 잡은 다음 그녀의 갈비뼈 사이를 찔렀습니다. 당신은 손잡이를 닦고 주위를 돌아본 후 버저를 누른 후 도망간 겁니다. 약 10초 후 내 팔에 팔짱을 낀 거죠. 나를 알리바이로 쓰기 위해!

나는 계속해서 말했다. "당신밖에 없어요…. 범인과 관객 사이에 가로

막고 있는 것은 유리 한 장밖에 없는데도 살인을 저지를 배짱이 있는 사람은 달리 없었으니까요. 무대에는 조명이 있었어요. 바깥에서 비춰줬으니까요. 당신은 알고 있었지만 별로 걱정하지 않았겠죠. 유리 앞에서 벌거벗은 채로 돌아다니는 데 익숙했고 실내 조명이 켜진 상태에서는 당신이 보이지 않는다는 사실을 알고 있었으니까! 다른 누구도 감히 시도를 못 했을 겁니다!"

그녀는 마치 자신의 귀를 믿지 못하겠다는 표정으로 나를 바라보았고 턱을 조금씩 떨기 시작했다. 그러고는 바닥에 주저앉아 울음을 터뜨렸다. 진짜 눈물이 흘렀다. 이번에는 부드럽게 대할 차례였지만 그러지 않았다. 나는 살인을 좋아하지 않는다.

나는 그녀 옆에 섰다. "왜 에스텔을 죽였죠? 왜 그녀를 죽였냐고요?"

"나가요."

"그럴 수는 없죠. 당신이 전기의자에 처형되는 모습을 봐야 하니까, 이 가슴 큰 천사 같으니." 나는 전화로 향하며 그녀에게서 눈을 떼지 않았다. 비록 그녀가 벌거벗고 있다 해도 뒤를 보일 수는 없었다.

헤이즐이 갑작스럽게 움직였다. 나에게 달려들기 위해서는 아니었다. 문 쪽으로 달려갔다. 벌거벗은 상태에서 얼마나 갈 수 있을 거라고 생각한 것인지는 나도 잘 모르겠다.

나는 헤이즐의 발을 걸어 넘어뜨린 후 내리눌렀다. 그녀는 매우 사나워서 물고 할퀴려고 했지만 난 그녀의 한쪽 팔을 꺾어서 비틀었다. "얌전히 있어요." 내가 경고했다. "안 그러면 부러뜨릴 겁니다."

가만히 누워 있게 되자, 그녀가 너무나 가녀린 여성이라는 점을 깨닫기 시작했다. 난 일부러 그 사실을 무시했다. "이거 놔요, 에디슨." 그녀는 긴장된 목소리로 속삭였다. "아니면 강간범이라고 고함을 지를 거예요. 그러면 경찰이 오겠죠."

"그렇게 해봐요." 내가 말했다. "지금 당장 필요한 게 경찰이니까."

"에디슨, 에디슨. 설명을 들어요, 난 죽이지 않았어요. 하지만 누가 죽였는지는 알아요."

"네? 누가 그랬죠?"

"난 알아요…. 난 확실히 알아요. 하지만 그가 할 수는 없었는데. 그래서 내가 아무 말도 하지 않았던 거예요."

"어서 말해요."

헤이즐은 즉시 대답을 하지 않았다. 나는 그녀의 팔을 비틀었다. "말하라고!"

"아! 잭이 범인이에요."

"잭? 말도 안 돼요…. 내가 지켜보고 있었어요."

"나도 알아요. 하지만 여전히 잭이 저지른 게 분명해요. 어떻게 했는지는 몰라요, 하지만 그자가 했어요."

나는 그녀를 내리누른 채로 생각했다. 그녀는 내 얼굴을 살폈다. "에디슨?"

"네?"

"내가 버저를 눌렀다면 내 지문이 남지 않았을까요?"

"그래야죠."

"알아보지 그래요?"

한 방 먹은 기분이었다. 나는 내가 맞을 거라고 생각했지만, 그녀는 내 이론을 시험해볼 의지가 있어 보였다. "일어나요." 내가 말했다. "무릎을 꿇은 다음 두 발로 일어나요. 하지만 팔을 풀 생각은 하지 말고 수작도 부리지 말아요. 아니면 배를 차줄 테니까."

그녀는 충분히 고분고분해졌고, 나는 한 손으로 전화 다이얼을 돌려서 교환원에게 존스 경위를 바꿔달라고 했다. "존스 경위? 에디슨입니다. 에디슨 힐이오. 버저 버튼에 지문이 있던가요?"

"이제 자네가 어떻게 그 생각에 도달했는지 궁금해지는군. 지문이 있었네."

"누구 거였죠?"

"피해자 것이었지."

"에스텔의 지문이라고요?"

"맞아. 그리고 모래시계에도 에스텔의 지문이 있었어. 칼은 닦아내서 지문이 없었어. 방에 두 여자의 지문이 많았지. 이상한 것도 있었지만 아마 오래돼서 그런 거겠지."

"어… 알겠습니다. 고맙습니다."

"전혀. 무슨 좋은 생각이라도 나면 전화하게."

나는 전화를 끊고 헤이즐을 돌아보았다. 존스 경위에게 그녀의 지문이 아니었다는 것을 들었을 때 팔을 놔줘야 했겠지만 까먹었다. 그녀는 선 채로 팔을 문질렀고 매우 이상한 눈초리로 나를 바라보았다. "그래서…." 내가 말했다. "대신 내 팔을 비틀어도 괜찮아요. 아니면 원하는 데를 걷어차든가요. 내가 틀렸어요. 미안해요. 당신에게 증명해 보이죠."

헤이즐은 입을 열었지만 곧 눈물을 쏟아냈다. 그녀는 세상에서 가장 아름다운 방법으로 사과를 받아주었고 나는 립스틱과 눈물범벅이 되었다. 너무 좋았고 마치 천국에 온 기분이었다.

나는 손수건으로 그녀의 얼굴을 닦아주고 말했다. "목욕가운이라도 걸치고 침대에 앉아요. 나는 소파에 앉을 테니. 우리가 이 일을 해결해야 하는데 당신의 사랑스러운 몸매를 가려주는 게 내가 생각하는 데 도움이 될 것 같군요."

그녀는 순순히 말을 들었고 나는 앉았다. "잭이 에스텔을 죽였다고 말했죠. 하지만 그자가 어떻게 했는지는 모른다고 인정했고요. 그렇다면 왜 그가 저질렀다고 생각하죠?"

"음악이요."

"네?"

"그때 쇼를 위해서 튼 음악은 〈슬픈 왈츠〉였어요. 그건 에스텔이 연기할 때 쓰는 에스텔의 음악이었다고요. 평소에 내가 12시에 하는 쇼에는 〈볼레로〉를 틀고요. 그자는 에스텔이 올라가 있다는 것을 알고 있었을 거예요. 그러니까 맞는 음악을 튼 거죠."

"그리고 당신은 에스텔이 미리 쇼 차례를 바꿨다는 얘기를 하지 않았다고 잭이 주장했을 때 거짓말이라는 것을 알아챘겠군요. 하지만 그것만으로는 사람을 매달기에 부족하군요. 우연히 그 레코드를 틀었을 가능성도 있으니."

"아마도요. 하지만 그럴 것 같지는 않아요. 레코드는 순서대로 보관되어 있어서 매일 밤 같은 쇼에 같은 것을 틀었어요. 그자 빼놓고는 누구도 건들지 않았고요. 조정반 근처에 있는 것을 건드렸다가는 누구건 해고했을걸요. 하지만…." 그녀는 말을 이어갔다. "음악에 대해서 눈치채기 전에도 그자밖에 없다는 것을 알았어요. 하지만 불가능했을 뿐이죠."

"불가능했을 뿐이라고요? 계속 말해봐요."

"잭은 에스텔을 미워했어요."

"왜죠?"

"에스텔이 놀렸거든요."

"에스텔이 잭을 놀렸다고요? 그렇다고 칩시다. 하지만 많은 사람이 놀림을 받아요. 그녀도 많은 사람을 놀렸겠죠. 그녀는 당신도 놀렸겠죠. 나도 놀렸고요. 그래서 뭐요?"

"같은 게 아니었어요." 그녀가 주장했다. "잭은 어둠을 무서워했거든요."

지저분한 이야기였다. 이 멍청이는 완전한 어둠을 무서워했다. 마치 아이들이 종종 그런 것처럼 진짜 무서워했던 것이다. 헤이즐이 말하길 잭은 회중전등이 없으면 건물 뒤에 주차되어 있는 자기 차에 가려고 하지 않았다고 했다. 하지만 그것만으로는 자신의 약점이며, 그 약점을 부끄러워한다는 사실도 탄로 나지 않았을 것이다. 많은 사람이 발밑을 살피기 위해 회중전등을 사용하니까. 하지만 그는 에스텔에게 빠져버렸고 진도도 꽤 많이 나갔었던 것 같다. 그녀와 같이 침대에 들기까지 했으니까. 하지만 그녀가 불을 완전히 꺼버리는 바람에 아무 일도 일어나지 않왔다. 에스텔은 이 사실을 헤이즐에게 말하며 그가 겁쟁이라는 사실을 '제때' 알아내서 다행이라고 이죽거리기까지 했다.

"그 이후로는 그걸로 괴롭혔어요." 헤이즐이 말을 이어갔다. "다른 사람들은 눈치챌 수가 없었죠. 사실을 몰랐으니까요. 하지만 그는 알고 있었죠. 그녀를 두려워했어요. 해고했다가는 입을 열까 봐 두려워했죠. 그녀를 증오했지만 동시에 원하기도 했고 질시하기도 했죠. 한번은 분장실에서 이런 일이 있었어요. 나도 있었는데…." 두 사람이 입고 있었다고 해야 할지, 벗고 있었다고 해야 할지, 아무튼 그러고 있었는데 잭이 에스텔에게 고객 문제로 싸움을 걸었다고 했다. 에스텔이 그에게 나가라고 했다. 그가 나가려고 하지 않자 불을 꺼버렸다. "그는 겁먹은 토끼처럼 나가다가 발이 걸려 넘어졌어요." 헤이즐은 말을 멈췄다. "어때요, 에디슨? 살인 동기로 충분한가요?"

"충분한 동기군요." 나도 같은 생각이었다. "당신 덕에 그자가 범인이라고 생각하게 됐어요. 문제는 잭은 살인을 할 수가 없었다는 거죠."

"할 수가 없었다…. 네, 그게 문제죠."

나는 그녀에게 침대에 들어서 좀 자두라고 말했다. 나는 흩어진 조각을 맞출 때까지 바로 이 자리에 앉아 있을 계획이었다. 그녀가 목욕가운을 벗어, 또 아름다운 몸매를 보는 보상을 받았고, 나는 겨우 잘 자라는 키스에서 멈출 수 있었다. 그녀는 자는 것 같지는 않았다. 적어도 코는 골지 않았다.

머리가 지끈거리기 시작했다. 무대가 어두워 보였지만 실제로는 어둡지 않았다는 사실이 모든 상황을 바꿔버렸고, 거울의 역학에 대해 익숙지 않은 모든 사람은 용의선상에서 제외된다고 생각했다. 그러면 헤이즐, 잭, 그리고 다른 바텐더와 두 명의 웨이터, 그리고 에스텔 자신만이 남게 되었다. 불명의 제삼자가 위층으로 몰래 들어가 그녀를 칼로 찌르고 다시 몰래 아래층으로 나가는 것도 물리적으로는 가능한 얘기였다. 하지만 심리적으로는 불가능했다. 나는 '거울'에서 다른 모델이 일하는지 알아둬야겠다고 머릿속으로 메모를 해뒀다.

다른 바텐더와 두 명의 웨이터는 존스 경위가 용의선상에서 제외했다. 최소한 한 명의 고객이 그들의 알리바이를 증명해줬던 것이다. 나는 잭의 알리바이를 증명해줬다. 하지만 자살은 아니었다. 그리고 헤이즐이 있었다.

만약 에스텔의 지문이 보이는 그대로의 의미가 있다면 헤이즐은 제외되었다. 살인을 저지르고 시체가 자세를 취하게 만져놓고 손잡이의 지문을 지우고 잭이 쇼 시작을 알리기 전에 내 옆으로 오기엔 시간이 절대적으로 부족했다.

하지만 그럴 경우 저지를 수 있는 사람이 아무도 없었다. 사람들로 가득 찬 창문 앞을 거리낌 없이 살인 현장으로 만들 가상의 섹스광만 제외하면 말이다. 말도 안 되는 소리다!

물론 지문은 확정적이진 않았다. 헤이즐이 원래 있던 지문을 지우지도 않고 새로운 지문을 만들지도 않도록 동전이나 머리핀으로 버튼을 눌렀을 수도 있었다. 인정하기 싫었지만 그녀의 무죄는 아직 증명되지 않았다.

게다가 에스텔이 버튼을 누르지 않았다면 더욱더 내부자의 소행처럼 보이게 될 것이었다. 외부인이라면 버튼을 찾지도 못했을 것이고 누를 이유도 없었을 테니까.

그 문제 말인데, 왜 헤이즐이 그 버튼을 눌러야 한단 말인가? 누른다고 그녀에게 알리바이가 생기지 않았다. 앞뒤가 안 맞는 얘기였다.

돌고 돌고 또 돌아서 머리가 아파지고 있었다.

한참이 지나고 나는 그녀에게 가서 담요를 건드렸다. "헤이즐."

"네, 에디슨?"

"11시 쇼에서는 누가 버저를 눌렀죠?"

그녀가 생각했다. "그 쇼는 우리 둘 다 출연했어요. 그녀가 눌렀죠. 언제나 그녀가 담당했어요."

"음, 거울에 다른 여자가 일하고 있나요?"

"왜요, 아무도 없어요. 에스텔하고 내가 쇼를 시작했어요."

"알았어요. 범인을 알아낸 것 같아요. 스페이드 존스 경위를 부릅시다."

존스 경위는 나와 카드게임을 하기 위해서라면 따뜻한 침대에서 나오겠다고 말했다. 나라고 기상나팔수를 깨울 정도로 이른 시간에 사람을 깨우고 싶었을까? 하지만 그는 조이 클럽으로 오겠다고 동의했고 잭도 데려왔다. 그리고 경찰도 데려온다고 했다.

나는 조이 클럽의 바 뒤편에 섰고, 헤이즐은 비명을 질렀던 바로 그 자리에 앉았다. 살인 수사과 형사가 내 자리에 대신 앉았다. 잭과 존스 경위는 내가 보이는 바의 끄트머리에 있었다.

"이제부터 한 사람이 두 장소에 동시에 있을 수 있었는지 보여드리겠습니다." 나는 선언했다. "나는 지금 잭 조이 역을 맡을 겁니다. 시간은 자정 직전. 헤이즐은 분장실을 나와서 아래층으로 내려왔습니다. 그녀는 계단 아래에 있는 여자 화장실에 들렀고 그래서 같은 계단을 향해가고 있던 잭과 못 만납니다. 그는 올라가서 분장실에서 아마도 옷을 벗고 연기 준비를 하고 있을 에스텔을 찾아내죠."

나는 잭을 바라보았다. 얼굴에 긴장의 가면을 쓰고 있었지만 그 가면을 부수기까지는 아직 갈길이 멀었다. "다툼이 일어났습니다. 뭐에 대해서인지는 저도 모르죠. 그녀가 만나고 있던 트럼펫 주자 때문이었을 수도 있고, 쇼 순서를 바꿔서일 수도 있어요. 어찌되었든 에스텔은 잭을 분장실에서 내쫓기 위해서 스위치를 내려버렸을 겁니다."

첫 번째 출혈이었다. 잭은 그 말을 듣고 움찔거렸고 가면에 금이 가기 시작했다. "잭은 아주 잠깐만 밖에 있었을 겁니다." 내가 계속했다. "아마도 주머니에 회중전등을 가지고 있었겠죠. 지금도 가지고 있을지도 모릅니다. 그리고 끔찍하도록 어두운 방에 들어가 전등을 켰습니다. 에스텔은 이미 무대에 올라서 몸에 케첩을 바르고 버저를 누를 참이었겠죠. 모래시계를 쓴 것을 보니 그러기 직전이었을 겁니다. 잭은 소품 단검을 들고 그녀를 찔렀습니다."

나는 멈췄다. 이번에는 잭에게 출혈이 없어 보였다. 가면도 멀쩡했다. "잭은 에스텔이 자세를 취하게 만들었죠. 그러는 데 10초 정도 걸렸을 겁니다. 그냥 누워 있는 자세니까요. 손잡이의 지문을 닦고 몸을 숙여 나왔습니다. 이 지점까지 오는 데 10초가 더 걸렸죠. 20초가 걸렸을 수도 있겠군요. 잭은 내게 버저 소리가 울렸냐고 물었고 나는 안 울렸다고 대답했습니다. 그는 진짜 알아야만 했던 거죠. 그가 죽이기 전에 에스텔이 눌렀을 수도 있으니까요. 원했던 대답을 들은 그는 이렇게 부산을 떨었습니다."

나는 유리 제품을 만지작거리다가 바에 있는 숟가락을 들어서 무대를 가리켰다. "거울에 불이 들어와 있으며 비어 있다는 것을 주목해주세요. 제가 우회 스위치를 켰기 때문이죠. 이제 에스텔이 제단 위에 있고 심장에 칼이 꽂혀 있으며 어둡다고 상상해보세요." 나는 사람들이 거울을 보고 있는 상태에서 숟가락을 떨어뜨렸다. 무대의 버튼을 잇는 두 전선 끝의 결박 단자를 연결한 것이다. 그러자 버저가 크게 울렸다! 나는 1초도 지나기 전에 수저를 들어 올린 다음 다시 내려놓아서 두 번째 소리가 울리게 했다! "그리고 이게 바로 저자가… 잡아요, 존스 경위!"

존스 경위는 내가 소리치기도 전에 이미 달려들고 있었다. 세 명의 경찰이 있었기 때문에 잭은 금방 제압되었다. 하지만 이 지경에 와서도 잭은 포기하지 않았다. "아무것도 없잖아. 증거가 없어. 그 전선 위에 있는 사람이라면 누가 똑같이 조작할 수 있었다고."

"아니야, 잭." 내가 반박했다. "그것도 확인해봤어. 이 전선은 전력선과 같이 조종반에서 무대까지 이어지는 강철 도관을 통과해. 이쪽에서 하거나 저쪽에서 하는 수밖에 없어. 저쪽에서는 할 수가 없었으니 이쪽밖에 없는 거지."

잭은 입을 닫았다. "변호사를 불러줘." 그의 유일한 대답이었다.

"변호사는 보게 될 겁니다." 존스 경위는 쾌활하게 대답했다. "내일이나 모레 말이죠. 지금은 경찰서에 가서 몇 시간 동안 따뜻한 조명 아래 취조를 받아줘야겠습니다."

"안 돼요, 경위님!" 헤이즐이었다.

"네? 왜 안 된다는 거죠, 헤이즐 양?"

"그자를 조명 아래에 두지 마세요. 어두운 벽장에 가둬버리세요!"

"아? 음, 그러죠. 참 똑똑한 아가씨군요!"

그들이 사용한 것은 청소도구용 벽장이었다. 잭은 처음에는 훌쩍이더니 소리를 질렀고 13분을 버텼다. 그들은 그를 꺼내줬고 자백을 받아냈다.

경찰이 그를 끌고 가는 모습을 보고 문득 불쌍하다는 생각이 들었다. 그렇게 여겨서는 안 되는 걸지도 모르겠지만. 잭이 얻을 수 있는 죄명은 2급 살인 정도가 최선일 것이었다, 사전계획했다는 것은 증명하기가 불가능했고 그랬을 것 같지도 않으니까. "정신 이상으로 인한 무죄"를 주장하는 것 정도가 최선일 테다. 유죄가 나오건 말건, 그 여자가 몰고 간 것은 확실했다. 그리고 순수하도록 민감한 신경을 가진 그런 남자가 방금 경찰 두 명이 들어선 모습을 보고서도 무대에 조명을 켜야 했던 것을 상상해보면 어떤 심정이었을지.

나는 헤이즐을 두 번째로 집에 바래다줬다. 침대는 여전히 젖혀진 상태였고 그녀는 곧바로 들어가며 신발은 아무렇게나 벗어던졌다. 그녀는 드레스 옆 지퍼를 열고는 머리 위로 벗다가 멈췄다. "에디슨!"

"네?"

"내가 옷을 벗으면 또 살인으로 신고할 건가요?"

나는 생각해보았다. "그건 당신이 정말로 관심이 있는 게 나인지, 아니면 내가 말했던 에이전시인지에 달려 있죠."

그녀는 씩 웃고는 신발을 들어 던져버렸다. "관심은 당신에게 있지요, 이 바보!" 그녀는 계속 옷을 벗었다. 잠시 후 나는 구두끈을 풀었다.

베수비오 산비탈에서

On The Slopes Of Vesuvius

배지훈 옮김

✦ 1947년 집필, 1980년 소설집 《확장된 우주(Expanded Universe)》에 처음 수록

"패디, 원자폭탄을 만든 사람이랑 악수하게." 워너 교수가 바텐더에게 말했다. "이 사람이랑 아인슈타인, 두 사람이 어느 날 저녁 부엌에서 고안해냈지."

"4백여 명의 도움을 받긴 했지." 낯선 남자가 지하철이 지나며 내는 덜커덕 소음 너머로 목소리를 높이며 말을 바로 잡았다.

"사소한 거로 트집 잡지 말게. 패디, 이 사람은 맨스필드 박사일세. 자네에게도 패디를 소개하지. 그런데 패디, 자네 성이 뭐였지?"

"프랜시스 X. 휴스입니다." 바텐더가 손을 닦고 내밀었다. "워너 교수님의 친구라면 언제나 반갑지요."

"반갑습니다, 휴스 씨."

"패디라고 부르세요. 다들 그렇게 부르니까. 정말로 원자폭탄을 만든 과학자세요?"

"맞아요."

"주님의 용서가 내리시길. 박사님도 뉴욕대에 계신가요?"

"아뇨, 난 새로 생긴 브룩헤이븐 연구소에 있어요."

"아, 그렇군요."

"거기 가봤어요?"

패디는 고개를 저었다. "저는 집과 브루클린만 오갑니다. 하지만 신문은 읽죠."

"패디는 고지식한 친구라니깐." 워너가 말을 보탰다. "패디, 뉴욕이 폭발한다면 어디로 갈 생각인가? 일상이 무너질 텐데."

바텐더는 두 사람 앞에 술잔을 놓고 자신은 작은 잔에 맥주를 따랐다. "그런 걸 걱정해야 할 정도라면, 제 생각엔 고지식하게 살다가 늙어서 죽을 것 같네요. 교수님."

워너의 얼굴에서 즐거운 표정이 잠시 사라졌다. 그는 갑자기 술맛이 쓰게 되기라도 한 듯이 술잔을 바라보았다. "나도 자네처럼 낙천적이면 좋겠군, 패디. 하지만 아니야. 결국 모두 죽을 테니까."

"그런 농담은 하시면 안 되죠, 교수님."

"농담이 아닐세."

"설마 진심은 아니시겠죠."

"농담이었으면 나도 좋았을 걸세. 이 사람에게 물어보게. 어쨌든 그 망할 것을 만들어낸 사람이니까."

패디는 대답하는 맨스필드를 바라보며 눈썹을 치켜세웠다. "어쩔 수 없이 워너 교수에게 동의할 수밖에 없네요. 그들은 결국 해낼 겁니다. 그러니까, 뉴욕에 원자폭탄을 터뜨리는 것 말이죠. 난 이 사실을 알고 있어요. 짐작이 아니죠. 확실한 사실입니다. 할 수 있게만 된다면, 그들이 저지를 것이라고 확신해요."

"그들이라니요, 그게 누구 얘기죠?" 바텐더가 물었다. "러시아인인가요?"

"꼭 그런 건 아니에요. 우리를 박살 낼 힘을 만들어낼 수 있는 곳이라면 어디든 될 수가 있겠죠."

"그렇지." 워너가 말했다. "다들 큰 녀석을 걷어차고 싶어 하니까. 우리는 질시받고 있고 미움도 받고 있지. 우리가 지금까지 공격받지 않은 이유는 누구도 지금까지 만들어내지 못했기 때문이야. 딱 그 이유뿐이지!"

"잠깐만요, 신사분들." 패디가 끼어들었다. "이해가 안 되네요. 지금 두 분은 누군지 몰라도 누군가가 뉴욕에 원자폭탄을 터뜨린다는 얘기를 하시잖아요. 어떻게 그게 가능하죠? 그건 비밀로 하기로 하지 않았나요? 어떤 더러운 스파이놈이 못 보는 사이에 비밀을 빼돌렸다고 생각하시는 건가요?"

맨스필드는 워너를 바라보더니 다시 패디를 보고 조용히 말했다. "휴스 씨, 아니 패디. 마음의 평화를 어지럽혀서 미안하지만 비밀이란 없어요. 어느 나라든 고생을 하고 돈을 투자할 의지만 있으면 원자폭탄을 만들 수 있습니다."

"그리고 그게 공식적인 사실일세." 워너가 말했다. "또 아주 확실하게 말할 수 있는데, 권력 정치가 항상 그래 왔듯이 지금도 열둘이 넘는 나라에서 한창 개발하고 있을거야."

패디는 심란한 표정이었다가 갑자기 얼굴이 밝아졌다. "아, 무슨 말인지 알겠습니다. 때가 되면 그들도 알아서 방법을 찾아낼 거란 얘기군요. 그런 경우라면, 놈들이 겪을 좌절을 위해 제가 한 잔씩 돌리겠습니다. 20년 후에나 일어날 일을 지금 걱정하며 살 수는 없잖습니까. 우리 모두 그때까지 살아남지 못할지도 모르잖아요. 택시 같은 것처럼 말이에요."

맨스필드가 눈썹을 치켜세웠다. "20년이라니 무슨 말이죠, 패디?"

"네? 아, 신문에서 읽은 기사가 생각나서 말이죠. 무슨 장군이었던가? 원자폭탄을 만든 책임자인가 하는 사람이요."

맨스필드는 장군 얘기를 쓸어내버렸다. "허튼소리! 그 예측은 완전히 근거 없는 국가적 사기에서 나온 겁니다. 그보다 훨씬 짧게 걸릴 거요."

"얼마나 짧죠?" 패디가 물었다. 맨스필드가 어깨를 으쓱했다.

"패디, 자네라면 뭘 하겠나." 워너가 궁금하다는 듯이 물었다. "어떤 나라가…, 우리를 싫어하는 나라라고 가정해보지, 그런 곳에서 이미 원자폭탄을 만들었다고 한다면 말일세."

술집 고양이가 바 위로 올라와 어슬렁거렸다. 패디는 대답하기 전에 치즈 한 장을 고양이에게 먹였다. "저는 두 분처럼 많이 배우지는 못했지만요, 바보는 아닙니다. 만약 누군가가 그런 악마의 기계를 만든다면 뉴욕은 파멸할 운명이에요. 미국은 현재 챔피언이고 새로운 골목대장이 나와서 챔피언이 되려 한다면 반드시 이겨야 하는 상대죠. 그리고 뉴욕은 가장 먼저 노릴 곳이고요. 우리 새드색도…." 그는 엄지로 고양이를 가리켰다. "불타는 건물에서 도망가야 한다는 것 정도는 안다고요."

"그러면 자네는 뭘 할 생각인가?"

"'생각'이라뇨, 이미 뭘 할지 알고 있죠. 이전에도 해봤고요. 젊었을 때 블랙앤탄스*가 쳐들어왔을 때 배에 올라서 다시는 뒤도 돌아보지도 않았거든요. 그놈들에 맞서 싸우는 사람이라면 내 돼지를 가져도 됐으니까요."

워너는 낄낄대며 웃었다. "젊었을 때는 대단했었나 보군, 패디. 하지만 자네가 정말 그러리라고는 생각 못 하겠어. 적어도 이번에는 말이야. 지금의 일상에 완전히 뿌리를 내리고 있지 않나. 또 그 일상을 좋아하기도 하고. 나나 이 도시에 사는 6백만의 다른 사람들도 마찬가지지. 그래서 분산화가 환상이라는 거야."

패디는 고개를 끄덕였다. "힘들긴 하겠군요." 힘들 거라는 걸 알고는 있었다. 집을 떠난다는 것은 오랫동안 일해왔던 슈라이버 바 그릴을 그만둔다는 뜻이었다. 슈라이버는 그 없이 식당을 운영할 수 없었다. 손님을 다 쫓아버릴 테니까. 교회 교구의 친구들을 떠나는 것도 힘들 것이었다. 모퉁이만 돌면 나오는 몰리의 무덤과 그 근처의 집을 떠나는 것도 힘들 것이었다. 그리고 도시에 폭탄이 터진다면 농사일로 돌아가야 할 것이었다. 미국에 도착했을 때 절대, 절대, 절대 뼈를 깎는 밭일로는 돌아가지 않겠다고 다짐했었는데. 물론 도시가 사라지변 지구도 없어질지도

* 1919년 아일랜드 독립운동을 탄압하기 위해서 영국에서 파견된 영국 정부군. 민간인 학살을 저질렀다.

모를 일이었다. 농사일을 하게 된다면 그것 하나는 피할 수 있을 것이었다. 그래도 힘든 일일 터였다. 그리고 몰리의 무덤이 어딘가 잔해에 깔려 있을 것을 생각하면. "하지만 떠날 수 있을 겁니다."

"그럴 거라고 생각만 하는 거겠지."

"옷을 챙기러 브루클린으로 돌아가지도 않을 거예요. 이번 주 주급 봉투는 지금 가지고 있죠." 그는 조끼를 톡톡 두들겼다. "모자만 챙겨서 떠날 겁니다." 바텐더는 맨스필드에게 고개를 돌렸다. "진실을 말해주세요, 박사님. 20년이 아니라면, 얼마나 걸릴까요?"

맨스필드는 봉투를 하나 꺼내서 뒷면에 계산을 시작했다. 워너가 말을 하려고 했지만 패디가 말을 막았다. "여기 일하고 계시잖아요, 조용히 해주세요." 그가 날카롭게 말했다.

"속지 말게, 패디." 워너가 비꼬는 말투로 말했다. "이 친구는 히로시마 이후로 밤낮을 가릴 것 없이 이 문제에 매달려왔으니까 말일세."

맨스필드가 고개를 들었다. "그건 사실이야. 매번 다른 계산 결과가 나오길 기대했기 때문이지. 하지만 항상 같았어."

"글쎄, 답이 얼만가요?" 패디가 물었다.

맨스필드가 주저하며 말했다. "패디, 여기에는 많은 변수가 작용한다는 것은 알고 있겠죠. 그중에는 명확하지 않은 변수가 있다는 것도요. 알겠죠? 일단 우리는 4년이 걸렸습니다. 하지만 우리에겐 돈이 많았고 인력도 풍부했죠. 그 어떤 나라보다도 말이에요. 아마 러시아는 제외해야겠지만요. 그것만 가지고 계산을 하면 이 4년에 몇 배를 곱해야 다른 나라가 원자폭탄을 만드는 데 드는 시간이 나올 겁니다. 하지만 그게 전부는 아니죠. 사실 중요한 부분도 아니고요. 육군성이 발간한 스미스 리포트*라고 들어봤어요? 그 보고서를 보면 모든 것을 알 수 있지만, 최종적

* 1945년 8월 12일, 히로시마와 나가사키에 원자폭탄을 투하하고 바로 며칠 후 발표한 정부 보고서. 물리학자 헨리 스미스가 썼으며 정식 제목은 〈원자력 에너지를 사용한 군사 목적 개발 방법론에 대한 개괄 보고서〉이다.

인 정답은 알 수가 없어요. 그 보고서는 능력 있는 사람과 우라늄 광석이 있으면 우리가 썼던 돈보다 더 적은 예산으로도 우리보다 더 짧은 시간 내에 폭탄을 개발할 수 있다고 결론 내렸죠."

패디는 고개를 저었다. "설명을 기대한 게 아니에요, 박사님. 저는 그냥 대답을 알고 싶을 뿐입니다. 얼마나 걸리죠?"

"내가 설명하고자 하는 것은 그 답이 확실치는 않다는 겁니다. 내 답은 2년보다는 길고 4년 이상은 안 걸릴 거라고 하는 거죠."

바텐더가 휘파람을 불었다. "2년이라니. 여길 떠나서 새로운 삶을 시작하는 데 2년 남았네요."

"아니, 아니, 아니에요! 패디." 맨스필드가 반박했다. "지금부터 2년이 아니에요. 첫 번째 원자폭탄이 떨어졌을 때부터 계산해서 2년이라는 거죠."

패디의 얼굴이 이해를 못 하겠다고 말하고 있었다. "하지만 여러분." 그는 반박하려 해봤다. "첫 번째 원자폭탄이 떨어진 지 이미 2년이 훨씬 지났잖아요."

"바로 그겁니다."

"너무 겁내진 말게, 패디." 워너가 경고했다. "원자폭탄이 전부는 아니야. 북극을 통과하거나 바다에서 특정 도시를 찾아내는 로봇 운반체를 개발하려면 10년은 걸릴 테니까. 그동안은 평범한 비행기 공습 정도만 무서워하면 될 일이지."

맨스필드는 짜증 난 표정이었다. "워너, 자네가 시작했잖나. 왜 인제 와서 사탕발림을 하려고 해? 이 나라처럼 활짝 열린 나라에서 진주만 같은 사건을 일으키는 데는 유도 미사일같이 거창한 것은 필요 없어. 폭탄을 비밀리에 조립해서 원격조작으로 터뜨리면 될 일이지. 그래, 이스트 강을 지나는 부정기 화물선에 실려 있을 수도 있는 일이고."

워너는 어깨를 으쓱했다. "물론 자네 말이 맞네."

패디는 행주를 내팽개쳤다. "지금 당장 언제 어느 때라도 뉴욕에 원자

폭탄이 폭발할 수 있다는 거군요."

맨스필드가 고개를 끄덕였다. "바로 그런 얘기죠." 그가 냉정하게 말했다.

패디는 두 사람을 번갈아 쳐다보았다. 고양이가 뛰어 내려가 발목에 부비적거리며 갸르랑거렸다. 그는 발로 고양이를 밀어버렸다. "사실이 아니죠! 사실일 리가 없어요!"

"왜 아니죠?"

"왜냐하면! 그게 사실이라면 여기서 조용히 술이나 마시면서 앉아 있겠어요? 두 분이 절 골탕먹이려고 하시는 거죠. 속이면서 말이에요. 오, 여러분의 주장에서 허점을 못 찾아냈지만, 여러분도 안 믿고 있잖아요."

"나도 안 믿었으면 해요." 맨스필드가 말했다.

"우리도 믿고 있다네, 패디." 워너가 말했다. "사실을 말하자면 난 떠날 생각일세. 대여섯 개의 지방 대학에 편지도 보내놨지. 지금은 그냥 계약만료가 되길 기다릴 뿐일세. 여기 맨스필드 박사로 말하자면, 그는 떠날 수가 없지. 연구소가 바로 여기에 있으니까."

패디는 생각을 해보더니 고개를 저었다. "아뇨, 그래도 못 믿겠습니다. 제정신을 가진 자라면 누가 전기의자에 주저앉아서 사형집행관이 전기 스위치를 올리기만 기다리고 있겠어요. 절 속이려 하지 마세요."

맨스필드는 마치 패디의 말을 못 들은 듯 행동했다. "어쨌든…." 그는 워너에게 말했다. "정치적인 요인으로 폭발이 계속 지연될 수는 있지."

워너는 고개를 거칠게 저었다. "이제 자네가 사탕발림을 하나? 정치적 요인은 사건을 촉진할 뿐, 지연시키지 않아. 만약 어떤 나라가 우리를 패퇴시키려고 한다면 우리가 그 계획을 알아내고 선제공격하기 전에 최대한 빨리 실행하려고 할걸세. 우리가 진정한 대응 무기를 만들어내기 전에 말이지. 그게 가능이나 하다면 말이지만."

맨스필드는 지쳐 보였다. 그리고 매우 오랫동안 지쳐 있었던 것 같았다. "아, 자네 말이 맞아. 나도 그냥 스스로 용기를 내보려고 한 것뿐일세. 하지만 우리는 대응 무기를 개발하지 못할 거야. 진짜 대응 무기는 말이야. 원자 폭발에 대비할 유일한 방어수단은 터지는 장소에 있지 않는 것뿐이지." 그는 바텐더에게 고개를 돌렸다. "한 잔 더 줘요, 패디."

"나는 맨해튼으로 주게." 워너가 말을 붙였다.

"잠시만요, 워너 교수님. 맨스필드 박사님, 저를 놀리려고 하시는 것 아니죠? 신에 맹세코 지금 하신 말씀은 진실인 거죠?"

"자네가 바로 거기 서 있는 것만큼이나, 패디."

"그리고 맨스필드 박사님…. 워너 교수님, 맨스필드 박사님의 계산을 신뢰하시나요?"

"미국에서 이 계산에 더 적합한 인물은 없네. 그게 사실이지, 패디."

"그렇다면…." 패디는 레스토랑 옆쪽에 있는 계산대에서 졸고 있는 고용주 쪽으로 고개를 돌리고는 이빨 사이로 휘파람을 크게 불었다. "슈라이버! 와서 바 좀 봐야겠어." 그는 앞치마를 벗기 시작했다.

"어이!" 워너가 말했다. "어디 가나? 주문한 맨해튼은?"

"알아서 섞어 드세요." 패디가 말했다. "저는 그만둡니다." 한 손으로 모자를 집으며 다른 손으로 코트를 집고 문을 나섰다.

40초 후 패디는 업타운행 직행에 타고 있었다. 그러고는 34번가에서 내렸고 3분 후에 서쪽으로 향하는 표를 샀다. 10분 후에 좌석 밑으로 기차가 움직이는 진동을 느끼며 도시를 떠났다.

1시간 정도가 지나자 불안이 엄습했다. 너무 성급했던 건 아닐까? 워너 교수가 괜찮은 사람인 것은 확실했지만, 가끔 그가 하는 농담에 속기도 했었다. 교수가 아주 잘 조작된 사기를 친 것 아닐까? 워너가 자기 친구와 함께 재미 좀 보자며 늙은 아일랜드인을 혼비백산하게 만들려고 한 것 아닐까?

새드색에게 먹이를 줄 사람을 마련해놓지 않은 것도 걱정스러웠다. 고양이의 위장이 약하다는 것은 패디만 알고 있었고 다른 누구도 신경 써주지 않았다. 그리고 몰리의 무덤도 문제였다. 수요일은 무덤 주변을 가꾸는 날이었다. 물론 넬슨 신부님은 친절한 분이시니 식물에 물은 주시겠지만 그래도….

패디는 열차가 프린스턴정션역에 잠시 머물자 내려서 공중전화를 찾았다. 그는 워너 교수와 연락이 닿을 수 있으면 뭐라고 말할지도 미리 생각해놓고 있었다. 시간을 가늠해보니 두 사람은 그대로 머물면서 스테이크라도 먹고 있을 것이었다. 그는 이렇게 말할 작정이었다. "워너 교수님, 재미는 충분히 보셨겠죠. 재밌는 농담이었습니다. 그런데 남자 대 남자로 말해보세요. 교수님과 친구분이 하신 말씀이 모두 진실이었나요?" 이 정도면 되겠지, 그는 생각했다.

전화가 금방 연결되더니 슈라이버의 짜증 난 목소리가 들렸다. "여보세요." 그가 말했다.

전화가 끊겼다. 패디는 전화기 후크를 눌러댔다. 교환수가 응답했다. "잠시만 기다려주세요." 그리고 얼마 후 "여기는 프린스턴 교환대입니다. 뉴욕에 전화를 거셨나요?"

"네, 저는…."

"지금 서비스에 잠시 장애가 발생했습니다. 끊으셨다가 몇 분 후에 다시 걸어주시겠어요?"

"하지만 지금은 통화 중…."

"끊으셨다가 몇 분 후에 다시 걸어주시…?"

공중전화 부스를 나오는데 고함 소리를 들었다. 밖을 보니 거대하고 영광스럽도록 아름다운 금색과 자주색 버섯구름이 뉴욕시가 있었던 자리에 서 있었다.

로버트 A. 하인라인 중단편 전집 8

콜럼버스는 머저리

초판 1쇄 발행 2023년 4월 4일

지은이 로버트 A. 하인라인
옮긴이 배지훈, 조호근
펴낸이 박은주
편집 강연희, 설재인, 이다영, 최지혜
표지 디자인 김선예
본문 디자인 서예린, 오유진, 이수정, 장혜지, 황혜나
마케팅 박동준

발행처 (주) 아작
등록 2015년 9월 9일 (제2021-000132호)
주소 04050 서울특별시 마포구 양화로 156 LG팰리스빌딩 1428호
전화 02.324.3945-6 **팩스** 02.324.3947
이메일 arzaklivres@gmail.com
홈페이지 www.arzak.co.kr

ISBN 979-11-6668-728-0 04840
979-11-6668-777-8 04840 (세트)

책 값은 표지 뒤쪽에 있습니다.
잘못 만들어진 책은 구입하신 서점에서 교환해 드립니다.